깨달음으로 가는
# 여행 2

— 돈연 스님 —

소설
손오공

우리출판사

깨달음으로 가는
# 여행 2

소설 손오공

## 머리말

♣

　　이 책에는 중국 당나라시대에 실제 있었던 삼장스님(602~664)이 17년 동안 중국에서 인도로 불경을 구하러 여행할 때 일기 속에 적었던 신기한 불교의 이야기들을 토대로 인도의 신들과 중국의 환상모험이야기들(자연에 있는 수많은 신들: 하늘의 신들, 땅의 신들, 신선들, 강물과 바다 속의 용왕들, 산과 물 속의 괴물들 등……)을 모아 서로 간의 질서와 싸움, 재치와 풍자, 불교와 도교의 훌륭한 사상들을 섞어 즐겁게 읽히도록 쓰여졌다. 이 이야기들은 한 시대에 쓰여진 것이 아니고 거의 9백여 년 동안(당나라 초기부터 명나라 말기까지) 많은 이들이 편집하여 쓰고, 다시 재구성하여 쓰여졌다.

　　독자들이 이 책을 읽으면서 자연의 아름다운 조화를 느끼고 우리 내부에 있는 영원히 부서지지 않는 행복한 참 나를 발견하는데 도움이 된다면 내가 이 책을 새롭게 쓴 보람이 되겠다.

　　이 책 속엔 신기하고 괴기한 내용들과 풍자적이면서 익살스러운 말, 재치 그리고 약간의 에로틱과 슬픈 사랑의 이야기, 아름다운 자연경관과 섬세한 감성의 시들 및 불경과 선사들의 가르침이 있다.

　　주인공이라고 할 수 있는 손오공과 삼장스님. 그리고 관음보살. 버릇없지만 쇠같이 강하고 자연스러우며 활발하여 막힘이 없는 작고 귀여운 손오공은 무엇이

든 끊임없이 열심히 노력하며 끈기와 재치를 살려 모든 문제점들을 해결해 나간다. 정 어려울 때엔 관음보살의 도움을 받아야 하지만! 예의를 잘 알고 불법을 배운 삼장은 위엄이 있고 고지식하면서도 마음이 여리다. 그리고 전 불교 역사상에서 가장 중요하고 유명한 자애로운 관음보살. 그녀는 손오공과 삼장스님이 어떤 어려움에 처하더라도 어머니같이 친절하게 도와주고 모든 이들이 스스로 마음을 밝히도록 이끌어준다. 관음보살은 우리 내부의 깨끗함과 무량한 가능성을 보여주는 상징이다. 삼장 일행이 가는 멀고 먼 여행 길에 끊임없이 벌어지는 신비하고 괴기한 일들…….
　　　　수많은 방해들에 그들이 겪어야 하는 고생과 유혹들. 어려움들을 해결할 때마다 느끼는 즐거운 보람. 부처님을 만나 불경을 받으러 꾸준히 길을 가는 것은 바로 우리의 깨끗한 마음(자성)을 밝히는 내면의 여행 길이다.

　　　　　　　　　　　독일의 검은 숲에서 돈연 씀

1. 검은 강물 · 9

2. 세 명의 신선들 · 20

3. 하늘로 이어지는 강 · 54

4. 외뿔대왕 · 77

5. 여왕의 사랑 · 102

6. 가짜와 진짜 · 143

7. 화염산과 우마왕 · 166

8. 금광사의 피 비 · 193

9. 살구꽃 여인 · 210

10. 가짜 부처님과 미륵보살 · 222

11. 꽃 구렁이 · 238

**12**. 짝을 잃은 슬픈 새 · 245

**13**. 도가의 방중술 · 270

**14**. 깊은 동굴 속의 여인 · 284

**15**. 흰 호랑이 · 312

**16**. 수피 춤 · 325

**17**. 물소왕 · 331

**18**. 원기 · 338

**19**. 배를 저어 강을 건네주는 화광보살 · 348

**20**. 부처님 · 352

**21**. 돌아옴 · 360

## 검은 강물

얼마를 갔을까? 서쪽으로 서쪽으로 한 발 한 발 걸음을 걷던 일행에게 문득 어디선가 강물소리가 들려온다. 삼장은 흠칫 놀라,

"애들아, 너희들도 이 물소리가 들리지? 이건 어디서 들려오는 굉장한 물소리지?"

오공은 피식 웃으며,

"사부님은 어찌 그리 겁이 많으십니까? 그래 가지고서야 어떻게 스님 생활을 하시겠습니까? 여기에 백마까지 합해서 모두 여덟 개의 귀가 있는데 어찌 사부님의 귀에만 물소리가 들리겠습니까? 사부님께서는 심경을 잊으신 모양이군요."

"절에서 아침저녁으로 외우는 경인데 내가 잊을 리가 있겠느냐?"

"그럼 '눈·귀·코·혀·몸(피부)·생각 등이 없다'라는 대목을 잊으셨

군요. 스님이 되면 눈으로 색을 보지 않고, 귀로 소리를 듣지 않고, 코로 냄새를 맡지 않고, 혀로 맛을 보지 않고, 피부로 느끼지 않고, 마음속에 헛된 생각을 일으키지 않는 것입니다. 이것을 한마디로 여섯 도적을 물리치는 길이라고도 하지요.

그런데 사부님은 경을 구하러 가는 일에만 정신을 몰두하지 않으시고, 높은 산을 보시면 혹시 요괴가 숨어 있나? 의심을 하시고, 이상한 소리를 들으시면 무슨 요괴인가? 싶어 무서워 몸을 사리시며, 코로 맛있는 냄새를 맡으시고, 진지를 드시려고 혀를 놀리시며, 추우면 춥다! 더우면 덥다! 하시니, 마음을 그렇게 움직이시면 공공연히 여섯 도적을 불러들이시는 겁니다. 그러시면 언제 경을 가지러 가시겠습니까?"

삼장은 고개를 숙이며 깊은 생각에 잠기더니 시를 한 수 읊는다.

> 밝은 달빛아래 외로운 밤이 오면
> 내 마음은 슬프고 처량하여
> 잠을 이루기 힘드네.
> 끝없이 험한
> 먼 길……
> 언제나 경을 얻어
> 돌아갈 수 있겠나?

오공은 웃으며,

"사부님은 아직도 고향 생각을 버리시지 못했군요. 움직임이 가득 차면 자연히 이루게 된다고 하지 않습니까? 그것이 바로 우리의 고향이 아닙니까?"

유성이 나서서 한마디 한다.

"형님, 이렇게 많은 요괴들이 끝없이 나타나면, 몇 천 년을 가더라도 우리는 성공할 수 없을 것 같소."

"아, 그런 걱정하는 마음이 몸을 지치게 만드네! 부지런히 가노라면 언젠가는 도착할 거야."

이렇게 말을 주고받으며 길을 가는데 이윽고 눈앞에 한 줄기 시커먼 강물이 도도하게 흐른다. 사납고 겹겹이 짙은 검은 물결 강물 위엔 짙은 회색빛 안개가 깔려 있고 그 위로는 시커먼 구름들이 덮여 있다. 마치 흙탕물과 석탄물이 합쳐진 것처럼 새까만 강물은 흐른다. 강물을 바라보니 폭은 그리 넓지 않은데 정말 무언가 물속에 있을 것 같아 삼장 일행은 망설인다.

이때 문득 강의 중간에 어떤 사람이 조그만 배 한 척을 이쪽으로 저어 오고 있다. 그를 본 삼장은 어린애처럼 기뻐한다.

"야, 저길 좀 봐라! 우리 저 사람에게 부탁해 보자."

유성이 큰소리로 소리친다.

"여보시오! 우리를 저 건너편까지 좀 태워 주시오!"

그러자 강 한가운데서 대답한다.

"나는 뱃사공이 아닙니다. 그리고 나의 배는 너무 작아서 당신들을 모두 태울 수가 없소!"

소리치던 그는 일행이 있는 강기슭으로 노를 저어 온다. 일행이 살펴보니 그 배는 정말 작아서 겨우 두 사람이 탈 수 있을 정도다. 이를 본 삼장이 실망에 젖어,

"어떻게 하지?"

유성이 말한다.

"두 번 나눠서 탑시다. 이번에는 오공 형님이 말을 지키고 있고, 사부님과

제가 먼저 타고 가겠습니다"

유성은 삼장을 부축하며 배에 오르니, 사공은 노를 저어 물결을 헤치며 나아간다. 배가 마악 한가운데 이르자, 갑자기 요란한 소리가 들리더니 물결이 휘몰아치고 사나운 바람이 불며 파도가 크게 일어나서 하늘과 햇빛을 가려 주위가 온통 어두워진다. 깜짝 놀란 오공이 급히 그곳에 날아가 보니, 삼장과 유성은 이미 흔적도 없이 사라졌다. 그 주위를 빙빙 날아 돌던 오공은 풍덩 하고 물속으로 뛰어든다.

얼마간 물결을 헤치며 강 밑으로 내려가니 제법 그럴 듯한 작은 궁전이 보이는데 안으로 가까이 가서 살펴보니 말소리가 들린다.

"오늘에야 비로소 이것을 내 손안에 넣었군! 저 중을 먹으면 죽지 않고 오래오래 산다지? 이놈을 기다린 지 오래인 만큼 고기도 더욱 맛이 있을 거야!"

요괴는 부하에게 명령한다.

"여봐라! 어서 이 두 놈을 잘 씻어서 통째로 쇠솥에 집어넣고 푹 쪄라! 나의 삼촌에게 초대장을 보내어 오시라고 하자."

이 말을 들은 오공은 "이것 큰일 났군!" 하며 당장에 용궁의 문을 여의봉으로 쳐부수며 소리친다.

"이 못된 요괴야! 우리 사부님과 아우를 내놓아라!"

무시무시하게 생긴 두목요괴는 이 호통 소리에 채찍을 들고 나온다.

네모의 각진 얼굴에 철사처럼 빳빳한 수염. 뚤뚤 말린 입술에 붉고 큰 입. 더부룩한 머리는 마구 흐트러져 있고 잔뜩 화난 듯한 얼굴은 귀신도 무서워하리라!

그래도 찬란한 꽃무늬가 있는 갑옷을 입었으며, 머리에는 온갖 보배를 장식한 투구를 썼다. 걸음을 걸을 때마다 거센 바람이 불며 파도를 일으킨다. 괴물은 한바탕 웃더니 오공에게 소리친다.

"목소리보다는 매우 작은 녀석이군! 어디 덤벼 보아라."

오공은 즉시 여의봉으로 괴물의 머리를 내려치니 채찍으로 막아내는 괴물은 능란하게 왼손 오른손으로 바꿔 돌려가며 오공과 엉키어 싸운다. 오공은 원래 물속에서의 싸움은 그리 강하지 못해서 괴물을 밖으로 끌어내어 잡으려고 살살 달아나기 시작하자 괴물은 쫓아오지 않고 궁 안으로 들어가며 소리친다.

"이놈, 도망갈테면 가라!"

할 수 없이 오공이 잠시 물 밖으로 나와서 '무슨 수가 없을까?' 하고 생각하던 차에 마침 저쪽 강 언덕에서 어느 노인 한 사람이 걸어오더니 절을 한다.

"오공, 이곳 강의 신이 인사드립니다!"

그 노인을 바라본 오공은 대뜸 소리친다.

"너는 좀전에 배를 젓던 요괴가 아니냐?"

그러자 노인은 눈물을 글썽이며 말한다.

"저는 본래 이 강의 신이었는데 작년 5월에 그 괴물이 서쪽 바다로부터 큰 밀물에 밀려와 저의 많은 부하들은 살해하고 궁전도 빼앗아 버려 저는 갈 데 없는 처지가 되었습니다. 알고 보니 괴물은 서해 용왕의 사촌인지라 고소를 해도 용왕은 들은 척도 않고 그놈이 살도록 양보하라고 하더군요. 그래서 하늘의 옥황상제에게 호소를 하려 해도 저는 한낱 이 작은 강의 신일 뿐이니 옥황상제님을 만날 수도 없는 사정입니다. 이제 오공께서 도착하시니 제발 저의 억울함을 도와 주십시오!"

오공은 이 말을 듣고,

"알겠소, 내가 서해 용왕에게 가서 알아보리라!"

재빨리 구름을 타고 서해 바다에 도착한 오공이 바다 속으로 뛰어들어가려고 하는 순간, 강의 하류에서 화살처럼 빠르게 헤엄치며 손에는 금으로 만든 초청장을 들은 검정 물고기 요괴와 마주친다.

오공이 사정없이 검정 물고기를 여의봉으로 후려치니, 그 요괴는 그만 애석하게 등뼈가 부러지고 큰 두 눈이 툭 불거져 나오며 물 위에 둥둥 뜨는 신세가 되고 만다. 오공이 금종이의 편지봉투를 열어보니 다음과 같은 내용이 들어 있다.

둘째 아저씨께 올립니다.


전번에 좋은 선물을 보내 주시어 감사합니다.

오늘 제가 두 가지 물건을 얻었는데, 바로 동쪽의 삼장이라는 중과 제자입니다.

그 고기를 먹으면 죽지 않고 오래 살 수 있다고 하니 삼촌의 생신도 축하할 겸 부디 오시어 함께 드시지요.

조카 올림.


오공은 이 편지를 품속에 넣고 바다 속으로 뛰어들어 용궁에 도착한다. 문지기의 보고를 받은 용왕은 여러 신하들과 함께 궁 밖으로 나와 오공을 영접한다. 오공은 인사를 하는 둥 마는 둥 편지를 꺼내어 용왕에게 보여준다. 용왕은 그것을 읽더니 오공에게 무릎을 꿇고 앉아 잘못을 빈다.

"오공, 나의 죄를 용서해 주시오! 그 녀석은 내 작은누이의 아홉 번째 아들인데 몇 년 전에 황하를 다스리던 매부(여동생의 남편)가 날씨를 잘못 관리하여 비내리는 시간과 양을 틀리게 했기 때문에 옥황상제께서 승상 위징에게 명하여 꿈속에서 용왕의 목을 자른 일이 있었습니다. 그 후 내 여동생은 갈 곳이 없어 그 막내아들 녀석과 함께 나에게 와서 있었는데, 불행하게도 작년에 여동생이 병을 얻어 죽자 그 녀석이 검은 강물에 가 있었던 것입니다. 다른 형제들은 모두 착한데, 그 애만 어릴 때부터 성격이 못됐더니 그만 일을 저지르고 말았군요. 제가 당장 잡아오라고 하겠습니다!"

오공은 묻는다.

"당신의 여동생은 남편이 몇이나 되오?"

"예? 황하 용왕 한 명뿐입니다."

"한 남자에게 시집갔는데 무슨 자식들을 왜 그리 많이 낳았소?"

"용이 아홉 마리를 낳으면 아홉 마리가 제각기 성격과 모양이 틀리니까요."

"용왕께선 어서 사람을 보내어 그 녀석이 우리 사부님을 삶아 먹기 전에 구해 주시오."

서해 용왕은 태자 마앙을 불러 명한다.

"너는 지금 빨리 500명의 용궁군사들을 이끌고 오공과 함께 가서 아홉 번째 조카녀석을 잡아오너라!"

마앙태자는 군사들을 이끌고 오공과 함께 서해바다를 떠난다.

이윽고 사촌용의 궁에 도착하자 오공은,

"마앙태자, 우리 사부님을 잘 부탁하오."

"염려마십시오. 오공! 그 녀석을 잡는 즉시 스님을 구해 드리겠습니다."

오공은 강물 밖으로 솟구쳐 올라 언덕 위에 서서 기다린다.

마앙태자는 한 군사를 시켜,

"너는 저 궁으로 가서 내가 왔음을 알려라!"

괴물은 외삼촌을 기다리며 한가롭게 앉아 있다가, 마앙태자가 수많은 군사들을 이끌고 왔다는 보고에 깜짝 놀란다.

"아니, 왜 사촌형이 군사들을 이끌고 왔지? 이거 뭔가 잘못됐군! 잔치에 오시어 즐기시라니까, 삼촌께서 갑자기 망령이 드셨나?"

이렇게 의심하는 괴물은 갑옷과 투구를 단단히 입은 후, 채찍을 들고 궁문 밖으로 나가보니 과연 수백 명의 군사들이 자기가 사는 곳을 에워싸고 있다.

괴물은 고함을 지른다.

"마앙 형님! 아우가 있는 이곳으로 나와 보시오!"

500명의 군사들이 무기를 들고 줄지어 대기하고 있는 한 중앙에서 멋진 보검을 차고 유유히 서 있던 태자는 몇 발을 앞으로 나서더니 크게 소리친다.

"이 못된 놈! 건방지게 나에게 나오라고 명령하다니!"

괴물은 성큼성큼 앞으로 나서며 태자에게 넙죽 절을 한다.

"삼촌께 편지를 올렸는데, 어째서 형님이 오셨소? 그리고 이왕 오셨으면 안으로 들어오시지 왜 밖에서 군사들을 거느리고 진을 치고 계시오?"

마앙태자는 시침을 뚝 떼고 묻는다.

"너는 삼촌을 불러 무엇을 할 작정이었느냐?"

"나는 오랫동안 삼촌에게 신세를 진 까닭으로 언젠가는 보답을 하려고 하던차에, 어제 특별한 두 명의 중을 잡게 되어 그 고기를 잡수시게 하려고 하던 참이었소."

태자는 호통친다.

"이 둔하고 무식한 녀석아! 너는 그들이 누구인지나 아느냐?"

"서쪽으로 경을 가지러 여행하는 중들 아닙니까?"

"그들은 관음보살의 보호 아래 막중한 임무를 띠고 여행하는 분들이시다. 그리고 나의 아버님이 관음보살님을 얼마나 존경하는데 어찌 그 제자되는 스님의 고기를 잡숫겠느냐? 어서 그 스님을 돌려보내라. 잘못하다가 그의 제자인 오공에게 잘못 걸리면 그가 너의 사지를 발기발기 찢을 것이야."

이 말에 괴물은 크게 성내며,

"아니, 형님은 나와 사촌 사이에 어째서 그렇게 다른 놈들만 싸고 도시오? 형님이 오공이란 녀석이 무서우면 무서웠지 나까지 무서워하라는 법이 어디 있소? 어제 그 녀석과 한번 싸웠는데 별로 세지도 않더만! 젠장, 이제는 삼촌이고 사촌이고 없으니 다들 그만 두시오! 나 혼자 그 녀석들을 쪄서 실컷 먹을 테니까!"

마앙태자는 어이가 없어,

"이놈, 정말 말귀를 못 알아듣는군! 너 같은 괴물덩어리와 우리가 몇 년을 함께 살았다니! 지금 당장 그 스님을 못 내놓겠다면 너는 나에게 혼 좀 나봐야겠다!"

"흥, 사나이로서 그 누구와 대결을 못할 건 없지!"

그들은 금세 얼굴빛이 변하며 태자는 보검을 빼 들고 괴물은 채찍을 잡으며 서로 노려보자, 양쪽의 군사들은 북을 울리며 고함을 지른다.

영웅적인 기세를 보이던 태자가 갑자기 보검을 내리며 주춤하는 자세를 취하자, 그 당황한 틈을 본 괴물은 순식간에 채찍을 날카롭게 휘둘러 태자의 목을 노린다. 아슬아슬하게 겨우 피한 태자의 뒤에 집채 만한 바위가 채찍에 맞아 번쩍 하며 두 쪽으로 쩌억 갈라진다.

"흥, 언젠가는 서해바다를 다스릴 태자도 별것 아니군!"

비웃는 괴물에 상관없이 태자는 묵묵히 정신을 집중하고 있다. 괴물이 다시 거칠게 태자의 허리를 자를 듯이 공격하자, 채찍을 막아낸 태자의 보검은 그만 괴물의 채찍에 휘감겨 버린다.

괴물은 조롱하듯 웃으며 태자에게 말한다.

"이제 너는 시체가 되어 삼촌에게 돌아갈 것이다!"

소리치며 채찍을 휙 잡아당겨 태자의 보검을 빼앗으려 하는 찰나! 오히려 그 강한 채찍은 태자의 멋진 보검에 여러 동강으로 잘려서 힘없이 떨어진다. 이 순간 태자는 칼의 옆면으로 괴물의 오른 어깨를 힘껏 내리치며 발로 옆구리를 날카롭게 걷어차니 괴물은 그 자리에 폭 고꾸라진다. 이것을 지켜보던 수많은 군사들이 괴물에게 우르르 달려들어 밧줄로 꽁꽁 묶은 후 오공이 있는 언덕으로 끌고 올라간다.

태자는 오른 어깨에서 피가 흘러내리는 괴물을 오공 앞에 무릎 꿇려 놓고서,

"이제 오공께서는 이 녀석을 죽이든 살리든 마음대로 하십시오!"

오공은 괴물에게 야단친다.

"네 이놈! 삼촌의 뜻을 저버리고 이렇게 나쁜 짓을 하다니! 생각 같아선 이 여의봉으로 한 대 갈겨주고 싶지만 그렇게 되면 네 몸이 우지직 박살이 나며 죽고 말 것이니 잠시 생각 좀 해보고 때려 주겠다. 그래 나의 사부님과 동생은 어디에 모셔 두었느냐?"

괴물은 몸을 잔뜩 움츠리고 겨우겨우 말한다.

"그분들은 아직도 궁 안에 묶여 계십니다. 저의 이 쇠줄을 풀어 주신다면

당장 두 분을 모셔 오지요!"

그러자 태자는 오공에게,

"이 녀석은 원래 간교한 녀석이니, 만약 지금 놓아 준다면 무슨 일이 생길지 모릅니다."

그러자 옆에서 지켜보고 있던 이 강의 신이 나서며,

"제가 모셔오겠습니다."

라고 하더니, 금방 삼장과 유성을 강물 밖으로 데리고 나온다.

마앙태자는 오공에게,

"삼장스님이 구출 되셨으니, 나는 이 녀석을 끌고 아버님에게 돌아가겠습니다. 그럼 스님을 위해 안전한 여행을 빌며……."

오공과 삼장, 유성이 태자에게 감사의 작별을 한 후에 태자는 괴물을 끌고 500명의 군사들과 함께 물속으로 들어간다.

본래 이 검은 강에 살던 신은 오공에게 고마움의 절을 하며 삼장을 위하여 강물의 흐름을 멈추니, 삼장은 말을 타고 오공과 유성은 그 뒤를 따르며 일행은 유유히 강 밑바닥을 걸어서 지나간다.

## 세 명의 신선들

삼장 일행이 따스한 봄날을 스쳐 지나가며 길을 걷자니 어느덧 초여름이 다가와 저녁에는 선선한데 한낮에는 제법 덥다. 늦은 봄날씨는 깊은 뱃속에서 올라오는 기운처럼 땅 위에서는 훈훈한 아지랑이가 퍼져 올라와서 저 멀리 서 있는 성이 흔들리게 보인다.

일행이 그 성에 다가가는데 어디선가 크게 호통치는 소리가 들린다. 그것은 흡사 몇 만 명의 사람들이 목청이 찢어지도록 고함을 치는 것 같았다.

크게 겁먹은 삼장이 말을 세우며 앞으로 나아가지 않고 뒤에서 따라오는 두 제자에게 묻는다.

"저게 무슨 소리냐?"

그러자 유성은,

"마치 땅이 갈라지고 하늘이 무너져 내리는 것 같습니다."

오공도 역시,

"마른 여름날의 뇌성벽력도 저 고함소리보다는 못하겠군. 어디 내가 한번 가서 알아보자!"

몸을 곧장 공중으로 솟구쳐 눈을 가늘게 뜨고 멀리 바라보니 수많은 사람들이 아우성치고 말들이 마구 울부짖고 있다.

오공은 구름 위에서 삼장에게 말한다.

"사부님, 이곳에서 유성이랑 계십시오. 제가 저곳에 가서 살펴보고 올게요!"

즉시 소리나는 곳으로 휙 날아가서 고개를 갸웃거리며 살피던 오공은 성문밖 뒤쪽에서 많은 승려들이 떼를 지어 수레들을 끌며 소리치는 것을 본다.

"대력(힘센)보살! 대력보살!"

이 고함소리는 삼장을 놀라게 만들기에 충분하였다.

오공은 천천히 구름을 내려서 살펴본다.

아! 그 수레들에는 벽돌, 기왓장, 나무, 흙들이 잔뜩 쌓여 있고 1,000미터도 넘게 됨직한 높은 언덕으로 그 수레들을 밀어 올려야 하니 뒤를 바라보면 아찔하고 험한 낭떠러지다! 저 높고 좁은 길을 무슨 수로 엄청나게 무거운 수레들을 끌고 올라갈 수 있을까?

무슨 왕의 무덤을 만드는 것인지 사원을 세우는 것인지 모르겠지만, 가만히 있어도 땀방울이 송송 나는 화창한 봄날에 가련하게도 수천 명의 승려들이 다 떨어진 옷들을 입고 고생을 하고 있다.

'이곳을 보아하니 곡식들이 풍부해서 경제가 넉넉할텐데, 왜 일꾼들을 쓰지않고 스님들을 괴롭히지?'

이렇게 생각하고 있을 때 훌륭한 비단옷을 입은 도사들 몇 명이 높은 언덕 위에서 걸어 내려온다.

머리에는 도사들이 쓰는 높고 멋진 모자를 쓰고 오색의 긴 비단옷을 몸에 걸쳤으며 구름 모양의 신발들을 신었다. 생김새들은 허여멀건한 게 천재들은 아니라도 그럭저럭 총명해 보였고, 몸매들은 하늘에 있는 신선들처럼 미끈하게들 서 있다. 수레들을 끌며 애를 쓰던 승려들은 도사들을 보자 어쩔 줄 모른다. 무서움에 몸을 부들부들 떨며 그들은 좀전보다 더 힘을 내어 겨우겨우 수레를 끈다.

'흠, 저 스님들이 도사들을 두려워하고 있군! 내 일찍이 도사들을 높이 받들고 스님들을 없앤다는 고장이 있다고 들었는데 이곳이 바로 그곳이군. 어디 사정 좀 알아보자!'

용감한 오공은 한번 부르르 몸을 떠니, 그저 떠도는 구름처럼 돌아다니는 거지 같은 작은 도사로 변하여 멋진 옷을 입은 도사들에게 다가가서 허리를 크게 굽혀 절하며 인사를 한다.

"훌륭하신 도사님들께 인사드립니다."

도사들은 오공에게 답례하며 묻는다.

"선생께서는 어디서 오십니까?"

"저는 이곳저곳을 돌아다니는 도사입니다. 오늘 동냥을 좀 할까하여 그러니 어디로 가야 할지 좀 가르쳐주십시오."

도사들은 웃으며 말한다.

"선생께서는 왜 그리 재미 없는 말씀을 하십니까?"

"아, 예? 아니 집을 떠나 도를 닦는 이라면 행각하며 동냥으로 목숨을 보전하게 마련인데 무슨 돈이 있어서 사 먹겠습니까?"

도사들은 이 말에 비웃음을 띤 얼굴로 안쓰럽다는 듯이,

"선생은 타향 사람이라 이곳 사정을 모르시는가 본데, 이 성안의 모든 사람들과 귀족들, 관리인들이 우리 도사들을 보면 절을 하고 돈을 내며 국왕께서도 도교를 받드신답니다."

"아, 그러면 어느 도사께서 이 나라의 국왕이 되셨군요!"

"그게 아니고 15년 전 가뭄이 굉장히 심하여 백성들과 짐승들, 초목들까지 말라 죽게 되었을 때, 홀연히 하늘에서 세 명의 신선들이 내려와 모든 생명들을 구해주셨기 때문이오."

"어떻게요?"

"그분들은 말 신선·사슴 신선·양 신선이라고 하는데 비바람을 일으킬 수 있고 물을 가리키면 기름으로 변하며, 돌을 가리키면 금으로 변하고, 하늘의 별자리조차 바꿀 수 있답니다."

"참으로 굉장한 분들이군요! 그런데 저 승려들은 무얼하는 겁니까?"

"저들은 우리 도교 사원을 짓기 위해 일하고 있는 것입니다. 가끔씩 우리들이 이곳에 와서 그들을 감시하고 있지요."

"그것 참, 이상하군요. 불가나 도가나 모두 가정을 떠나서 도를 닦는 사람들인데 어째서 승려들이 감시당해야 합니까?"

"그 당시 굉장한 가뭄이 들었을 때, 국왕께서 승려들에게 비를 내려달라고 부탁했으나 중들은 쓸데없이 공염불만 해서 아무 반응이 없자 우리 스승님들이 나타나시어 비바람을 불러왔으니 당연히 승려들은 정부의 미움을 받게 되어 절들은 모두 허물어 버리고 불상들도 깨뜨려 버렸으며 승려들은 종처럼 일하게 된 것이지요. 그 당시엔 8천 명도 넘었었는데 많이들 죽어버려 이제는 5천 명도 채 안 됩니다."

오공이 갑자기 눈물을 흘리니, 도사들은 놀라면서 묻는다.

"아니, 왜 우십니까?"

"사실은 나의 친척 몇 사람이 절에 들어가 승려가 되었는데 저렇게 고생을 하고 있으니 내 마음이 아파서 그럽니다."

"아, 그래요? 그러시다면 선생은 우리와 같은 도가의 식구로서 우리가 알아서 봐 줄테니 찾아서 데리고 가십시오."

그들 앞에서 능청 떨며 울먹이던 오공은 말한다.

"사실은 이 5천 명이 모두 나의 친척들이오."

도사들은 웃으며,

"선생께선 무슨 친척이 그리 많습니까?"

"천 명은 왼쪽 이웃에 살던 이들이고, 다른 천 명은 오른쪽 이웃에, 그리고 또다른 천명은 나의 아버지 쪽, 다른 또 다른 천 명은 나의 어머니 쪽, 그리고 또 또 다른 천 명은 나의 친구들이오. 그러니 저 승려들을 풀어주시오."

"혹시, 선생은 머리가 어떻게 되신 것 아닙니까? 저들 중 단 한 명만 처리하려고 해도, 왕에게 직접 사망서를 올리면 관리들이 엄격히 검사하지만 뒤에서 손을 쓰면 겨우 한 명을 놔줄 수 있는데 모두 놓아 달라니요?"

"그럼, 놓아줄 수 없단 말이오?"

"못합니다."

"정말?"

"예!"

화가 난 오공은 여의봉을 꺼내더니 번개같이 휘둘러 도사들을 때려눕힌다. 가엾게도 도사들은 모두 그 자리에서 온몸이 피투성이가 되어 흰 뼈들이 튀어 나오며 뻗어 버린다.

그 광경을 언덕 위에서 보고 있던 승려들은 오공에게 다가와 떨리는 목소리로 말한다.

"큰일 났습니다! 당신이 누구인지 모르지만 세 신선들의 제자들을 때려 죽였으니 당신이 가고 나면 우리들이 이렇게 했다고 생각할텐데 이걸 어쩌면 좋습니까?"

오공은 본 모습으로 돌아오며,

"나는 당신들을 구하러 이곳에 온 사람이니 걱정들 마시오."

오공을 바라본 승려들은 모두 놀란다.

"아니? 이럴수가? 우리들 꿈에 나타났던 그 사람이네!?"

"어? 당신들은 나를 알고 있소?"

"그럼요. 우리들은 이 감당할 수 없는 힘든 노동에 많은 스님들이 스스로 목숨을 끊어 버리자 밤마다 어느 하늘의 신들이 우리들의 꿈에 나타나 말하기를, '금빛 눈동자에 복숭아 같은 동그란 얼굴, 몸은 6살 난 사내아이의 작은 키에 꼬리가 달렸지만 철봉을 매우 잘 쓰는 개구쟁이 같은 영웅이 와서 그대들을 구해 줄 것이다!' 라고요."

"흠, 누군지 엉뚱한 신들이군. 이 오공의 근본과 밑바탕을 이런 하찮은 승려들에게 털어놓다니!"

오공이 신통력으로 승려들이 겨우 끌고 올라온 수레들을 산산조각이 나도록 집어던지자 재목들이며 벽돌, 기왓장, 흙들이 언덕 아래로 멀리 날아 굴러 떨어진다. 그리고는 승려들에게 힘차게 호통친다.

"모두들 흩어지시오! 내가 국왕을 만나보고 그 도사들을 쫓아낼테니!"

"오공님, 우리들은 달아나 봤자 얼마 못 가서 곳곳에 퍼져 있는 관리들에게 붙잡히고 맙니다."

'아차, 그렇지!' 생각한 오공은,

"그렇다면 저 숲 속에 들어가서 내일까지만 참고 기다리시오. 일이 끝나는 데로 연락을 줄테니!"

수천 명의 승려들은 숲 속으로 조용히 들어가고, 오공은 잽싸게 삼장에게 날아온다.

그간의 일을 설명한 오공은 삼장을 모시고 구름다리를 지나 성안으로 들어 가는데, 마치 앞으로 일어날 무서운 피비린내 나는 일들을 예감하듯 서산에 지기 시작하는 황혼이 무거운 검붉은 빛으로 성벽과 주위에 깔린다…….

삼장 일행을 본 지나가는 행인들은 마구 달아난다. 아마 관리들이 승려들을 보면 그 즉시 잡아가므로 겁이 나서 그런가 보다.

일행은 건물 한쪽이 무너져 내려앉은 어느 허름한 절에 들어가 먼지가 잔뜩 쌓인 빈 방을 대충 쓸고서 하룻밤 잠을 청하려 하는데 어디선가 요란한 북과 나팔소리가 난다.

오공이 벌떡 일어나 거리에 나가 자세히 살펴보니, 세 명의 도사들이 높고 화려한 수레에 올라앉아 근처의 거대한 도교사원으로 들어가고 있다. 은은한 불빛에 빛나는 웅장한 도교의 궁전 안에서는 과일을 풍성하게 쌓아놓고 도덕경을 강한다. 어디선지 향기로운 연기가 맑은 하늘에 올라 퍼지며 오공이 있는 곳에도 스쳐 지나간다. 오공이 도사들을 따르는 수백 명에 뒤섞여 높이 앉아 있는 늙은 세 도사를 유심히 살펴보니, 그들이 바로 말·사슴·양의 세 신선들인 것 같다.

이 궁 안에서는 7~8백 명은 됨직한 이들이 종과 북을 울리며 향불을 피우고 제문을 읽고 있다. 오공은 생각 같아선 당장에 여의봉으로 늙은 도사들을 한 대씩 때려주고 싶지만 참는다. 손바닥 하나로 소리를 낼 수 없다고 하지 않는가?

다시 절로 돌아오니 삼장과 유성은 피곤한지 사지를 쭉 펴고 이미 잠들어 있다. 오공이 유성을 살살 흔들어 깨우니 유성은 눈을 가늘게 뜨고,

"형은 안 자고 뭐하고 있는 거요?"

"잠깐 일어나 나와 같이 어디 좀 가자. 맛있는 과일들을 줄테니!"

그러잖아도 하루 종일 먹은 게 없어서 속이 쓰리던 참에 맛있는 과일이 생긴다니? 벌떡 일어난 유성은 영문을 모르고 오공의 뒤를 따라가며 묻는다.

"이 깊은 밤에 어디에 먹을 것이 있다는 거요?"

"지금 도사들이 음식을 잔뜩 차려놓고 제사를 지내고 있거든! 한 입에 넣을 수 없을 만큼 커다란 만두며, 다 합치면 300킬로그램은 더 될 성싶은 갖가지 맛있는 떡들이며, 금방 지은 밥들은 몇 십 개의 그릇들에 수북이 담겨져 있고, 온갖 희귀한 과일들이 여기저기 널려 있으니, 사부님도 좀 갔다드릴 겸 같이 가서 먹자고!"

오공과 유성은 조심조심 궁 안의 뒤 공중으로 날아 올라간 후 오공이 속삭이듯 유성에게 말한다.

"우선 저 녀석들을 밖으로 내보낸 다음, 마음껏 먹자고."

꾀가 많은 오공이 숨을 한번 훅 불어대자 단번에 일진광풍이 불어 이 궁 안의 책과 종이들은 날아가 버리고 촛대며 화병을 쓸어 버린다. 갑자기 칠흑같이 어두워지자, 여러 도사들은 깜짝 놀라 어쩔 줄 모르고 어두운 궁 안에서 마구 더듬거린다.

이때 맏 신선이 말한다.

"우리가 기도하는 도중 신께서 보낸 바람이 이렇게 갑자기 불어 촛불을

꺼뜨렸으니 어디 경을 읽겠느냐? 그러니 내일 아침 일찍 이곳에 다시 와서 다 읽지 못한 경을 읽자."

모두들 제각기 흩어져 잠자리를 찾아가자 오공과 유성은 함께 구름을 내려 궁 안으로 들어간다. 배가 고픈 유성이 닥치는 대로 음식들을 집어 입에 쑤셔넣자, 오공이 여의봉으로 약하게 유성의 손을 때리니 굉장한 아픔에 유성은 손을 움츠리며 불평한다.

"아니, 먹을 때는 개도 안 때린다는데 왜 갑자기 나를 때려요?"

"그렇게 게걸대지 말고 점잖게 앉아 천천히 먹으라고."

"이 어둠 속에서 훔쳐 먹는 주제에 무슨 예의요? 초대를 받아 왔다면 또 몰라도……."

"너는 이 위에 있는 상들이 누구인지 아냐?"

"왼쪽이 진원신선, 오른쪽이 태상노군, 이 두 분들은 우리가 만나봐서 알겠지만 중간이 원시천존 아니오?"

"그럼, 우리 이 상들과 똑같이 변하여 마음 놓고 앉아 먹자구!"

둘은 선뜻 높은 대 위에 올라가 세 상들을 뒤쪽으로 밀어내더니,

"노군께서는 너무 오랫동안 앉아 계셔서 엉덩이가 꽤 아프실 겁니다. 이제부터 우리가 앉겠습니다."

유성은 진원신선으로, 오공은 태상노군으로, 그리고 오공의 한 가닥의 꼬리털은 원시천존으로 변하여 본래의 상들을 모두 밀쳐 버린다.

자리에 앉은 유성이 큰 만두를 덥썩 집어 입에 물자,

"이봐, 그렇게 조급하게 먹지 말라고."

"왜 또 그러는 거요?"

"음식을 먹는 것은 둘째 일! 우선 이 상들을 통해서 천기가 누설되면 안

되니 어디다 숨겨놓자고! 만약 우리가 음식을 먹고 있을 때 누군가 이곳에 와서 발각되면 곤란하니까!"

"우리는 이곳이 처음인데 이 밤중에 어디에다 숨겨놓는단 말이오?"

"내가 방금 들어올 때 보니까 오른쪽 아래에 큰 빈 건물이 하나 있더라고, 냄새가 고약한 걸로 보아 필시 곡식들이 윤회하는 곳일 거야!"

유성이 세 상들을 한꺼번에 껴안고 그곳으로 가서 문짝을 걷어차고 들여다 보니 널찍한 화장실이다.

"원숭이 형님은 정말 입심도 좋군! 똥간에다 곡식이 윤회하는 곳이라니! 어쨌든, 자 세 분께서는 오랫동안 앉아 계셨으니 잠시 뒷간에서 일 좀 보시오. 아무리 맛있는 음식도 먹고 나면 이렇게 똥이 되니 어디 우리 불법의 무상도 이곳에서 좀 느껴 보시오. 머릿속으로만 하는 생각보다도 이곳에서 명상하는 것이 더욱 실감날 거요."

이러한 똥범문을 지껄이며 신상들을 냅다 내동댕이치니 그 바람에 더러운 오물이 튀어 올라와 유성의 옷에 묻는다. 지독한 냄새를 풍기며 궁 안으로 들어오는 유성에게 오공은 묻는다.

"잘 숨겼니?"

"숨기기는 잘 숨겼는데, 똥물이 내 옷에 튀어서 구린내가 나니 좀 참아주시오."

오공은 본래 익은 음식을 별로 좋아하지 않는 편이라서 천을 찢어 코를 틀어막고 입으로 숨을 쉬며 과일들을 먹는다. 하지만 유성은 그 먹는 속도가 굉장하여 마치 흐르는 별들이 달을 쫓아가는 듯하고, 바람이 구름을 휘말아 버리는 것 같다. 더 이상 입에 넣을 수 없게 될 때까지 먹은 유성과 오공은 몇 개의 과일들과 약간의 떡을 싸 가지고 자리에서 일어나려는데, 아까 어둠 속에서 잃어버린 손방울을 찾으러 젊은 도사 한 사람이 궁 안으로 들어오고 있다.

그가 어둠 속에서 여기저기 구석구석 더듬거리며 방울을 찾아내어 나오려는데 어디선가 배부른 듯한 사람의 숨소리가 쉭쉭 들린다.

도사는 소스라치게 놀라 빨리 밖으로 뛰어나오려 하다가, 그만 과일 씨를 밟고 미끄러지며 뒤로 벌렁 나자빠진다. 쿵! 쾅! 요란한 소리와 함께 도자기 손방울도 땅에 떨어져 박살이 나고 만다.

그것을 본 유성이 그만 참지 못하고 "하하하!" 소리내며 웃자, 젊은 도사는 혼비백산 죽어라고 달아나서 늙은 도사들의 방문을 정신없이 두드린다.

"스승님, 스승님! 큰일 났습니다!"

이때 마침 잠을 자려고 자리에 눕던 늙은 도사들이 문을 열며 묻는다.

"무슨 일이 있느냐?"

젊은 도사는 벌벌 떨며,

"제가 방금 전에 잃어버린 손방울을 찾으러 궁 안에 들어갔었는데, 그 어둠속에서 웬 사람의 숨소리와 웃음소리가 들려와 저는 그만 뻗어 버릴 뻔했습니다!"

늙은 요괴들은 즉시 등불을 밝히며 궁 안으로 들어간다. 그러자 다른 도사들도 각자 자기들 방에서 우르르 몰려나와 등불을 들고 궁 안으로 들어간다. 오공과 유성은 이 소동에 꼼짝도 하지 않고 턱 버티고 앉아 신상인 척한다.

등불을 들고 궁 안의 앞뒤를 살펴본 도사들이 아무도 발견 못하자 말 신선이 고개를 갸웃거리며 중얼거린다.

"이상한데? 다른 보물들은 다 있는데, 제사상의 음식들만 모조리 없어지다니……."

그러자 사슴 신선이,

"땅 위에 씨가 떨어져 있고 껍질이 벗겨져 있으니 이것은 어떤 사람의 짓이 틀림없어!"

양 신선이 듣고 있다가,

"형님들! 우리들이 정성으로 기도하니까 하늘의 신들이 감동하시어 이곳에 내려와 음식들을 잡수신 게 틀림없습니다!"

말 신선이 고개를 끄덕이며,

"음, 그럴 듯한 말이야."

제자 도사들이 즉시 두 편으로 나뉘어 줄지어 서서 경을 읽으며 음악을 울리니 말 신선은 뽀얗게 일어나는 먼지가 궁 안에 가득 차도록 춤을 춘다. 춤을 다 추고 난 신선은 바닥에 엎드려 한차례 몸을 부르르 떨고 공손히 절하며 신상들에게 빈다.

"저희들은 무능한 중들을 없애고 도교를 빛내고자 합니다. 그래서 이렇게 촛불을 켜고 향불을 올리며 먹을 것을 바쳤는데, 저희들의 정성을 아시고 신들께서 이렇게 내려오시어 음식을 드셨으니 아직도 이곳에 계시다면 부디 우리들에게 오래 살 수 있는 약간의 성스러운 물이라도 내려 주십시오!"

오공은 거침없이 깊고 높은 목소리로 외친다.

"나의 후배 작은 신선들은 들어라! 모든 것들은 자연에서 나오는 것! 성스러운 물을 진정 원한다면 주기는 주겠지만, 우리들 앞에 빈 그릇을 가져오고 너희들은 전부 나가 있거라! 하늘의 비밀이 새 나가면 안 되니 문들을 모두 닫아야 하느니라!"

그러자 신선들은 얼른 차 주전자를 올려놓고 일제히 물러 나가니, 오공은

깨달음으로 가는 여행

자리에서 벌떡 일어나 아랫도리를 벗고 주전자 속에다 쏴아 쪼르륵 오줌을 싼다. 유성도 덩달아 일어나서 싸니 마치 폭포의 물이 쏟아지는 것처럼 힘차게 주전자에 넘쳐흐른다.

유성이 제자리에 앉자 오공은 소리친다.

"너희들은 들어와서 성스러운 물을 받아라!"

도사들은 모두 들어와서 은혜에 감사하며 공손히 잔을 들고 와서 우선 나이가 제일 많은 말 신선이 먼저 천천히 마신다.

"?……?"

입을 닦으며 표정이 묘하게 변하자, 사슴 신선이,

"형님, 맛이 어떻소?"

"음……! 좀 찝찔하고 들척지근한 게 이상한 걸!"

"나도 한번 맛 좀 봅시다."

하더니 한잔을 가득 따라서 죽 들이킨다.

"거, 영 맛이 이상한 걸?"

사슴 신선의 의미심장한 표정에 양 신선도 참지 못하고,

"그럼 나도 한잔 마셔 봅시다!"

하며 마시더니 얼굴을 찡그리며.

"무슨 신비한 물이 이렇게 고약하지?"

오공이 목소리를 가다듬으며 큰 음성으로 말한다.

"허어, 너희들 같은 어리석은 녀석들은 처음 본다. 어느 하늘신선이 너희 같은 괴물들이 귀여워서 내려온단 말이냐? 우리들은 서쪽으로 불경을 가지러 가는 승려들인데 배가 고파 이곳에 와서 음식을 먹고 나서 놀고 있던 차에 너희들이 들어와 성스러운 물을 달라고 절하며 졸라대서 오줌을 선사한

것이니라!"

 이 말에 도사들은 문을 모두 잠그며 오공과 유성을 향해 빗자루며 찻잔이고 할 것 없이 닥치는 대로 집어던진다. 오공과 유성은 높은 창문을 꿰뚫으며 날아올라 삼장의 자는 곳으로 돌아와서 잠을 청한다.

 다음날 아침, 삼장 일행은 국왕을 뵙고 통과증을 얻으러 궁궐 앞으로 가서 사정을 말한다. 이 말을 들은 국왕은 크게 노하여,

 "그놈들을 어찌하여 당장 체포하지 않느냐?"

 그러자 옆에 있던 신하 한 사람이 말한다.

 "그들이 이 먼 길을 오자면 많은 요괴들을 거쳐야 하는데, 이상하게 이곳까지 온 것을 보면 필시 무슨 힘이 있을 겁니다. 우선 그들을 만나보시고 결정 하시지요."

 이 말이 그럴 듯하여 왕의 허락하에 들어오는 삼장 일행이 왕에게 절을 하며 여권을 바치자, 이때 누군가 외친다.

 "국사님들이 오십니다!"

 왕은 크게 당황하여 보고 있던 여권을 급히 옆으로 치우며 자리에서 일어나 신하들에게 명령한다.

 "어서 그분들을 이리로 모셔라!"

 이 말이 끝나기도 전에 늙은 세 신선들이 어깨에 힘을 주며 국왕에게 인사도 없이 거만한 듯 들어오는데 모든 신하들은 고개를 숙이고 감히 얼굴조차 들지 못한다.

 국왕이 몸을 굽혀 절하며 묻는다.

 "국사께선 어인 일로 이렇게 오셨습니까?"

 신선들은 이 말에 대답도 않고 삼장 일행을 힐끗 바라보더니,

"저들은 누구요?"

한 신하에게 설명을 들은 그들은 웃으며,

"그놈들이 달아났는 줄 알았는데 겨우 이곳에 있군!"

국왕은 눈이 휘둥그레지면서,

"아니, 저들을 아십니까?"

"홍, 저 중들은 어제 우리 제자들을 때려 죽였고, 5천 명의 일하는 중들을 풀어 주었으며, 어젯밤 우리 궁 안에 들어와 신상들을 변소에 던져 버리고 제사음식을 모두 먹었으며, 오줌을 성스러운 물이라고 속여 우리들에게 마시게 했소!"

국왕은 이 말을 듣자, 심장이 마구 뛰어 식은땀을 주르르 흘리면서 소리친다.

"당장에 저놈들을 잡아다 처형하라!"

오공이 조용히 나서더니 합장하며 말한다.

"폐하, 저희들은 어제 저녁 처음 이곳에 도착한 일행입니다. 저분이 말씀하신 것처럼 엄청난 일들을 길도 익숙하지 못한 저희들이 어떻게 하루저녁에 다 저지를 수 있겠습니까? 우리들이 그랬다면 저분에게 증거를 보여 달라고 하십시오."

본래 약간 흐리멍덩한 국왕은 오공의 말에 결정을 못내린다.

그때, 신하 한 사람이 와서 아뢴다.

"지금 궁궐 밖에서 마을의 촌장들이 찾아왔습니다."

국왕은 그들을 불러 묻는다.

"무슨 일로 왔는고?"

"금년 봄에는 비가 거의 내리지 않았습니다. 곧 여름이 되어 가뭄이 심해

질까 두려우니 신선님들에게 부탁하시어 비를 내리게 하여 주십시오!"

국왕은 노인들에게 말한다.

"곧 비가 내릴 것이니 그대들은 물러가라!"

촌장들이 기뻐하며 돌아가자, 왕은 삼장 일행에게 소리친다.

"너희들이 지금 당장 국사님과 겨루어 비를 내리게 하는 힘이 있다면 죄를 용서해 줄 것이고, 그렇지 않다면 처형을 당하리라!"

오공은 웃으며,

"비 내리는 것쯤이야 문제없습니다!"

궁궐 밖에 높은 단을 준비시킨 국왕은 몸소 밖에 나와 커다란 의자에 앉아 구경한다. 잠시 후 한 장군이 말을 타고 달려와 준비가 다 되었다고 하자, 먼저 말 신선이 단에 올라가니 단 위에는 29개의 별자리를 나타내는 깃발들이 꽂혀 있고, 상 위에는 촛불과 향 연기가 무럭무럭 피어오르며, 도교에 있는 여러 신들의 이름을 쓴 하얀 종이들이 바람에 펄럭이며 날린다.

말 신선은 거만하게 버티고 서서 왼손에는 보검을 쥐고, 오른손으로는 몇 장의 부적을 불에 태우며 주문을 외니 갑자기 공중에서 바람 기운이 떠돌기 시작 한다. 곧이어 보검으로 탁자를 한번 치며 주문을 외어대자 안개와 구름이 작뜩 낀다.

이것을 바라보는 오공은,

"흠, 저 녀석이 제법 하는군! 이대로 두면 안 되겠는데!"

슬며시 꼬리털 하나를 뽑아 자기와 똑같은 몸을 만들어 놓은 본래의 오공은 하늘로 올라가서 보니 바람을 부는 할머니, 구름을 밀고 오는 동자, 보따리에서 안개를 풀어내는 남자가 보인다.

오공은 버럭 소리를 지른다.

"누가 감히 요괴들을 도와 주느냐? 그만두지 못할까?"

여의봉을 든 화난 오공을 본 신들은 크게 놀라 황급히 절을 하며 하던 일들을 멈추니 햇볕만 쨍쨍 난다.

이상하게 여긴 말 도사는 초조해져 보검을 높이 들며 주문을 외자, 천둥번개를 치는 하늘의 장군들이 하늘문을 열며 내려온다. 이것을 본 오공은 그들 앞을 막아서며 묻는다.

"너희들은 누구의 명령으로 이런 일들을 하느냐?"

장군들은 오공에게 절하며,

"저 도사의 술법은 진짜입니다! 그가 부적을 태우며 주문을 외우면 옥황상제께서는 놀라 우리들에게 명하여 비를 내리게 하는데 돕도록 하십니다."

"그대들은 잠시 기다렸다가 나를 도와달라."

천둥 번개도 치지 않자, 더욱 조급해진 도사는 머리를 풀어헤치며 부적을 태우고 주문을 외우며 보검으로 탁자를 세게 내리치자, 공중에서는 사해 용왕들이 일제히 달려온다. 그들을 본 오공은 호통친다.

"그대들은 어디를 가는 거요?"

용왕들에게 하늘의 신장들과 같은 말을 들은 오공은,

"전번에는 수고만 하고 성공하지 못했으나, 이번에는 나를 도와 주시오! 그리고 서해 용왕님! 아드님 덕택에 우리 사부님을 구출해서 감사합니다!"

그러자 서해 용왕은,

"그 녀석은 지금 바다 속에서 나오지 못하게 쇠사슬로 단단히 묶어놓고 오공의 처분만 기다리고 있습니다."

"그런 집안일들은 스스로 알아서 하시고…… 이제 곧 나의 차례가 오는데 나는 저 도사처럼 근사한 모양을 내며 소리칠 줄을 모르니 그저 여의봉을 한

번 치켜 올리면 비를 내려 주시오."

 모두들 그렇게 하겠다고 대답하자, 오공은 슬그머니 본 자리로 내려와 가짜를 거두며 도사에게 소리친다.

 "선생께선 몇 번이나 소리쳐도 비를 내리지 못했으니 이제 그만 내려 오시오. 내 차례요!"

 도사는 할 수 없이 뾰로통해져 말 같은 긴 입이 더 길어지며 단에서 내려와 왕에게 가서 말한다,

 "오늘 용왕들이 외출하고 집에 없어서 비를 못내리겠습니다."

 멀리서 이 말을 들은 오공은 거친 음성으로 호통 친다.

 "용왕들이 없다고? 우리 사부님이 부를테니 구경이나 하시오!"

 오공은 삼장에게,

 "자, 사부님께서 할 차례입니다."

 "오공아, 내가 어떻게 비를 내린단 말이냐? 응?"

 "걱정 마시고 단에 올라가시면 그저 심경이나 외우고 계십시오. 나머지는 내가 다 알아서 할 테니까!"

 삼장이 점잖게 홀로 높은 단에 올라가 묵묵히 반야심경을 외우고 있으니까, 장수 한 명이 다가와서 대들 듯이 묻는다.

 "당신은 왜 보검도 부적도 불사르지 않소?"

 오공이 야단치듯 그에게 크게 호통 친다.

 "우리는 그저 조용히 기도만 하면 된다! 그 따위 자잘한 것들은 필요없어!"

 할 말을 잃은 장수는 멀쑥해져 물러난다.

 삼장이 얼마간 경을 외우자, 오공은 여의봉을 꺼내 들고 길게 늘리며 공

중을향해 치켜드니, 공중에서 갑자기 뼈가 으스러지듯 맹렬한 천둥 번개가 치며 우당탕탕 요란한 소리와 함께 검은 구름이 잔뜩 끼어 세상은 어두컴컴해지고 거센 바람은 획획 불어 집들의 기왓장과 벽돌들이 마구 휘날려 멀리 날아가며 안개가 잔뜩 끼어 눈앞에도 보이지 않는다.

　이렇게 번갯불은 번쩍번쩍 하늘을 쪼개고 산을 흔들며 엄청 큰 수레바퀴가 자갈밭을 구르는 듯한 천둥소리와 함께 굉장한 소나기가 내리는데, 세상을 뒤집어엎을 듯한 이 굉장한 기세에 성안의 사람들은 겁이나 집집마다 문을 닫고 향을 피우며 귀신을 쫓아내고자 기도한다.

　뇌성벽력은 그칠 줄 모르고 점점 더 심해지며 심하게 내리던 소나기도 더욱 기세를 부리면서 온 천지를 뒤덮는다. 마치 하늘 위에서 수억 개의 은하수가 쏟아지듯이 거리는 하얀 물결에 휩쓸리는 강물이 되었고, 마을의 집들은 이미 물밑에 잠겨버렸으며, 다리들은 흔적도 없이 사라졌다.

　순식간에 육지에 파도가 용솟음치고 언덕 밭들이 바다로 변해 버린 것이다. 이렇게 비는 그칠 줄 모르고 2시간이 넘게 쏟아지자, 국왕은 겁이 나서 소리친다.

　"그만, 그만 해라! 더 이상 내린다면 이 성조차 떠내려갈 것이다!"

　그 말에 오공이 여의봉을 한번 공중에 휘두르니 순식간에 모든 천둥 번개와 안개 구름들이 사라지고 바람도 잔잔해지더니 비가 뚝 그치며 햇빛이 쨍쨍 난다.

　국왕은 감탄하며 말한다.

　"과연 위대한 스님이구나! 우리 국사님들이 비를 내린 후 날이 개고나서도 얼마간 가는 비가 내리며 날씨가 좋지 못했는데, 이 스님은 당장에 구름 한점 없는 화창한 하늘을 만들다니!"

마음이 몹시 흡족한 국왕이 삼장 일행의 여권에 마악 도장을 찍어 주려고 하는데, 세 신선들이 가로막으며 말한다.

"폐하, 이번에 내린 비는 저 승려들의 힘이 아닙니다. 우리들의 힘입니다."

국왕은 약간 의심스럽다는 듯이 신선을 바라보며 말한다.

"국사님은 용왕이 집에 없어 비를 내리게 하지 못하겠다고 말씀 하신 후, 저 승려들이 비를 내렸는데 무슨 다른 뜻이 있습니까?"

말 신선이 나서며,

"제가 비를 불렀을 때 용왕들이 약간 늦게 도착했을 뿐인데, 저 승려가 그때 마침 단에 올라가게 되어 비가 내렸으니 저희가 비를 내린 거나 다름 없습니다."

흐리멍덩한 국왕이 결단을 못 내리고 어쩔 줄 몰라 하자, 오공은 말한다.

"비를 내린 힘이 내 것이니 네 것이니 할 필요가 없습니다! 제가 놓아주지 않았기 때문에 사해 용왕들은 아직도 구름 위에 있습니다. 만약 저 도사들이 용왕들의 몸이 나타나도록 할 수 있다면 저희가 진 걸로 하지요."

왕은 '이 작은 중이 제법 알차게 뼈 있는 소리를 하는구나!' 싶어 말한다.

"내가 왕이 된 지 벌써 23년이나 됐으나 살아 있는 용이 어떻게 생겼는지 아직 본 일이 없다. 그대들이 법력으로 용을 보여 주도록 하라! 보여 주는 쪽의 종교를 널리 펼칠 것이고 불러내지 못하는 쪽은 죄로써 다스리겠다!"

도사들은 실망으로 가득 차서,

"나는 못하겠으니 당신들이 해 보시오."

그러자 오공은 하늘을 우러러보며 힘찬 목소리로 외친다.

"사해의 용왕님들은 모두 원신(본래의 몸)을 나타내어 우리에게 보여 주시오!"

오공의 목소리를 들은 용왕들이 구름을 걷고 안개를 뿜으며 거대한 몸들을 보이니, 날 듯이 춤을 추듯이 궁궐을 향한 무지무지하게 큰 네 용의 몸에 있는 비늘은 햇볕에 반사되어 하늘과 땅이 온통 무지개 빛으로 휘황찬란하고 사슴과 같은 뿔은 깨끗하며 꼿꼿하여 고고해 보이고 둥근 눈동자들은 번쩍번쩍 빛나며 동그란 콧구멍에서 내뿜는 숨결은 불을 내뿜는 것 같다. 날카롭게 뻗어 있는 발톱 사이로 쥐고 있는 빛나는 여의주! 아! 하나만 손에 넣어도 무슨 소원이든 들어준다고 하지 않는가?

국왕과 신하들은 머리를 조아리며 절을 한다. 이윽고 국왕은 엄숙한 마음으로 말한다.

"귀하신 몸으로 이곳까지 오시어 감사합니다! 오래 계시면 저희들이 송구하오니 이제 그만 돌아가 주십시오."

이 말에 오공이 소리친다.

"용왕님들! 이제 됐으니 돌아들 가십시오! 국왕께서 나중에 사례한답니다!"

오공의 말에 용왕들은 찬란한 황금빛을 휘날리며 뿔뿔이 흩어져 돌아가고 다른 신들도 각자 하늘로 올라간다.

국왕은 삼장을 존경하는 눈빛으로 바라보며 여권에 도장을 찍어 준다.

"이제 서쪽으로 떠나셔도 됩니다."

아직도 그곳에 남아 있던 세 신선들은 국왕에게 엎어질 듯 절을 하며 말한다.

"폐하! 저희들은 15년 간이나 이 나라를 평화롭고 부유하게 만들었습니다. 오늘에 와서 저 요상한 중들에게 속임을 받아 저희들의 이름이 더럽혀졌으니 폐하께서 저들을 존경하심은 우리들을 경멸하는 것과 같습니다! 이렇게 엎드려 청하오니 저희들이 저들과 다시 한번 겨루게 하여 주십시오!"

이 말에 줏대가 없는 흐리멍덩한 국왕이 묻는다.

"국사님, 이번에는 저들과 무슨 시합을 하시겠습니까?"

"구름사다리 위에 성인의 모습을 나타내다' 라는 게임입니다!"

"예? 무슨 말뜻인지요?"

"백 개의 상을 50개씩 나누어 쌓아 올린 다음 그 위에 올라가는데 구름을 타고 올라가야 하며 한번 앉으면 손가락 하나 움직이지 않고 오랫동안 앉아 있는 것입니다."

국왕이 오공에게 묻는다.

"스님들께서는 이 시합을 하시겠습니까?"

이 말에 오공은 아무 말도 않고 잠자코 있는다.

이에 갑갑해진 유성은,

"아니, 형님! 왜 대답을 않고 있는 거요?"

"야, 유성아! 사실은 내가 하늘과 땅을 뒤엎고 바다와 강물의 흐름을 바꾸며 달과 별들을 움직일 수 있지만, 좌선하기는 좀 힘들어! 내겐 참을성이 없거든! 나를 쇠기둥에다 쇠줄로 꽁꽁 묶어 놓아도 위아래로 기어서 빠져 나오면 나왔지 오랫동안 조용히 앉아 있는 것은 싫어!"

이때 삼장이 나서며,

"좌선이라면 내가 할 줄 알지!"

"아, 그것 참 잘 됐군요! 그런데 사부님께서는 얼마나 오래 앉아 계실 수 있습니까?"

"글쎄, 한번 앉으면 2,3년? 이만하면 되겠니?"

"아니, 그렇게 오래 앉아 계시면 우리는 언제 서쪽으로 갑니까? 저 도사가 아무리 앉아 있는다 해도 2,3시간밖에 안 될 테니, 적당히 앉아 계시다가 내려 오십시오."

"그래, 알았다. 그런데 내가 구름을 탈 줄 모르니 그것이 걱정이구나!"

"제가 모시고 올라가지요."

잠시 후 50개의 상들이 높게 쌓이자 말 신선은 가볍게 몸을 솟구쳐 올라 서쪽에 있는 높은 상 위에 앉는다.

오공은 즉시 하나의 꼬리털을 뽑아 가짜 오공을 만들어 세운 후, 삼장의 몸 주위에 오색구름을 펼치어 오공이 도와주는 것을 도사들이 보지 못하게 하며 뒤에서 삼장을 껴안더니 공중으로 휙 올라 삼장을 동쪽의 높은 상 위에 올려 놓은 후, 한 마리의 작은 새로 변하여 날아 내려온다.

얼마 후 밑에서 보고 있던 사슴 신선은 승부가 쉽게 날 것 같지 않자, 말 신선을 도와주려고 머리털 한 가닥을 슬그머니 뽑아 꼬깃꼬깃 뭉쳐서 위로 톡 팅긴다. 그 털은 삼장의 머리 위에 떨어지는 동시에 빈대로 변하여 삼장을 마구 물어 뜯는다.

머리가 근질근질 해오며 여기저기에서 무언가 깨무는 듯한 아픔을 느끼는 삼장! 도저히 참을 수 없는 이 근질거리는 아픔에 머리를 살살 움츠리고 몸을 비비 꼬고 있으니 높이 쌓아올린 상들이 약간씩 흔들흔들 움직인다.

본래 좌선이라는 것은, 허공과 같은 고요한 마음이 억만 년의 시간이 흐르는속에서 항상 깨끗히 자각하고 있는 상태를 말하는데, 손가락 정도를 까딱이나 하겠는가?

사부의 알 수 없는 고통을 눈치챈 유성은 얼른 오공에게 말한다.

"저거! 사부님에게 무슨 일이 생긴 것 같소! 몸이 무척 간지러우신 것 같은데?"

"우리 사부님 같은 분이 좌선 중에 움직인다면, 이 세상에서 좌선할 수 있는 사람이 하나도 없지! 이건 분명 무슨 일이 일어난 걸 거야. 내가 가서 알아보고 오지!"

오공은 즉시 벌로 변하여 앵 하고 날아가 자세히 살펴보니 빈대 한 마리가 삼장의 목뒤를 물어뜯고 있다. 오공은 한순간에 빈대를 잡아 죽이고 삼장이 가려워하는 부분을 찾아 시원스럽게 긁어 준다.

'이건 분명히 저 도사들이 한 짓이 틀림없어! 그렇다면 나도 가만히 있을 수 없지!'

서쪽에 앉아 있는 말 도사에게 날아간 오공은 문득 한 마리 지네로 변하여 도사의 콧구멍으로 기어 들어가 한번 콕 싸 준다.

성스러운 모습을 구름상 위에 앉아 어쩌구 저쩌구 하던 말 도사는 지네의 공격에 몸을 훌쩍 뒤집더니 그만 아래로 나둥그러지며 땅으로 떨어져 하마터면 황천길로 갈 뻔했다. 여러 신하들이 달려와 구해 주었기 망정이지 아니면 통통 부운 콧구멍이 막혀 벌써 숨이 끊어졌을 것이다.

이 광경을 본 국왕은 크게 놀라며,

"어서 빨리 국사님을 모시고 몸을 씻겨 드려라!"

오공은 삼장 뒤로 가서 아래로 날아 내려오니 이로써 삼장의 승리인 것이다.

사슴 신선은 국왕에게 다가가서,

"폐하, 형님은 본래 약간의 중풍기가 있는 몸이라서 높은 곳에 올라가 바람을 쐬어 그렇게 된 것입니다!"

잠시 후 말 신선이 정신을 가다듬으며 몸을 씻고 나오더니 매우 성난 얼굴로 소리치듯 말한다.

"폐하, 이번에는 목을 자르고, 배를 가르며, 펄펄 끓는 기름 솥에 들어가는 세 가지 시합을 하겠습니다!"

국왕은 깜짝 놀라며,

"국사님, 그 세 가지는 모두 죽음으로 가게 하는 일입니다. 우리 이제 시합을 그만두고 저 승려들을 놓아줍시다!"

"문제없으니 허락해 주십시오!"

"정 그러시다면…… 여봐라! 도살하는 자를 이리로 불러라!"

국왕의 명령에 죄인들의 목을 자르는 얼굴이 험악한 자가 날이 시퍼런 칼을 들고 온다.

오공은 웃으며,

"이거 점점 일이 재미있게 되어 가는군!"

"아니, 형님은 두렵지도 않소?"

"나로 말할 것 같으면, 머리를 잘라도 말할 수 있고, 두 팔을 잘라도 사람을 때릴 수 있다. 두 다리가 없어도 걸을 수 있고, 배를 갈라도 즉시 아문다."

오공은 국왕 앞에 나서며,

"제가 먼저 하겠습니다."

이에 국왕은 오공에게,

"그대는 아직 나이가 어려서 죽음이라는 것이 무엇인지 모르는가 본데 한 번 죽고 나면 다시는 이 세상에 돌아올 수 없다는 것을 아는가?"

옆에 서 있던 말 신선이 말한다.

"저 꼬마가 무척 죽고 싶은가 본데 놔 두십시오!"

오공은 도사에게,

"국사님, 그럼 내가 먼저 실례하겠습니다."

목을 베는 자는 오공의 몸을 밧줄로 꽁꽁 묶어 널따랗고 낮은 상 위에 앉힌다. 그리고 입에 물을 한 모금 머금어 한번 칼날에 뿜은 후, 얼마간 칼춤을 추다가 문득 큰 호통소리와 함께 큰칼을 내리치니 오공의 목은 싹둑 베어져 땅에 뚝 떨어지더니 공이 구르듯 떼굴떼굴 멀찌감치 굴러간다.

그러나 오공의 목에서는 피 한 방울 나지 않고 뱃속에서 소리가 들려온다.

"머리야, 이리 오너라!"

이것을 본 사슴 신선은 놀라서 뒤로 나둥그러질 뻔하다가, 이곳 땅의 신을 불러 말한다.

"저 머리를 꽉 잡고 있어라! 나중에 내가 너의 조그만 사당을 다시 크게 지어 줄테다! 아니, 흙으로 빚은 너의 상을 금으로 만들어 주마!"

어쨌든 신선의 '다섯 가지 번개' 라는 술법에 땅의 신은 할 수 없이 오공의 머리를 꽉 잡고 있다. 그것도 모르는 오공은 계속 소리친다.

"머리야! 이리 오너라!"

그러나 머리는 땅에 깊이 뿌리내린 것처럼 꼼짝도 하지 않는다. 점점 초조해진 오공은 주먹을 불끈 쥐고 몸에 칭칭 감긴 밧줄을 끊어 버리며,

"뻗어라!"

소리치니, 잘려 나간 목 속에서 머리 하나가 쏙 솟구쳐 나온다. 목을 벤 자는 크게 놀라 부들부들 떨고 이것을 본 신하가 급히 국왕에게 달려가 말한다.

"폐하, 저 작은 승려의 목을 베었는데, 또 다른 머리 하나가 뻗쳐 나왔습니다!"

이 말이 끝나기도 전에 오공이 궁 안으로 들어오며 삼장을 부른다.

"사부님!"

"오공아! 얼마나 힘들었니?"

"조금도 어렵지 않아요! 이렇게 재미있는 시합은 얼마든지 할 수 있습니다."

그들을 본 국왕은 약간 떨리는 목소리로 말한다.

"너희들을 놔 줄테니 어서 떠나거라! 어서!"

오공은 국왕을 똑바로 바라보며 똘똘하게 말한다.

"여권을 받는 것은 그리 급하지 않습니다. 국사님의 머리를 베었을 때 새로운 머리가 나오나 보셔야 할 게 아닙니까?"

이리하여 말 도사도 오공이 했던 것처럼 묶인 후, 목을 베는 자가 큰 칼로 내려치니 말 도사의 머리는 단번에 땅에 떨어져 멀리 굴러간다.

베어진 도사의 목에서도 오공처럼 피가 나지 않는다.

그 도사 역시 "머리야, 이리 오너라!" 하고 외치니 저 멀리 떨어져 나간 머리가 다시 몸체를 향하여 굴러오기 시작하자 오공은 하나의 꼬리털을 뽑아 누런 개로 변화시켜 도사의 머리를 덥석 물어 강가로 달아나 먹게 한다.

"머리야! 이리 오너라! 이리 와라, 머리야!"

연거푸 소리치지만, 개가 물고 멀리 달아났는데 머리가 돌아올 수 있을까? 기다리고 기다리다 지친 말 신선은 새 머리를 내놓지 못하고 그만 목에서 시뻘건 피가 솟아나며 가련하게도 푹 고꾸라지고 만다.

신하들이 달려가 살펴보니 그것은 대가리 없는 검은 말이었다.

궁 안에서 조급하게 기다리고 있는 국왕에게 한 신하가 급히 달려오며,

"폐하, 국사님의 머리를 베니 새로운 머리가 안 나오고 그대로 죽었는데

한 마리 커다란 검은 말이었습니다!"

이 말을 들은 왕은 두 눈동자가 뒤집혀질 정도로 놀라며 옆에 있는 두 명의 도사를 바라본다. 사슴 신선은 앞으로 나서며,

"우리 형님이 이미 죽었다 하더라도 어떻게 말이 될 수 있겠습니까? 이것은 반드시 저 녀석들의 술법 때문일 겁니다. 제가 배를 가르는 시합을 하겠습니다!"

이 말을 들은 오공은 기뻐하며,

"아, 잘됐다! 그러잖아도 얼마 전에 얻어 먹은 오래된 떡이 위장에서 소화도 안 되고 벌레가 생겼는지 속이 거북하던 차에 마침 배를 가르게 생겼으니 이 기회에 아예 오장을 깨끗이 씻어버리면 속이 편해지겠지! 그렇게 되면 깨끗한 몸으로 나중에 부처님도 만날 수 있게 될테고…… 이렇게 좋은 기회를 주셔서 감사합니다!"

오공의 요청에 따라 씻을 물을 옆에 갖다놓자, 오공은 웃옷을 벗고 넓은 상 위에 반듯이 눕는다. 칼을 쓰는 자가 오공의 배를 싹 가르자, 안에 있는 위장이며 대장·소장 등이 밖으로 흘러나온다.

오공은 두 손으로 오장을 끄집어내어 한참을 주물럭주물럭 물에 씻더니 도로 뱃속에 집어넣고 "합쳐져라!" 소리치니 열렸던 뱃가죽이 합쳐지며 칼에 상처 입은 자리가 순식간에 사라진다.

그 광경을 직접 본 국왕은 놀라서 한참 동안 두 눈을 동그랗게 뜨고 입을 딱 벌리다가, 여권을 내주며 길을 떠나라 한다.

"우리들이 길 떠나는 것은 항상 합니다. 그러니까 저 국사님의 배를 가르는 것을 보고 가겠습니다."

이리하여 사슴 도사가 의기양양하게 걸어가 상 위에 웃옷을 벗고 누운 뒤

칼 쓰는 자가 배를 가르자, 그도 역시 오장을 꺼내어 주물럭대며 물에 씻는다.

이때, 이미 오공의 꼬리털이 변한 굶주린 매가 하늘 위를 빙빙 돌고 있다가 도사의 오장을 가로채더니 하늘 높이 날아가 어느 산 바위 위에 앉아 먹어버린다.

졸지에 도사는 오장을 잃어버린 채 뱃속에는 피만 가득 고여 즉사하고 만다. 그의 죽은 모습을 살펴보니 큰 뿔이 달린 흰 사슴이었다.

이 처참한 광경을 본 국왕은 어쩔 줄 모르고 있는데 양 신선이 나서며,

"이 모든 것은 저들의 술법으로 형님들이 살해당한 것입니다. 제가 기름 가마 속에 들어가는 시합으로 원수를 갚겠습니다!"

오공은 헤헤 웃으며,

"참, 자상도 하십니다. 제가 몇 달 동안 목욕을 못해서 온몸이 근질근질 하던 차에 이렇게 생각해 주시니……."

펄펄 끓어오르는 기름 가마솥에 들어가기 전에 오공은 도사에게 묻는다.

"예의식로 할까요? 아니면 자연식으로 할까요?"

국왕은 고개를 갸우뚱하며,

"그건 무슨 뜻이냐?"

"예의식은 옷을 입은 채로 이 기름 솥에 들어가 누워 있으되 나올 때에 기름 한 방울도 옷에 묻어 있지 않아야 합니다! 자연식은 우리가 태어날 때처럼 그냥 발가벗고 뛰어들어 엎치락뒤치락하며 개구리처럼 헤엄치다가 나오는 것이지요뭐!"

양 신선은 왕에게 말한다.

"저자는 옷에다가 무슨 속임수를 쓸지 모르니까, 자연식으로 하라고 하

십시오!"

그리하여 오공은 옷을 홀랑 벗고 훌쩍 기름이 펄펄 끓는 가마솥 안으로 뛰어들어 마치 뜨뜻한 물에서 헤엄치는 어린애처럼 기분 좋게 마냥 장난질을 친다. 퐁당퐁당 한바탕 물장구를 치던 오공은 문득 장난을 치고 싶어서 한 개의 못으로 변하여 가마솥 밑바닥으로 가라앉는다.

얼마 동안 오공이 기름 위에 떠오르지 않자 이것을 바라보고 있던 국왕은 처음으로 기뻐하며 해골을 건져 오라고 명령한다.

신하 한 사람이 쇠그물로 건져내려고 하니 가느다란 못으로 변한 오공은 요리조리 굴러 피하여 달아나니 그것을 건지려고 하던 사람은 땀만 뻘뻘 흘리며 쩔쩔 매고 있다가 돌아와서,

"그 승려는 몸이 작고 뼈가 연하여 그만 흐물흐물 녹아 버렸습니다!"

국왕은 소리친다.

"저 두 승려를 잡아 묶어라!"

졸지에 꽁꽁 묶인 삼장과 유성, 삼장은 왕에게 말한다.

"저의 귀중한 제자를 잃어 버렸는데 어찌 제가 살기를 바라겠습니까? 저의 마지막 소원이니 물 한 그릇과 밥 한 그릇, 종이 몇 장만 주십시오. 그것으로 스승과 제자 간의 정을 표하고 죽어도 한이 없겠습니다."

이 의기 있는 삼장의 말에 국왕은 감탄하며,

"과연 그대는 보기와 같이 훌륭한 인격자로다! 당장, 이 스님이 원한 것을 갖다 주어라!"

삼장은 가마솥 앞에 가서 제문을 읽기 시작한다.

나의 사랑하는 제자 손오공!

그 동안 너는 나의 꾸지람까지 들어 가며 먹을 것을 얻어다 주고

수많은 요괴들로부터 나를 보호하느라고 얼마나 고생이 많았니?

우리는 서로 의지하며 겨우 여기까지 왔는데…….

아! 정이 깊으면 헤어짐의 아픔이 온다고 하더니

너는 나에게 잊을 수 없는 깊은 애정의 슬픔을 남기고 가는구나!

조금은 잘난 척했고 말썽도 많았지만,

그래도 내가 사랑하는 오공아!…….

지금 너의 영혼이 내 말을 들을 수 있다면,

먼저 부처님이 계신 곳에 가 있거라!…….

가마솥 안에서 이 말을 가만히 듣고 있던 오공은, 살며시 머리를 내밀며 말한다.

"사부님, 사실 누가 잘난 척 안 하고 싶은 사람이 있습니까? 그 예의라는 것 때문에 다들 좀 참고 있는 것뿐이지요."

갑자기 머리를 내밀고 말을 하는 오공을 본 삼장은 기겁을 하며 몇 발짝 물러섰고 오공이 죽었다고 말한 신하는 이것을 보고,

"폐하, 죽은 영혼이 나타났습니다!"

오공은 당장에 가마솥에서 뛰어나와 죽었다고 말하는 신하를 여의봉으로 내려치니 순식간에 그 신하는 고깃덩어리가 된다.

"내가 죽었다고?"

라며 소리치는 오공의 몸에서 흘러내리는 기름은 아직도 뜨거워 떨어지는 기름 방울들에 바닥이 불붙으면서 다시 오공의 몸에 있는 기름을 불태운다.

겁이 난 국왕이 슬며시 자리에서 일어나 나가려고 하자 불타는 기름투성이인 오공이 막아서며 무섭게 호통친다.

"폐하! 어디로 가십니까? 저 세 번째 국사님에게 기름 가마솥에 들어가라고 하셔야 되지 않습니까?"

국왕은 오공의 위협적인 말투에 어쩔 줄 모르고,

"국사님, 저를 살려주시는 셈치고 어서 가마솥으로 들어가시어 매 맞는 것을 면하게 해주십시오!"

애원하듯 빌고 있는 이 줏대 없는 국왕의 말은 간절하다.

이 말에 양 신선은 옷을 훌훌 벗고 가마솥 안으로 들어가더니 목욕을 한다.

오공이 다가가서 기름 솥에 손을 넣어보니 어찌된 일인가? 좀전까지 펄펄 끓던 뜨거운 기름이 싸늘하게 식어 있다니?

'이건 누군가가 도와주고 있는 것이야!'

오공은 급히 공중으로 몸을 날려 살펴보니 북해 용왕이 보인다.

"이 뿔 솟은 지렁이 놈아! 네 놈은 왜 저런 괴물을 도와 기름을 차갑게 하느냐?"

서슬이 퍼래지도록 화가 난 오공을 본 용왕은 잔뜩 겁을 먹고 허리를 굽신거리며,

"제가 어찌 그를 감싸주겠습니까? 그러나 저 도사는 얼음바다의 술법을 써서 할 수 없이 이렇게 된 것입니다. 이미 죽은 두 짐승들도 오공께서 그들의 술법을 깨뜨린 관계로 본래의 모습을 드러낸 것입니다. 저들의 신선도는 바른길에서 어긋나는 것으로써 제가 당장에 얼음 기운을 빼버려 다시는 못된 짓을 못하게 저 녀석의 뼈가 흐물흐물할 때까지 태우겠습니다."

성미 급하게 호통 친 오공은 미안해 하며,

"그렇다면 어서 거두시오. 이 여의봉으로 한 대 맞기 전에……."

용왕은 즉시 구름 속에 몸을 숨기며 가마솥으로 쏙 내려가서 얼음 기운을 빼버리고 북쪽바다로 사라진다.

오공이 내려와 보니 가마솥 안에는 커다란 한 마리의 산양이 잠시 허우적거리며 기어 나오려고 하다가 미끄러져서 순식간에 먹음직스러운 산양 국이 된다.

이것을 멍하니 쳐다본 국왕은 그만 눈물을 주르륵 흘리며 혼자 푸념하듯 중얼거린다.

"저런 인재들은 이제 두 번 다시 얻지 못하겠지…… 그렇게 강했던 술법들도 소용이 없었단 말인가? 헛된 술법 때문에 오히려 이렇게 비참하게 목숨을 마쳤으니 이럴 줄 알았다면 왜 깊은 산속에 숨어 살지 않았소?……."

용좌에 앉은 국왕이 샘물이 넘치듯 눈물을 그치지 못하고 흐느끼며 울고 있는데…… 저녁 해는 차츰 산 뒤로 넘어가고 있고 넓게 텅 빈 허공은 짙푸르게 비어 있다.

검은 산들 위에는 아직도 밝고 엷은 푸른색이라서 산 능선들이 마치 코끼리의 등처럼 보인다…… 한없이 울고 있는 왕을 오공은 보다 못하여 앞으로 나서며 큰 목소리로 말한다.

"폐하께서는 어찌 이리도 정신을 못차리십니까? 저 도사들의 시체를 보십시오. 첫째는 검은 말이요, 둘째는 사슴이고, 셋째는 큰 양인데, 사람이 죽으면 저렇게 되지 않습니다. 저들은 본래 산짐승들이 요정이 된 것으로 비록 폐하와 백성들을 아직 해치지 않았다 할지라도 짐승요괴와 인간이 같이 살 수는 없는 법, 언젠가는 이 나라가 큰 피해를 입게 될 것입니다! 신통술이라는 것은 쓸 때는 편하지만, 이것은 인위적으로 자연을 조절하는 것이니 나중에는 반드시 더 일찍 자연을 파괴할 것입니다. 그러니 그렇게 애석하게 슬퍼하시지만 마시고 어서 여권을 주십시오."

이 말에 겨우 정신을 차린 국왕은 울음을 그치며,

"스님들의 가르침에 진심으로 감사하오. 떠날 길이 바쁘시겠지만, 이미 날이 어두워졌으니 하룻밤 쉬고 가십시오……."

왕은 신하들에게 왕궁 안의 특별손님을 모시는 궁에 삼장 일행을 안내하게 하여 편히 쉬게 한다.

다음날 아침, 어제 일어난 엄청나고 신기한 많은 사건들이 마치 몇 백 년 전에 일어났던 것처럼 기억 속에서 까마득하기도 하지만 아직도 생생하여 마치 꿈을 꾸고 있는 환상의 세계에서 금방 깨어난 것 같은 국왕은 아침 일찍 많은 신하들과 함께 아침모임을 갖고 군사들을 풀어 숲 속에 숨어 있는 승려들을 데려오라고 한다.

소식을 들은 5천 명의 승려들은 모두들 기뻐하고 궁 안으로 들어와 오공에게 큰절을 하면서 "오공 만세! 오공 만세!" 하며 성이 들썩거리게 소리친다.

5천명의 승려들과 수많은 백성들, 그리고 신하들과 작별인사를 하는 오공은 국왕을 바라보며,

"모든 법이 하나의 이치로 돌아가니 폐하께서는 부디 한쪽에 치우치지 마시고 모두 존경하시어 많은 인재들을 양육하시면 이 나라는 더욱더 부강해질 것입니다."

국왕은 이 말을 가슴에 간직하며 삼장 일행의 떠나는 것을 한참 동안 바라보다가 성안으로 들어간다. 이리하여 삼장 일행의 여행은 계속된다.

### 하늘로 이어지는 강

갖은 자잘한 일들을 거치며 한 석 달은 걸었을까? 서산으로 기울어 가는 해를 바라보며 길을 걷는 일행…….

차츰 어두워지는 넓고 검푸른 하늘에 둥근 보름달이 커다랗게 보이기 시작하자 삼장은 말을 멈추며 말한다.

"얘들아, 오늘은 어디서 쉬어 갈까?"

"달빛이 이렇게 밝으니 달과 함께 좀더 걸어갑시다. 가다가 인가가 나오면 쉬기로 하고요."

삼장은 오공의 이 말에 길을 계속 간다.

그런데 얼마를 가니 물결소리가 고고하게 들려온다.

"그것 참, 이제 우린 아주 막다른 골목에 들어섰군!"

"앞에 큰 강물이 가로놓여 있네!"

유성이 낙망한 빛을 하며 말하자 삼장도 힘없이 말한다.

"이 무지막지하게 넓은 강을 어떻게 건너냐?"

유성이 말한다.

"돌을 하나 집어 물속에 던져 봅시다. 만약 꼬르륵 하고 물거품이 일어나면 강의 깊이가 얕은 거고, 풍덩 하고 가라앉아 버리면 깊은 것이니 어디……."

유성은 집채 만한 큰 돌을 번쩍 들더니 저만치 물속으로 던진다.

풍덩 하는 소리와 함께 물결이 일며 돌이 가라앉아 버린다.

"사부님, 물이 굉장히 깊은 것 같습니다."

"그럼 강의 넓이는 얼마나 되겠니?"

"글쎄요……."

오공이 즉시 공중으로 뛰어올라 눈을 크게 뜨고 달빛 아래 사방을 살펴보더니 구름에서 내려와 말한다.

"굉장히 넓은 것 같습니다. 저는 밤중에도 100킬로미터는 쉽게 볼 수 있는데 저편의 강가가 보이질 않는데요. 강이 얼마나 넓기에 내 눈에도 보이지 않지?……."

혼자 말하듯이 오공의 돌아서서 하는 이 말에 삼장은 그만 긴 한숨을 쉰다.

이때 유성이 외친다.

"저길 좀 보세요. 강가에 사람이 서 있는데요?"

"아마 낚시를 하고 있는 모양인데 내가 가서 알아보고 오지!"

여의봉을 들고 오공은 그쪽으로 걸어간다. 아! 그러나 그것은 사람이 아니고 비석이었다. 자세히 살펴보니 이 강의 이름은 '하늘에 이어지는 강, 넓이가 200킬로미터' 이렇게 쓰여 있다.

어쩔 줄 모르는 일행이 멍하니 어두운 강물만 바라보고 있는데 어디선가

깨달음으로 가는 여행 55

멀리서 북소리가 들린다. 이에 삼장은,

"분명히 누군가 제를 지내고 있는 것 같은데 저곳에서 하룻밤 쉬고 내일 떠날 배편을 알아보자."

오공이 앞장서고 일행은 소리나는 쪽으로 걸어간다. 길 같지 않은 울퉁불퉁한 모래강가를 따라 한참을 걸어가니 2백여 채의 아담한 집들이 보인다. 북소리가 나던 곳은 바로 강가에 서 있는 커다란 집인데 촛불과 등불들이 휘황하게 켜져 있고 향 연기가 그윽하게 퍼져 나오는 걸로 보아 아직도 무슨 제를 올리는가 보다.

일행은 대문이 반쯤 열린 곳에 서서 잠시 머뭇거리자, 안에서 노인 한 분이 염주를 목에 걸고 입으로는 관음보살을 부르며 문을 닫으려 한다.

삼장은 급히 합장하며 인사한다.

"나무 관세음보살……."

노인은 삼장을 바라보더니,

"너무 늦게 오셨군, 스님."

"무슨 말씀이신지?"

"늦게 오셔서 안 됐소. 오려면 일찍 오셔야지! 벌써 저녁기도는 다 끝나가는데 이제 와서 무얼 하시려고? 헌데, 스님은 왜 이렇게 밤늦게 다니시오?"

"저희들은 여행 도중 날이 늦어 하룻밤 쉬어 갈까 부탁하러 왔습니다."

"아, 그래요? 그럼, 이리로 들어오십시오. 난 또 기도하러 오신 줄 알았지."

문안으로 들어오는 삼장일행을 노인은 바라본다.

얼굴이 훤하니 도와 덕이 높을 것 같은 삼장, 동자 같은 작은 키에 금빛 나는 두 눈이 반짝반짝 빛나며 아주 영리한 귀여운 얼굴을 가진 오공, 큰 키에 긴 칼을 찬 장군 같은 탄탄하고 훤칠한 몸매의 유성. 그 뒤를 따르는 훌륭한 백마.

이렇게 기이한 세 사람을 바라보던 노인은 속으로 감탄하며 하인들을 부른다.

"이 스님들에게 저녁밥을 잘 차려 드리고 쉬어 가실 방을 마련해 드려라!"

이때 경을 읽고 있던 몇 명의 스님들은 삼장 일행을 흘끗 바라보는데 일행이 어둠 속에서 아무 말 없이 자기들이 경을 읽는 것을 바라보고 있자, 흠칫 놀라며 자리에서 벌떡 일어나 합장하면서 떨리는 목소리로 인사한다. 그들은 이 세 사람들이 보통 사람들 같지 않아 보였던 것이다.

"아미타불!……"

삼장도 합장하며,

"방해드려서 미안합니다."

배가 무척 고팠던 일행. 삼장은 점잖게 밥을 먹는데 오공과 유성은 게걸스럽게 와구와구 먹으면서도 사부의 반찬에는 감히 젓가락을 안 댄다.

저녁을 먹고 난 일행과 경을 다 읽은 스님들 그리고 이 집 식구들이 모두 한 자리에 모여 앉아 차를 마시는데 30여 명이나 될 듯 싶게 방 안이 꽉 찬다.

삼장이 먼저 말문을 연다.

"아까 드린 제사는 죽은 이를 위한 것 같은데 누가 세상을 떠났습니까?"

노인은 걱정스러운 얼굴로 깊은 한숨을 푹 쉬며 말한다.

"이 강물 속에는 어느 신령스러운 신이 살고 있는데 좋은 날씨를 베풀어 주어 풍년을 도와주는 이유로 해마다 어린 사내아이 하나, 여자아이 하나를 원하고 있습니다. 올해는 우리 차례라서 이렇게 미리 제사를 지내고 있는 것이지요."

"노인께서는 자식들이 얼마나 됩니까?"

"저의 집안에는 자식 복이 없는지 제 나이 벌써 60살, 부끄럽게 자식이 없어서 늦게 둘째부인을 얻어 6살 난 딸만 하나 있고, 저의 아우가 5살 난 아들이 하나 있는데 늘그막에 겨우 생긴 자식들을 그 괴물에게 먹이로 주어야 하니 마음이 아파서 잠도 안 온답니다."

"그럼, 어디로 피신시키면 되지 않습니까?"

"저희들은 이 동네에만 몇 백 년 동안 대대로 살아와서 다른 곳도 모릅니다. 그는 이 마을에 자주 나타나는데 형상은 볼 수 없고 향기로운 냄새가 나면 우리들은 얼른 향을 사르고 절을 해야 합니다. 설사 이 애들을 이웃집에 숨긴다 해도, 그는 집집마다 젓가락이 몇 개나 있으며, 사람들의 생일까지 다 알고 있어서 잘못하면 모두 죽음만 당하지요."

"듣고 보니 사정이 딱하군요. 그 애들은 지금 어디 있습니까?"

노인이 사람들 속에 소리친다.

"칭칭아! 호돌아! 이리 오너라!"

사과를 하나씩 잔뜩 손에 움켜쥐고 뛰어놀고 있던 두 애들은 천진난만한 얼굴로 달려온다. 어린것들이 어찌 죽고 사는 것을 알 수 있겠는가?

두 아이의 모습을 바라보던 오공이 몸을 흔들어 호돌이와 똑같이 변하여 애들과 등잔 앞에서 뛰어노니 유성도 머리에 두 개의 구슬을 늘어뜨린 칭칭이라는 예쁜 여자애로 변한다.

노인 형제들은 깜짝 놀라며 절한다.

"당신들은 정말 훌륭한 재주를 가지셨군요!"

"노인들의 아이들과 똑같습니까?"

"예, 입이며 코, 목소리까지 다른 게 없습니다!"

"그럼, 우리들이 노인들의 아이들 대신 요괴에게 가겠소."

노인들은 코가 땅에 닿도록 절을 하며 감사해 한다.

"그렇게만 해 주신다면 당신들의 사부님께 황금 1,000냥을 여행 돈으로 쓰시라고 드리겠습니다!"

그러자 삼장은 손을 흔들며,

"아닙니다! 그렇게 많은 돈도 필요없고 그저 하룻밤만 신세지면 그것으로 족합니다. 저의 제자들은 신통력이 막강하여 분명히 요괴들을 잡아 올 겁니다."

삼장은 오공과 유성을 바라보며,

"그럼, 애들아! 너희들은 이 밤중에 할 일도 없고 하니 놀러 가는 셈치고 다녀들 오너라!"

"예, 사부님! 그럼 우리는 한바탕 잘 놀다가 오겠습니다."

이 집의 하인들은 사내아이로 변한 오공과 여자아이로 변한 유성을 두 개의 큰 쟁반에 올려 앉히더니 두 개의 상을 둘러메고 마당을 한 바퀴 돌고 나서 강가로 내려간다.

마을 사람들은 이미 촛불과 하얀 종이 깃발들이 펄럭이는 강변가의 제사상 위에 갖가지 과일들과 떡들을 차려놓고 호돌이와 칭칭이가 도착하자, 상 위에 앉혀놓고 절을 한 다음 북을 치며 부적을 태운 후 집으로 돌아간다.

깊은 강물이 출렁거리는 어두운 강변가에 외롭게 남아 있는 오공과 유성……

얼마의 시간이 지나도 아무도 오지 않자 유성은 기다리다 못해 말한다.

"형님, 우리 그만 집에 갑시다."

"우리 집이 어디 있나?"

"사부님이 계시는 집 말이오."

"쓸데없는 소리! 조금만 참고 기다려 보자구. 이대로 그냥 돌아간다면 도와주려다가 재앙을 갖다주게 돼!"

이런 말을 하고 있을 때 갑자기 바람 소리가 획획 난다.

"이크! 요괴가 나타나는 것 같은데요!"

"쉿, 조용히! 내가 저놈을 잡을테니!"

어둡고 껌껌한 깊은 강물 속에서 무언가 천천히 은빛을 나타내며 나온다. 붉은 구름에 휩싸여 몸은 볼 수 없으나 하얗게 번쩍거리는 두 눈과 톱니를 두 줄로 세워놓은 것과 같은 날카로운 이빨들이 보인다. 음산한 바람은 괴물이 몸을 움직일 때마다 일어나고 어두운 물 위에 멈추고 서서 호돌이와 칭칭이를 바라보는데 살기가 등등하다.

요괴는 묻는다.

"오늘의 제사는 누구네 집에서 지내는 거냐?"

호돌이는 생글생글 웃으며 대답한다.

"저희들은 호돌이와 칭칭이라고 합니다."

이 말에 요괴는 무언가 이상하다는 듯이 생각한다.

"이 호돌이란 녀석은 대담한 데가 있군! 대답도 또박또박 잘하고…… 전에 내가 한마디 물으면 울기만 했는데!"

"어쨌든, 지금 당장 너희들을 잡아먹겠다!"

"어서 잡수세요."

이 당돌한 호돌이의 말에 요괴는,

"해마다 나는 사내아이부터 먹었지만 이번엔 여자아이부터 먹어야지!"

하며 칭칭에게 다가가 손을 뻗어 덥석 잡는다.

칭칭이로 변했던 유성은 상 위에서 뛰어내리며 본래의 모습으로 돌아와 긴 칼을 빼어 단숨에 요괴의 손을 자르는데 퉁 하는 소리와 함께 무언가 떨어 진다. 가만히 살펴보니 그것은 큰 쟁반 만한 두 개의 비늘이다.

요괴는 깜짝 놀라 손을 움츠리며,

"너희들은 누구기에 나를 방해하느냐?"

본래의 모습으로 변한 오공은 앞으로 나서며,

"우리는 삼장스님을 모시고 서쪽으로 여행하는 도중 이곳 마을 사람들이 고통에 빠져 있기에 도와주려고 한다!"

이 말이 끝나기도 전에 유성이 요괴에게 재빠르게 달려들어 칼을 휘둘렀으나 놀란 요괴는 급히 강물 속으로 숨어 들어가 버린다. 요괴를 잡지 못한 오공과 유성은 눈이 빠지게 기다리고 있던 노인들과 삼장에게 돌아와 요괴와 싸운 이야기를 하며 말한다.

"그 요괴가 우리에게 겁을 먹고 달아났으니 이제는 쉽게 나타나지 않을 겁니다."

노인들은 기뻐하며 일행이 편히 쉴 수 있도록 잠자리를 마련해 준다.

한편, 물속으로 도망간 요괴는 궁중의 큰 자리에 앉아 침묵을 지키니 크고 작은 부하요괴들이 이상하게 여기며 묻는다.

"대왕님께서는 해마다 제사를 받으실 때마다 기쁜 얼굴로 돌아오셨는데 오늘은 어째서 그렇게 우울한 표정을 지으십니까?"

"올해는 재수가 없는지 나에게 달려드는 녀석들이 있어서 하마터면 목숨까지 잃을 뻔했다."

"그들이 누굽니까?"

"서쪽으로 불경을 가지러 가는 녀석들이라더군!"

그러자 얼룩덜룩한 옷을 입은 물돼지가 뒤뚱뒤뚱 걸어나와 절을 하더니,

"그까짓 걸 갖고 무얼 그리 걱정하십니까? 대왕께서는 강물을 뒤집어엎으시고 물을 얼리게 할 수 있으시니 오늘 밤 강물을 꽁꽁 얼려놓았다가 내일 아침 그들이 강을 건널 때 얼음을 깨뜨려 버리면 간단하게 그들을 잡으실 수 있지 않습니까?"

물돼지의 기발한 생각에 요괴는 통쾌하게 웃으며 당장 물 위로 솟구쳐 나와 허공을 밟고 서서 찬바람을 강물 위에 불어대어 강물을 꽁꽁 얼려놓고 눈을 내린다.

다음날 아침 일찍 삼장·오공·유성은 잠자리가 몹시 싸늘해지고 으슥으슥 추워지는 걸 느끼며 자리에서 일어난다.

방문을 연 오공은 소리친다.

"사부님, 눈이 옵니다! 눈이 와요!"

어린애처럼 기뻐하며 소리치는 오공에게 삼장은 말한다.

"아니, 9월도 아직 안 왔는데 벌써 눈이 와? 거참 이상하네?"

삼장이 밖으로 나와 강변을 바라보니 온 세상이 하얗게 흰 눈에 뒤덮여 있다.

"어쩐지 춥다 했더니 밤새 눈이 내려서 그랬군!"

세 사람은 눈이 휘둥그레지며 한참 동안 넋을 잃고 눈 구경을 하고 있다. 눈은 끊임없이 오전 내내 퍼부어 내리는데 마치 흰 옥가루를 뿌리고 솜을 날리는 것처럼 하늘이고 땅이고 강이고 온통 새하얗다.

이 집의 하인들은 눈을 쓸어 길을 틔우고 일행이 얼굴을 씻게 더운 물을

가져 오며 아침을 차려온다. 숯불을 가져와 따뜻해진 방 안에서 뜨거운 차를 마시는 삼장은 노인에게 묻는다.

"이곳에는 사계절이 없습니까?"

"당연히 있지요."

"그럼, 어째서 이렇게 일찍 눈이 내립니까?"

"지금이 8월 말이니 간혹 이렇게 많은 눈이 올 때가 있습니다."

"우리 나라에서는 겨울이 되어야 눈이 오는데……."

차를 마시고 난 일행은 방문을 열고 밖을 바라보니 좀전보다도 눈이 더욱 맹렬하게 퍼붓는다. 순식간에 60센티미터는 될 것같이 쌓였다.

점심때가 거의 되어 가니 그토록 쏟아져 흩날리던 눈발이 조용히 그친다. 노인이 한 상 가득히 잘 차려진 점심과 술을 가져오니 삼장은 술을 마시지 않는지라 오공과 유성만 즐겁게 마시는 것을 바라보며 노인에게 경을 가지러 가는 이야기를 들려준다.

시간은 흘러 어느덧 해가 기울고, 또 잘 차려온 저녁상을 받은 일행.

삼장은 불안한 얼굴로 노인에게 말한다.

"잠까지 재워 주시는데…… 이렇게 좋은 대접을 안 하셔도 됩니다."

"저의 자식들을 구해 주신 걸 생각하면 매일 잔칫상을 차려 드린다 해도 감사의 뜻을 다 못할텐데 그렇게 말씀하시면 오히려 제가 송구스럽습니다. 내일 날이 밝는 대로 이 늙은이가 무슨 수를 써서라도 스님을 강 저쪽으로 건너가시게 해 드릴테니 마음을 편안히 하시고 걱정하지 마십시오! 있는 재산 그런 일에나 쓰지 뭘 하겠습니까?"

이곳에서 하루를 더 지낸 삼장 일행이 아침 일찍 강변으로 나가보니 길가는 행인들이 서로 말을 주고받는다.

"정말 지독하게 추운 날씬데! 이 넓은 강물이 꽁꽁 얼어붙었는 걸!"
"얼마나 지독하게 얼었는지 마치 거울 같군! 저기 사람들이 오락가락하는 것 좀 봐!"

삼장이 바라보니 저 멀리 장사꾼들이 얼음 위를 걸어가고 있다.

삼장은 노인에게 묻는다.

"저 사람들은 어디로 가는 것입니까?"

"이 강을 건너면 여인들만 사는 나라가 나오는데 저 장사꾼들은 돈을 벌 욕심으로 목숨을 걸고 이 위험한 강을 왔다갔다 한답니다."

삼장은 혼잣말로 중얼거린다.

"아, 세상 사람들은 명예와 돈의 이익을 위하여 목숨을 아끼지 않고, 우리는 도를 위하여 목숨을 아끼지 않는구나!"

오공은,

"사부님, 제가 이 얼음이 얼마나 두꺼운지 알아보겠습니다."

강의 안쪽으로 얼마를 걸어간 오공이 여의봉으로 힘껏 얼음을 내려치니 두꺼운 얼음은 여의봉에 부딪쳐 불꽃을 튀기며 쿵쿵 소리만 나지 꼼짝도 안 한다.

노인은 삼장에게,

"스님, 얼음에 미끄러지시면 위험하니 며칠만 더 기다리십시오. 얼음이 녹게 되면 제가 배 한 척을 마련해 드릴테니 그것을 타고 가십시오!"

그래도 삼장이 고집을 피우며 한사코 떠나려 하자, 노인은 말발굽이 얼음에 미끄러지지 않게 밑이 날카로운 쇠굽을 달아 준다.

유성은 삼장에게 기다란 나무 작대기를 주면서,

"사부님, 이 작대기를 옆으로 해서 항상 들고 계십시오."

오공이 묻는다.

"야, 사부님 피곤하시게 그걸 왜 들라고 하니?"

"형님은 복숭아나무 위에서나 살았으니 잘 모르겠지만, 얼음이라는 것은 아무리 두꺼워도 틈이 있으면 쉽게 갈라질 수 있으니 만일 말이 잘못 발을 디뎌 물에 빠질 때 가로 질린 작대기가 있으면 편하기 때문이오."

오공은 속으로 픽 웃으며,

'바보도 제법 일리 있는 생각을 할 줄 아는군 그래! 내가 여지껏 너무 똑똑한체 했나?'

일행은 노인들의 식구들과 작별 인사를 한 후, 거울처럼 빛나는 얼음 위를 걸어가는데 오공은 앞장서서 여의봉으로 가로 떠메며, 삼장은 작대기를 가로 떠메고, 유성은 긴 칼을 가로 떠메며 앞으로 앞으로 걸어간다.

노인네 식구들은 삼장 일행이 얼음 위에서 점점이 멀어지자 집으로 돌아간다.

일행은 잠시 쉬고 싶어도 얼음 위라 오랫동안 멈추어 서 있지 못하고 계속 걸어간다.

날이 저물고 깜깜한 밤중에도 별들과 달빛을 받으며 계속 걸어간다. 얼음 위라 잠도 잘 수 없으니 밤새 계속 걸어간다. 날이 밝아지면 노인이 싸준 음식을 꺼내 먹으면서 계속 걸어간다. 이렇게 가기를 며칠……

어느 날 정오가 되어 가자 갑자기 얼음 밑에서 쨍 하고 소리가 난다. 이 소리에 백마가 놀라 하마터면 나가자빠질 뻔했다.

"이게 무슨 소리지?"

놀라 묻는 삼장의 말에 오공은,

"아마 강의 밑바닥까지 꽁꽁 얼어붙는 소리겠죠."

이때 강 밑에서 삼장이 오기를 기다리고 있던 요괴는 드디어 말발굽 소리가 들려오자 신통력을 써서 쨍 하고 얼음장을 크게 깨뜨려 버린다. 깜짝 놀란 오공은 즉시 공중으로 솟구쳐 올랐고 백마와 삼장, 짐을 진 유성은 그만 물속으로 풍덩 빠지고 만다.

요괴는 즉시 삼장을 붙잡아 강 깊이 내려와 궁 안으로 들어오면서 험악한 목소리로 외친다.

"애들아, 어서 식탁을 준비하고 잘 드는 칼을 가져오너라! 이 중의 배를 갈라 심장과 염통을 꺼내고 살을 발라내야겠다!"

그때 물돼지가 불안한 듯 말한다.

"잠시만 기다려 주십시오! 아무래도 저 제자 녀석들이 마음에 걸리니 한 이틀 동안 기다렸다가 공격해 오지 않으면 이것을 요리 하시지요. 놀라 급히 죽은 고기는 경직되어 맛이 가니까요!"

"그래, 일리가 있는 말이군. 그래서 그런지, 잡자마자 먹은 고기들은 질기고 맛이 없더라구!"

요괴는 물돼지의 말대로 삼장을 돌 감옥에 가둔다.

한편, 물속에서 말과 짐을 찾은 유성은 물길을 헤치며 위로 솟아오르니 오공이 공중에서 보고 있다가 묻는다.

"사부님은 어디 계시지?"

"갑자기 어디론가 행방을 감추시어 모르겠소. 우선 언덕으로 가서 방법을 생각합시다."

본래 은하수의 장군 유성과 용이 변한 백마는 물의 성질을 잘 알고 있어 얼음 위라 할지라도 삼장이 없으므로 빠른 속도로 뛰어 며칠을 걷던 얼음 길을 두어 시간 만에 노인들의 집으로 달려온다.

강가에서 이들이 달려오는 것을 목격한 하인 한 사람이 노인들에게 알린다.

"얼마 전에 길을 떠났던 스님들이 돌아오고 있습니다!"

그 말에 노인 형제가 황급히 문밖까지 나가보니 오공과 유성, 백마가 땀과 물에 흠뻑 젖어 돌아온다.

안타까운 마음으로 노인들은 말한다.

"저희들이 그렇게 말렸는데 막무가내로 가시더니…… 그런데 삼장스님은 어디 계십니까?"

"저와 같이 물에 빠지셔서 어떻게 되셨는지 모릅니다!"

유성의 이 말에 노인들은 눈물을 흘린다.

"아, 불쌍하신 스님! 고집을 부리고 가시더니 결국 돌아가시고 말았군요."

오공은 조용히 말한다.

"노인들, 걱정할 것 없습니다. 사부님은 그리 쉽게 돌아가실 분이 아니오. 이 일은 분명히 강 속의 요괴의 짓이니 이번에 우리들이 아예 그 요괴를 없애버려 이 마을을 평화롭게 하겠소. 우선 우리에게 먹을 것 좀 주시고 백마의 몸을 말려 주시오."

밥을 먹고 난 오공과 유성은 무기를 움켜쥐고 강변으로 날아간다. 곧 삼장이 빠졌던 곳에 이르자 둘은 서로 말할 것도 없이 즉시 얼음 강물 속으로 뛰어들어 헤엄치며 밑으로 밑으로 내려간다.

밑바닥까지의 거리는 50킬로미터! 둘이 한참을 헤엄치며 내려가다가 오공은 갑자기 유성을 놀려주려고 꼬리털을 하나 뽑아 가짜오공을 하나 만들어 놓고 자기는 작은 물벌레로 변하여 유성의 몸에 착 달라붙는다.

얼마쯤 가다가 가짜오공이 갑자기 물길에 밀려 훨훨 흘러가 버리자 유성은 깜짝 놀라 오공을 찾았지만 그림자조차 안 보인다.

"아니, 이럴수가? 형님 어디 계시오? 몸이 작고 가벼워 물살에 떠밀려 갔는가 본데! 이걸 어쩌지?"

돌아갈 수도 더 나아갈 수도 없는 이 상황에서 유성이 머뭇거리며 망설이고 있을 때 귓속에 숨어 있던 오공은 소리를 꽥 지른다.

"나야, 나! 네 귓속에 있어! 야, 내가 없어지더라도 사부님을 구하러 가야지 무얼 망설이고 있냐?"

유성은 머쓱해지며,

"아니, 사부님을 빨리 구해야 할 이 급한 상황에 장난질은 왜 하는 거요?"

"이 형님이 너의 평소의 마음가짐을 시험해 보느라고 그런다. 왜 할 말 있냐?"

이 장난질에 오공은 헤엄을 매우 잘 치는 유성에게 매달려 내려간다.

잠시 후 드디어 하나의 커다란 궁이 보이는데 성문 위를 바라보니 '자라의 성' 이라고 커다랗게 쓰여 있다.

"흠, 여기가 요괴가 살고 있는 곳이로군! 저 안에 물은 없는 것 같으니 내가 먼저 들어가서 알아보지."

오공은 즉시 다리가 기다란 새우할멈으로 변하여 성문 안으로 들어간다. 얼마를 들어가니 가운데 큰 건물 안에 요괴가 높은 자리에 앉아 있고, 얼룩덜룩한 옷을 입은 물돼지 영감은 그 옆에 서 있으며, 부하들이 양편으로 줄을 지어 늘어서 있다.

오공이 눈을 크게 뜨고 주위를 살펴 보았으나 삼장은 볼 수 없다. 이때 임신을 했는지 배가 통통하게 나온 새우 아줌마가 걸어 들어오더니 서쪽 줄에 가서 서 있는다.

오공은 얼른 뛰어가 묻는다.

"작은댁 아가씨, 얼마 전에 잡아왔다는 중은 어디 있소?"

"궁궐 뒤 돌감옥에 있지요. 내일까지 제자들이 안 나타나면 그를 잡아먹는대요. 나도 그 고기 한 점이라도 먹어볼 수 있다면! 내 뱃속의 아이들도 총명하게 태어날텐데!"

오공은 살며시 옆으로 빠져 나와 궁궐 뒤로 돌아간다. 과연 돌감옥이 보이는데 오공은 돌 틈 사이로 다가가 삼장이 앉아 있는 것을 보고 말한다.

"사부님, 제가 왔습니다. 곧 구해 드릴테니 안심하세요."

이 소리에 반가워 삼장은 자리에서 벌떡 일어나며,

"오공이냐? 빨리 좀 구해다오. 이 안은 좁아서 얼마 안 있으면 숨통 막혀 죽겠다."

"사부님, '좁고 갑갑하다'라는 생각을 놓아 버리시면 자신의 본체가 드러나니 비록 이곳에 계시더라도 우주의 넓은 공간에 사시는 것이 아닙니까?"

"너 언제부터 그렇게 똑똑해졌나? 이 세상에서는 육체가 없으면 말짱 도로아미타불이니 어서 나를 구하거라!"

"예, 알겠습니다!"

오공은 깡충깡충 뛰어나와 유성에게 돌아온다.

"사부님은 요괴가 잡아온 것이 틀림없는데 네가 먼저 싸움을 걸어 요괴를 잡을 수 있다면 좋겠지만 힘이 부치면 살살 물 밖으로 유인하라구! 나는 물 위로 나가서 기다렸다가 요괴가 나오면 당장에 때려 눕힐테니!"

오공은 힘차게 물 위로 올라가 솟구치며 언덕 위에 뛰어올라가서 기다린다.

유성은 성문을 발로 힘껏 걷어차며 소리친다.

"요괴는 어서 빨리 나의 사부님을 내보내라!"

부하요괴의 보고를 받은 요괴왕은 갑옷과 투구를 쓰며,

"아, 드디어 저것들이 왔군!"

몸차림을 단단히 한 요괴는 수백 명을 좌우로 거느리고 성문 밖으로 나온다.

굉장한 위세로 저마다 창칼을 들은 부하요괴들 앞에 선 요괴왕은 소리친다.

"어느 시답잖은 녀석이 남의 궁에 와서 시끄럽게 구느냐?"

"잔말 말고 우리 사부님을 내보내라! 아니면 네 놈을 쇠꼬챙이에다가 꿰어 구워 먹을테다."

화려한 꽃잎으로 무늬를 놓은 깨끗한 연줄기 같은 쇠자루를 들고 있는 요괴는 히죽히죽 웃으며,

"이번에는 전번과 다를 걸! 그때는 내가 무기를 가지고 있지 않았기 때문이었지만 이번에는 용서치 않겠다!"

두 사람은 즉시 서로 엉겨 싸우는데 유성의 칠성검이 요괴의 쇠줄기자루와 부딪칠 때마다 영혼을 꿰뚫을 듯한 날카로운 소리와 쇠자루에서는 고운 향내가 난다.

'이 특이한 물건을 가지고 있는 걸 보니 이놈은 중간에서 섣불리 요괴가 됐군!'

이렇게 생각한 유성은 30여 합을 싸워도 승부가 쉽사리 나지 않자 지는 체 뒷걸음치며 도망가기 시작한다. 요괴도 유성을 뒤쫓아가는데 두 사람의 헤엄치는 솜씨는 대단하여 마치 낙엽이 회오리바람에 휘날려 올라가듯 물위로 솟구친다.

동쪽 언덕에서 눈이 빠지게 기다리고 있던 오공은 갑자기 파도가 출렁대

며 무언가 용솟음쳐 오르는 것을 본다. 쏴아 하면서 먼저 솟아 나오는 것은 유성이고, 그 뒤를 따라 공중에 뛰어오르는 것은 요괴다.

유성의 뒤를 바싹 쫓는 요괴를 가로막은 오공은 잽싸게 여의봉으로 한 대 치니 요괴는 척 받아 막으며 오공을 때린다. 둘이 서로 맞붙어 싸운지 짧은 시간에 요괴는 오공의 위력을 감당할 수 없음을 직감하고 급히 뒤돌아 물속으로 도망친다. 유성이 재빨리 뒤쫓아 갔지만 도망치는 도둑이 따라오는 경찰보다 빠르다고 요괴는 무지하게 빠른 속도로 도망가 결국 놓치고 만다.

"이것 큰일 났네! 오늘 사부님을 구하지 못하면 요괴가 잡아 먹을텐데!"

유성의 이 말에 오공은,

"글쎄, 요괴의 출생을 알면 무슨 방법이 생기겠는데 알 수가 없으니 관음보살님에게 물어 봐야겠군!"

유성에게 잠시 기다리라도 말한 오공은 구름이 그을음이 나도록 쌩 날아간다. 30분도 채 안 되어 남해의 낙가산에 도착한 오공은 구름을 낮게 내리며 보타암 입구에 도착한다.

이 산을 지키고 있는 신들은 반갑게 오공을 맞이한다.

"어서 오십시오. 오공!"

"보살님은 안에 계십니까?"

"예! 보살님은 홀로 대나무 숲 속에서 계십니다. 오공께서 오시는 걸 알고 계시며 앉아 기다리라고 하셨습니다."

오공이 대나무 의자에 마악 앉으려 할 때 얼굴이 아주 귀여운 어린아이가 오공 앞으로 오더니,

"오공 형, 안녕!"

지난번에 오공을 초죽음으로 만들었던 선재동자다.

오공은 빙그레 웃으며,

"어? 그래, 안녕! 그 말썽꾸러기가 이렇게 착한 아이가 되었다니 기쁘구나!"

"응, 보살님이 나에게 무척 친절하게 잘 해주시는 걸! 이것도 다 오공 형 덕분이야!"

둘은 이렇게 이야기를 주고받으며 오래 기다렸으나 보살님은 전혀 나오실 기미가 안 난다. 오공은 초조해지며,

"선재야, 보살님에게 가서 오공이 애타게 기다리고 있다고 전해 줄래?"

"응, 하지만 보살님 스스로 나오실 때까지 기다려야 할 걸!"

다시 얼마간 기다리다 지친 오공은 도저히 참을 수가 없어서 혼자 어두컴컴한 깊은 대숲으로 보살님을 찾아 들어간다.

저 멀리 마른 대나무 껍질을 깔고 앉아 계신 보살님은 섬섬옥수에 날카로운 칼을 들고 대나무 껍질을 벗기고 계신다. 얼굴은 몹시 인자하고 자연스럽게 보였지만 아름다운 긴 검은 머리는 손질을 하지 않아 마구 흐트러져 헝클어진 채 보배로 장식한 화려한 관도 쓰시지 않았다.

수놓은 띠도 어깨에 걸치는 것도 없이 두 팔이 드러난 채 짧은 웃옷을 입으시고, 두 발은 맨발인 채 허리에는 하얀 비단치마를 질끈 동여맸다.

이 처음 보는 광경에 오공은 조용하게 다가가서,

"보살님, 오공이 인사드립니다."

보살은 쳐다보지도 않고 말한다.

"밖에서 기다리고 있거라."

"저어……, 기다릴 수가 없어서 이렇게 무리하게 들어왔습니다. 사부님께서 요괴에게 강물 속으로 잡혀 들어가 그 녀석의 출처를 알고자 물어보러 왔

습니다."

"밖에 나가 내가 나갈 때까지 기다리라니까!"

화가 나신 듯 소리치는 이 말에 오공은 할 수 없이 대나무 숲을 나와 선재에게 말한다.

"나원참, 오늘 따라 유난히도 집안일에 열중이시군! 몸치장도 안 하시고 안색도 별로 좋지 않으신 채 무엇 때문에 숲 속에서 대나무 껍질을 벗기고 계신담?……"

"나도 잘 모르겠지만, 그건 오공 형을 위해서 만드시는 것 같은데!"

오공은 할 수 없이 그저 기다리고 있는다.

잠시 후, 보살은 붉은 대나무 껍질로 만든 광주리를 손에 들고 숲 속에서 나오신다.

"이제 됐으니 가자!"

오공은 당황하여 땅에 털썩 꿇어앉으며,

"보살님, 그 옷차림으로 가시렵니까? 옷을 좀더 입으시고 머리도 좀 묶으시고 가십시오!"

"그럴 시간 없다. 이대로 가자!"

공중으로 솟구쳐 오른 보살이 구름 위에 서자, 구름은 상서로운 빛을 사방으로 발한다. 오공도 잠자코 그 뒤를 따르니 순식간에 둘은 유성이 있는 강가에 도착한다.

"참을성 없는 오공 형의 성미 급한 점은 알아줘야 한다니까! 어떻게 법석을 떨었기에 몸치장도 안 하신 보살님이 이곳까지 오시다니!"

강 언덕에 서 있던 유성은 보살이 구름을 강물 위로 가까이 내리자 합장하며 공손히 절을 한다.

보살은 반 공중에서 허리에 감고 있던 긴 끈을 풀어 광주리에 맨 후, 휙 강물 속으로 던지며 소리친다.

"작은 자들은 피하고 큰 자는 여기에 걸려라!"

잠시 후 광주리를 잡아당기니 번쩍번쩍 빛나는 한 마리의 큰 붕어가 광주리 속에서 눈을 크게 뜨고 펄떡펄떡 뛰고 있다.

"유성은 빨리 물속으로 들어가 삼장을 구해라!"

명을 받은 유성은 즉시 강물 속으로 뛰어들고 오공은 의아해 하며 묻는다.

"요괴를 아직 잡지 못했는데요?"

"이 붕어가 바로 그놈이다."

"이 붕어가요??"

"이 녀석은 나의 연못에 키우던 6백 살이 넘은 금붕어인데 매달 머리를 내놓고 나의 설법을 듣고 도를 닦아서 이렇게 된 것이다. 얼마 전, 바다 밀물이 섬에 들어왔을 때 그 물에 휩쓸려 여기까지 달아나 나쁜 짓을 하고 있었던 거다. 오늘 아침, 내가 설법을 마치고 연못가에서 꽃구경을 하고 있을 때 이놈이 절을 하러 오지 않더구나. 그래서 성급히 광주리를 만든 것이었지."

이렇게 관음보살과 오공이 말을 주고받고 있을 때 마을 사람들이 이 광경을 보고 모두 달려 나와 절을 하며 보살의 모습을 그리니 이것이 아직까지 전해내려오는 물고기를 탄 관음보살상이다.

광주리에 물고기를 담은 관음보살은 돌아가시고, 유성은 삼장을 구해 물 속에서 나온다. 그렇게 꽝꽝 얼었던 강물도 다 녹아버려 일행은 배를 타고 건너려고 하던 차에 느닷없이 강물 속에서 고함소리가 들려온다.

"오공, 배를 탈 필요가 없습니다! 제가 태워 드리지요."

소리나는 쪽을 바라본 마을 사람들은 깜짝 놀라 강가에서 저만치 달아난다.

천 년은 족히 넘었을 것 같은 무지무지하게 커다란 자라 한 마리가 이쪽으로 헤엄쳐 오고 있는 것이 아닌가? 자라는 다시 소리친다.

"모두 제 등에 올라 타십시오."

오공은 여의봉을 휘두르며 야단친다.

"너는 또 어떤 괴물인데 우리를 성가시게 구느냐?"

"이 강물 속의 궁은 본래 우리 자라들의 후손들이 대대로 물려받으며 살고 있었는데 9년 전에 갑자기 그 요괴 녀석이 나타나 저의 자식들과 신하들을 죽이고 궁마저 빼앗아 버렸습니다. 다행이 오늘 제가 다시 궁을 찾았으니 감사의 뜻으로 강 건너로 모시고 가려고 하는데 왜 저를 때리시려 합니까?"

"그럼 알았으니 이리로 올라오너라."

늙은 자라가 강변 모래사장을 기어 나오는데 그 등은 엷은 회색 같은 흰색에 지름이 15미터는 족히 넘을 것 같다.

이리하여 삼장은 조심조심 자라 등 위로 올라가고 유성은 백마를 끌고 올라간다. 그러나 오공은 아무래도 자라가 혹시 이상한 짓을 할까 싶어 늑대 심줄로 만든 띠를 풀어 자라 콧구멍을 꿰뚫어서 말고삐처럼 만든 다음, 발하나는 등껍질을 딛고 다른 발 하나는 머리 위에 올려놓은 다음 한 손으론 여의봉을 쥐고 다른 한손으론 고삐를 잡아당긴다.

"이봐, 자라! 조심해서 가야 돼! 만약 기우뚱거려서 사부님이 떨어지시면 이 철봉으로 네 머리를 때려 줄테다!"

"예, 잘 알았습니다!"

자라는 네 발을 쭉 뻗치며 천천히 앞으로 헤엄쳐 나아가니 마치 평지 위에 선 것처럼 든든하다. 마을 사람들은 삼장 일행의 형체가 보이지 않을 때까지 수없이 절을 하며 바라본다. 삼장 일행을 등에 태운 자라는 불과 하루

해가 지기 전에 200킬로미터나 되는 넓은 강을 건너갔다.

강을 무사히 건넌 삼장은 합장하며 자라에게 고마움의 인사를 한다.

"자라 친구, 많이 고마웠네! 경을 가지고 돌아오는 길에 또 만나자!"

두 눈을 끔벅거리며 자라는 말한다.

"예!…… 그런데, 한 가지 여쭤볼 말씀이 있습니다."

"뭔데?"

"제가 듣기로는 부처님께서는 끝없는 과거의 일들과 미래의 일들을 아신다고 하던데 저는 이곳에서 도를 닦은 힘으로 1천300년을 넘게 오래 살았고 사람의 말도 할 수 있는데 언제쯤이나 이 자라 껍질을 벗고 사람의 몸으로 태어날 수 있는지 알고 싶다고 부처님께 한마디만 여쭈어 봐 주십시오."

"오냐, 알았다! 내가 부처님께 여쭤보지!"

늙은 자라는 크게 감사하는 눈빛으로 고개를 몇 번 끄덕이며 절을 하더니 강물 속으로 다시 들어간다. 이리하여 일행은 서쪽 하늘을 향하여 다시 길을 걸어간다.

아! 산은 높고 험하며 물은 깊고 아득하여 위험이 항상 뒤따르나 마음이 하나가 되어 걷는다면 언젠가는 도착하겠지!

## 외뿔대왕

> 티끌 같은 정이 일어나면
> 그때그때 모조리 쓸어버려
> 구렁텅이에 빠지지 않게
> 본래의 몸(비로자나)을 깨끗이 하라!
> 거친 말의 성질(육욕)을 잘 조절하여
> 밤낮으로 근본과 함께 숨쉬어 간다면
> 이것이 바로 공부(선)이니라.

큰길을 따라 서쪽으로 자꾸 걸어가니 추운 겨울의 경치가 보인다. 저 멀리 눈앞에 보이는 담담히 맑은 숲 속에선 막막한 연기가 삐죽삐죽한 산등성이 사이로 뭉게뭉게 솟아오른다. 길은 갑자기 좁아지기 시작하고 높은 언덕의 울퉁불퉁 돌 많은 산길을 걸어가자니 말이나 사람이나 고생이 말이 아니다.

그래도 지칠 줄 모르는 말은 삼장을 태우고 험한 언덕길을 거뜬히 오르니 추위가 심해지기 시작하는 언덕 위에 서서 일행은 잠시 산의 풍경을 감상한다.

뾰죽뾰죽한 높은 산봉우리에 만년설이 쌓여 있고 그 계곡 아래에 깨끗하고 조용한 집이 보인다.

그것을 보고 꽃이 피듯 금세 얼굴이 환해지는 삼장은,

"하루 종일 아무것도 못 먹어 배도 고프고 춥고 피곤하니 우리 저곳에서 하룻밤 쉬어 가자!"

그러나 그 집을 바라보는 오공의 눈에는 깨끗한 기운도 감돌지 않을 뿐더러 기분 나쁜 분위기만 느낀다.

"사부님, 저 집은 왠지 기운이 깨끗하지 않으니 우리 들어가지 맙시다! 배가 고프시면 이곳에 앉아 기다리고 계십시오. 제가 어디 가서 밥을 얻어 오겠습니다."

유성이 보따리에서 밥그릇을 꺼내주는 것을 받아든 오공은,

"너는 이곳에서 한 발짝도 더 나아가지 말고 사부님을 보호하고 있으라구. 내가 빨리 다녀올테니까!"

오공은 삼장과 유성, 백마가 있는 곳의 주위에 커다란 동그라미를 그리며 주문을 외운 후 말한다.

"이 산의 기운이 제법 험악하니 이 동그라미 안에서 꼼짝 말고 계십시오. 그러면 어떤 요괴나 잡다한 귀신들도 이 안으로 들어올 수 없을 겁니다."

오공의 말을 믿고 삼장과 유성은 자리를 잡고 단정히 앉는다.

오공은 구름을 타고 마을을 찾아 돌아다니는데 곧바로 남쪽으로 날아가니 하늘을 꿰뚫을 듯한 높은 고목나무 아래에 집 한 채가 보인다.

그 커다란 나무 뒤에 구름을 내려 앞문으로 걸어가는데 마침 사립문이 열리며 지팡이를 짚고 나오는 노인이 보인다. 다 떨어진 너덜너덜한 옷에 머리에는 양털 모자를 쓰고, 두꺼운 털 신발을 신고 있다.

이 노인은 지팡이로 먼 하늘을 가리키더니 이렇게 혼잣말을 한다.

"바람이 서북쪽에서 불어오니 내일은 날씨가 맑아지겠구나!"

이때 마침 노인의 뒤를 따라나오던 개 한 마리가 오공을 보고는 멍멍 하고 요란스럽게 짖어댄다. 그제서야 노인은 동냥그릇을 들고 있는 오공을 발견한다.

"할아버지, 안녕하세요! 우리는 당나라에서 서쪽으로 여행하는 일행인데 저의 사부님이 배가 고파서 그러니 밥이 좀 있으면 한 그릇 주십시오."

그러자 노인은 지팡이로 땅을 탁탁 치며,

"꼬마스님은 길을 잘못 들었어! 서쪽으로 가려면 곧장 북쪽으로 가야지! 여기는 그곳에서 300킬로미터도 넘게 떨어진 남쪽이야!"

"할아버지 말씀이 옳으니 밥 좀 주세요. 그곳에서 사부님이 기다리고 계신단 말이에요."

"허, 이 작고 귀여운 스님이 영리한 줄 알았더니 내 말귀를 못 알아듣는군! 거기서 여기까지 오는데 10일, 가는데 10일, 합치면 20일도 더 걸릴텐데…… 그러면 꼬마스님의 사부님이 배가 고파서 돌아가실 걸!"

이 노인을 대하고 있자니 오공은 답답함을 느낀다. 밥이 좀 있으면 약간 주면 될 것이지 노인들은 무슨 그리 쓸데없는 남의 걱정까지 한단 말인가?

"나는 그곳에서 눈 깜짝할 사이에 왔다갔다 할 수 있으니 글쎄 남의 걱정 마시고 밥 좀 주세요!"

밥 좀 달라고 자꾸 조르는 오공의 말에 은근히 화가 난 노인은,

"작은 어린애가 어른한테 거짓말을 하면 안 되느니라!"

하면서 지팡이로 오공의 머리를 내려친다.

오공은 잠자코 서 있는다. 오공이 가만히 있자 노인은 더 약이 올라 몇 번이고 때린다.

간지럽기 만한 이 힘없는 노인의 매를 맞으며 서 있자니 안에서 이를 바라본 젊은 여인이 급히 나오더니 노인을 말린다.

"아버님, 그만하세요! 스님을 때리시다니 그런 죄가 어디 있어요?"

젊은 여인은 가지고 나온 삶은 감자를 몇 개 오공에게 주며,

"미안합니다. 동자스님! 저희들도 가난하여 쌀밥은 없고 드릴 것이라고는 이렇게 감자밖에 없군요."

오공은 얼마 전에 누구에겐가 선물받은 작은 금덩어리를 한 개 꺼내어 여인에게 주며,

"우리 사부님은 이 감자로 한 끼는 충분합니다. 그리고 이 금은 나에게 필요없으니 착한 아줌마가 가지세요. 그럼, 안녕!"

여인에게 금을 건네준 오공은 즉시 구름을 타고 삼장에게 날아간다.

그 무렵 삼장은 동그라미 속에 앉아 오공이 돌아오기를 눈이 빠지게 기다리고 있다가 좀처럼 돌아올 기색이 없자 피곤하고 근심 어린 목소리로 말한다.

"이 장난꾸러기 녀석이 정말로 동냥을 간 건가? 아니면 중간에서 놀고 있는 건가?"

"사부님, 이렇게 찬바람이 부는 추운 곳에서 기다리고 있자니 발이 얼음장 처럼 차가워 견딜 수가 없네요. 옛날 사람들은 땅에 선을 그어 감옥을 만들었다지만 지금은 이 애들 장난 같은 동그라미 속에서 마냥 있다가 지금 당장 호랑이나 괴물들이 덤벼든다면 저는 배가 고파서 힘이 안 나니 한번 싸워

보지도 못하고 우리들은 짐승의 밥이 될 겁니다. 우리 서쪽으로 약간만 더 걸어가 봅시다. 나중에 형님이 돌아오면 구름을 타고 왔다갔다하며 우리를 금방 발견할테니까요."

이윽고 동그라미에서 나온 일행은 얼마 동안 길을 가니 찬란한 꽃무늬가 새겨져 있고 흰 담이 둘러쳐진 훌륭한 집이 나오는데 대문이 반쯤 열려져 있다.

삼장은 무섭게 차가운 바람을 피하여 문기둥에 서 있고, 유성은 짐을 내려놓은 후 안으로 들어가 소리친다.

"거기 누구 아무도 없소?"

아무도 대답이 없다.

유성은 안으로 점잖게 몇 걸음 더 들여놓는데 이상하게 사람의 그림자커녕 가구들도 안 보인다. 안으로 더 깊숙이 들어가니 거실 같은 하나의 커다란 방이 나오는데 창문을 통해 은은한 빛이 천장을 밝힌다. 그 방에 침실 같은 곳이 보여 유성은 혹시 누군가 누워 있지 않을까? 싶어 커튼을 걷으며 안을 들여다보니 아?! 상아로 만든 훌륭한 침대에 커다란 해골이 누워 있지 않은가?

커다란 해골은 말대가리처럼 크며, 굵은 넓적다리 뼈는 보통 사람의 두 배는 될 성싶고, 몸 전체의 길이는 약 3미터 가량이나 되겠다.

'아, 어느 장군의 몸이었는지는 모르겠지만 이렇게 외롭고 비참하게 홀로 죽어 있다니!'

해골을 자세히 들여다보며 한탄하면서 있는데 갑자기 침대 뒤에서 한줄기 불빛이 번쩍 빛난다. 혹시 누가 향불을 피우고 있는가? 싶어 침실 뒤로 걸어가 보니 그것은 약간 부서진 창문 틈으로 들어오는 밝은 햇살이었다. 그 곳에는 상이 하나 놓여 있는데 그 위에는 멋지게 수놓은 몇 가지 비단옷이 아무렇게나 흐트러져 놓여 있다. 가만히 살펴보니 이것들은 왕족들이나 입을 수 있는 아주 값진 옷들이다.

그것들을 손에 들고 삼장에게 돌아온 유성은,

"사부님, 이 집에는 아무도 살지 않고 커다란 해골만 하나 누워 있습니다."

그리고 들고 온 멋진 비단옷을 보이며,

"이것 좀 보십시오. 이것을 입으면 이렇게 살을 에는 추위도 안 탈 겁니다. 사부님의 옷 속에 껴입으십시오!"

삼장은 손을 저으며,

"이런 왕족들이 입는 훌륭한 비단옷은 출가자들이 입을 만한 것이 아니다! 우리는 여기서 바람이나 피하고 있다가 오공이 돌아오면 함께 떠나자."

"주인은 죽어 해골만 남았고 아무도 살지 않는 이곳의 물건을 좀 쓴다고 어찌 되겠습니까?"

"글쎄, 아무도 보지 않는다고 어긋난 짓을 하면 '신의 눈동자가 번갯불처럼 쏘아본다!'고 하지 않더냐? 그러니 그것들을 어서 제자리에 갔다놓고 오너라!"

"제가 여지껏 훌륭한 비단옷들을 많이 입어 봤지만 이렇게 보기 드문 비단옷은 처음 봅니다. 사부님께서 정 안 입으신다면 제가 입고 등이라도 뜨뜻하게 만들어 놓았다가 오공 형이 돌아오면 벗어다 갖다 놓겠습니다."

이렇게 말하는 유성의 의견에 삼장은 할 수 없이 더 이상 말을 안 한다.

유성이 비단옷을 입고나자 무슨 이유인지 비실거리더니 쿵 하고 땅에 쓰러진다. 본래 이 굵게 짠 비단옷은 밧줄로 사람을 결박하는 것보다 더 튼튼하여 순식간에 유성의 온몸을 졸라매어 버린 것이다.

삼장은 당황하여 어쩔 줄 모르고 발만 동동 구른다. 아무리 애써도 풀어지지 않는 비단옷! 삼장은 이리저리 갖은 힘을 다하여 잡아당겨 보았지만 이 힘쓰는 소리는 오히려 동굴 안에 있는 마귀의 귀에 들려와 자리에서 벌떡 일어난 마귀는 부하들을 불러 거느리고 문 밖을 나가보니 누군가 꽁꽁 묶여 있다.

삼장과 유성을 끌고 동굴 안으로 들어온 마귀는 묻는다.

"너희들은 누구인데 감히 나의 옷을 대낮에 훔치느냐?"

삼장은 눈물을 주르르 흘리며,

"저의 제자가 추위를 못 이겨서 실수를 한 것이니 용서해 주십시오!"

마귀는 우습다는 듯이 삼장을 바라보다가,

"가만있자?…… 소문에 듣자하니 경을 가지러 가는 삼장이라는 중의 고기를 먹으면 흰머리도 검어지고 빠진 이빨도 다시 솟아난다고 하던데……, 네가 바로 그 유명한 중이 아니냐? 나는 너를 무척이나 기다렸다! 다행이 이곳에 제 발로 걸어 들어와선 놓아달라고? 어림도 없지!"

마귀는 소리친다.

"너희들은 이 녀석의 비단옷을 풀고 큰 가마솥에 물을 끓여라! 이 중을 당장 삶아 먹어야 되겠다!"

한편, 구름을 타고 돌아온 오공은 자기가 그려놓은 동그라미만 있고 사부님이 안 보이자 저쪽의 훌륭한 집으로 머리를 돌려 바라보더니,

"드디어 마귀에게 걸려들었군! 사부님은 분명히 저곳에 계실 거야!"

하며 그 집으로 훌쩍 뛰어가 살펴보니 집 안에 역시 요사스러운 기운이 감돌고 있다.

오공은 산이 쩌렁쩌렁 울릴 정도로 소리친다.

"나는 사부님을 찾으러 왔으니 이곳에 계시면 어서 내놓아라!"

집 안에서 물이 끓기를 기다리고 있다가 이 호통 치는 소리를 들은 마귀는 속으로 흠칫 놀랐다가 겉으로 태연한 척하며,

"저 녀석이 이놈들이 말한 밥을 얻으로 갔던 첫 번째 제자인 것 같군. 마침 잘됐다! 그러잖아도 몸을 좀 풀고 나서 저 중을 먹으려고 했던 참인데…… 너희들은 밖에 있는 저 녀석을 에워싸라! 앞으로 나서는 놈에게는 상을 줄 것이고, 뒤로 물러서는 녀석은 지옥으로 보내주겠다!"

수백 마리의 요괴들과 함께 거대한 창을 들고 나오는 마귀를 오공이 살펴보니, 외뿔은 이마에 불쑥 튀어나왔고 두 눈동자는 끊임없이 움직이며 번쩍번쩍 빛나고 있다. 푸르스름하고 시커먼 고깃덩어리 같은 살가죽에 숭숭 난 털들은 뻣뻣한 강철 같다. 긴 혀는 뿔에까지 넘실거리고, 날카로운 누런 이빨은 넓은 입 안에서 번뜩거린다.

'아, 이 더럽고 흉측하게 생긴 녀석과 싸워야 한다니?'

이렇게 생각한 오공은 앞으로 한 발 썩 나서며 소리친다.

"네가 우리 사부님을 잡아놓고 있다면 어서 놓아드려라! 아니면 이 여의봉에 맞아 죽을테니!"

"흥, 소문과는 다르게 보잘것없이 작은 녀석이군! 네 사부는 나의 몸보신감으로 먹을테니 목숨이 아깝거든 어서 달아나거라. 아니면 너도 함께 삶아 먹을테다!"

오공은 다짜고짜 달려들며 여의봉으로 마귀의 정면을 후려친다. 마왕 역시 점강창을 뻗쳐 막으며 둘은 서로 싸우는데 마치 벼락불이 눈부시게 번쩍거리듯 종횡무진하며 무예솜씨를 보인다. 오공은 수놓은 구름 틈 사이로 빛나는 햇빛처럼 눈에서 찬란한 광채를 내며, 마왕은 입으로 붉은 연기 같은 기운을 내뿜는다.

마왕이 날카로운 긴 창으로 오공의 얼굴을 향해 찔러 오면 오공은 여의봉으로 휙 돌려 막으며 마왕의 옆구리를 찌르고, 이에 마왕은 슬쩍 옆으로 비켜 서며 오공의 옆얼굴을 돌려치니 오공은 머리를 한 바퀴 밑으로 돌아 피하며 작고 딴딴한 주먹으로 마귀의 얼굴을 팍 친다. 얼굴을 호되게 한 대 맞은 마귀는 자세가 흐트러지며 몇 걸음 물러서는 즉시 오공은 몸을 날려 발차기로 마귀의 턱을 올려 차니 마귀는 몇 미터 나가떨어지고 만다.

얼굴에서 피를 흘리는 마귀. 이에 수백 명의 부하요괴들이 오공을 둘러싸며 공격하는데 그들이 어디 감히 오공의 적수가 되겠는가? 눈 하나 깜짝 하지 않고 뱀이 날고 구렁이가 달리듯 공중으로부터 때로는 이리저리 달리며 슬쩍슬쩍 여의봉으로 부하요괴들을 건드릴 때마다 요괴들은 바람에 날리는 마른 낙엽들처럼 휘날려가 사방으로 부딪치며 피떡이 되어버린다.

십 분도 채 못되어 3백여 명이나 되는 부하요괴들이 죽어버리니 남은 몇 명의 요괴들은 얼굴들이 하얗게 질린 채 꽁무니를 빼려고 한다. 쓰러졌다가 일어선 마귀는 입에서 흘러나오는 피를 닦으며 부하요괴들이 죽어 가는 모습을 보면서 오히려 차가운 미소를 짓는다.

"이 못된 원숭이 놈, 내 앞에서 그 따위 수작을 떨다니 어디 맛 좀 봐라!"

하더니 소맷자락에서 번쩍번쩍 빛나는 하얗고 둥근 테를 하나 꺼내어 하늘을 향해 던지며,

"잡아라!"

하고 소리치니 쏴 하는 소리와 함께 오공의 여의봉을 뺏아간다. 졸지에 무기를 잃어 버린 오공은 크게 당황하여 구름을 타고 도망간다.

멀리서 마왕의 동굴을 바라보며 오공은 생각한다.

'어쩌면 저 마귀는 신기한 병기를 가지고 있는 걸 보면 하늘의 흉악한 별

이 이 땅에 내려온 건지도 모르지!'

오공은 급히 몸을 솟구쳐 하늘의 남쪽 문을 향해 날아간다.

그곳을 지키고 있는 눈이 큰 천왕은,

"오공은 이곳에 무슨 일로 왔소?"

"옥황상제님께 물어볼 말이 있어 왔습니다."

곧바로 들어가 궁 앞에 도착하니 옛날부터 알고 있던 북두칠성, 네 명의 하늘스승 등 많은 신선들이 반겨 맞이한다. 옥황상제 앞에 당도한 오공은 정중하게 절을 하며 간략히 사정 이야기를 하니 옆에서 보고 있던 신선들은 빙그레 웃으며,

"옛날에 그렇게 오만하고 천방지축이던 오공이 이제는 제법 공손해졌군!"

옥황상제는 즉시 명을 내린다.

"당장에 모든 별들의 신들과 하늘에 있는 신들을 조사하여 땅으로 내려간 자가 있나 알아보아라!"

책임을 맡은 하늘장군이 오공과 함께 크고 작은 하늘의 신들을 모두 조사해 보았으나 신들은 고요하고 별들은 밝아 상서롭고 평안하기만 하다.

모든 신들은 하늘에 있다고 보고를 받은 옥황상제는 이천왕과 나탁태자를 불러 오공을 도와 마귀를 잡으라고 명한다. 많은 장수들을 거느린 이천왕과 오공이 하늘문을 나오기 무섭게 삼장이 잡혀 있는 동굴 앞에 도착한다.

우선 나탁태자가 동굴 앞으로 가서 웅장한 목소리로 우렁차게 소리친다.

"마귀는 삼장스님을 우리에게 돌려주고 빨리 나와 항복하라!"

동굴 안에서 이 소리를 들은 마귀는,

"흥, 그 녀석이 구원군을 데리고 온 모양이군!"

마귀가 창을 들고 밖으로 나와 보니 한 젊은 사내가 서 있다.

생긴 모습은 매우 깨끗하고 기이하며 몸은 그리 크지 않으나 힘이 제법 있을 것 같다. 아리따운 몸매와 옥 같은 얼굴은 둥근 달과 같고 붉은 입술이 벌어지자 은 같은 이빨이 드러난다. 눈빛은 번갯불 같고 눈동자가 사나우며 넓은 이마에 머리는 질끈 동여매어 위로 틀어올렸다. 휘황찬란한 갑옷은 번쩍번쩍 불타오르는 것 같고 신발과 투구 또한 멋지다.

마귀는 태자를 보고 아는 체를 한다.

"너는 이천왕의 셋째아들 나탁태자지? 어찌하여 나의 동굴 앞에 와서 함부로 떠드는가?"

"옥황상제의 명으로 너를 잡으러 왔다!"

"이 어린 녀석이! 감히 나를 잡으러 왔다고?"

이리하여 태자는 보검을 빼들고 마귀와 싸우다가 갑자기 머리 셋, 팔이 여섯 달린 몸으로 변하더니 여섯 가지의 무기를 들고 마귀를 공격한다. 마귀 또한 엄청나게 큰 몸에 여덟 개의 팔로 변하여 네 자루의 창으로 태자를 공격한다. 하늘에서 이를 지켜보던 이천왕은 마귀의 몸이 커지자 이때다 싶어 번갯불을 일으켜 마귀를 내리친다.

수백 개의 불꽃을 튀기며 마귀에게 떨어져 내리는 번갯불들은 정말 장관이다 싶을 정도로 무섭고 굉장하다! 그렇게 강한 번갯불들을 맞고도 마귀가 끄덕 않고 서 있자 나탁태자는 여섯 개의 무기들을 모두 하늘에 내던지며 소리친다.

"변해라!"

이 고함소리와 함께 태자가 던진 무기들은 수천 수만 개로 변하여 마치 사나운 빗속에서 우박이 퍼부어 내리듯이 마귀를 향해 날아가며 공격한다.

마귀는 조금도 겁내지 않고 침착하게 품속에서 흰빛이 번쩍거리는 고리를 꺼내어 허공에 휙 던지며 호통친다.

"잡아들여라!"

그러자, 쫘 하는 소리와 함께 하늘에서 날아오며 공격하던 태자의 무기들이 휩쓸려 마귀의 손에 들어가고 만다. 당황한 태자는 즉시 구름 위로 뛰어올라 도망친다.

구름 위에서 이를 지켜보고 있던 이천왕은 말한다.

"저 마귀가 신통력이 제법 대단한데!"

옆에 있던 오공은 웃으며 말한다.

"저 마귀의 신통력은 단 한가지뿐이오. 그 동그라미만 뺏으면 될텐데……"

나탁태자는 오공에게,

"아니, 자기를 위해서 싸워 줬는데 웃다니……"

"나도 어쩔 수가 없어 울음을 터뜨리느니 아예 웃어버린 거요."

이천왕은,

"우선 저 동그라미가 무기를 빼앗지 못하게 해야 되는데……"

그러자 오공은,

"아? 그렇다! 물과 불이라면 마귀가 뺏을 수 없을 것이오. 우리 물과 불을 씁시다!"

이리하여 이천왕은 하늘에 있는 불의 신과 물의 신을 불러 자기의 뒤에 세우고 이천왕이 직접 싸움에 나선다.

동굴 앞에 선 이천왕은 호통 친다.

"이놈, 마귀야! 이리 나오너라!"

마귀가 모습을 드러내며 이천왕을 보더니 빙긋이 웃으며 말한다.

"네가 무기를 찾으러 온 모양인데 쉽지 않을 걸!"

"잔말 말고 내 칼이나 받아라!"

이천왕이 차가운 은빛을 날리며 마귀를 향해 칼로 내리치고 찌르는데 그때마다 칼날이 스치는 공중에서 서릿발 같은 하얀 빛이 빛나고, 마귀의 창에서는 살기가 가득 찬 붉은 안개가 뿜어져 나온다. 두 사람의 주위에는 돌모래와 흙먼지가 날아올라 산 주위가 온통 어둡고 흐리다.

이때 마귀가 싸우는 도중에 동그라미를 꺼내려 하자 이천왕은 재빨리 눈치를 채고 급히 구름을 날려 돌아온다. 기다리고 있던 불의 신은 즉시 불을 마귀에게 쏘아대는데 온 산들을 태울 것처럼 무시무시하다. 마귀는 조금도 당황하지 않고 고리를 하늘로 높이 던지니 쏴 하는 소리와 함께 불용, 불말, 불칼, 불화살 등을 모두 말아들여 빼앗아 간다.

보기 좋게 패한 불의 신은 쓸모도 없는 깃발만을 손에 들고 구름 위에 서서 혀를 내두르며 말한다.

"저렇게 지독한 마귀는 처음 보는군! 나의 불기구들을 모두 빼앗겼으니 이제 어쩌지?"

오공은,

"이번에는 물을 씁시다! 물로 이 산골짝을 다 잠겨버려 마귀를 물귀신으로 만듭시다!"

이천왕은 이 말에,

"아니, 그러다가 삼장스님까지 물속의 귀신이 되면 어쩌려고?"

"아, 괜찮아요. 괜찮아! 사부님이 물속에서 돌아가신다면 내가 다시 살려낼테니까!"

그리하여 물의 신은 오공과 함께 마귀와 싸우려고 나서는데 물의 신이 손에 들고 있는 것은 겨우 백옥으로 만든 사발 하나다.

이것을 본 오공은,

"에게? 이게 뭐야? 겨우 이걸로 무얼 하겠다는 거요?"

이에 물의 신은,

"이 사발에 물을 반만 채우면 작은 강물의 양이 되고, 한가득 채우면 거대한 강물만큼 양이 됩니다."

그 말을 듣자 오공은 어린애처럼 좋아하며 손뼉을 친다.

"됐다. 됐어! 그러면 반만 부으면 충분할 거요."

마귀의 동굴 문앞에 다시 선 오공은 호통 친다.

이에 즉시 돌문을 열고 나오는 마귀에게 물의 신은 동굴의 안쪽을 향해 물을 쏟아부으니 마귀는 동굴 문을 막는다. 거대한 물줄기는 동굴 밖으로만 콸콸 넘쳐 흐르며 산 계곡의 물은 삽시간에 상당히 불어나 흘러내려 뻗치는 파도는 마치 미쳐서 날뛰는 짐승과도 같다.

반 사발의 물이 이렇게 많아 그야말로 어디가 어딘지 분간조차 할 수 없다. 백 갈래의 계곡에 힘차게 넘쳐 흐르는 물은 천둥 소리 같은 소리를 내며 온 산을 뒤흔든다. 사납게 용솟음치며 급히 달음질쳐 내려가는 파도는 흡사 눈보라가 휘감기고 거꾸로 처박히는 듯하다. 싸늘하게 겹겹이 내리미는 물결은 마치 하얀 옥들이 서로 부딪치는 듯 온 골짜기를 온통 뒤범벅이 되도록 섞어버리며 산의 바윗돌을 들이치고 뒤엎어 둥둥 떠다니게 한다.

아! 일단 쏟아버린 물은 거세게 흘러 내려가 눈 깜짝할 사이에 사방으로 흩어져 나무들을 가차없이 쓰러뜨리며 숲을 망쳐놓는다.

동굴 문 앞에서는 부하요괴들이 제멋대로 지껄이며 주먹질을 하고 무기를 휘두르는 등 마치 약을 올리는 듯한 태도들이다.

이천왕은 단념하듯이,

"이제 우리는 어쩔 도리가 없소!"

이에 오공은 분노하여 주먹을 불끈 쥐고 동굴 문 앞으로 뛰어 달려들며 소리친다.

"이놈들, 너희들을 모두 때려 죽이겠다!"

밖에서 까불며 놀고 있던 부하요괴들은 기겁을 하며 들고 있던 것들을 팽개치고 동굴 속으로 뛰어 들어간다.

이를 본 마귀는 긴 창을 들고 나오며,

"네 놈이 죽고 싶어 환장한 모양이군!"

화가 난 오공은 씩씩거리며,

"이놈, 내 주먹이나 한 대 맞아라!"

"하하하! 아까는 내가 방심하여 호두알만한 너의 그 작은 주먹에 두어 번 맞았지만 이번에는 안 될 걸!"

둘은 서로 번쩍번쩍 기름칠을 한 쇠뭉치와도 같은 팔뚝을 보이며 맹렬하게 싸우는데 이천왕과 하늘의 신들은 큰소리로 손뼉을 치며 갈채를 보낸다. 그러자 부하요괴들도 북을 치고 창칼을 휘두르며 마귀를 응원한다.

마귀의 큰 주먹이 바람을 가르며 오공의 얼굴을 쳐 오니 오공은 잽싸게 피하며 작은 주먹으로 마귀의 심장을 친다. 호되게 한 방 맞은 마귀는 가슴을 움켜잡고 아픔을 참다가 발차기로 오공을 공깃돌 차듯이 휙휙 차 올리니 야무지고 재빠른 오공은 요리조리 용하게 피하며 순간적으로 달려들어 마귀의 코를 팍 소리가 나도록 힘껏 주먹으로 갈긴다.

눈물이 펑펑 쏟아지도록 아픈 코를 움켜쥐고 있는 마귀를 오공이 사정없이 몇 번 주먹으로 치고 발로 차자, 부하요괴들은 급히 마귀를 에워싸 보호하여 동굴 속으로 달아나며 동굴 문을 굳게 닫는다.

싸움에서 이기고 돌아온 오공에게 하늘의 신들은 입이 마르도록 칭찬한다.

"과연 오공의 솜씨는 대단하오! 천하에 둘도 없는 영웅이오!"

오공은,

"아아, 그런 칭찬은 일이 끝난 다음에 하십시오. 그나저나 그 못된 놈을 잡기는 문제가 없는데 그 동그라미 때문에 큰일이네! 어디 다시 한번 가서 살펴보자!"

산봉우리 구름 위에서 뛰어내린 오공은 동굴 입구로 살금살금 다다가 순식간에 파리로 변하여 돌문 틈 사이로 가볍게 날아 들어간다. 안으로 들어가니 오공에게 얻어맞아 코가 빨개진 마귀가 정면에 버티고 앉아 화난 듯이 술을 마시고 있고 부하요괴들이 뱀고기, 사슴고기, 곰고기 등을 썰어 마왕에게 바치고 있다. 오공이 다시 몸을 날려 뒤쪽으로 돌아가보니 불 용들, 불 말들이 높이 매달려 구슬픈 소리를 지르며 아우성을 치고 있다.

그 옆을 바라보니 자신의 둘도 없는 여의봉이 있고 빼앗아 놓은 태자의 무기들이 가득 놓여 있다. 다짜고짜 여의봉을 손에 잡은 후 무기들을 불 용들과 불 말들에 묶어 매어 자물쇠를 여의봉으로 쳐부수고 불기운을 일으키며 요괴들을 때려 죽이면서 앞으로 나아가니, 동굴 안은 흡사 벼락이 연거푸 터지는 듯한 불길에 부하요괴들은 당황하여 이리저리 도망가려 했으나 대부분이 불길에 휩싸여 타 죽고 만다.

마왕 역시 기겁을 했고 미처 손쓸 사이도 없이 순식간에 벌어진 일이라 동굴 안의 불을 끄는데 정신들이 없다. 무기들을 신들에게 돌려준 오공은 산비탈 아래 계곡에서 고함소리에 뒤를 바라보니 외뿔마귀가 부하들을 거느리고 쫓아온다.

오공은 즉시 여의봉을 휘두르며 마귀에게 달려가 다시 한판 싸우는데 무기들을 되찾은 신들도 합세하여 수천 수백 개의 무기들을 날리며 번개를 내리치고 불길을 쏘며 마귀에게 덤비니 이것을 당할 수 없는 마귀는 고리를 꺼내어 던지며 소리친다.

"모두 거둬들여라!"

하고 소리치니, 여의봉이며 신들의 무기들. 심지어 벼락 방망이까지 몽당 빨아들이고 만다.

어느덧 해가 서쪽산으로 넘어가기 시작하는데 마귀는 소리친다.

"애들아, 돌을 날라다 문을 막아버리고 흙으로 메워 입구를 단단히 봉하여 저 원숭이 녀석이 두 번 다시 들어오지 못하게 하거라! 우리는 삼장이라는 중이나 삶아 먹자!"

이 소리를 들으며 불길에 타버린 동굴 문을 부하요괴들이 큰 바위로 막는 것을 본 하늘의 신들은 근심 어린 얼굴로 한숨만 내쉰다.

그렇다고 포기할 오공인가? 어디에나 빈틈은 있게 마련! 작은 중에서도 아주 작은 벌레로 변한 오공은 진흙 사이를 비집으며 겨우겨우 동굴 안으로 들어가는데 성공한다.

보통 사람의 눈에는 보이지 않겠지만 진흙 물이 몸에 잔뜩 묻은 오공은 노란 벼룩으로 변하여 톡톡 뛰어가며 살펴보니 커다란 상아침대에 펴놓은 비단 이부자리에 마귀는 편안히 반나체로 누워 몇 명의 여자 요정들에게 안마와 시중을 받는다.

'흠. 저 녀석이 저렇게 편안히 누워 있으니 아직 사부님을 잡아먹지는 않겠구나!'

벼룩오공은 가만히 다가가서 살펴보는데 마왕의 왼 팔뚝에 구슬을 끼워 만든 팔찌와 같은 고리가 꿰어 있다. 마왕은 그것을 몇 번 만지더니 더욱 단단히 팔뚝에 끼워놓는다. 노란 벼룩의 오공은 재빨리 이불 속으로 파고들어 가서 마귀의 팔뚝으로 뛰어올라가 한번 따끔하게 문다.

마왕은 노발대발 비명을 지르며,

"이 게으른 놈들아! 이불과 침상을 청결하게 해놓지 않다니!"

오공은 다시 한번 꼭 물어준다.

마왕은 침상에서 벌떡 일어나며 소리친다.

"따가워서 정말 미치겠네!"

그래도 고리를 풀어놓지 않고 동에 번쩍, 서에 번쩍, 하며 벼룩을 잡으려고 날뛴다. 그렇다고 그 작은 벼룩이 눈에 잘 보일 리가 없지! 오공도 할 수 없이 포기하고 동굴 밖으로 빠져 나온다.

밤이 되어 어두운 공중에서 오공을 기다리고 있는 신들은 갑자기 동굴 쪽에서 불빛이 번쩍번쩍 빛나는 것을 보자 제각기 무기들도 없이 경계태세를 하는데 그것은 바로 돌아오고 있는 오공의 눈빛이었다.

오공은 무기들도 없이 자기만 기다리고 있는 신들을 보자 마음속으로 안타까웠으나 억지로 기쁜 척하고 웃으며 말한다.

"너무 상심들 마시오. 하늘에서도 저 괴물의 출처를 모르니 아무래도 나는 부처님에게 가서 저 마귀의 근원과 그 고리의 대하여 물어봐야 되겠소. 그러면 무슨 해결 방법이 생기겠지!"

이 말을 듣고 여러 신들은 표정이 밝아지며,

"그렇다면 어서 가 보시오. 어서!"

오공은 당장 구름을 날려 단숨에 부처님이 사신다는 영산에 도착한다. 한

밤중인데도 이 영산 주위에는 부처님의 맑은 기운으로 인해 수백 리까지 성스러운 밝은 불기운이 뻗쳐 있고, 공중에는 여덟 명의 큰 금강신들이 각기 여덟 방향에서 영산 주위를 보호하고 있다.

허공에서 금강신들을 만난 오공은 정중히 인사하며,

"부처님께 여쭈어 볼 말이 있어 왔습니다."

부처님의 허락하에 안으로 들어온 오공은 부처님께 절을 공손히 하고 사정 이야기를 하며 그 마귀에 대하여 일러 달라고 하자 부처님은 깊은 지혜의 눈으로 관찰하여 아시고는 말씀하신다.

"내 비록 그 마귀를 알고 있지만 너에게 말을 할 수가 없구나."

"어째서요?"

"너는 입이 무척 가볍지 않느냐? 나중에 그 마귀가 내가 말해 주었다는 것을 알면 언젠가는 이곳에 와서 소란을 피울 것이기 때문이지."

"절대 입을 함부로 놀리지 않을테니 말씀해 주십시오."

"우리 그러지 말고 내가 그 마귀를 잡을 수 있도록 도와주마."

부처님은 18명의 아라한을 불러 명하신다.

"그대들은 오공과 함께 마귀가 있는 곳에 가서 그대들이 가지고 있는 금알을 써서 오공을 도와주어라! 그리고 오공 너는 그 마귀가 동굴에서 나올 때 아라한들이 그를 둘러싸고 금알을 던질테니 마귀가 옴짝달싹도 못하거든 네 마음대로 때리거라."

오공은 입이 크게 찢어지도록 기쁨의 웃음을 터뜨리며 감사해 한다.

"하하하! 그것 참, 희한한 방법입니다!"

날이 훤하게 밝아오면서 18명의 아라한들과 함께 다시 마귀동굴로 날아온 오공은 성미 급하게 당장 동굴 입구로 달려가 바윗돌을 걷어차며 소리친다.

"이놈, 마귀야! 어서 나와 나랑 싸우자!"

바윗돌을 치우며 동굴 밖으로 나온 마귀는 떡 버티고 서며,

"이놈, 아직 혼이 덜 나서 자꾸 왔다갔다만 하는구나. 너를 이 창에 꿰어 구워 먹겠다!"

오공은 마귀가 놀리던 그 작은 호두알만 한 주먹을 쥐고 마귀에게 달려들어 휘두른다. 마귀가 긴 창으로 선뜻 막아내니 오공은 이쪽저쪽 사방으로 뛰어 다니며 마귀를 꾀어낸다. 마귀는 영문도 모르고 동굴 앞에서 얼마를 떨어져 오공을 쫓아가는데 갑자기 18명의 아라한들이 빙 둘러싸며 마귀에게 금 알들을 던진다.

흡사 안개와 연기처럼 공중에 확 퍼지더니 희고 흰 가루가 하늘에서 향기롭게 내려 덮인다. 이것은 사람의 눈을 어지럽히며 막막하고 어둡게 하여 길을 잃은 사람처럼 발을 헛디디게 한다. 온 천지가 아득하여 정신은 몽롱하고 하늘 가득히 향기 나는 모래에 태양마저 가려진다.

마귀는 모래의 어지러움 속에서 눈을 뜨지 못하고 머리를 수그리며 이리저리 방황하다가 몸을 솟구쳐 위로 껑충 뛰어 봤으나 역시 아무것도 볼 수가 없다. 초조해진 마귀는 고리를 꺼내어 공중에 던지며,

"잡아넣어라!"

하고 소리치니, 쏴아 하는 소리와 함께 18개의 금알들을 모조리 휘감겨 빼앗자 마귀는 재빨리 동굴 안으로 사라진다. 18명의 아라한들은 구름 위에서 모두 빈손인 채 어떨떨해 한다.

그 광경을 본 오공은 어이 없어 하며,

"겨우 이 정도야?"

그러자 한 명의 아라한이 오공에게 말한다.

"부처님께서 저에게 말씀하시기를 만약에 우리들이 마귀를 항복시킬 수 없으면 오공은 태상노군에게 가서 물어보라고 하셨소!"

"참, 부처님도 너무 하시지! 진작에 나에게 그런 말씀을 하셨으면 여러분들이 이 먼곳까지 오지 않으셔도 될 것을……"

말을 마친 오공은 다짜고짜 한줄기 빛처럼 하늘을 향해 날아 올라간다.

남쪽하늘 문을 지키고 있던 하늘장군들은 크게 궁금한 듯이 오공에게 묻는다.

"마귀 잡는 일은 어찌 되어 가고 있습니까?"

"아직 멀었소. 나는 지금 마귀의 근본을 알려고 가는 길이오."

오공은 곧장 33천 하늘 밖에 있는 도솔천궁으로 날아간다. 천궁을 지키고 있는 신선동자들이 말릴 사이도 없이 뛰어들어가듯 안으로 급히 달려들어간 오공은 마침 안에서 나오는 태상노군과 마주치자 얼른 허리를 굽혀 절하며 인사한다.

"노군님, 안녕 하십니까?"

노군이 웃으며 말한다.

"너는 항상 그렇게 바쁜 듯이 부지런히 돌아다니는구나. 또 무슨 일로 나를 찾아왔느냐?"

"여행 가는 길에 시끄러운 일이 좀 생겨서요."

이렇게 말하며 오공은 주위를 두리번거린다. 여러 집들을 쭉 돌아보며 뒤쪽으로 돌아가는데 저쪽 외양간에 소가 없다.

오공은 고개를 갸웃거리며 허겁지겁 노군에게로 돌아와서 말한다.

"저 외양간에 있어야 할 소가 없는데요?"

"아, 그 소는 지금 밖에서 풀을 뜯어먹고 있을 거야."

"좀 알아봐 주시겠습니까?"

"그러지!"

노군과 오공이 들판에 나가보니 아득히 넓고 평평한 들판에 소가 보이질 않는다.

노군은 깜짝 놀라며,

"이것 큰일 났군! 어디로 달아난 것 같은데?"

"제가 알고 있는 괴물이 동그란 고리를 사용하고 있던데 혹시 노군님의 보물들 중 잃어버린 것이 있나 살펴보십시오."

노군이 보물들을 살펴보는데 금강탁이 안 보인다.

"오공아, 그 괴물이 어디 있느냐?"

오공은 여지껏 일어났던 일들을 침이 튀도록 열심히 모두 설명한다.

이야기를 다 듣고 난 노군은,

"음, 그 금강탁은 옛날에 내가 중국의 국경을 넘어갈 때 오랑캐들을 감화시킨 보배다. 어떤 무기라도 금강탁 앞에서는 당해낼 수가 없지! 만약 녀석이 내 부채까지 갖고 달아났다면 정말 큰일 날 뻔했군!"

노군은 부채를 들고 오공과 함께 구름을 타고 이천왕이 기다리고 있는 곳에 도착한다. 하늘의 신들에게 오공에게서 들었던 이야기들을 또다시 듣는 노군은 손을 저으며,

"여러분들, 잘 알겠으니 이제 그만! 오공은 즉시 괴물을 동굴 밖으로 유인해 오너라."

오공은 당장 동굴 앞으로 달려가 목청을 높여 소리 지른다.

"이 마귀야! 어서 이리 나오너라! 너는 이제 죽었다!"

동굴 안에서 이 소리를 들은 마왕은,

"저 땅콩처럼 작은 녀석이 이번에는 누구를 데려와서 저 지랄을 치는 것일까?"

긴 창을 들고 나온 마귀는 고함친다.

"이 작은 놈아! 오늘은 반드시 죽여주마!"

"흥, 내 주먹 맛이나 보아라!"

잽싸게 몸을 솟구쳐 훌쩍 마왕의 가슴에 뛰어올라 덤벼들어 얼굴의 뺨을 냅다 후려치고는 꽁지가 빠지게 달아난다. 화가 머리끝까지 난 마귀는 긴 창을 휘두르며 죽어라 하며 오공의 뒤를 쫓아가는데 높은 산봉우리 위에서 우렁찬 목소리가 들려온다.

"이 못된 짐승아, 이곳에 도망 내려와 어찌 그리 소란을 피우느냐? 이리 와라! 집으로 돌아가자!"

마왕은 공중에 있는 태상노군을 보자 몹시 당황하여 몸을 부르르 떨고 오공에게 소리친다.

"이 나쁜 녀석! 어떻게 나의 주인님까지 데리고 와서 나를 못살게 구느냐?"

태상노군이 구름 위에서 부채질을 하며 주문을 외운다.

이에 마귀는 그 부채를 뺏으려고 고리를 하늘에 던지며,

"저것을 잡아들여라!"

하고 소리치니, 노군은 날쌔게 고리를 받아들고 마귀에게 부채질을 한다. 마귀는 그만 기진맥진! 온몸의 기운이 빠져나가 흐느적거리더니 이윽고 본래의 모습으로 돌아가는데 그것은 한 마리의 커다란 푸른 소였다.

태상노군은 즉시 금강탁으로 선기를 한번 불어넣어 푸른 소의 코를 꿰뚫

고 금줄의 허리띠를 풀어 금강탁에 꼭 잡아매고 손으로 잡아당긴다. 이때부터 소의 코에 고리를 꿰뚫어 끄는 습관이 생겼다고 한다.

일을 마친 태상노군은 푸른 소 등에 올라타더니 오색찬란한 구름빛을 날리며 도솔천궁으로 돌아간다.

오공과 하늘의 신들이 동굴 속으로 들어가보니 부하요괴들은 오공에게 거의 다 죽고 나머지 몇 명은 흔적도 없이 도망쳐 버렸다. 삼장과 유성을 풀어주고 제각기 잃어버린 무기들을 되찾은 신들은 오공과 작별하며 하늘로 올라간다.

이리하여 일행은 다시 길을 떠나려 하는데 문득 뒤에서 누군가를 부르는 소리가 난다.

"삼장스님, 잠깐 가는 길을 멈추시고 이 음식을 드시고 가십시오!"

이 말에 삼장은 소스라치게 놀란다. 이 깊은 산속에 누가 나를 아는 걸까? 고개를 돌려 소리나는 쪽을 바라보니 몸이 커다란 아름다운 비단옷을 입은 귀인이 맛있는 과일들을 쟁반 위에 담아 두 손으로 받쳐들고 서 있다.

"이 험하고 높은 산을 넘어가시려면 무언가 드셔야 힘이 생기니 이 과일이라도 드시고 가십시오."

삼장은 의아하여 묻는다.

"실례지만 귀인께선 누구십니까?"

"저는 본래 이곳에 살고 있었는데 어느 날 저 무지막지한 푸른 괴물이 나타나 저에게 백골술법을 써서 침대 위에 뉘어놓고 지나가는 사람들을 제 비단옷으로 꾀어 잡아먹고 있었던 겁니다. 이렇게 저의 집을 다시 찾게 되어 감사의 마음으로 약간의 과일이나마 스님들께 올리려고 하는 것입니다."

삼장 일행은 과일을 받아 맛을 보니 달고 신선한 과일들의 액체는 목 안과 위장을 그윽하게 적시어 배고픔도 잊고 힘이 절로 생긴다. 일행과 귀인은 서로 고마움의 인사를 하며 헤어진다.

### 여왕의 사랑

삼장은 산길을 올라가며 오공에게,

"오공아, 나는 너를 정말 고생시켰구나. 무어라고 사과의 말을 해야될지 모르겠는데……, 그 동그라미 속에서만 안 나갔어도 그런 불상사는 없었을 텐데! 너그러운 마음으로 나를 용서해다오."

유성도 사과한다.

"현명한 오공 형, 다음부터는 전적으로 형님 말을 따를 게요. 용서해 주세요!"

"아, 이제 됐으니, 그만들 두세요! 서로 도우며 여행하라고 우리가 이렇게 만난 것 아닙니까? 누구나가 실수는 있는 것이니까요."

일행은 그야말로 몸과 마음이 깨끗한 상태로 산을 넘어간다.

서쪽의 산 계곡을 넘어 내려오며 얼마를 가는데 때는 벌써 무르익은 봄이 되어 주위의 풍경을 둘러보니 푸근하고 신선한 날씨에 몸과 마음이 청량해진다.

제비들은 향기로운 주둥이를 놀리며 지지배배 지저귀고, 작고 예쁜 꽃들은 봄바람을 머금은 얼굴로 생글생글 여러 가지 화려한 꽃들로 덮인 산은 비단 이불을 펴놓은 듯! 양기가 온 땅에 골고루 퍼져 나뭇가지마다 새롭게 돋는 새싹들 앞쪽 산능성이 위에 서 있는 오래된 소나무에는 흰 구름이 걸려 있다.

거의 산을 내려와 얼마 동안 걷고 있노라니 눈앞에 한줄기 강이 나타난다. 고요히 흐르는 맑은 물에 잔잔히 일어나는 물결들…….

삼장이 말을 세우며 멀리 바라보니 강 건너 언덕 위에 버드나무가 한 그루 서 있고 그 사이로 초가집 한 채가 보인다. 아무도 볼 수 없고 빈 배만 보이자 유성은 짐을 내려놓으며 강 건너 쪽으로 소리친다.

그리자 버드나무 그늘 아래에서 누군가 나오더니 그 배를 삐걱삐걱 저어 이쪽으로 오는데 일행은 유심히 그 배를 바라본다. 파도를 천천히 헤치며 오는 배는 가볍고 가벼운 물결을 일으킨다.

비단 수건으로 머리를 질끈 동여맨 뱃사공 몸에는 아무렇게나 꿰맨 솜을 넣은 다 낡은 때 묻은 옷을 입고 있다. 가까이 다가오는 그를 보니 늙은 부인이다.

오공은 그녀에게 다가가 말한다.

"당신이 뱃사공이오?"

부인이 그렇다고 말하자,

"아니, 부인네가 뱃사공 노릇 하는 건 처음 보네?"

이 말에 부인은 그저 빙그레 웃기만 할 뿐 대답을 하지 않는다.

강을 건넌 일행. 유성은 돈 몇 푼을 꺼내어 부인에게 주니 부인은 그 돈이

적다 많다 말 한마디 없이 강가에 배를 매어두고 언덕 위로 올라간다.

      복숭아꽃은 강물에 흘러 아득히 사라지고
      여기는 하늘 땅의 밖! 인간세계가 아니다.
      누군가 내게 묻는다. 왜 푸른 산에 깃들어 사냐고?
      고요히 웃으며 대답하지 않으나
      내 마음은 그저 한가하다.


건너온 맑은 강물을 바라보는 삼장은 갑자기 목이 마르는 느낌이 들어 유성에게 물을 한 그릇 떠 오라고 시킨다. 곧 그릇을 꺼내어 물을 떠서 삼장에게 드리고, 유성은 절반쯤 마신 그 그릇을 받아서 단숨에 마셔 버린다.

일행은 다시 길을 가는데 반 시간도 못되어 삼장은 신음소리를 내더니,

"아이구 배야! 왜 이렇게 배가 아프냐? 나 좀 살려다오!"

유성도,

"저도 배가 좀 아픈데요."

오공은,

"혹시, 찬물을 갑자기 마셔서 그런 거 아닙니까?"

이 말도 끝나기 전에 삼장과 유성은 고통을 견딜 수가 없어 그만 땅에 뒹굴며 소리친다.

"아이고, 배야! 너무 아파서 미치겠네!"

무언가 자라나는 것처럼 부풀어 오기 시작하는 삼장과 유성의 배를 쓱쓱 만져본 오공은 흡사 피뭉치나 고깃덩어리가 쉴 새 없이 꿈틀거리며 움직이고 있는것 같은 느낌을 받는다.

아픈 배를 잡고 고통스럽게 쩔쩔매는 삼장과 유성. 오공은 어쩔 줄 모르

고 있는데 문득 저기 집 한 채가 보인다.

"사부님, 제가 저 집에 가서 더운 물과 배 아픈데 먹는 약을 얻어 올테니 잠시만 참고 계십시오!"

오공이 급히 그 집으로 달려가 보니 할머니 한 분이 의자에 앉아 있다.

"저어 할머니, 저의 사부님이 동쪽의 강물을 마신 뒤 저렇게 배가 아파 신음하고 있으니 따끈한 물과 약이 있으면 좀 주십시오."

이 말을 들은 노파는 깔깔거리고 웃으며, 집 안에다 대고 크게 소리친다.

"이봐 들, 이리 나와 봐! 이리 나와 보라구!"

그러자, 안에서 중년 여인들 서너 명이 집 밖으로 나와 쓰러져 울상 지으며 신음하고 있는 삼장과 유성을 보더니 배를 잡고 웃는다.

오공은 화가 나서 소리치며 노파의 먹살을 잡고 흔들며 소리친다.

"어서 따뜻한 물을 달라니까요!"

여인들은 놀라며,

"작은 스님, 우리가 스님들을 놀리려고 그러는 게 아니라, 이 나라는 남자는 없고 모두 여자들만 있어 우리들이 남자만 보면 좋아서 그냥 웃지요. 저 스님이 마신 물은 임신하는 강물로서 이 나라 여자 나이 20살이 넘으면 그 물을 마실 수 있는데 그걸 스님들이 마셨으니 3일 후면 아기를 낳을 겁니다."

삼장은 이 말을 듣고 소스라치게 놀라 어쩔 줄 모르고 유성은,

"우리가 아기를 낳는다고? 우리는 남자인데 어느 곳에서 아기가 나오지?"

오공은 웃으며,

"참외가 익으면 저절로 떨어진다고 했으니 때가 되면 겨드랑이 밑에서 구

멍이 뚫려 아기가 나오겠지. 하하하! 어어? 사부님 그렇게 비비 꼬지 마십시오. 잘못하면 애기가 자리를 잘못 잡게 되어 병이 생기면 큰일이니까요!"

얼마 후 진통이 약간 가시자 삼장은 노파에게 묻는다.

"이 근처에 의사라든가 혹시 낙태를 할 만한 약을 구할 수 없습니까?"

"그런 거는 없고 여기서 5백 리 정도 북쪽으로 가면 낙태시킬 수 있는 샘물이 있는데 그 물을 얻으려면 그곳에 사는 도인에게 많은 돈을 줘야 하니 스님들이 어찌 그만한 돈이 있겠습니까? 이번의 일은 그저 운명이라고 생각하시고 아기를 낳으세요."

오공은 기뻐하며,

"됐습니다. 사부님! 이곳에서 기다리고 계세요. 제가 물을 얻어 올테니까!"

하며 밥그릇을 하나 들더니 휑하니 날아간다.

샘물이 있다고 하는 산에 당도하니 갖가지 온갖 꽃들이 피어 있고 잔잔하고 깨끗한 산골짝의 물은 서로 만나서 폭포를 만들고 있다. 그 옆에 서 있는 작은 암자에서 동자 하나가 약초를 캐러 가는 듯 문밖을 나서고 있다.

오공은 그 동자를 부르며 공손하게 묻는다.

"혹시 이 근처에 낙태시키는 샘물이 어디 있는지 알고 있소?"

동자는 친절하게 대답한다.

"그 샘물은 여기 있는데 스님께선 많은 돈을 가지고 오셨습니까?"

"우리는 동냥하며 여행하는 중이라 가진 돈이 없는데요?"

동자는 피식 웃더니 말한다.

"미안한 말이지만 우리 스승님은 그 샘물을 그냥 준 적이 한번도 없습니다. 그러니 헛수고 하시지 마시고 그냥 가십시오."

"좀 번거로우시겠지만 좀 들어가셔서 오공이 왔다고 말씀 좀 전해주십시오. 제 이름을 아시고 혹시 그냥 주실지 누가 압니까?"

동자가 들어가서 스승에게 전하니 그때 도인은 거문고를 타고 있었다.

"뭐라고! 손오공이 왔다고?"

거문고를 타다가 도인은 이렇게 소리치며 심장이 두근거리고 가슴속에서 무언가 뜨거운 것이 치밀어 오른다.

요염한 색깔이 있는 긴 비단옷에 영롱한 작은 구슬들이 달린 겉옷을 입었고, 섬세한 금줄을 수놓은 빨간 띠를 허리에 둘렀으며, 아름답게 수놓은 비단 버선을 신었고, 도사들이 쓰는 하얗게 빛나는 긴 비단모자를 썼지만 용과 같은 기다란 지팡이 끝에는 번쩍이는 쇠갈고리가 휘어져 있고, 봉황 같은 두 눈은 몹시 빛나며 이빨들은 날카롭고 뾰족하다. 불을 토할 것 같은 붉은 입과 짧고 덥수룩한 머리카락은 어쩐지 입은 옷과 어울리지 않는다.

자리에서 벌떡 일어나며 날카로운 쇠갈고리를 잡고 문밖을 나온 도사는 오공을 째려보며 소리친다.

"네가 정말 손오공이라면 나를 알겠느냐?"

오공은 고개를 갸우뚱하며,

"글쎄요? 요즘에는 서쪽으로 가는 여행 길이 바빠서 친구들조차도 점점 멀어지고, 글쎄? 누구시더라?……"

"너는 선재동자를 알고 있겠지? 그는 너 때문에 어디 가서 남의 종노릇을 한다고 내 친구 우마왕이 말해서 내가 너를 만나면 혼을 내주려던 참이었는데 마침 잘됐다. 나에게 혼 좀 나봐라!"

오공은 웃으며,

"그 애는 어디 가서 종노릇을 하는 게 아니고 관음보살님을 모시고 올바른 도를 닦고 있습니다. 오히려 잘된 게 아닙니까?"

"무엇이 어째? 왕노릇을 하는 게 좋지 누구를 모시고 있는 게 좋으냐? 교묘한 말로 나를 놀리다니 그 입을 막게 해주마!"

도인은 갈고리로 오공을 공격한다.

오공은 여의봉으로 막아내며,

"선생님, 그러시지 마시고 샘물을 좀 나누어 주십시오."

"이놈, 이제까지 죽지 않은 걸 보니 나에게 죽으려고 이곳까지 왔는가 보구나. 너를 처치하여 나의 친구 우마왕의 원한을 갚아주겠다!"

이 말에 오공은 일을 조용히 해결할 수 없음을 알고 화가 치밀어 올라 소리친다.

"이 분수도 영문도 모르고 날뛰는 놈아! 너나 죽고 싶다면 이 철봉이나 한 대 먹어라!"

험한 감정으로 싸움을 일으킨 도인은 매섭기가 용의 발톱 같고 독이 잔뜩 서린 듯이 쇠갈고리로 오공을 사정없이 공격한다. 그러나 싸울수록 더 강해지는 오공의 강렬한 힘과 묘한 재주에 십 분도 채 못되어 도인은 그만 힘이 쪽 빠지며 산 위로 달아난다.

오공이 물을 뜨려고 암자 안으로 들어가자 도인은 어느새 우물가에 서 있는다. 오공이 여의봉으로 한 대 후려치니 도인은 쏜살같이 달아난다.

오공이 물 푸는 통을 찾아내어 물을 뜨려고 하자 도인은 뒤에서 쇠갈고리로 다리를 걸어 잡아당기니 오공은 그 자리에서 벌렁 나자빠지며 그만 물통이 우물 속으로 빠져버린다.

오공은 분함을 참을 수 없어 인정사정없이 여의봉으로 도인을 향해 마구 휘두르니 도인은 당해내지 못하고 뒤로 도망친다. 이 틈에 오공은 잽싸게 우물 속으로 뛰어들어 물을 한 그릇 가득 담아 우물 속에서 뛰쳐나오며 도인에게 소리친다.

"당장에 네 놈을 쳐서 피떡을 만들고 싶으나 이만큼만 해 두겠다. 이 샘물은 본래 자연에서 나오는 것인데 어떻게 네가 주인이 될 수 있겠느냐? 아량 좀 갖고 살아라! 이 요괴야!"

도인은 그래도 갈고리로 오공의 다리를 노리며 공격한다.

오공은 날쌔게 손으로 쇠갈고리를 잡아 뺏더니 두 동강을 만들고 다시 네 동강이를 만들더니 저 멀리 집어던지며 웃는다.

"흥. 이제 네 녀석의 그 잘난 무기가 없어졌으니 무얼 갖고 덤빌테냐?"

도인은 큰 대문을 밀듯이 갑자기 오공을 확 떠미는데 오공은 꿈쩍도 안하고 오히려 도인의 멱살을 움켜잡더니 깊은 우물 속으로 던져버린 후 구름을 타고 삼장에게 돌아온다.

기둥을 붙잡으며 신음하고 있는 삼장과 유성에게 오공은 놀리듯 묻는다.

"내 조카아기들 이름은 다들 지었습니까? 아니면 이 물이나 좀 드십시오."

두 사람이 물을 마신 지 얼마 되지 않아 뱃속에서는 꾸르륵거리는 소리가 마구 난다. 둘은 급히 화장실로 달려가 일을 본 후 돌아오니 불렀던 배도 차츰 가라앉으며 배 아픈 것도 사라져 갔다.

삼장과 유성은 그 동안 하도 고생을 했던 터라 온몸이 땀에 흠뻑 젖어 목욕을 해야겠다고 하자 노파는 펄쩍 뛰며 말한다.

"목욕을 하시면 안 됩니다. 해산한 뒤에 바로 물속에 들어가면 몸에 해로워요!"

이에 유성은.

"해산은 무슨 해산! 대단치 않은 유산을 했을 뿐인데 목욕 좀 하기로서니 어때!"

노파는 더운물을 가져와 두 사람이 씻게 한다. 날도 어두워지고 해서 일행은 이 집에서 저녁밥을 먹고 하룻밤 신세를 지며 다음날 아침 길을 떠난다.

얼마 가지 않아서 일행은 성문 앞에 당도하는데 정말 아무리 사방을 바라보아도 모두 여자들만 왔다갔다 한다. 거리에서 긴 치마에 짧은 웃옷을 입고 무언가 사고파는 여인들은 삼장 일행을 보자 일제히 손벽을 치며 히히덕거리고 웃는다.

"야, 희한한 인간들이다!"

순식간에 여인들에 둘러싸인 삼장 일행은 당황하여 그만 멈추고 앞으로 나아가질 못한다. 오로지 여인들의 웃음소리와 사랑하는 듯한 말투만 들린다.

장사꾼도 농사꾼도 나무꾼도 사냥꾼도 모두가 여인들로서 삼장 일행을 보며 손가락을 깨물고 머리를 흔들어 풀며 허리를 비비 꼰다.

그러자 오공이 대담하게 여의봉으로 앞을 휘휘 돌리며 소리친다.

"여여, 비키시오 비켜! 우리는 당신들 하고 놀 시간 없으니 길 가는 우리들을 방해하지 마시오."

이렇게 하여 겨우 앞으로 나아가는데 문득 칼을 차고 말을 탄 씩씩한 여군들이 나타나더니 그 중 한 명이 일행에게 소리친다.

"당신들은 더 나아가지 말고 궁문 앞으로 가서 기다리시오. 우리들이 당신들의 신분을 검사한 뒤 보내드릴 것이오!"

그리하여 일행은 궁궐 앞에 가서 기다리고 있는데 삼장이 정문을 쳐다보니 '양을 바라보다' 라고 크게 쓰여 있다. 양이라는 뜻이 태양을 말하는 건지 아니면 남성을 말하는 건지 생각하고 있는데 저쪽에서 머리를 곱게 빗은 여인들 몇 명이 다가온다.

모두들 한결같이 생글거리고 웃음을 띠고 있으며, 차를 내오는 여인도 역시 생글거리고 있다.

'이 나라 사람들은 모두 행복한 사람들만 태어나는가 보다!' 라고 생각하며 여인들을 멀건히 쳐다보고 있는 오공.

이 여인들 중에 대장인 듯한 여인이 웃으며 묻는다.

"손님들은 어디서 오시는 분들입니까?"

이에 오공이 앞으로 썩 나서며 씩씩하게 대답한다.

"우리는 당나라에서 부처님의 나라까지 여행하여 불경을 가지러 가는 일행이오. 그러니 이 여권에 도장을 찍어주시오."

그러자 이 여인은 종이에다 오공의 말을 적더니 자리에서 일어나 공손히 절하며 말한다.

"저는 이곳의 작은 직책을 맡은 것뿐입니다. 우리 임금님께 이 여권을 보여드리고 도장을 찍어주시면 길을 떠나게 해 드리겠습니다. 잠시만 이곳에서 기다려 주십시오."

잠시 후 여인들은 매우 깔끔한 음식을 날라오며 일행에게 대접한다. 이 여인은 임금이 거처하는 궁에 가서 문앞에 있는 여자장군에게 말한다.

"임금님을 뵙고자 합니다."

멋진 갑옷을 입은 여자장군은 말한다.

"잠시 기다리시오."

장군의 보고를 들은 여왕이 허락하여 성문의 대장이 들어와서 절하자 임금은 묻는다.

"나에게 할 말이 있다고?"

성문의 여인은 나지막한 목소리로 말한다.

"예, 지금 우리 나라를 지나가는 삼장스님과 그의 제자 두 명이 여권에 도장을 받으러 기다리고 있는데 보통 용모들이 아니라서 아뢰옵니다."

여왕은 매우 기뻐하며,

"내가 어젯밤 찬란한 햇빛이 내 침대에 들어오는 묘한 꿈을 꾸었는데 아마 그들을 만나려고 그런 것 같다! 이는 분명히 하늘이 보내주신 행운이다! 그 삼장이라는 스님을 임금으로 모시고 나는 왕비가 되어 아이들을 많이 낳아 자손들을 번창할 것이다!"

이 말을 듣는 여인 신하들은 모두 기뻐하며 여왕에게 절한다.

성문의 대장여인은 다시 말한다.

"그러면 두 제자들은 어떻게 하지요?"

"그들이 좋다면 이 나라에서 살면 될 거고 그렇지 않으면 여권에 도장을 찍어서 보내버리면 되지."

"현명하신 생각이십니다. 그러면 저희들이 그들에게 지금 가서 소식을 전하겠습니다."

"그렇게 하도록 하여라."

이 무렵 삼장 일행은 여러 여자들이 정성 들여 준비해 온 음식들을 맛있게 먹고 있는데 성문 앞을 지키고 있던 여자군인이 들어와서 말한다.

"지금 승상과 대장께서 이리로 오십니다."

삼장은,

"승상이 이곳에 무엇하러 오지?"

유성은,

"여왕께서 우리를 초청하시는가 본데요?"

눈치 빠른 오공은,

"초청하는 게 아니라 청혼하러 오는 거야."

그때 승상이 들어와 얼굴이 아주 준수하고 몸매가 당당한 삼장의 모습을 보더니 속으로 무척 기뻐하며 성문의 대장과 함께 큰절을 올리면서 말한다.

"귀한 손님을 이렇게 뵙게 되어 매우 기쁩니다!"

삼장은 어리둥절하여 묻는다.

"아니, 우리 같은 스님들을 수없이 보았을텐데 뭐가 그리 기쁘십니까?"

"스님처럼 그렇게 잘생기시고 깊은 분위기가 있는 분은 참으로 만나보기 드물 거든요! 이제 저희들이 우리 여왕님을 위하여 스님께 청혼을 원합니다."

삼장은 크게 놀라며 말한다.

"무 무슨, 그런 말씀을 이렇게 갑자기?……"

"지금 여왕께서 기다리고 계시니 우리들을 따라오시지요."

이 갑작스러운 상황에 삼장은 어쩔 줄 모르고 잠자코 고개만 수그리고 있는다. 여인들은 조용하고 부드럽게 말한다.

"여왕께서는 스님에게 임금자리를 주신다고 했으니 이 희귀한 기회를 거절하지 마십시오."

이에 유성은 두 여인에게 점잖게 말한다.

"사부님께서는 오랫동안 도만 닦으시어 여자들에 대해 전혀 모르십니다. 그 대신 혹시 내가 맘에 드신다면 이곳에 남아 있겠소."

승상은 유성을 지극히 바라보며 친절하게 웃는 얼굴로 말한다.

"손님께선 저희들에게 맞으시고 사부님은 여왕께서 기다리고 계십니다."

오공은,

"헤이, 유성! 이 일은 사부님이 결정하실 일이니 너는 그만 가만히 있지 그래?"

삼장은 오공에게 심각하게 묻는다.

"오공아, 네 생각은 어떠니?"

"저는 사부님께서 이곳에 머물러 계시는 것도 괜찮다고 생각하는데요. 천리의 인연도 한 오라기의 실이 끄는 데에 달려 있다고 하니 이렇게 큰 복이 굴러왔는데 왜 마다하십니까?"

"그러면 누가 서쪽으로 경을 가지러 가니?"

"그야 다른 스님들이 또 가겠지요. 이 세상에 우리만 경을 가지러 가겠습니까?"

승상은 말한다.

"두 제자 분들은 저희들과 사시려면 이곳에 남아 있어도 좋지만 아니면 혼인 잔치에만 참석하셨다가 길을 떠나셔도 된다고 여왕께서 말씀하셨습니다."

오공은,

"승상님의 말씀이 그럴 듯 하네요. 사부님과 유성은 여기 남아 있고 나만이라도 경을 가지러 갈테니 그렇게 하시지요. 그리고 제가 돌아오는 길에 사부님과 사모님을 뵈러 들를테니 대접이나 잘해 주세요."

승상과 성문대장은 오공에게 넙죽 절하며,

"작은 스님, 일이 잘 되도록 말씀해 주시어 정말 고맙습니다!"

두 여인은 매우 기뻐하는 얼굴로 여왕에게 돌아간다. 본의 아니게 청혼을 받아들인 삼장은 오공에게 화를 낸다.

"오공아, 너 나에게 무슨 감정 있냐? 응? 나만 여기서 꿈에도 생각지 않았던 결혼을 하고 너희들은 경을 가지러 간다니 내가 그런 일을 어떻게 하겠냐?"

"아 참, 사부님도! 우리가 몇 년을 같이 수많은 고생을 하며 이곳까지 왔는데 제가 어찌 사부님을 이곳에 두고 떠나겠습니까? 우리야 경을 가지러 가시는 사부님을 보호하며 가는 제자들일 뿐입니다. 그러니 어떤 꾀를 내서라도 일이 해결 되겠지요."

그제서야 삼장은 마음이 누그러지며 묻는다.

"그래, 너에게 무슨 꾀가 있지?"

"만약 사부님께서 고집을 부리시며 여왕을 거절하신다면 그들은 여권을 돌려주긴커녕 우리들을 못살게 굴 겁니다. 그렇게 되면 우리들은 또다시 신통력을 써야 하고 피해는 백성들만 보니 결국엔 떠나는 우리들도 기분이 찝찝할 것 아닙니까?"

"네 말이 옳다. 그러나 여왕이 나와 부부생활을 하자고 하면 어쩌면 좋으니?"

"제가 사부님과 여왕과의 결혼을 3일 뒤로 미루겠습니다. 결혼하기 전날 우리는 길을 떠날테니 사부님께서 우리를 전송하시러 성 밖으로 얼마 동안 나오신 후 여왕의 수레에서 백마로 갈아타십시오. 그러면 제가 술법을 써서 그들을 움직이지 못하게 할테니 그런 후 우리는 서쪽으로 유유히 길을 떠나는 것입니다. 하루 동안 길을 간 다음에 제가 술법을 풀면 그들은 성으로 돌아 가겠지요."

삼장은 오공의 손을 잡으며,

"똑똑한 너의 높은 아이디어에 깊이 감사한다!"

한편, 승상은 궁 안으로 돌아와 아뢴다.

"스님께서 여왕님의 뜻대로 청혼을 받아들이셨습니다."

여왕은 이 말을 듣더니 기뻐서 앵두 같은 입술을 벌리고 은 같은 흰 이빨이 드러나도록 웃으며 행복에 가득 찬 음성으로 명한다.

"너희들은 곧 수레를 준비하라! 내가 스님을 모시러 가겠다!"

이리하여 훌륭한 여섯 마리의 말이 끄는 보석으로 장식된 큰 수레에 탄 여왕은 삼장스님에게로 향하는데 신비한 향기는 주위에 가득히 탐스럽게 감돈다. 예쁘게 머리를 틀어올린 관리들과 궁녀들이 줄을 지어 따라오고 온갖 악기소리는 아름답게 사방을 수놓으며 허공에 울려 퍼진다.

잠시 후, 여왕의 수레는 삼장이 있는 곳에 당도한다. 여왕은 살며시 주렴을 걷으며 수레에서 내려온다.

그리고 고운 목소리로 승상에게 묻는다.

"어느 분이 삼장스님이시지?"

승상은 손을 들어 부드럽게 가리키며,

"바로 저기 귀가 길고 머리를 깎으신 분입니다."

여왕은 초승달 같은 눈썹을 찡긋 하고 아름다운 눈으로 흘끗 삼장을 바라본다. 과연 보기 드문 비범한 용모다. 곧바르게 뻗은 자태에 준수한 얼굴은 위엄이 있으며 늠름하고 건강하다. 입술은 붉은 감을 연상하게 하고, 하얀 치아에 눈과 목이 수려하다.

한눈에 반해버린 여왕은 자기도 모르는 사이에 가슴이 두근거리며 앵두 같은 입술을 놀려 애교 있는 음성으로 말한다.

"삼장스님!"

삼장은 여인의 입에서 흘러나오는 뜻있는 목소리를 듣는 순간 귀밑까지 빨개지며 부끄러움에 어쩔 줄을 모른다.

　유성이 천천히 고개를 돌려 여왕을 살며시 훔쳐 바라보니 아?…… 날씬하면서도 풍만한 아름다운 몸매는 성적이면서도 귀족적인 보기 드문 빼어난 미모이다!

　　　　푸른 날개 같은 눈썹
　　　　별빛이 흐르는 듯한 깊은 눈빛
　　　　부드럽고 깨끗한 살결
　　　　깨끗한 얼굴 선에 반은 틀어 올리고 반은 내려뜨린
　　　　윤기 있는 향기로운 검은 머리칼
　　　　매혹적인 요염한 자태에
　　　　신선한 봄날의 바람처럼
　　　　섬섬한 애교가 간드러지게
　　　　온몸에 흐르고 있다.
　　　　비스듬이 늘어뜨린 어깨에 걸친 비단은
　　　　높이 꽂은 비녀와 비취구슬과 함께 빛나고 있고
　　　　버드나무 가지처럼 부드럽게 흔들거리며 다가오는 허리
　　　　거기에 가볍게 흔들리는 금패…….
　　　　사뿐히 걸음을 떼어 놓을 때마다
　　　　흰 옥 같은 손가락은 한들한들 움직인다.
　　　　어느 하늘의 선녀가 이 여인의 미모를 따를 수 있을까?

　영롱한 이 여왕의 모습에 유성은 그만 홀딱 반해 버린다. 솟구쳐 오르는 욕정을 건디기 어려워 마음속은 마구 울렁거리고 입 안의 침은 연신 흐른다. 별안간 음탕한 욕정이 끓어올라 타오르는 애욕의 불길을 걷잡을 수 없어 살과 뼈가 흐늘거리고 순식간에 몸이 녹아나는 것 같다.

　이러한 유성을 여왕은 흘끗 바라보고는 얌전한 걸음으로 삼장에게 다가가 그의 팔을 붙잡고 애교가 넘치는 음성으로 조용조용 말한다.

"스님, 저와 함께 수레에 오르시어 궁 안으로 들어가시지요."

여왕이 팔을 잡는 순간 삼장은 정신이 아찔하여 현기증이 일어나며 곧 쓰러질 것처럼 바보같이 멍청하게 서 있는다.

이를 본 오공은 조용히 삼장을 일깨운다.

"사부님, 그렇게 꿈꾸듯 마냥 서 계시지 마시고 이것은 현실이니 사모님과 함께 수레에 오르십시오."

삼장은 얼어붙은 듯이 서서 대답도 못하고 오공을 더듬더듬 어루만지다가 그만 두 눈에서 눈물을 줄줄 흘리니 잠시 후 겨우 마음을 고정시키고 억지로 밝은 표정을 지으며 여왕의 깨끗한 손을 잡고 함께 수레에 오른다.

수레 안에 앉은 여왕은 삼장의 어깨에 살짝 기대며 붉게 물든 볼을 살며시 삼장의 볼에 스쳐 비비면서 나긋나긋하게 말한다.

"오늘 저녁에 스님의 제자들과 함께 잔치를 열겠습니다."

그리하여 많은 촛불들이 켜진 으리으리한 궁 안에 아름다운 비단을 넓게 깔고 세상에서 보기 드문 진기한 채소와 고기음식들을 가득히 상에 차려놓고 궁녀들은 맛있는 술을 나른다.

여왕과 삼장은 가장자리에 앉고 옆 자리에는 오공과 유성, 그리고 많은 여인 신하들이 계급을 따라 죽 둘러앉는다.

여왕은 애교가 뚝뚝 흐르게 웃음 지으며 부드러운 하얀 손으로 삼장에게 차를 따르고, 식성 좋은 유성은 궁녀들이 큰 술잔에 가득 따라주자 거침없이 쭉 들이키며 맛있는 채소반찬과 고기들을 손이 닿는 데로 마구 먹는다. 오공도 여러 가지 떡과 과일들을 먹으며 술을 한잔 마신 후 여왕에게 말한다.

"여왕폐하, 결혼식에는 3일 후가 좋은 날이니 그때 하시지요."

오공의 덕으로 이 청혼이 쉽게 이루어진 것을 아는 여왕은 기꺼이 승낙한다.

자정이 넘어서자 즐거운 저녁 잔치도 끝나고 모두들 잠자리로 돌아가는데 여왕은 홀로 침대에 누워 있으려니 벌써 삼장이 그리워 큰 침대가 더욱 썰렁하게 커지는 것 같아 허전함을 느낀다.

사랑할수록 그리움은 더해 가고 연인이 옆에 있어도 잠시라도 헤어질 걸 생각하면 가슴이 아파지는 건 사랑하는 이와 항상 같이 있고 싶어 그러는 마음에서가 아닐까? 사랑은 기다릴 수 있지만 몸의 욕정은 성급하듯이 몸이 뜨겁게 달궈진 여왕은 그리움과 쾌락의 열정에 대한 여운에 밤새 온몸을 뒤척이며 잠을 못 이룬다.

이 밤에 삼장도 여지껏 느껴 보지 못했던 무언가 뱃속 깊은 곳에서 뜨거운 것이 솟아올라 감정에 혼란을 느낀다.

길고도 짧은 밤도 어느덧 지나 아침이 되자 삼장과 여왕은 같이 아침을 먹는데 밤새 잠 못 이루어 약간 부어오른 여왕의 영롱하게 빛나는 두 눈은 더욱 섹시하게 보여 삼장은 벌써 가슴이 두근거린다. 아침을 먹고 난 후 여왕과 삼장은 아름다운 정원을 걸으며 가지가지 희귀한 꽃들을 구경한다.

이때 여왕은 문득 삼장의 눈에 무언가 슬프고도 깊은 연민의 빛을 보게 된다.

'스님께서 왜 저렇게 서글픈 눈망울을 갖고 계시지? 혹시 내가 싫은 것이 아닐까?'

여왕은 사랑이 담긴 조용한 목소리로 삼장에게 묻는다.

"저, 혹시 스님께선 무슨 불편한 점이라도 있으신지요?······"

삼장은 맑고도 깊은 슬픈 눈빛으로 여왕을 바라보며 말한다.

"사실······ 어제 저는 여왕님을 보는 순간 이 세상에서 저런 아름다운 여인이 또 있을까? 싶을 정도로 마음이 혼란됐습니다. 어릴 적에 좋아했던 누나와 같고 가슴속에서 무언가 강하게 꿈틀하는 열정이 솟아올라 저도 모르게 깊은 사랑을 느꼈습니다. 하지만…… 아무리 사랑하는 이라도 언젠가는 헤어져야 하는 것! 그것을 생각하면 가슴이 무너지는 듯 쓰리고 아파 이렇게 슬퍼지는군요. 저는 이런 사랑의 고통들과 모든 두려움에서 벗어나려고 부처님의 길을 가고 있지만 아직도 이러한 일들이 섬세하게 마음속을 움직여 방황하고 있습니다."

삼장의 이 말을 들은 여왕은 하염없이 내리는 진눈깨비를 온몸에 맞은 것처럼 서글퍼졌고 뜨거운 여왕의 정열은 조용해지며 생각한다.

'이분은 불법을 닦고자 인간들의 사랑에서 멀리 계시다! 나는 이분을 정말로 사랑하므로 이분의 갈 길을 위하여 이곳에 붙들고 있지 말자!'

여왕은 사랑스럽고 슬픈 눈으로 삼장을 바라보며 조용한 목소리로 말한다.

"스님께서 그렇게도 불법의 길을 지극히 원하신다면 제가 어찌 막을 수 있겠습니까?"

깊은 사랑에서 솟아나오는 넓은 이해심으로 하는 이 말에 삼장은 기뻐하며,

"제가 가고자 하는 이 길은 저와 모든 이들의 자유를 위하여 걷는 길이니 그것을 이해해 주시어 대단히 감사합니다!"

아, 어찌 사랑과 불법은 같은 길이 아닌가? 사랑은 슬픔을 동반하고 불법은 외로운 길인 것 같지만 깨어나고 보면 매 순간마다 행복이 아닌가? 그러나 깨닫는 것은 세수하다가 코 만지는 것보다도 쉽다고 하는데 어찌하여 우리들은 그곳에 도달하기 위하여 삼장처럼 수많은 고통을 치러야만 하는가?

그것은 우리가 여지껏 지어 왔던 업 때문인가? 아니면 단순히 우리들 마음이 깨지 못해서 그런 건가?

수만겁 전에 우리는 서로 바르게 보는 눈을 잃어 버렸지만
사실은 한순간도 우리는 헤어진 적이 없었네!
우리는 한번도 만난 적이 없지만 온종일 우리는 서로 바라보네.

점심을 가볍게 먹고 난 후 여왕은 모든 신하들에게 말한다.
"삼장스님과의 결혼은 취소한다."
영문을 모르는 오공과 유성, 그리고 신하들은 여왕의 이 결정에 모두들 허리를 숙여 절하며,
"황송 하옵니다!"
라고 대답한다.
마음이 홀가분해진 삼장 일행은 떠날 채비를 하는데 여왕은 친히 삼장 일행을 성문 밖 한참까지 바래다준다.
성안의 여인들은 모두들 잘 빗은 머리에 아름다운 옷들을 입고 몰려들어 여왕과 삼장 일행을 구경하느라고 정신이 없는데 그때 길 한쪽 옆에서 어떤 여자가 불현듯 나서며 큰소리로 말한다.
"삼장스님, 어디로 가십니까? 저와 함께 한번 재미를 보시지 않으시겠습니까?"
이 뻔뻔스러운 말에 유성이 눈을 부릅뜨며 막아선다.
"감히 누구 앞에서 까부느냐?"
이 순간 여인은 유성의 머리 위를 휙 날아올라 바람을 일으키며 말 위에 앉은 삼장을 끌어안고 종적도 없이 사라진다. 갑자기 일어난 일이라 오공은

즉시 구름 위에 올라 사방을 돌아보니 한줄기 바람이 한바탕 먼지를 일으키며 서북쪽으로 가고 있다.

오공은 급히 유성에게 소리친다.

"어서 나와 함께 사부님을 쫓아가자구! 여왕님, 우리의 짐을 부탁합니다!"

유성은 곧바로 허공으로 솟구쳐 올라 오공과 같이 구름을 타고 사라진다.

여왕과 모든 여자들은 크게 놀란다.

"아? 저렇게 하늘을 날 수 있다니! 저분들은 보통 스님들이 아니구나!"

신하들은 삼장의 백마를 끌고 궁으로 돌아간다.

한편 오공과 유성은 여자요괴를 뒤쫓아 날아가는데 갑자기 높은 산이 나타나자 바람도 먼지도 흔적도 없이 사라진다. 주위를 돌아보는데 홀연 빛나는 푸른 돌들이 병풍을 두른 듯한 곳에 동굴 하나가 보인다.

오공은 유성에게,

"내가 가서 알아보고 올테니까 너는 여기서 기다리고 있으라구."

오공은 즉시 꿀벌로 변하여 돌문 사이로 날아 얼마쯤 들어가니 한 화려한 침상에 매우 섹시한 여인이 요염하게 앉아 있고, 좌우에는 몇 명의 여자애들이 서 있다.

잠시 후, 두 여자애들이 각 쟁반에 만두를 가득히 담아 들고 오더니 여괴에게 말한다.

"아씨, 이 쟁반의 만두는 사람의 고기를 넣어 만든 거고, 저 쟁반의 만두는 채소를 넣어 만들었습니다."

이 말을 듣고 여괴는 요염한 미소를 터뜨리며 말한다.

"애들아, 삼장스님을 이리로 모셔오너라."

예쁜 여자애들이 종종걸음으로 뒷방에 들어가더니 삼장을 부축하며 나온다. 오공이 삼장을 살펴보니 입술은 새파랗고 얼굴은 하얬으며 충혈된 눈에서는 눈물이 뚝뚝 떨어진다.

'우리 사부님이 불쌍하게 중독되셨군!'

가구 위에 앉은 오공벌이 이렇게 혼자 탄식하고 있을 때 여괴가 삼장에게 다가가 매끈한 손으로 살며시 삼장을 끌어 잡아당긴 후 요염하게 눈웃음을 치며 말한다.

"삼장스님. 이곳이 여왕의 궁전보다 화려하지는 못해도 잠자리에서는 내가 뒤지지 않을 겁니다! 호호호! 그리고 이곳은 산속이라 궁 안보다 조용할 테니 경을 읽고 참선하기에 좋지 않아요? 그러니까, 이제 마음을 편안히 갖으시고 나와 같이 만두들을 드시면서 저랑 여기서 평생 같이 살자구요."

삼장은 조심스럽게 입을 연다.

"그럼, 나는 채소가 든 만두를 먹겠소."

여괴는 즐겁게 웃으며 여자애들에게 명한다.

"우리 주인어른께서 만두를 드신단다. 너희들은 어서 뜨거운 차를 내오너라!"

한 여자애가 향기가 그윽한 차를 가지고 들어와 삼장 앞에 공손히 놓는다. 여괴는 채소 만두 한 개를 손으로 집어 반을 터뜨려서 삼장의 입에 넣어주려고 한다.

이때, 오공은 즉시 본래의 모습을 드러내며 소리친다.

"이 요괴야, 우리 사부님을 건드리지 말아라!"

성미 급하게 외치며 여의봉으로 여괴를 내려치는데 여괴는 순간에 빨간 불빛으로 되어 방 안의 기둥을 한 바퀴 돌아 피하더니 여자애들에게 명령을 내린다.

"너희들은 삼장스님을 어서 안으로 모셔라!"

여괴는 쇠채찍을 휘두르며 오공에게 욕한다.

"이 겁 없이 날뛰는 원숭이 놈아, 나를 훔쳐본 죄로 이 채찍에 맞아 죽을 줄 알아라!"

오공은 차츰 동굴 밖으로 밀려 나오니 밖에서 기다리고 있던 유성은 이들을 보고 긴 칠성검을 빼 들며 여괴를 공격한다. 여괴는 유성이 덤벼드는 것을 보고 콧구멍에서 불이 뿜어져 나오고, 입에서는 연기를 토하며, 두 눈이 불처럼 이글대면서 춤을 추는 듯 채찍을 휘두르며 공격한다.

손이 몇 개인지 얼굴이 어디에 있는지 모를 정도로 소용돌이 치듯이 휘몰아 치며 빠르게 움직이니 오공과 유성은 힘을 합쳐 그녀의 채찍을 가까스로 막아낸다.

위풍당당한 여괴는 온몸으로 불을 뿜어대며 삼장과 육체를 불사르며 즐기고자 무시무시하게 여덟 개의 손에 여덟 개의 채찍을 휘두르고, 오공과 유성은 사부님을 빼앗기지 않으려고 목숨도 아끼지 않고 무기를 마구 휘두른다.

이렇게 각자 무시무시한 위력을 발휘하며 치열한 싸움을 계속하다가 여괴는 문득 몸을 솟구쳐 올리더니 '한번의 독침으로 말을 거꾸로 쓰러뜨린다' 라는 기법으로 번개처럼 입술을 길게 빼내어 오공의 머리를 콱 쏘아버린다.

"아이쿠!"

오공은 그만 두 손으로 머리를 감싸쥐며 저 멀리 달아나 버린다. 유성 역시 당해내지 못하고 오공을 뒤쫓아가니 여괴는 파란 불을 일으키는 두 눈으로 웃으며 달아나는 오공의 뒤에다 소리친다.

"너희들은 내가 누군지 모르지만 나는 너희들의 근본을 잘 알고 있다. 부처도 나를 두려워하고 있는데 네 녀석들쯤이야 아무것도 아니지. 호호호!"

아픈 머리를 움켜쥐며 달아난 오공은 눈살을 찌푸리며,

"거 지독하다. 지독해! 아이구 아야!"

유성은 영문을 모르듯이 오공을 바라보며 묻는다.

"아니, 형님은 왜 갑자기 도망치는 거요?"

오공은 땅에 뒹굴며 연거푸 비명만 지른다.

"아이구 아파라! 아이구!"

유성은 웃으며,

"아니, 형님의 단단한 머리는 하늘의 어떤 무기로 치고 때려도 끄덕 안 했다고 하더니 오늘 갑자기 왜 이리 엄살이시오?"

"글쎄, 그건 나도 잘 모르겠지만 그나저나 그 여괴가 오늘 저녁 사부님을 겁탈하면 큰일인데 어쩌지?"

"그럼 오늘 저녁에 여괴에게 싸움을 걸어 사부님을 집적대지 못하게 해야지요. 형님의 머리가 아프니 우선 산 아래로 내려가서 잠시 쉽시다."

한편 동굴로 돌아온 여괴는 싸움을 잊어버리고 삼장과 즐기고 싶은 마음에 기쁜 마음으로 웃으며,

"너희들은 나의 침실을 깨끗이 하고 촛불과 향을 피운 후 삼장스님과 같이 잘 수 있도록 모든 준비를 해놓아라."

이윽고 여자애들이 삼장을 부축하며 아늑하게 준비해 놓은 침실에 오니 여괴는 잠옷바람으로 침실에 누워 있다가 요염하게 웃으며 몸을 일으켜 삼장의 팔을 부드럽게 잡고 침실로 인도하며 말한다.

"값이 비싼 황금보다 육체의 쾌락이 더 귀하다고 했습니다. 이제 우리 둘은 부부가 되어 서로 밤새 즐기며 놉시다."

여괴는 삼장의 손을 이끌어 스스로의 간드러진 허리를 만지게 하며 간장이 녹아들 듯이 삼장의 귀에 대고 무언가 교태 어리게 정담을 속삭인다.

만일 여괴의 손을 뿌리치면 당장 목숨을 잃을지 모른다는 생각에 침실로 끌려 들어온 삼장은 숨이 턱턱 막히는 듯! 향기로운 방 안에 앉아 있으면서도 눈앞이 아득하여 주위에 무엇이 있는지도 깨닫지 못하고 그저 벙어리인 양 바보인 양 앉아 있다.

여괴는 두 다리를 살살 비비며 음탕한 몸을 삼장에게 가까이하여 비단같이 고운 따스한 살을 맞대고, 고운 손으로 옷을 모두 풀어헤쳐 향내 나는 토실토실한 엉덩이와 가슴을 드러내어 음란한 손으로 천천히 쓰다듬으며 삼장에게 가져다 준다. 섹스는 성적인 여인의 요사스러운 기운과 자태에서 더 미묘한 맛이 난다고 하지 않던가?

여인은 삼장을 녹일 듯한 매혹적이고 관능적인 몸매를 가까이 하여 가슴을 비벼대고 벌린 허벅지에 손을 끌어당기며 난봉처럼 놀고 싶어 하는데 삼장은 얼굴만 시뻘개져서 흙이나 재를 보듯 고목처럼 멍하니 벽을 보고 앉아 마치 달마스님 같다.

여괴는 나긋나긋한 목소리로 말한다.

"침대가 이렇게 넓은데 왜 누우시려고 하지 않습니까?"

"머리를 빡빡 깎고 회색옷을 입은 나는 이런 것을 즐길 수 없습니다."

"피골이 상접한 귀신이 되어 방황하는 것보담 꽃 속에 파묻히는 것이 오히려 즐겁지 않습니까?"

"어찌 감히 분 바른 해골바가지와 잠자리를……."

그래도 여인은 간드러지게 엉덩이를 살살 흔들며 말한다.

"스님, 한번 나를 안아보시기나 하고 싶다고 하세요. 예에?"

그래도 삼장은 비바람에 지쳐 쓰러진 고목처럼 아무 반응이 없다.

이렇게 밤이 깊도록 서로 옥신각신하며 여인이 아무리 달콤한 말과 교태를 부려도 마치 죽은 송장처럼 거침없이 춘정이 일어나는 여인의 아름다운 알몸을 아깝게도 귀여워해주지 않는다.

음악에 있어서도 양기를 잘 주어야만 악기(음기)가 좋은 소리를 내듯이 보드라운 솜과도 같은 따스한 향내 나는 예쁜 음란한 여인을 마다하니 이윽고 여인은 약이 바짝 올라 앙칼진 목소리로 소리친다.

"애들아, 밧줄을 가져 오너라! 이 예의 없는 스님을 좀 때려야겠다!"

여인은 사랑하고픈 사람이 자기의 뜻대로 되지 않자 화가 나서 삼장을 꽁꽁 묶어 기둥에 묶은 후 주위를 아늑하게 밝혀주는 은촛대의 불도 모두 꺼버리고 밤이 새도록 아무런 말이 없다.

어느덧 새벽닭이 지붕위에 올라가 높이 목청을 돋구어 모두들 일어나라고 소리치는 아침이 다가온다. 산 아래에서 쉬고 있던 오공은 몸을 일으키며 머리를 긁적거린다.

"그렇게 아팠던 내 머리가 이제야 좀 가라앉았어. 약간 간지러울 뿐……."

유성은 웃으며,

"사부님은 어젯밤 그 여괴와 달콤한 하룻밤을 잘 지내셨겠지!"

"농담 그만하고 어서 사부님을 구하러 가자고."

잠시 후 둘이 동굴 앞에 당도하자 유성은 밖에서 기다리고 있고, 오공은 어제처럼 꿀벌로 변하여 동굴 안으로 날아 들어가보니 모두들 피곤한지 잠을 자고 있고 삼장만 기둥에 묶인 채 신음하고 있다.

오공은 삼장의 귓가에 다가가서 말한다.

"사부님, 밤 사이 여괴와의 재미있는 일은 잘 되었습니까?"

삼장은 오공이 왔음을 알고 이를 악물며 말한다.

"내가 목숨을 잃을지언정 어찌 그런 짓을 할 수 있겠느냐?"

"하, 참! 사부님도 답답하시긴…… 그럭저럭 적당히 하시면 이런 고생을 안하셔도 될텐데!"

이때, 잠을 자던 여괴가 무엇에 놀란 듯 눈을 뜬다. 꿈속에서 삼장과 사랑하고 있다가 잠이 깨었는지 반나체에 부스스한 얼굴과 몽롱한 눈빛으로 삼장에게 키스하듯이 가까이 다가와 봉긋한 가슴을 삼장의 얼굴에 가까이 대며 말한다.

"이렇게 탐스러운 육체도 즐길 줄 모르는 바보……."

오공은 당황하여 얼른 삼장을 떠나 동굴 밖으로 날아 나오며 떠든다.

"유성, 여괴가 사부님을 기둥에 꽁꽁 묶어놓고 있어!"

유성은 있는 힘을 다해 발로 돌문을 걷어차서 우지끈 쓰러뜨리며 동굴 안에다 소리친다.

"음탕한 요괴는 우리 사부님을 내놓아라!"

묶인 삼장의 몸을 슬슬 쓰다듬고 있던 여괴는 이 고함소리에 거의 나체의 몸으로 채찍을 들고 나오며 소리친다.

"어느 돼먹지 못한 녀석이 감히 나의 대문을 부수느냐?"

자신의 훌륭한 알몸을 보고 혼란이 와서 정신을 못 차리고 있는 유성을 본 여괴는 요염하게 웃으며 말한다.

"네 녀석이 사부를 대신해서 나를 즐겁게 해주지 그래. 나하고 키스나 한번 할까? 응?"

이 순간에 여괴는 혀를 번개같이 놀려 유성의 입을 한번 쏘아주니 유성은 번갯불에 쏘인 듯한 아픔에 입을 틀어막고 달아나 버린다. 오공 역시 그 혀에 다시 쏘일까 겁이 나서 여의봉을 휘두르는 둥 마는 둥 하다가 달아나 버린다.

유성은 아픈 입을 손으로 막으며 소리친다.

"아이구 아파라! 나 좀 살려 주시오!"

바로 이때, 할머니 한 분이 광주리에 채소와 약초를 캐들고 이쪽으로 걸어온다. 오공은 '잘됐군, 저 할머니한테 여괴의 정체를 물어 봐야지!' 하고 생각하며 꿀벌로 변한 오공이 다가가려고 하고 있다가 눈을 크게 뜨고 자세히 살펴보니 머리 위에는 상서로운 기운이 감돌고 향기로운 구름이 온몸에 둘러싸여 있다.

오공은 즉시 본래의 몸으로 돌아와 꾸벅 절한다.

"할머니 보살님, 안녕 하세요!"

할머니는 오공이 자기를 알아보자 곧바로 허공에 솟구쳐 올라 하얗고 소박한 흰옷을 입은 관음보살로 변한다.

"저 여괴는 무서운 요정이다. 그녀의 본신은 전갈(스콜피온)로 옛날에 부처님에게 가르침을 받던 중 부처님이 슬쩍 손가락으로 건드리자 이 전갈은 당장에 부처님의 왼손 엄지손가락을 찔러 피를 내게 한 일이 있었다. 나 역시 섣불리 접근할 수가 없는 여괴이니 오공은 하늘나라로 올라가 해를 지키고 바라보는 닭별의 신에게 부탁해 보아라."

말을 마친 보살은 한 줄기 금빛으로 변하여 남해로 돌아가신다.

오공은 유성에게,

"내가 올라갔다 올테니 너는 사부님의 동정을 잘 살피고 있으라고!"

구름을 탄 오공은 눈 깜짝할 사이에 동쪽의 하늘문에 이른다. 그곳에서 빛을 바라보는 궁전으로 들어가니 수백 명의 하늘군사들이 열 지어 있는 앞에서 온몸에 금줄 투성이인 주군이 태양을 바라보며 서 있다.

아! 하늘나라에서 바라보는 태양은 그 얼마나 멋지고 찬란한가?

오공은 그에게 다다가서 인사한다.

그도 공손히 절하며 묻는다.

"오공께서 무슨 일로 이곳에 오셨습니까?"

"우리 사부님께서 곤란을 당하시어 도움을 청하러 왔습니다."

자세한 말을 들은 닭별의 주군은,

"그것 안 됐군요. 옥황상제님께 말씀을 드리고 떠나야 하지만 일이 급하여 일단 여괴를 항복시킨 후 돌아와서 아뢰겠으니 어서 갑시다."

금빛을 번쩍이며 오공과 여괴가 사는 동굴 앞에 당도하니 독기에 입이 벌겋게 부어 기다리고 있는 유성을 보고 인사한다.

"오랜만입니다. 유성 장군님!"

"입이 아파아 제대로 인사 못함을 용서하씨요."

"여괴에게 독침을 맞으셨군요."

하며 주군이 유성의 입을 손으로 한번 쓸어내리자 신기하게 아픈 것이 싹 사라진다.

"야, 참으로 묘하시군요!"

유성이 이렇게 말하자 오공도,

"기왕이면 내 머리도 한번 쓸어 주시오."

주군이 오공의 머리를 한번 가볍게 쓰다듬어 주니 오공은 산뜻하게 맑아지는 느낌을 받아 생글생글 웃으며 감사해 한다.

"이제 두 분께선 여괴를 불러내시오. 내가 항복시킬테니까."

말을 마치기도 전에 오공은 즉시 동굴 안으로 쪼르르 달려 들어가 동굴 안에 있는 두 번째 문을 박살내고 동굴 밖으로 달려 나온다.

이 무렵 여괴는 삼장을 풀어주고 같이 의자에 앉아서 아침밥을 막 먹으려 하던 참에 갑자기 오공이 쪼르르 달려 들어와 문을 부수고 도망가는 것을 보자 급히 채찍을 들고 동굴 밖으로 나오니 산 위에서 기다리고 있던 주군은 금빛을 발하며 본 모습을 드러낸다.

그 모습을 보니 쌍벼슬을 가진 엄청나게 커다란 수탉이다. 머리를 한껏 쳐들며 외치는 수탉은 크기가 무려 2미터가 넘는다. 수탉이 두 눈을 부릅뜨고 여괴에게 달려들자 여인은 본 모습을 드러내는데 기타의 두 배는 됨 직한 엄청나게 큰 전갈이다.

둘은 서로 독기를 내뿜고 온 산이 들썩거릴 정도로 물어뜯으며 한참을 싸우는데 큰 수탉은 봉황조차도 따를 수 없다는 그 미묘한 춤으로 두 발을 움직여 신기한 보법으로 결국엔 전갈의 머리와 꼬리를 밟은 후 날카로운 부리로 마구 쪼아대니 여괴는 불쌍하게도 그만 온몸을 비틀며 버둥거리다가 죽는다.

고고한 관직의 모자와 같은 꽃 같은 벼슬
수놓은 듯이 길게 늘어진 아름다운 깃털들
단순한 세 가닥의 발가락을 가진 두 발로
어느 누구보다도 미묘한 춤을 추네!
크게 부릅뜬 두 눈과
뛰어오르는 당당한 위풍은 거의 완벽에 가깝다!
웅장한 기세로 떡 버티고 서서
멋들어지게 목청 높여 울어대니
어찌 촌집에서 우는 보통 닭과 같을 수 있으리오!

비록 악독했지만 도를 닦아 인간의 모습으로 삼장을 사랑했던 전갈은 길게 죽어 누워 불쌍하게도 유성의 한쪽 발에 가슴이 짓이겨 터져버리며 이렇게 말을 듣는다.

"이 못된 전갈아, 이제 너는 죽었으니 우리 사부님을 다시는 귀찮게 하지 않겠지! 응?"

뜨거운 물에 오래 삶은 팥처럼 유성의 발에 거듭 짓이겨진 죽은 전갈을 보며 오공은 유성에게 말한다.

"야, 너 이거 혹시 은근한 질투심에서 나오는 행동 아니냐? 이미 죽은 전갈을 이렇게 짓밟아 버릴 필요는 없잖아!"

일을 수습한 닭별의 주군은 그들의 행동과는 상관없다는 듯 금빛을 한데 모아 구름을 타고 하늘로 돌아간다. 오공은 손을 들어 흔들며 감사해 한다.

"고맙습니다! 감사합니다. 안녕히 가십시오! 안녕히……."

둘이 동굴 안으로 들어가니 크고 작은 여자애들이 길게 무릎 꿇고 앉아 애처롭게 말한다.

"저희들은 요괴가 아닙니다! 얼마 전에 이곳으로 납치되어 왔을 뿐입니다." 그들을 자세히 살펴보니 과연 요사스러운 점이 없어 안심하고 삼장에게 다가가 묻는다.

"사부님, 몸은 불편 없이 괜찮습니까?"

"그래, 고맙다. 그런데 나를 괴롭히던 여괴는 어떻게 되었느냐?"

유성은 자랑스럽게 말한다.

"그녀는 커다란 전갈이었습니다. 하늘의 닭별 주군님의 도움으로 여괴를 죽였고, 사부님과 저희들을 고생시킨 것에 화가 나서 제가 죽은 전갈을 다시 짓밟아 뭉게 버렸습니다."

삼장은 무언가 얼굴빛이 서글프게 변하며 혼자 중얼거린다.

"아, 그녀는 악했지만 그래도 안 됐군! 부디 다음 세상에서 좋은 인연을 받아 착하게 태어나길…… 아미타불…….."

오공은 유성의 옆구리를 쿡 찌르며 속삭이듯 말한다.

"거봐, 내가 뭐랬냐! 네가 사부님에게 슬픔을 가져다 주었잖아."

삼장은 오공을 시켜 죽은 전갈을 땅에 묻어주는 동안 전갈이 비록 악한 짓을 했지만 영원히 평화로운 아미타불의 나라에 태어나라고 조용히 염불을 해준 후 잡혀온 여자들을 데리고 여왕에게 돌아간다.

요괴에게 잡혀간 삼장을 걱정하며 기다리고 있던 여왕은 3일이 지난 오후 늦게 일행이 돌아오자 눈물을 흘리며 기뻐 맞이한다.

이날 저녁을 모두 같이 잘 먹고 다음날 아침 삼장 일행은 다시 길을 떠나는데 여왕은 궁 위에서 삼장이 떠나는 것을 멀리서 바라보며 사랑의 마음은 찢어지듯 아픔에 길게 흐느끼며 운다. 결국 사랑하는 삼장을 잊을 수 없는 여왕은 이런 슬픈 일기를 남기고 몇 달 후 병이 들어 거의 죽어 간다.

그 내용을 약간 뽑아 여기에 옮겨보면,

### 5월 15일

스님이 떠나가신 후……

나의 마음은 여기저기 굴러다니는 낙엽처럼 서럽고 공허한 나날만 보낸답니다.

밤마다 꿈속에서 나는 스님을 따라 멀리, 아주 멀리 가다가 그만 꿈이 깨고 나면 스님을 잃어버린 나는 종잡을 수 없이 방황하며 운답니다.

그저 바라만 보고 있어도 좋을 걸! 하지만 이런 바람은 스님이 길을 가시는데 더디게 만든다는 걸 난 알아요.

쓸쓸히 비에 젖어 홀로 외롭게 떨고 있는 한 꽃송이에 작은 새 한 마리가 와서 잠시 노래 부르다가 날아가 버리고는 다시는 돌아오지 않는군요.

스님께서도 두 번 다시 이곳에 오시지 않겠지요?

그렇지만 언젠가는 그 새가 나의 무덤가에 와서 다시 한번 울어주길 빌어요.

이렇게 희망 없는 바람은 나의 마음을 더욱 아프게 하고 끝없는 슬픔에 빠지게 하니 이젠 정말 스님을 뵈올 가능성이 없겠죠?

늦은 저녁 바람은 문틈 사이로 스며들어오고 있고 나의 두 눈에서는 끊임없이 눈물이 흘러내려 힘없는 나의 정신은 점점 기울어져 가고 있어요.

### 5월 16일

연꽃은 시들어 밤 향기를 흩날리는데

그림자조차 비추지 않는 이슬 맺힌 텅 빈 뜰엔

밤 벌레만 구슬피 웁니다.

슬픈 등잔불만 어두운 이 방의 벽을 밝혀주어요.

눈물로 밤새 이렇게 편지를 써놓는다해도

어떻게 스님께 보낼 수가 있을까요?

할 수 없이 저는 이 편지들을 고이 접어서 가을 하늘에 맑게 흐르는 은하수에 떠우죠. 스님께 전해 달라고요……

그리곤 다시 텅 빈 내 방으로 돌아와 차가운 이불을 끌어안고 그리움에 잠을 못 이루고 울고 있으면 지는 달님만이 다정하게 살며시 나를 엿본답니다.

이럴 줄 알았으면 나의 허리에 찼던 금패라도 드릴 걸! 하고 생각도 해 보았지만 나중에 부처님을 만났을 때 스님이 여인의 금패를 지니고 다닌다고 부처님께 꾸중 들으시면 곤란하잖아요?

그래도 하루만 지니고 계시다가 버리시더라도 그냥 드릴 걸! 하고 후회하지만 이미 먼 길을 가시고 난 뒤, 이러면 무슨 소용이 있겠어요?

### 5월 21일

그리움에 못 이겨 서쪽 대문에 기대어 스님의 가신 길 쪽의 흰 구름들을 마냥 바라보고 있으면 흰 복사꽃들이 빗물처럼 뚝뚝 떨어져 내려요.
내 가슴속 눈물처럼…….
눈물짓지 말자고 아예 눈물짓지 말자고 아무리 맹세해봐도 서러움의 강물처럼 갑자기 왈칵 쏟아질 땐 어쩔 수가 없죠. 나의 눈물들은 흰 복사꽃들이 되어 성 아래로 수없이 떨어져 흩날리니까요.
그 꽃들은 강물을 타고 흘러가다가 스님을 만났으면 좋겠어요.

### 5월 23일

스님이 가시는 고독의 길은 스스로와 모든 이들을 위해선가요?
그러나 나의 작은 넋은 끝없는 고독 속에서 오로지 스님만을 그리다가 죽고 죽었다가 다시 살아나도 또다시 슬픔에 죽을 거예요.
이 슬픔과 스님에 대한 타오르는 사랑을 가슴속에 깊이 숨겨놓고 차가운 바람에 쓸쓸히 웃음 지으며 적막한 저 길을 가겠지요.
눈물을 흘리면서도 웃음을 지을 수 있다는 건 그 어떤 가망도 없다는 뜻이겠지요.

**5월 28일**

달콤한 사랑의 미묘함도 모른 채 나의 마음은 어디에도 둘 곳을 모르고 밤이나 낮이나 헤맨답니다.

그래도 어쩌다가 스님과 함께 있는 꿈을 꾸는데 날이 밝으면 떠나가실 것을 생각하여 기쁨보다도 슬픔이 앞을 가려 저는 꿈속에서 또 울어 버렸습니다.

**6월 3일**

저의 모든 괴로운 심정들은 달님만이 아신답니다.

고요한 숨결 같은 부드러운 바람은 제가 달님을 바라보며 속삭이는 대로 달빛을 타고 스님이 계신 곳으로 흘러가니까요.

**6월 27일**

스님과 저와의 짧은 만남은 이제는 먼 옛날의 잃어버린 전설처럼 아늑한 향수만을 남겨두어 저는 슬픈 눈으로 온종일 먼 산만 한없이 바라본답니다.

**9월 6일**

문 밖에 마른 낙엽들이 구르는 소리에 혹시 스님이 오시나? 하고 문을 열어보면 아무도 없고 마음이 허전하여 밖으로 나와 마냥 길을 걷다보니 날은 저물어 서쪽에서 분홍빛 노을이 강물 위에 붉게 물드네요.

그 강물에 흐르는 노을빛에 스님의 모습이 아른거리다 사라지면 내 얼굴에선 그만 눈물이 흘러내려요.

그 먼 저녁하늘을 쳐다보다가 가느다란 초승달이 떠오르면 저는 조용히 빈 방에 돌아와 울며 쓰러집니다.


**9월 16일**

이별이 없다면 그리움도 없겠죠?

그럼 가슴 아프게 눈물을 흘릴 일도 없을 거예요.

여러 가지 아픔 중에 사랑의 아픔은 정말 사무치게 커요.


**9월 17일**

먼 산은 비어 있고 그 산 위에 달빛은 흰데 나는 그 달빛을 따라 그리워 하는 분에게 갈래요.

아니면 은하수보다도 더 많은 눈물들이 슬프게 흘러내릴 거예요.

찬 기운이 스며드는 이 가을밤은 너무나 길어요.


**9월 19일**

나를 바라보고 있는 저 하늘의 달님은 스님도 비춰주고 있겠지요.

**9월 21일**

온종일 차갑게 내리는 가을 비……

강 가를 걷고 있는 나의 옷에

빗방울이 툭툭 떨어지는 이 밤

차가운 바람은 나의 가슴을 마구 흔드는데

젖은 얼굴을 스치는 쓸쓸한 바람에

벌써 오늘이 다 지나감에 깜짝 놀란답니다.


**9월 22일**

깊어 가는 이 밤에 홀로 향을 하나 피워놓고

가슴속의 아픔을 참을 수 없어

조용히 한줄기 눈물을 흘리고 있으려니

촛불에 비스듬히 빛나는 관음보살님의 얼굴은

저와 함께 우시는지 깊은 비애의 눈을 하고 계셔요.


**9월 25일**

시간은 덧없이 가고 스님께선 다시 오시지 않으니 저는 차라리 과거에 얼굴을
돌린 채 죽는 것이 행복하겠지요.

그 지나간 과거 속에서 나는 항상 스님의 모습을 볼 수 있으니까요.

어느 날 힘없이 안개 속을 걷다가 문득 고개를 돌려 주위를 바라보면 아무도 없
이 나만 홀로 서 있는데 안개가 걷히고 나서도 저는 아무것도 볼 수 없었어요.

스님의 모습밖에…….

내가 죽어 혼이 된다면 스님의 가시는 길마다 꽃을 뿌리겠어요.

혼이 되어도 스님만 볼 수 있다면 죽음의 어두운 세계에서도 서럽게 울지 않을 거에요.

깊은 사랑 속엔 많은 눈물이 숨어 있다고 말하신 것은 스님 스스로의 슬픔을 뜻하신 거였지요?


### 9월 26일

나의 몸은 자꾸만 약해져 가고 있어요.

오늘이나 내일에서 나는 죽음에 이르는 먼 여행을 하겠지요.

이제는 아무 자신도 없습니다. 기다림밖에…….

너무나 외로웠고 고독했기 때문에

나의 쓸쓸한 여행 길의 동반자는

스님을 기다리고 있는

이 작은 혼 밖에 없어요.


### 9월 27일

지금 나는 더 이상

아무것도 바라지 않습니다.

이 길을 가고 또 가면

기다리고 있는 것은 오직 죽음뿐

하늘나라에 아무것도 가지고 가고 싶지 않아요.

과거에 얼굴을 돌린 채 가고 싶을 뿐입니다.

그것이 나에겐 즐거운 죽음이 되겠지요.

당신을 볼 수 있는 이 즐거움을

나는 남들에게 나타내기 싫어요.

이 가을이 지나가기 전에 어서 나를 행복하게 해주세요.

아니면 흰 눈이 오는 하얀 겨울에

뚜렷하게 남긴 발자국처럼

내 마음속에 있는

과거의 당신을 바라보며 떠날 거예요.

**9월 30일**

이 몸은

석양 노을 하늘 끝의

외로운 구름…….

**10월 1일**

잠을 자다가

가슴을 에는 듯한 슬픔에

문득 깨고 보면

적막한 이 깊은 밤에

문 밖에서 들리는

꽃이 떨어지는 소리…….


**10월 2일**

스님은 나를 두고 영원히 가버린 시간…….


**10월 3일**

흐르는 내 눈물은 떨어지는 꽃들…….

그 슬픔의 꽃들은 내가 걸을 때마다 밟혀

부서져요…….

이 길을 따라

스님에게 가겠어요.


**10월 5일**

외로움과 절망의 고통에 빠져 죽어갈 때

자비 가득한 여인이 나를 지켜보며

함께 슬퍼하고 있어서

누군가? 하고 보니

그녀는 관음보살이었습니다.

마음이 아파

잠 못 이루는 긴 밤에

관음보살은 이 쓸쓸한 침대에 오시어

약하고 슬픈 나의 가슴에

사랑의 기운을 주시었습니다.

그저 고요하게 연민이 가득 찬 눈빛으로

이 초라한 혼자에게

따뜻하고 깊은

자비의 에너지를 주셨습니다.

그녀는 방황하는 저에게 안정을 주셨답니다.


삼장스님에 대한 사랑의 슬픔 때문에 거의 죽어가던 여왕은 관음보살의 연민심을 받아 차츰 되살아난다.

## 가짜와 진짜

들에 핀 난초의 향기를 맡으며 하늘을 넘어가는 봄 언덕길을 천천히 걸어가는 삼장 일행…… 온 들판이 빨갛게 흐드러지게 피어 있는 요염한 창꽃들을 개구쟁이 오공은 마구 따먹는다.

여름 밤에 별들을 스치는 시원한 바람을 맞으며 걷기를 몇 달…… 차츰 선선한 바람이 불기 시작하며 가을을 알린다.

아직도 싱싱하지만 바람에 불려 우수수 떨어지는 꽃들…… 어디선가 슬프게 불어오는 바람과 함께 빗속의 연기는 흩어진다.

피눈물나게 외로워도 사랑하는 이는 만날 수 없고 가을 산에는 나뭇잎들이

쓸쓸히 떨어진다. 강물은 흐느끼며 울면서 흐른다.

그 위에 차갑게 비치는 달빛…….

10월이 다가오자 썰렁한 날씨탓인지 삼장은 길을 가다가 문득문득 갑자기 외로움을 느낀다.
　어느 하룻밤을 여관에서 쉬는데 오공과 유성은 깊은 잠을 자고 있고……, 촛불만이 녹고 있는 고요한 방에 앉아 있는 삼장의 고독한 마음과 외로운 달빛은 말이 없다. 외로움의 번뇌는 별빛. 깊이 감춰놓은 고독의 서러움은 뺨을 타고 흘러내리고 삼장의 까만 눈동자에 살며시 들어오는 먼 하늘의 별빛들…….
　다음날 일행은 조용히 아침밥을 먹고나서 길을 가는데 문득 험한 산이 가로 막는다. 열 걸음을 걸어도 반 발자국의 편한 땅이 전혀 없다. 홀연 호랑이의 커다랗게 울부짖는 소리가 귀를 흔들고 하늘에 퍼진다. 그러나 일행은 조금도 겁내지 않고 조급한 빛이 없이 한발한발 앞으로 걸음을 옮긴다.
　한참을 고생하며 가서야 내리막길이 되어 약간 편안하게 걸을 수 있게 되자 삼장은 저만치 앞장서서 걷고 오공과 유성은 뒤를 따라간다.
　이렇게 한참 길을 가다가 고개를 하나 돌아가는데 갑자기 징소리가 들리더니 길 양쪽에서 100여 명의 도둑들이 나타난다. 그들은 하나같이 칼·창·곤봉 따위를 들고 삼장을 둘러싸며 위협한다.
　"돈 가진 게 있으면 모두 내놓아라!"
　그들을 바라보니 푸르뎅뎅한 거친 얼굴들에 사냥개 같은 이빨들 그리고 부리부리한 눈동자에 두목이 둘이나 된다.
　삼장은 겁을 잔뜩 집어먹고,
　"동냥으로 얻어먹고 사는 나에겐 드릴 돈이 아무것도 없습니다."
　그러자 도적들은 화를 내며,
　"그럼 옷이라도 벗어놓고 타고 있는 백마도 우리에게 넘겨라!"

"다 떨어진 이 옷을 벗겨 가시고 백마를 주고나면 저에게 죽으라고 하시는 소리와 마찬가진데 어떻게 이걸 다 드릴 수가 있습니까?"

도적 한 명이 사나운 눈으로 삼장에게 다가와서 거침없이 몽둥이를 쳐들고 내려치려 한다.

사정이 절박한 삼장은 급히 손을 들며,

"자, 잠깐! 나에게 가진 돈은 없고 뒤에 따라오는 제자들이 은전 몇 푼을 가지고 있습니다."

도적들이 삼장의 뒤를 보니 저만치 오공과 유성이 천하태평으로 느릿느릿 이쪽으로 걸어오고 있다.

오공은 놀란 듯 삼장에게 묻는다.

"사부님, 웬일이십니까? 이 사람들은 모두 뭣하는 사람들입니까?"

삼장은 오공에게 급하게 말한다.

"네가 가진 노잣돈을 어서 이분들에게 드려라. 아니면 나의 백마도 빼앗길테니!"

오공은 싱글벙글 웃으며,

"사부님도 참 딱하시긴, 관음보살님이 이 용마를 언제 남에게 주라고 하셨습니까?"

도적 두목은 오공에게 소리친다.

"어린 중 놈아, 갖고 있는 돈을 모두 내놓아라. 아니면 황천길로 갈테니!"

이에 삼장은 백마와 함께 저만치 뒤로 물러서고 유성은 삼장의 곁으로 가서 보호한다.

어리게 보이는 말썽꾸러기 작은 오공은 앞으로 척 나서며,

"여러 아저씨들, 우리들이 가진 거라고는 순금 몇 덩어리, 은 몇 주먹뿐입

니다. 이걸 다 드릴테니 절대 우리 사부님은 때리지 마시오. 돈이야 다시 동냥하면 되니까."

한 두목이 거드름을 피우며 말한다.

"사부는 벽창호인데 어린 놈이 제법 콧대가 세군!"

그러자 오공은 생글생글 웃으며,

"우리 돈을 세 몫으로 나누어 가집시다."

두목들은 웃으며,

"앙큼스러운 놈! 제 사부까지 속이며 한몫을 달라니 어서 다 꺼내봐라! 만일 우리들을 흐뭇하게 할 정도로 많이 가지고 있으면 네게 사탕 사먹을 돈을 몇 푼 나눠줄테니."

"그게 아니고 아저씨들이 남의 돈을 털었을 때 그것을 나에게 한몫 달라는 뜻이오."

도적들은 눈을 부라리며 크게 화낸다.

"이 녀석이 도대체 무슨 말을 하는 건지 모르겠군. 돈은 안 내놓고 딴소리만 하다니, 때려라!"

그러자 옆에 있던 도적이 몽둥이로 가차없이 오공의 작은 머리를 몇 번이고 내려친다.

오공은 헤헤 웃으며 하는 말이,

"이렇게 때리면 내년 봄까지 때린다 해도 소용이 없을 거요."

도적은 놀라며,

"어린 녀석의 대가리가 어지간히 단단하구먼!"

"천만에, 지나친 칭찬은 마시오. 겨우 참고 있는 거니까!"

이런 말에 아랑곳도 하지 않고 이번에는 서너 놈이 달려들어 아무데나 마구 때린다.

"그만들 때리시오. 내가 꺼낼테니까!"

귓속에서 바늘만 한 여의봉을 꺼낸 오공은,

"가진 돈은 없으니까 이거라도 드리지."

"오늘 정말 재수 없군! 겨우 바늘 하나 갖고 있는 녀석들을 붙잡다니!"

오공이 바늘을 손에 움켜쥐고 번쩍 한번 휘두르자 단번에 일미터가 넘게 길어진다. 겁을 먹은 도적들은,

"이 어린 녀석이 몸은 작아도 재법 술법을 아는가보군!"

오공은 여의봉을 땅에 푹 꽂아놓고 말한다.

"누구라도 이 철봉을 움직일 수 있다면 우리가 가진 모든 것을 주지!"

이 말에 두 도적 두목들은 앞으로 달려들어 여의봉을 뽑으려고 하였으나 마치 잠자리가 돌기둥을 집적대듯이 털끝의 반만큼도 움직이지 않는다. 이에 오공은 앞으로 나서며 가볍게 뽑아 땅에 집고 한 발을 다른 쪽 정강이에 척 꼬아 서면서 손가락으로 도적들을 가리키며 말한다.

"네 놈들이 오늘 재수가 나빠서 이렇게 나를 만난 것이다."

그러자 20여 명의 도적들이 우르르 달려들어 칼과 창으로 마구 찌른다.

그들이 마구 찌르고 내려치는 것을 얼마간 맞고 있던 오공은 웃으며,

"이만하면 됐으니 이젠 내 차례다!"

여의봉을 처들은 오공이 번쩍 한번 내리치자 두목 한 놈이 당장에 뻗어버리며 주둥이로 흙을 쓸면서 입도 한번 못 벌리고 그만 황천길로 간다.

"이 녀석이 감히 우리 두목님을 죽이다니!"

이런 말에 상관도 없이 오공은 다시 한번 여의봉을 가볍게 처내리니 당장에 둘째 두목이 뻗어버리며 즉사한다.

두 명의 두목이 간단하게 땅에 뻗어 침을 흘리고 두부처럼 쓰러져 피를 흘리며 죽자 당황한 도둑들은 사방으로 흩어져 달아난다.

멀리서 이를 지켜본 삼장은 유성에게 말한다.

"너는 얼른 오공에게 가서 저들을 죽이지 말라고 일러라!"

유성이 오공에게 달려가 말한다.

"형님, 사부님이 살생하지 말라고 하시오!"

"누가 사람을 죽여? 두목 두 놈만이 여기서 잠을 자고 있을 뿐인데. 내가 한 대씩 때려서 머리통만 깨버렸지!"

이 말에 유성은 삼장에게 와서 말한다.

"오공 형이 다리를 움직이지 못하도록 때렸는데 각각 머리에 큰 구멍이 한 개씩 뚫렸습니다."

"그렇담, 어서 빨리 고약을 사다가 붙여 주어라."

"그런 것은 필요 없습니다. 둘 다 즉사 했으니까요."

"정말 때려죽였단 말이냐?"

화가 난 삼장은 오공의 경솔함을 못마땅히 여기며 쓰러진 도적들에게 다가가서 살펴보니 유혈이 낭자하다.

차마 볼 수 없는 삼장은 유성에게,

"너는 땅을 파서 저들을 묻어줘라."

삼장의 말에 유성이 큰 돌 하나를 번쩍 드니 하나의 커다란 구멍이 생긴다. 그 속에 두 시체를 묻고 둥근 모양의 흙무덤까지 만들어 주니 삼장은 기도한다.

"재수 없게 오늘 갑자기 죽음을 맞이한 호한들이여! 지옥에 가서 고소를 하려면 오공만 할 것이지 우리와는 상관없는 일이오!"

이 말을 듣는 오공은 웃으며,

"사부님은 정말 의리도 인정도 없으십니다. 대수롭지 않은 그 녀석들을 때려죽였다고 해서 저를 고소하라고 하시다니 만일 유성에게 맡겼으면 더 많은 살생을 했을 걸요? 그럼 저도 한번 애도의 말 좀 해야겠습니다."

오공은 여의봉으로 무덤 위를 쿵쿵 내려치며 작은 발로 척 디뎌 서며,

"이 나쁜 놈들아, 네 놈들이 나를 몇 번이나 때렸어도 나는 간지럽지도 않았다! 그러나 나를 약올리는 바람에 그만 아차 하는 순간 너희들을 한 대씩만 때린 것이다. 그런데 이렇게 연약하게 죽다니? 그러니 네 놈들이 어디 가서 고소를 한대도 할 말이 없겠지롱! 설사 너희들이 어디 가서 고소를 한대도 겁날 건 하나도 없다. 옥황상제님과 천왕들은 내 편이고, 나머지 신들은 모두 나를 두려워하니까!"

욕설 같은 오공의 말에 삼장은 놀라며,

"오공아, 누군가 죽으면 다음 생에 더 좋게 태어나라고 축원하는 것이 예의인데 그렇게 화를 내며 하는 축사가 어디 있니?"

"사부님, 이런 재미 없는 놀이는 이제 그만 하고 해가 저물어 가니 잠잘 곳이나 찾아보죠?"

삼장도 할 수 없이 백마에 올라타며 일행은 가던 길을 간다. 얼마를 가니 길 아래 편에 한 마을이 보이는데 많은 소들과 양들, 그리고 마당에 뛰어다니는 개들과 닭들이 보여 제법 부유한 동네 같다. 일행이 저녁밥 짓는 연기가 나는 한 집에 가니 문안에서 작은 어린아이를 데리고 한 노파가 나온다.

삼장은 할머니에게 공손하게 묻는다.

"우리는 길을 가는 일행인데 하룻밤 재워주셨으면 합니다."

저녁밥을 잘 얻어먹고 나서 차를 마시며 삼장은 묻는다.

"할머님은 손녀 하나만 있습니까?"

할머니는 한탄하며 말한다.

"아들이 하나 있지만 싸움이나 하고 길을 막고 남의 돈이나 털면서 살인까지 한답니다. 사귀는 친구들도 모두 그런 사람들뿐이어서 집을 나간 지 벌써 3일이 넘는군요."

삼장은 마음이 불안해지며 생각한다.

'혹시, 아까 오공이 때려죽인 두 사람 중 하나가 아닐까?'

삼장은 조용하게 혼자 말하듯 말한다.

"그것 참, 어진 어머니 밑에서 어떻게 그런 자식이 생겼을까?"

오공은 대뜸,

"할머니, 그런 자식들은 부모들에게 폐만 끼치고 다른 사람들의 생명을 해치니 왜 경찰에 고소하지 않습니까?"

"나도 그런 생각을 했으나 자식이니 만큼 경찰에 신고하기가 어디 그렇게 쉬워야지요. 그리고 사실 이 동네의 젊은이들이 거의 모두 도적들이랍니다."

며느리를 시켜 삼장 일행의 잠자리를 마련하게 한 노파는 일행을 뒷방으로 안내한다.

얼마 후, 두 놈의 두목들이 맞아죽어 뿔뿔이 흩어졌다가 친구들과 함께 집으로 돌아온 노파의 아들은 밥을 달라고 소리친다. 그러다 마당에 매인 삼장의 백마를 보자 노파에게 묻는다.

"저 흰말은 웬 것이오?"

"스님 일행이 하룻밤 쉬어 가길 부탁해서 우리 집에 주무시도록 했다."

이 말을 들은 아들은 얼른 친구들에게 가서 웃으며 말한다.

"오늘 우리 두목들을 죽인 원수 녀석들이 우리 집에서 잠을 자고 있네!"
친구 도적들은 말한다.
"오늘 저녁 밤이 깊어지면 우리가 일제히 달려들어 저놈들을 모조리 해치우자구!"
이 말을 들은 노파는 살그머니 삼장의 방에 가서 말한다.
"아들 놈이 지금 도적들과 같이 왔는데 오늘 밤 스님들을 죽이려고 합니다. 내 집에서 스님을 살생하는 것은 못보겠으니 어서 뒷문으로 달아나세요!"
삼장은 고마움을 표하며 노파가 열어준 뒷문으로 달아난다.
밥을 먹고 난 도적들은 밤이 늦도록 기다렸다가 시퍼런 칼들을 들고 삼장의 방으로 다가가서 살며시 엿보니 아무도 없다. 그들은 등불을 밝히며 소리친다.
"뒷문으로 달아났다. 쫓아라!"
많은 도적들은 와! 고함을 지르며 화살이 날듯 삼장의 뒤를 쫓아간다. 새벽녘이 거의 되자 삼장의 일행이 저 멀리 보인다.
고함소리를 들은 삼장이 고개를 돌려보니 오공이 말한다.
"사부님, 걱정하지 마십시오. 제가 알아서 하겠습니다."
"절대 사람을 죽이지는 말아라."
오공은 못 들은 척, 여의봉으로 쫓아오는 도적들을 가로막고 말한다.
"여러분들, 어디로 가시오?"
"우리 두목님의 원수를 갚으러 왔다!"
그들은 오공을 뼁 둘러싸더니 칼과 창으로 오공을 마구 찌른다.
오공이 여의봉으로 별똥이 떨어지듯 마구 내려치니 도적들은 구름이 흩어지듯 이리저리로 날아가며 모두들 즉사한다. 다만 몇 명의 약삭빠른 놈들만 뺑소니를 쳤다.

오공이 무수한 사람들을 죽이자 삼장은 놀라서 그대로 서쪽으로 도망간다. 유성도 삼장의 뒤를 바싹 따라 달려간다.

오공은 아직 죽지 않고 부상만 입은 놈에게 묻는다.

"어떤 자가 우리가 묵었던 집의 아들이냐?"

끙끙거리며 신음하던 도적은 겨우 손을 들어 검은 옷을 입은 자를 가리킨다.

"저 사람입니다."

오공은 도적의 칼을 뺏어들고 검은 옷을 입은 자의 머리를 베어 피가 뚝뚝 떨어지는 것을 손으로 머리카락을 움켜쥐고 삼장에게 달려간다.

오공은 빠른 걸음으로 삼장의 말 앞까지 쫓아가 그 머리를 쳐들어 보이며 자랑스럽다는 듯이 소리친다.

"사부님, 이 녀석 좀 보십시오! 이것이 그 할머니의 못된 아들입니다!"

삼장은 그 머리에서 피가 뚝뚝 떨어지고 두 눈자위가 홱 돌아간 것을 보자 깜짝 놀라 말 위에서 떨어지며 소리친다.

"이 못된 녀석! 썩 치우지 못할까? 네가 나를 놀라 죽게 하려느냐?"

유성은 그 대가리를 툭 걷어차서 발로 흙을 모아 머리를 덮고는 삼장을 부축하며 일으킨다.

"사부님, 일어나십시오."

땅에 그대로 앉은 채 삼장은 오랫동안 외우지 않았던 머리 아프게 하는 주문을 외우기 시작한다. 머리가 빠개질 듯 아픔을 느낀 오공은 그만 땅에 떼굴떼굴 구르며 소리친다.

"사부님, 제발 외우지 마십시오. 제가 잘못했습니다!"

몇 분을 계속해서 외우니 오공은 그만 까무러칠 듯이 아픔을 참지 못하고 빈다.

"사부님, 용서해 주십시오! 다신 안 그러겠습니다."

그제서야 삼장은 주문을 그치며 조용히 말한다.

"나는 이제 너에게 더 이상 할 말이 없다. 너는 그만 네 갈 데로 가거라."

아픔이 차츰 수그러들자 오공은 묻는다.

"사부님, 왜 저를 내쫓으려고 하십니까?"

"너는 경을 가지러 갈 인물이 못된다. 네가 어제 오후에 산적들의 두목들을 때려죽인 일도 내 마음에 마땅치 않았는데 밥을 먹여주고 잠자리까지 보살펴 준 할머니의 아들의 목을 베어? 아무리 그 사람이 나쁘다 해도 우리에게 은혜를 베푼 이들의 가족인데 내가 몇 번씩 말을 해도 너는 꼭 살생을 해야 속이 후련하냐? 어서 가거라. 안 가면 주문을 다시 외우겠다."

"사부님이 그런 식으로 절 이해하시면 해명할 필요 없이 가겠습니다."

말을 마친 오공은 당장 구름을 타고 무작정 얼마쯤 날아가다가 가만히 생각해보니 갈 데가 없다. 옛날 살던 곳으로 돌아가자니 남들의 웃음거리가 될 거고 하늘이나 용궁으로 가려고 해도 낯이 설 것 같지 않고 '어쩐다?' 생각하다가, '에라, 갈 곳은 역시 사부님밖에 없다! 고지식하시기는 해도 어쩔 수 없이 나의 사부님이시니까! 다시 한번 빌어보자!'

쏜살같이 삼장에게 다시 돌아온 오공은 무릎을 꿇고 빈다.

"사부님, 한번만 저를 용서해 주십시오. 다시는 그런 짓 하지 않겠습니다."

아무 대꾸도 없이 삼장은 말을 멈추고 주문을 외우기 시작한다. 오공은 그만 땅에 쓰러져 고통을 참고 이겨내려고 가련하게도 신음 한번 내지 않은 채 금테가 깊이 파고들어가 머리가 쭈그러지도록 아픔에 몸만 뒤튼다.

주문을 그친 삼장은 말한다.

"왜 너는 가지 않고 돌아와서 나를 성가시게 구느냐?"

"저는 사부님을 보호해야 하고, 유성만으로는 다른 괴물들을 물리칠 수 없으니까요."

"네가 없어도 나는 갈 수 있으니 상관마라! 빨리 가지 않으면 다시 주문을 외울테다."

오공은 어쩔 수 없이 고집불통인 삼장의 마음을 돌이킬 수 없음을 알고 공중으로 솟구치며 혼잣말로,

"그렇담, 할 수 없이 관음보살님에게 가서 부탁할 수밖에!"

한 시간도 채 못되어서 관음보살의 섬에 도착한다. 보타암의 앞에서 선재동자를 만난 오공은 말한다.

"안녕, 보살님 계시지?"

선재동자는 생글생글 웃으며,

"응, 오공 형. 날 따라와!"

보살을 본 오공은 힘없이 땅에 털썩 주저앉아 울며 말한다.

"보살님, 저 좀 도와 주십시오."

보살은 자상한 목소리로 오공에게 묻는다.

"오공아, 울지 말고 무슨 슬픈 일이 생겼는지 내게 말해라. 너를 괴로움에서 구해줄 수 있다면 도와 줄테니까."

"제가 도적 몇 명을 죽였다고 사부님께서 저를 쫓아내셨습니다."

"삼장은 착한 사람으로서 네가 살생하는 것을 원치 않을 것이다. 너는 여

러 가지 신통력이 있으면서 왜 굳이 그들을 죽여야 하니? 살아 있는 모든 존재란 죽음을 두려워한단다. 특히 사람이란 풀들과 짐승보다도 다르고, 요괴들과도 다르다. 내가 생각해봐도 네가 좀 잘못한 것 같구나."

오공은 눈물을 글썽이며,

"설사 제가 잘못했다고 하더라도 그간의 정도 생각치 않으시고 이렇게 가차없이 저를 쫓아내셨으니 보살님께서 좀 도와 주십시오."

자리에 단정히 앉은 보살은 마음을 우주에 돌리고 지혜의 눈으로 먼 곳을 지켜보아 삼계를 살피시더니,

"너의 사부는 얼마 지나지 않아 목숨이 위태롭게 되어 네가 필요할 것이다. 그때가 되면 내가 삼장에게 말해서 너를 다시 거두게 할테니 이곳에 머물고 있어라."

이 말을 듣고 오공은 선재동자랑 어디론가 놀러 간다.

한편, 삼장은 유성과 함께 얼마를 가다가 갑자기 목이 마르고 배가 고파오자 유성에게 밥과 물을 얻어오라고 부탁한다. 유성은 즉시 허공 위로 뛰어올라 주위를 살펴보니 산과 골짜기뿐 사람의 집은 하나도 안 보인다. 구름 위에서 내려온 유성은,

"보이는 것은 산뿐이라서 인가는 없고 어디 가서 물이라도 떠오겠습니다."

얼마를 기다려도 유성이 돌아오지 않자 삼장은 배가 고픈데다가 목이 말라 입이 타고 현기증이 난다.

그런데 갑자기 이상한 소리가 들려와서 깜짝 놀란 삼장이 고개를 돌려 바라보니 오공이 무릎을 꿇은 채 깨끗하고 시원한 물이 가득 든 그릇을 바치며 하는 말이,

"사부님, 제가 없으니 물도 제대로 못 마시는군요. 우선 이 시원한 찬물로 갈증을 푸시면 제가 동냥을 해 오겠습니다."

"내가 목이 말라 이 자리에서 죽는다 해도 네가 떠온 물은 마시지 않겠다! 가거라!"

"사부님은 제가 없으면 서천으로 못 가십니다!"

"갈 수 있다! 그게 너와 무슨 상관이 있다고 왜 또 와서 나를 성가시게 구느냐? 이 못된 놈아!"

얼굴빛이 변한 오공은 발끈 화를 내며 삼장을 욕한다.

"마음씨가 틀려 먹은 까까중이 나를 아주 우습게 업신여기는군!"

물그릇을 내동댕이 친 오공은 여의봉으로 삼장의 등을 가볍게 한 대 퍽 치니 당장에 삼장은 땅 위에 쓰러지며 졸도한다. 오공은 삼장의 보따리를 빼앗아 구름을 타고 어디론가 사라져 버린다.

유성이 삼장이 있는 곳에서 그리 멀지 않은 산 계곡에서 겨우 밥 한 주먹과 물을 떠 가지고 삼장에게 돌아오니, 아니? 삼장이 먼지투성이로 얼굴을 땅에 묻고 고꾸라져 기절하여 쓰러져 있질 않은가? 짐도 온데간데없다!

눈알이 튀어나올 정도로 놀란 유성은 구슬프게 통곡하며 삼장을 일으켜 안는다. 유성은 삼장이 혹시 죽은 게 아닌가 하여 조심스럽게 얼굴의 먼지를 털고 맥을 짚어보며 한탄한다.

"아, 괴로운 운명을 타고나신 사부님!"

유성이 얼마간 삼장의 몸에 기를 넣으며 주무르자 잠시 후 삼장은 코와 입에서 뜨거운 기운을 겨우 토해내며 가슴이 따뜻해진다. 한동안 끙끙 신음하다가 물을 몇 모금 마신 후 정신을 차린 삼장은 주위를 바라보더니 유성에게 말한다.

"그 괘씸한 오공 녀석이 나를 때렸다!"

이 말을 들은 유성은 놀라며 이를 부드득 간다.

"그럴수가? 오공 형이 사부님을 때렸다니요?"

유성은 삼장을 근처 인가에 데리고 가서 쉬게 하며 말한다.

"사부님은 이곳에서 쉬고 계십시오. 제가 가서 짐을 찾아오겠습니다."

"만일 그 녀석이 너와 다투려 하면 싸우지 말고 남해 관음보살님에게 가서 사정을 말씀드려라."

유성은 3일 낮, 3일 밤을 동쪽바다를 향해 날아 오공이 옛날에 살던 화과산에 도착한다.

칼끝을 늘어놓은 듯 삐죽삐죽한 높은 산봉우리와 깎아지른 듯한 험준한 절벽을 바라보며 유성은 구름을 내려 얼마 동안 살펴보니 어디선가 원숭이 요정들의 아우성 치는 소리가 들린다.

그곳에 다가가니 커다란 돌의자에 앉은 오공이 삼장의 여권 종이를 두 손으로 크게 펼치고 찌렁찌렁한 목소리로 처음부터 되풀이하여 읽고 또 읽는다. 그것을 듣고 있던 유성은 도저히 참을 수가 없어 앞으로 썩 나서며 무시무시한 음성으로 호통을 친다.

"오공 형! 사부님의 여권을 왜 되풀이하며 읽는 거요?"

오공은 유성을 바라보면서 전혀 알아보지 못하는 듯 여러 원숭이들에게 명령한다.

"저 녀석을 잡아라!"

수많은 원숭이들이 유성을 에워싸고 공격하니 유성은 화가 나서 긴 칠성검을 빼들고 단번에 수백 마리의 원숭이들을 마구 베어버린다. 깜짝 놀란 원숭이들은 바위 위나 나무 위로 멀리 달아나 어쩔 줄 모르고 꽥꽥거리니 오공은 여의봉을 치켜들고 유성을 공격한다.

둘은 온 섬이 울리듯 격렬하게 얼마를 싸우다가 결국 유성이 오공을 당해내지 못하고 얼마간 거리를 두어 떨어지자 오공은 묻는다.

"감히 내 동굴에 와서 소란을 피우는 너는 누구냐?"

"아무리 못된 원숭이로서 어떻게 감히 사부님을 죽기 전까지 때릴 수 있소? 그렇게 원한이 사무치게 깊다면 여권과 사부님의 짐을 돌려주시오! 나 혼자서라도 모시고 가겠소!"

이 말에 오공은 깔깔거리고 차갑게 웃으며 말한다.

"여기에도 사부님이 있고 유성이 있으니 우리가 너희들 대신 이 여권을 가지고 서쪽으로 가서 불경을 가져 오겠다! 사부님은 이리로 나오십시오!"

이 소리에 삼장과 유성이 동굴에서 나온다. 이들을 본 유성은 크게 화내며 소리친다.

"흥, 앙큼한 원숭이 녀석! 그래서 나를 모르는 척했군!"

유성은 당장에 가짜 유성에게 달려들어 한번에 베어버리니 그것은 한 마리의 원숭이 요정이다. 화가 난 오공은 다른 원숭이들과 함께 유성을 포위하며 공격하니 유성은 그들을 헤치며 구름 위에 오르면서 소리친다.

"이 요망한 원숭아, 내가 보살님께 이 사실을 말씀드리겠다!"

유성이 사라지자 오공은 부하 원숭이들을 시켜 죽은 원숭이들의 시체를 가져오게 하여 그들의 껍질을 벗기고 토막을 쳐서 불에 구워 부하 원숭이들과 맛있게 먹어 치운다. 그리고는 재주 있는 원숭이를 하나 골라 다시 유성과 똑같이 변하게 한 후, 서쪽으로 떠날 채비를 한다.

오공에서 떠난 유성은 몇 시간 후에 관음보살의 섬에 이르니 구름을 나지막이 내리고 경치 좋은 산 주위를 살펴보는데 이곳을 지키는 신들이 유성을 보고 묻는다.

"아니, 그대는 서쪽으로 가야 할 사람이 왜 이곳에 왔소?"

"문제가 생겨서 보살님께 도움을 청하러 왔습니다."

이리하여 안으로 들어가 보살을 만난 유성은 그간의 사정을 이야기 하려고 하는데 문득 오공이 웃으며 나타나는 것이 아닌가? 유성은 재빨리 칼을 빼서 오공의 얼굴을 향해 내리친다. 오공은 태연하게 대항하지도 않고 살짝 옆으로 피하니 보살은 유성에게 소리친다.

"그렇게 함부로 칼을 쓰지 말고 나에게 자초지종을 이야기 해라!"

유성은 화가 나서 오공을 노려보며 보살에게 오공이 삼장을 때려 거의 죽게 한 거며 화과산에서 일어난 일들을 말한다.

보살은 유성에게 말한다.

"오공은 그 동안 나와 함께 줄곳 이곳에서 있었다. 그 녀석이 가짜라면 오공이 쉽게 잡을 수 있을테니 너희 둘은 화과산으로 가서 확인해 보거라."

오공과 유성은 보살과 작별하며 구름을 타고 두 줄기 강한 빛처럼 쏜살같이 화과산으로 날아간다.

오공이 동굴 앞에 도착하니 정말 머리부터 발끝까지 자기와 똑같은 오공이 다른 원숭이들과 술을 마시며 앉아 있다.

진짜 오공은 소리친다.

"너는 누구기에 감히 나의 흉내를 내느냐?"

태연히 오공을 바라보는 가짜 오공은 아무 대꾸도 없이 여의봉을 번쩍 치켜들고 앞으로 뛰어나오며 공격한다. 둘은 서로 엉켜붙어 싸우는데 누가 진짜이고 가짜인지 구별할 수가 없다.

유성은 진짜를 구별할 수 없게 되자 칼을 휘두르며 원숭이들을 쳐 없앤 후 보따리와 여권을 찾아 가지고 삼장에게 돌아간다.

둘의 오공은 서로 치고받고 싸우면서 관음보살의 섬에까지 도착한다. 이들을 본 선재동자, 용녀, 그리고 이곳을 지키는 신들이 경내 안으로 들어오지 못하게 막으며 소리친다.

"너희들은 여기가 어디라고 감히 이곳에 와서 소란이냐?"

이윽고 보살이 문 밖으로 나오자 오공들이 똑같이 소리친다.

"보살님, 이 나쁜 놈이 저를 본따서 여지껏 싸워 왔는데 아직도 승부가 나질 않습니다. 보살님의 지혜의 눈으로 좀 도와 주십시오!"

보살과 신들이 눈을 똑바로 뜨고 가만히 바라보니 그들은 목소리까지 똑같아 도저히 구별이 안 간다. 보살은 오공들에게 말한다.

"너희들은 서로 떨어져 있거라. 내가 좀 자세히 보자."

둘은 양쪽으로 간격을 두고 서며 똑같이 말한다.

"보살님, 제가 진짜입니다."

보살이 가만히 속으로 머리 아프게 하는 주문을 외우자 두 오공이 똑같이 땅에 쓰러져 아프다고 떼굴떼굴 뒹군다.

보살은,

"오공아!"

"예 보살님!"

둘이 동시에 대답하자,

"너희들은 하늘나라로 올라가서 이천왕에게 부탁하여 요괴를 비출 수 있는 거울로 진짜와 가짜를 가려 보아라!"

둘은 쉴 사이 없이 서로 싸우며 하늘나라에 도착하니 하늘문을 지키고 있는 장수들이 창을 겨누고 막으며 고함친다.

"이곳으로 들어오지 마시오!"

"이 녀석은 가짜이니 그것을 분간하러 이곳에 왔소!"

여러 하늘의 신들이 오랫동안 둘을 바라보아도 구별이 안 가자 드디어 옥황상제 앞으로 데려간다. 깜짝 놀라며 똑같이 생긴 두 오공을 바라보는 옥황상제…… 결국 구별이 안 가서 이천왕을 부른다. 요괴를 구별할 수 있는 거울을 들고 온 이천왕이 두 오공을 비춰보자 둘은 거울 속에서도 똑 같다.

결국 옥황상제는 둘을 하늘나라 밖으로 쫓아낸다. 두 오공은 격렬하게 싸우면서 지옥으로 들어가 알아보고자 한다.

무시무시한 안개가 뒤덮이고 사나운 바람이 몰아치는 음산에 있는 귀신들은 두 오공의 싸움을 보자 겁이 나서 모두들 도망가느라고 야단이다.

지옥의 병사들은 두 오공을 포위하고 있고 열 명의 지옥왕들은 지장보살에게 연락하여 그들을 구별하게 해달라고 부탁하니 그들을 잠깐 동안 깊이 바라보시던 지장보살은 말한다.

"너희들 중 가짜를 구별할 수 있지만 그러면 가짜 요정이 발악하여 이 지옥을 파괴할까 그것이 걱정되어 말을 못하겠구나! 부처님에게 가서 알아 보아라!"

두 오공은 똑같이 소리친다.

"아하, 그러면 되겠구나!"

오공들이 지옥의 안개를 헤치며 성문 밖을 나가자 지옥의 왕들은 한시름 놓으며 지장보살에게 감사의 말을 한 후 지옥문을 굳게 잠근다.

두 오공은 서로 잡아뜯고 쥐어뜯고 서로 끌고 흔드는 등 끊임없이 싸우면서 영산의 부처님 계신 곳에 도착한다.

이때 부처님은 천2백50명의 승려들과 신도들에게 설법을 하고 계셨다.

모든 것은 텅 빈 곳에서 생겨나고
파괴되어 텅 빈 곳으로 돌아가니
없는 가운데 있고
있는 가운데 없다.
물질적인것은 텅 빈 것이고
텅 빈 곳에서 물질이 생겨난다.
물질은 곧 물질이고
텅 빈 것은 곧 텅 빈 것이다.
그러므로 산은 산이고
강은 강이다.
물질을 가져 바로 이것이라고 결정하여 이름 지어 고집할 수 없으며
그 근본이 텅 빈 것을 본다면 우주의 미묘함을 알리라!
이것을 일러 물질은 물질이 아니요,
텅 빈 것은 텅 빈 것이 아니라고 말하는 것이다.

이 미묘한 법음을 듣는 여러 제자들 중에 어떤 이는 마음이 열려 즉시 깨우침을 얻어 몸과 마음의 때를 벗어난 이들이 있고, 어떤 이는 이 말에 의심하며, 어떤 이는 전혀 알아듣지 못한다.

하늘에서는 머리 숙여 공경심으로 뿌리는 하늘신들에 의해 분분히 내려오는 하얀 금빛(백금) 나는 하늘 꽃들이 부처님의 주위에 수없이 떨어지고 있다.

"너희들이 한마음을 가질 수 있다면 한없는 깨끗한 마음의 경지에 도달하여 깊고 깊은 이 미묘한 법의 즐거움을 누릴 수 있지만 두 마음을 가진다면 곧 서로 다투며 이곳으로 오고 있는 이들을 볼 것이다."

과연, 얼마 지나지 않아서 하늘이 떠나갈 듯 요란한 소리를 내며 오는 이들이 있으니 그들은 바로 두 오공이다.

부처님에게 다가온 두 오공은 같은 목소리로 말한다.

"부처님, 가짜 요정을 가려 주십시오!"

부처님의 여러 성스러운 제자들인 아라한들이 자세히 살펴보았지만 도저히 구별할 수가 없다. 오직 부처님만이 진짜를 잘 알고 있었다. 부처님이 마악 말씀하시려고 하는 찰나, 홀연 관음보살이 향기로운 구름과 함께 나타나 부처님께 절한다.

부처님도 합장으로 보살에게 답례하며,

"관음보살께서는 누가 가짜이고, 또한 진짜라고 보십니까?"

관음보살은 공손히 대답한다.

"이는 오직 부처님께서 말씀하실 일입니다."

부처님은 조용히 웃으시며,

"법력이 깊은 이라면 이 세상 안의 존재들뿐만 아니라 이 세상 밖의 존재들도 알 수 있는 것이오. 이 우주에는 하늘의 신들, 신선들, 인간, 곤충, 짐승들, 지옥의 존재들과는 상관없이 또 다른 존재들이 수없이 있소. 그들 중에 세상을 어지럽히는 네 가지의 원숭이들이 있는데,

첫째는 신령스런 돌원숭이로서 굉장히 영리하고 변화에 능통하며 신통술이 뛰어나 온 우주를 마음대로 활보하며 다닐 수 있고,

둘째는 꼬리가 빨갛고 몸이 말처럼 생긴 원숭이로서 음양의 일에 밝아 이 세상의 모든 일어나는 일들을 잘 알고 죽음을 받지 않고 오래 살며,

셋째는 팔이 긴 원숭이로서 힘이 좋아 하늘과 땅을 마음대로 주무르고 해와 달을 잡으며 하늘의 산들도 눌러 버릴 수 있고,

넷째는 귀가 여섯 개인 원숭이로서 사리를 잘 판단하고 다른 이들의 소리를 잘 들을 수 있으며 만물에 골고루 밝으니,

내가 보건대 가짜 오공은 바로 넷째인 여섯 개의 귀를 가진 원숭이오."

부처님이 자기의 본 모습을 말하자 가짜 오공은 곧 몸을 솟구쳐 달아나려고 한다. 부처님은 제자들에게 명하여 가짜를 잡으라 하시니 신통력이 있는 여러 명의 아라한들은 여섯 개의 귀를 가진 원숭이를 둘러싼다.

오공이 선뜻 앞으로 나서자 부처님은 말하신다.

"오공아, 내가 잡아줄테니 나서지 말아라."

머리끝이 쭈뼛 하며 도망가기 어려움을 느낀 가짜는 문득 꿀벌로 변하여 쌩 하고 날아간다. 순간 부처님이 금 그릇을 던지니 날아가는 꿀벌에 뒤집어 씌워져 떨어져 내려왔다. 주위 사람들은 모두 가짜 오공이 도망간 줄 알고 안타깝게 생각하였다. 관음보살만이 알고 금 그릇을 여니 그 안에 본 모습으로 돌아온 여섯 귀의 원숭이가 두려움에 떨고 있었다.

화가 난 오공은 즉시 여의봉으로 쳐서 죽인다.

즉석에서 피를 쏟으며 죽는 여섯 귀의 원숭이의 죽음을 보신 부처님은,

"허어, 불쌍하구나!"

하시니, 오공은 말한다.

"부처님, 이놈은 우리 사부님을 때렸고 보따리를 훔쳐 갔으니 당연히 이렇게 맞아 죽어야 싸지요. 그리 불쌍해 하실 것 없습니다."

"너는 당장 돌아가서 삼장을 보호하며 이곳으로 경을 가지러 오너라."

오공은 머리를 조아리며 부탁한다.

"사부님은 고집이 세서 제가 가도 받아주지 않을 게 뻔하니 부처님께서는 이 금테나 벗겨 주십시오. 저는 속인이 되겠습니다."

"쯧쯧, 그런 영리한 머리와 신통력으로 속인이 되면 교활한 마음만 더해져서 방금 죽은 저 가짜와 같은 삶이 되리니 관음보살님과 함께 삼장에게 돌아가면 걱정 안해도 된다."

오공은 부처님의 말을 따라 관음보살과 함께 구름을 타고 삼장에게 돌아간다. 오공을 데리고 삼장에게 온 보살은 그 동안의 일들을 얘기하며,

"부처님께서도 그대가 서천으로 오려면 아직도 요괴의 장애가 많을 거고 오공의 힘이 있어야 한다고 하셨으니 앞으로는 너무 심하게 오공을 나무라지 마시오."

삼장은 합장으로 보살에게 공손히 절하며,

"하신 말씀, 가슴에 깊이 새기겠습니다!"

보살의 말씀에 오공을 다시 받아들인 삼장과 두 제자는 서로 함께 의지하며 한발한발 서쪽으로 발걸음을 옮긴다.

## 화염산과 우마왕

세월은 문득 문득 흘러 하얗게 서리 내리는 계절이 다가온다.

> 북쪽에서 불어오는 바람은
> 매섭게 차서 코끝이 찡하도록 눈물나는
> 찬바람에 나그네의 길은 외롭고
> 쓸쓸한데 산은 높고 강물은 길다.

얼마 동안 앞으로 부지런히 걸어가니 어디선가 뜨거운 바람이 불어온다.
삼장은,
"아니, 이 늦가을에 무슨 날씨가 이렇게 갑자기 변하냐?"
유성은,
"아마 계절이 뒤틀려 가을과 여름이 거꾸로 돌아가는 건지 모르지요."

오공은 웃으며,

"바보 같은 소리. 제멋대로 지껄이지 말라구! 그런 때가 온다면 이 세상은 끝난다는 징조야."

이런 말을 주고받으며 가던 일행의 눈에 저 멀리 한 마을이 보인다. 마을 입구에 들어서 보니 모든 집들이 전부 빨간 벽돌로 지어졌다. 기와도, 담장도, 문짝도, 흙도 모두가 온통 붉은 색뿐이다.

어느 한 집에서 노인 한 사람이 문을 열고 나오는데 옷 색깔은 누런 듯 붉은 듯하며, 손에는 양치는 목동들이 갖는 꾸불한 지팡이를 짚고, 얼굴은 마치 붉은 구리쇠와 같으며, 굵은 눈썹에 푸른 눈 그리고 웃는 입에 금 이빨이 드러난다.

삼장이 정중히 인사하니 노인은 삼장의 아름다운 자세와 미끈한 모습에 감탄하며 차를 마시고 가라고 하면서 하인들을 불러 차와 음식을 준비하라고 이른다.

감사의 말을 하며 삼장은 묻는다.

"이 늦가을에 어째서 이렇게 덥습니까?"

"이곳에서 서쪽으로 가면 화염산(불산)이라는 산이 하나 있는데 반년은 걸어 돌아가야 하며 그 주위의 사방으로 불길이 뻗쳐 풀 한 포기 날 수 없이 일년 내내 이렇게 덥습니다. 누구라도 그 산을 넘어가려면 강철로 된 몸이라도 모두 녹아 흔적조차 없어져 버리고 말 것이오."

그 말을 들은 삼장은 놀라서 그만 아무 말도 못하고 두 번 다시 묻지 않는다.

유성이 노인에게 묻는다.

"그럼, 이곳 사람들은 무얼 먹고 살아갑니까?"

"이곳에서 서남쪽으로 약 2주 정도 걷다보면 매우 아름다운 산에 도착하는데 그곳에 여자 신선이 한 분 살고 계시며 우리들이 2년마다 많은 과일과 음식, 그리고 고기들을 장만하여 그분에게 가서 공순히 절하고 부탁하면 우리 마을에 오시어 술법을 써 주시는데 부채를 한 번 부치면 불이 꺼지고, 두 번 부치면 바람이 일고, 세 번 부치면 비가 내린다오. 그 덕택에 곡식을 심어 먹고 살지요."

오공은 삼장을 돌아보며 말한다.

"사부님, 제가 그곳에 가서 부채를 빌려 오겠습니다."

노인은 딱하다는 듯이 혀를 차며 말한다.

"어린 스님이 아무것도 모르고 단순하게 생각하는군! 그 여신선은 신통력이 대단하고 성격도 거칠어 아무것도 없이 도와달라고만 하면 노여움만 받을 거요."

오공은 그런 말을 듣는 둥 마는 둥 구름을 타고 홀연 사라져 버린다. 순식간에 하나의 아름다운 산에 당도한 오공은 주위를 둘러보니 어디서 나무 패는 듯한 소리가 들려온다.

오공은 그곳으로 달려가 묻는다.

"나무꾼 아저씨, 말 좀 묻겠습니다. 여기가 바로 화염산에 비가 오게 할 수 있는 쇠부채를 가진 여자 신선이 사는 곳입니까?"

도끼를 멈춘 나무꾼은 오공을 돌아보며,

"이곳에선 불을 끌 필요가 없기 때문에 그녀를 우마왕의 부인, 나찰녀라고 하오."

오공은 속으로,

'이크, 드디어 이 원수들을 만났군! 자기들의 아들을 빼앗겼다고 나에게 화를 낼텐데……, 어쩌지?'

깊은 생각에 잠겨 한숨 쉬는 오공을 본 나무꾼은 웃으며,

"스님, 무얼 그리 걱정하시오. 여기서 동쪽으로 좁은 길을 따라 한 시간 정도 걸어가면 그곳에 도착하니 너무 걱정마시오."

"그렇다! 지나간 이야기는 잊어 버리고 지금의 일만 생각하자! 현재가 중요하니까! 고맙습니다. 나무꾼 아저씨!"

잠시 후, 주위의 경치가 매우 아름다운 동굴 밖에 도착하니 두 문은 단단히 잠겨져 있다. 오공은 소리친다.

"거기 안에 누구 계시오?"

삐걱 하고 문이 열리며 안으로부터 한 소녀가 손에 꽃바구니를 들고 나오는데 옷은 수수하게 입었지만 얼굴에는 상냥한 마음씨와 매우 또랑또랑한 정신이 보인다.

오공은 그 소녀에게,

"안녕, 아가씨! 나는 오공이라고 하는데 사부님을 모시고 서쪽으로 여행하던 차에 불의 산에 도착하여 지나갈 수가 없어 그곳의 뜨거운 기운을 좀 식히려고 쇠 부채를 빌리고자 하니 안에 들어가 신선님께 알려 주시오."

소녀는 동굴 안으로 들어가 나찰녀 앞에 무릎을 가볍게 한번 꿇고 나서 오공의 말을 전한다.

오공이라는 이름을 들은 나찰녀는 마치 뜨거운 프라이팬에다가 소금을 뿌린 것처럼 펄쩍펄쩍 뛰고 화를 내면서 얼굴에서는 시뻘건 핏줄이 독살스럽게 뻗치며 소리친다.

"뭐라고? 그 못된 원숭이가 이곳에 왔다고? 으흥, 못된 놈! 오늘에야 너를 만났구나!"

순식간에 갑옷을 단단히 입은 나찰녀는 푸른 빛을 발하는 채찍 두 자루를

손에 쥐고 동굴 밖으로 나오며 소리친다.

"우리 아들을 망쳐놓은 녀석이 바로 너지?"

오공이 그녀를 바라보니 호리호리한 몸매에 머리에는 꽃비단 수건을 질끈 동여매었고 금과 은으로 아름답게 수놓은 비단치마를 구름처럼 몸에 휘감았다. 그 날렵한 듯한 몸에 갑옷을 단단히 입고 긴 혀 같은 채찍을 든 채 소리치는 모습이 아름다운 여장부 같다.

오공은 그녀에게 공손히 절하며,

"아줌마의 아들은 지금 관음보살님과 함께 살면서 바른 도를 배우며 나쁜 길에 빠지지 않은 착한 아이가 되어 있는데 왜 그렇게 화를 내십니까?"

"이 주둥이만 까진 놈! 내 아들이 비록 죽지는 않았다만 다시는 이 엄마 품에 돌아올 수 없으니까 그렇지!"

"허, 그렇게 아드님이 보고 싶다면 우선 저에게 부채를 빌려주시어 불을 꺼서 우리 사부님이 산을 지나간 후 제가 관음보살님의 섬에 가서 아드님을 이리로 데려와 아줌마와 만나게 할 수 있게 하면 되지 않습니까? 그때에 아드님을 살펴보시고 약간이라도 다친 곳이 있다던가 털끝만큼이라도 상한 곳이 있다면 그때 저를 꾸짖어도 될 거고 만약 옛날보다 훤하게 때를 벗어나 있다면 저에게 감사해야 하실 겁니다!"

"이 말로만 조잘대는 녀석! 내 보배가 그렇게 쉽게 빌려주는 물건인 줄 아느냐? 이리와 내 채찍 맛 좀 보아라!"

나찰녀의 채찍 끝이 날카롭게 오공의 목을 향하여 찌르며 날아오니 슬쩍 돌아서며 채찍을 피하는 오공은 나찰녀의 손목을 붙잡고,

"그렇게 정 빌려주기 싫다면 내 여의봉 맛이나 한번 보시오."

번쩍 하면서 커다랗게 변한 여의봉을 나찰녀의 몸에 갖다대자 그녀는 흠

첫 놀라며 채찍으로 부드럽게 여의봉을 스쳐 밀며 몸을 뺀 다음 재빠르게 다시 오공의 허리에 채찍을 휘감는다.

오공은 용맹을 나타내지 않고 부채를 빌릴 수 있도록 참을성 있고 친절하게 여의봉을 휘두른다.

독기를 품고 격렬하게 움직이는 나찰녀는 단단하고 야무진 오공의 여의봉의 기묘함에 억눌려 천천히 무너지듯 후퇴한다. 그러다가 나찰녀가 갑자기 부채를 빼 들더니 급히 한번 휘두르자 귀신도 이 바람에 한번 스치면 까무러칠 듯한 쉬익 하는 바람소리와 함께 오공은 그만 멀리멀리 날아가고 만다. 음풍을 일으켜 오공을 날려보낸 나찰녀는 승리의 미소를 지으며 동굴 속으로 들어간다.

허공을 떠가는 오공은 왼편을 바라보아도 오른편을 바라보아도 땅에 내려 갈 수가 없다. 흡사 바람이 낙엽을 휘몰아치며 공중으로 불려 올리듯이 강물 위에 떨어진 꽃잎이 끝없이 흘러가듯이 하루 밤새 오공은 날아간다.

날이 밝을 무렵에야 오공은 겨우 두 손으로 산봉우리를 움켜잡아 어느 산 위에 머무른다. 정신을 차리고 둘러보니 이곳은 작은 수미산이 아닌가?

오공은 길게 탄식하며,

"그 아줌마도 참 지독하군! 나를 어떻게 여기까지 불러 보냈을까? 이곳은 옛날에 노란 쥐요괴를 항복시킬때 도움을 주신 영길보살님이 사시는 곳이 아닌가?"

산 아래에서는 쿵쿵 크고 깊은 사원의 종소리가 들린다. 오공은 급히 산비탈을 내려가 선원으로 달려간다.

오공을 알아본 영길보살은 반가워하며 차를 대접하려고 하니 오공은,

"사실 이곳에 방문하려고 온 것이 아니라 나찰녀의 바람에 불려 이곳까지

날아왔습니다."

라고 하자, 보살은 빙그레 웃으며 말한다.

"그 여자의 부채는 이 세상이 혼돈일 때 생긴 매우 오래된 보물 중의 하나요. 그 바람에 한번 불리면 끝도 없이 날아가는데 오공은 술법의 힘으로 1만 킬로미터까지만 날아온 것이오."

"우아, 지독하군요! 그럼 어떡해야 그 산의 불을 끌 수 있지요?"

"나에게 바람을 조용히 하는 단약이 한 알 있으니 그것을 입에 물고 있으면 날아가지 않을 것이오."

보살이 비단 주머니에서 알약을 꺼내주니 오공은 받으며 머리 숙여 감사해 한다.

"서남쪽으로 내려가면 그녀의 동굴이 있을 것이오."

보살과 작별한 오공은 구름 위에 올라 나찰녀의 동굴 앞에 당도하자 크게 소리친다.

"문 열어라! 문 열어! 내가 다시 왔으니 부채를 꼭 빌려야겠다!"

문 앞에 있던 소녀는 놀라서 안으로 뛰어 들어가 보고한다.

"마님, 부채를 빌리겠다는 자가 또 찾아왔습니다!"

속으로 깜짝 놀란 나찰녀는,

"아니, 어떻게 이리 빨리 돌아왔지? 한번 부채질을 당하면 몇 만 킬로미터는 날아갈텐데? 이놈은 불어버리자마자 금방 돌아왔으니 이번에는 두 번 세 번 불어 다시는 돌아오지 못하게 해야지!"

양 채찍을 들고 동굴 밖으로 나온 나찰녀는 오공을 노려보며 소리친다.

"이놈, 너는 내가 겁나지도 않느냐? 아니면 정말 죽고 싶어서 여길 또 왔느냐?"

오공은 웃으며,

"그렇게 누군가 나를 쉽게 죽일 수 있다면 내가 이곳까지 오지 못하고 벌써 옛날에 황천길로 갔을 거요. 아줌마, 너무 그리 인색하게 굴지 말고 부채 좀 빌립시다! 우리가 산만 지나가면 곧 돌려 드릴테니까!"

"아들을 빼앗긴 어머니가 부채를 빌려 줄 마음이 있겠느냐?"

몇 번을 힘차게 채찍을 휘둘러도 오공은 태연하게 여의봉으로 마주 대항한다. 둘은 일진일퇴, 땀이 흥건하도록 맞부딪쳐 싸운 나찰녀는 힘이 점점 빠져 약해지는데 오공은 여전히 자신 있게 대항하고 있다.

나찰녀는 불리함을 느끼자 부채를 꺼내 오공에게 두 번 세 번 부쳐댄다. 그래도 오공은 떡 버티고 서서 옴짝달싹도 하지 않는다.

오공은 여의봉을 들고 싱글싱글 웃으며,

"하하, 이번에는 전번과 다를 걸! 암만 부쳐 보아도 내가 끄덕이나 하나 보시오, 아주머니!"

그녀가 몇 번이나 다시 부채질을 해도 오공은 눈 하나 깜짝 하지 않자 당황한 나찰녀는 급히 동굴 속으로 들어가 문을 단단히 잠가버린다. 문을 잠그는 것을 본 오공은 한 마리 작은 날파리로 변하여 문틈으로 들어가서 가만히 살펴보니 나찰녀가 소리치고 있다.

"목이 마르니 시원한 차를 가져 오너라!"

소녀가 급히 차를 들고 와서 따르니 향기로운 냄새와 함께 약간의 거품이 찻잔 가에 고인다. 오공은 재빨리 그곳으로 뛰어들어 거품 속에 파묻힌다.

목이 몹시 마른 나찰녀가 차를 다 마셔 버리자 그녀의 뱃속으로 들어간 오공은 본 모습으로 돌아가며 무서운 음성으로 소리친다.

"아주머니, 부채 좀 빌려 주시오!"

깜짝 놀란 나찰녀는 고개를 갸웃거리며 소리를 지른다.

"이게 어디서 나는 소리냐?"

소녀가 대답한다.

"마님의 몸 속에서 나는 것 같은데요?"

"오공아, 너 어디서 장난이냐?"

"아주머니가 몹시 갈증을 느끼시는 것 같으니 내가 물을 좀 드리지요!"

발로 쿵 걷어차니 배가 아픈 나찰녀는 땅에 뒹군다.

"이번에는 떡을 하나 드립니다!"

머리로 척 하고 들이받으니 나찰녀는 가슴 위로 올라오는 아픔에 얼굴이 하얘지도록 신음한다.

"오, 오공님, 제발 살려 주시오!"

"이제야 나의 힘을 알아보는군! 그럼 어서 부채를 내놓으시오."

"여기 있으니 가져 가시오!"

목구멍 속에서 부채를 본 오공은 날파리로 변하여 나와 부채 위에 앉으며 본 모습으로 돌아와,

"부채를 빌려 주어서 고맙소. 나는 갑니다."

동굴 밖을 나온 오공은 일순간에 붉은 벽돌만 있는 마을로 날아 돌아온다.

"사부님, 부채를 빌려 왔습니다!"

삼장은 반가워하며,

"오, 그래! 이 부채를 구하는데 얼마나 힘이 들었니!"

삼장의 칭찬에 쑥스러워하며 오공은 말한다.

"힘들을 것도 뭐 별로 없었습니다. 아들을 잃어 버렸다고 화가 난 그녀가

저를 부채로 멀리 날려 보내기에 영길보살님이 주신 단약의 힘으로 그녀에게 돌아와서 싸우던 중 그녀의 부채에도 끄떡하지 않자 그녀는 동굴 안으로 도망갔고, 저는 재빨리 따라들어가 그녀가 마시는 차의 거품 속으로 들어가 그녀의 뱃속에서 몇 번 물을 주고 떡을 치듯이 하니 그녀는 아프다고 신음하기에 용서하고 부채를 가져온 것입니다."

삼장 일행은 노인과 감사의 작별을 하고 서쪽으로 얼마를 가니 땅이 너무나 뜨거워서 발바닥이 타버릴 것 같다! 문득 고개를 들어 저 멀리 바라보니 아? 커다랗고 요염한 불길에 휩싸여 활활 타고 있는 새빨간 불산!

부채를 꺼낸 오공은 불기운이 있는 곳으로 가서 힘껏 휘두른다. 그러자 불기운이 몇 배나 더한다.

다시 몇 번 부치니 불길이 천 배나 높게 타올라 하늘까지 타버릴 것처럼 왕성하다. 일행은 겁이 나서 뒤로 급히 물러서며 도망한다.

얼마 동안 한참 멀리 가서야 삼장은 발걸음을 멈추며 오공에게 묻는다.

"그 부채로 불을 더 일으키니 이게 어찌 된 일이냐?"

오공은 부채를 내동댕이치며,

"그 못된 년한테 속았습니다!"

"어쩌면 좋으냐?"

이렇게 일행이 절망하고 있을 때 어디선가 사람의 목소리가 난다.

"너무 걱정들 하지 마시고 이 시원한 물이나 드시며 다시 의논하십시오."

모두들 소리나는 쪽으로 머리를 돌려 바라보니 도사들이 쓰는 높은 모자를 쓴 한 중년 남자가 바람에 날리는 푸른 옷에 쇠 신발을 신고 차가운 물이 가득 들은 구리쇠로 만든 큰 그릇을 들고 있다.

그는 일행에게 시원한 물을 가득 따라주면서,

"저는 이곳을 지키는 신입니다. 이 불길을 잡으려면 반드시 나찰녀의 부채가 있어야만 됩니다."

삼장은 묻는다.

"어찌하여 이 산은 계절과 상관없이 항상 뜨겁게 거센 불이 치솟고 있습니까?"

"이 불은 오공께서 지른 것입니다."

오공은 펄쩍 뛰며,

"아니, 내가 이런 불을 질렀다고? 그런 엉터리 같은 소리가 어디 있어?"

"오공께선 저를 기억 못하시겠지만 옛날에 저는 도솔천궁에서 단약을 굽는 일을 맡고 있었습니다. 5백 년 전 태상노군께서 당신을 팔괘화로에 집어넣고 단련하고 있을 때 뚜껑이 열리는 즉시 오공께선 화로를 걷어차며 밖으로 뛰어나오는 바람에 불이 붙은 몇 개의 벽돌들이 이곳에 떨어져 이렇게 된 것입니다. 그때 저는 불을 잘 지키지 못한 죄로 이 불산을 지키는 신이 된 것입니다. 단 한가지 그 부채를 얻을 수 있는 방법은 오직 우마왕을 통해서만 됩니다!"

"그게 무슨 소리오?"

"그 우마왕은 나찰녀를 버리고 2년 전부터 얼마 전에 늙어 죽은 흰곰 요정의 젊은 딸과 함께 살고 있는데 그 우마왕이 나찰녀에게 부드럽게 한번 말만 해도 진짜 부채를 얻을 것입니다."

그 우마왕이 산다는 곳을 물은 오공은 휙 소리와 함께 사라져 버린다.

10분도 못되어 한 높은 산에 도착한 오공은 주위를 살펴보니 정말 경치 좋은 산이다. 한참 동안 여기저기 깊은 산속을 둘러보니 소나무 그늘 아래서 한 여자가 향기 좋은 난초꽃을 꺾고 있다.

오공이 바위 위로 훌쩍 뛰올라 그녀를 살펴보니,

그녀의 몸매에는 애교가 뚝뚝 떨어지고
목련 꽃이 움직이는 듯 우아한 모습이다.
가느다란 고운 눈매에 빛나는 깊은 눈동자는
가을하늘 물이 넘쳐흐르듯 파아랗게 촉촉이 젖어 있으며
향기 뿜는 흰옥인 듯! 움직일 때마다
부드러운 몸에서 그윽한 향내가 퍼진다.
허리를 굽힐 때마다 짧은 웃옷 틈과
치마 사이에 보이는 흰 살결의 허리는
적당히 비계가 붙어 오히려 섹시하게 보인다!
한들한들한 희고 긴 팔은
섬세한 손가락들을 예쁘게 움직인다.
황혼의 비처럼 아름답고
아침의 이슬처럼 싱그러운 그녀의 얼굴!
약간 벌어진 새빨간 입술 사이로 보이는
하얀 이빨들은 깨물어주고 싶도록 탐스럽다.
육감적인 몸매와 깨끗하게 빛나는 살결은
바라보는 이가 현기증이 날 정도로 어여쁘다.


이렇게 예쁜 여인이 바윗돌 근처로 다가오자 오공은 펄쩍 뛰어내리며 공손히 묻는다.

"아가씨, 이곳이 우마왕이 사는 곳입니까?"

갑자기 눈앞에 나타난 오공을 보자 깜짝 놀란 여인의 표정은 더 매력적이다. 눈동자가 커지며 오공을 자세히 바라보던 그녀는 묻는다.

"감히 이곳에 나타나서 내게 말을 거는 당신은 누구요?"

오공은 거짓말을 한다.

"나는 쇠부채 여신선의 청으로 우마왕을 모시러 왔소."

이 말에 여인은 부끄러움과 질투심에 귀밑까지 빨개진다.

오공은 이 여자가 우마왕의 애첩인 줄 눈치채고 여의봉을 크게 하며 호통친다.

"공주님, 무얼 그리 부끄러워하시오?"

여인은 혼비백산, 걸음아 나 살려라 하며 도망가니 오공은 그녀의 뒤를 쫓아간다. 알고 보니 작은 산골짝이 하나 넘어가니 그들이 살고 있는 곳이었다. 그녀는 동굴 안으로 들어가자 문을 덜커덕 잠근다.

오공이 주위를 둘러보니,

아름다운 숲과
둘레에 쳐져 있는 구름병풍 같은 절벽들
샘물들은 흘러 난향들을 씻고
깨끗한 바윗돌들은 교묘하게 늘어서 있다.
이곳의 맑고 그윽한 사랑스러운 경치는
신선들의 산에 뒤지지 않는다.

놀라서 가슴이 두근거리고 땀을 비오듯 흘리며 안으로 뛰어 들어가니 우마왕은 마침 음양의 이치를 적은 책을 뒤적이고 있었다. 그녀는 우마왕의 가슴속으로 뛰어들어 엎드리면서 가볍게 볼을 할퀴고 가슴을 쥐어뜯으며 운다.

우마왕은 품안의 사랑스런 여인을 내려다보고 웃으며,

"어여쁜 사람, 무슨 일로 그리 괴로워하는지 말을 해 보오"

"흥, 당신은 못된 악마야, 날 사랑하는 줄 믿었는데 이제 와서 알고 보니 마누라한테 꼼짝도 못하는 시시한 놈이야!"

우마왕은 여인을 부둥켜안으며,

"무슨 말인지 통 모르겠는데……, 내가 이렇게 절을 할테니 침착하게 애기좀 하시오."

"조금 전에 내가 꽃밭을 거닐고 있을 때 어떤 작은 녀석이 당돌하게 내 앞에 갑자기 나타나서 쇠부채 여인의 심부름으로 당신을 데리러 왔다고 소리치더라구! 내가 부끄러워 얼굴이 빨개지며 두어 마디 하자, 이상한 몽둥이 한 자루를 높이 쳐들더니 나를 쫓아오며 때리려고 해서 만일 내가 빨리 달아나지 않았던들 그놈에게 맞아 죽었을 거야!"

우마왕은 미안해 하며 그녀를 슬슬 달래고 구슬리며 말한다.

"우리 집에는 남자애들은 한 명도 없는데 이상한 일이오. 어떤 요괴일지 모르니 내가 나가서 알아보고 오지!"

어슬렁어슬렁 걸어나온 우마왕은 잘 가른 머리에 은빛 나는 투구를 쓰고 비단과 보석을 섞어 만든 번쩍이는 황금 갑옷을 입고 혼철곤 몽둥이를 잡으며 동굴 밖으로 나오는데 두 눈의 광채는 흡사 맑은 거울에서 붉은 무지개가 뿜어 나오는 것 같다. 한번 으르렁거리는 소리에 산신과 악귀들은 무서워 당황하니 그는 세상에서 가장 힘센 마왕이다!

화가 난 우마왕은 소리친다.

"어떤 녀석이 나의 예쁜 사람에게 함부로 까불었느냐?"

오공이 점잖게 합장하며 말한다.

"나는 오공이라고 하며 우리 사부님이 불의 산을 지나가야 하기 때문에 당신의 부인이 갖고 있는 부채 좀 빌려주십사 해서 이렇게 왔습니다."

"네가 오공이라면 그 유명한 말썽꾸러기 아니냐? 우리 아들까지 못살게 굴고 무슨 낯으로 부채를 빌려달라고?"

"그건 순전히 오해입니다. 댁의 아드님이 우리 사부님의 고기를 먹겠다고 해서 관음보살께서 사부님을 구출해 주셨고, 그 애는 지금 보살님과 함께 마음 편히 잘 지내고 있습니다."

"내 아들의 장래 길을 망쳐놓고 거짓말로 내 마누라의 이름을 빌려 나의 사랑하는 애첩을 괴롭힌 놈, 몽둥이 맛이나 보아라!"

우마왕은 다짜고짜 혼철곤을 들어 오공을 향해 내려친다.

그것을 가만히 맞고 있을 오공인가? 즉시 여의봉으로 맞서 싸우니 두 자루의 몽둥이가 부딪치는 요란스러운 소리는 천지가 진동하고 격렬한 기교에 서로의 목숨이 아슬아슬하게 위태롭다.

우마왕이 힘차게 오공의 머리를 정면에서 내려치면 오공은 둥글게 돌아 우마왕의 어깨뼈를 부술 듯이 돌려친다. 우마왕은 이에 갑자기 오공에게 몸으로 부딪쳐 날려버리니 저 멀리 바윗돌로 날아가던 오공은 두 발로 바윗돌을 걷어차며 다시 쌩 날아 돌아와 우마왕의 가슴을 찌르며 공격한다.

우마왕은 혼철곤으로 오공의 여의봉을 위에서 아래로 쳐내리는 동시에 오공의 얼굴을 날카롭게 찌르니 오공은 한발 물러서며 땅에 쳐내려진 여의봉을 즉시 위로 휘돌려치면서 작은 주먹으로 우마왕의 턱을 한 대 올려치니 퍽 소리와 함께 우마왕은 몇 발자국 물러선다.

우마왕은 얼얼한 턱을 만지며,

"흥, 네 녀석의 솜씨가 과연 헛된 소문만은 아니었군!"

"예쁜 여자들에게 꼼짝 못하는 덩치만 큰 공처가인 너와는 다르지!"

"임마, 공처가가 아니고 애처가야!"

우마왕은 다시 오공을 공격하는데 엄청나게 큰 덩치와는 상상도 안 가게 빠른 몸놀림으로 발로 오공을 걷어차며 혼철곤을 옆으로 위로 돌려치고 내리치며 정교하고 거침없이 공격하니 오공은 작은 몸으로 뛰어올랐다가, 땅 위로 굴렀다가, 고개를 재빨리 숙여 우마왕의 가랑이 사이로 빠져나가며 요리조리 피하더니 갑자기 우마왕의 팔을 두 손으로 움켜잡고 어깨에 걸어 저 멀리 날려 보낸다.

공중으로 붕 떠오르던 우마왕은 구름 위에 척 오르며 아래에 있는 오공을 노려보고 있는데 저 멀리 어디선가 소리치는 목소리가 들린다.

"우마왕님, 우리 대왕님께 빨리 오시어 파티에 참석해 주시기 바랍니다!"

온몸이 땀에 흥건히 젖은 우마왕은 오공에게 소리친다.

"나는 지금 친구 집으로 가야 하니 너 이놈, 오늘 재수 좋은지 알아라."

동굴 안으로 돌아온 우마왕은 흰옥공주에게 말한다.

"우리는 지금 용왕의 잔치에 참석해야 하니 어서 준비하시오. 저 녀석은 나에게 혼이 났으니 이곳에 다시 오지 않을 것이오."

갑옷과 투구를 벗은 우마왕은 흰비단 속옷에 검푸른 융단 겉옷을 걸치고 흰옥공주와 함께 서북쪽으로 날아간다.

앙큼스러운 오공은,

"그렇다면 나는 저 녀석의 아내에게 가봐야지!"

얼마 후 여신선이 사는 동굴 앞에 도착한 오공은 우마왕으로 변신하여 소리친다.

"문 열어라! 내가 왔다!"

이 고함소리에 동굴 안의 나찰녀는 급히 머리를 매만지며 나와 우마왕으로 변한 오공을 알아보지 못하고 손을 잡으며 맞이한다. 동굴 안으로 들어와 자리에 앉자 온 집안 시종녀들이 와서 절을 한다.

우마왕은 나찰녀를 정겹게 바라보며,

"여보, 그 동안 얼마나 적적했소?"

"대왕께서 신혼의 달콤한 사랑에 빠져 저를 잊어버린 줄 알았어요."

"허허, 내가 어찌 당신과의 정을 잊을 수가 있겠소! 그런데 요즈음 듣자하니 오공이란 녀석이 이 근처에 나타나서 당신을 괴롭혔다던데?"

나찰녀는 분한 듯이 말한다.

"남편 없는 여자는 주인 없는 보물과 같다던데 하마터면 그놈에게 목숨을 잃을 뻔했어요."

오공은 화를 내며,

"거참, 그 원숭이 놈이 우리 아들까지 망쳐놓고 당신까지 괴롭히다니! 만나기만 해봐라! 내가 혼을 내줄테니."

"그 녀석은 무슨 술법이 있는지 나의 부채질에도 날아가지 않고 내 뱃속에 까지 들어와서 내가 기절할 정도로 위협하더라구요."

"아니, 그럼 그 부채를 뺏겼단 말이오?"

"가짜만 주고 진짜는 작게 만들어서 제 가슴에 숨겨 두었지요."

술을 따라 서로 마시며 나찰녀는 오공에게 살며시 자기의 가슴을 댄다. 뭉클뭉클한 젖가슴을 더듬거리고 만지며 쇠부채를 찾는 오공.

나찰녀는 오공이 부채를 찾으려고 한참 가슴의 여기저기를 주물럭거리자 술기운과 합해서 그만 욕정이 발하는지 오공의 얼굴에 볼을 비비고 어깨를 기대며 허벅지를 만진다.

이윽고 작은 쇠부채를 찾아 꺼내 본 오공은 '아니, 이까짓 것으로 어떻게 부채질을 해? 가짜인가 보군!'

술과 음욕에 붉게 물든 얼굴로 다리를 약간 벌린 채 슬쩍슬쩍 오공의 입을 맞추며 날카로운 손톱으로 오공의 다리를 자극하면서 한잔 술을 가지고 너 한 모금 나 한 모금 마시며 입으로 과일을 물어 오공의 입에 넣어준다.

그것을 할 수 없이 받아먹는 오공은 귀찮은 이짓을 왜 하는지 이해할 수 없지만 허리를 비비 꼬며 다가오는 그녀를 안고 넌지시 바라보며 묻는다.

"요렇게 작은 것으로 어떻게 그 산의 큰불을 끈단 말이오?"

"당신도 참, 그 휜옥공주에게 홀딱 정신이 팔려 밤낮 즐겁게 지내시느라 자기 보배에 관한 것도 잊으셨군요! 왼손으로 자루를 둥글고 부드럽게 잡고 입김을 쉭!쉭!후!후! 불면 당장에 늘어나며 커지잖아요."

사용방법을 잘 기억한 오공은 부채를 손에 들고 본 모습을 드러내며 호통 친다.

"나찰녀야, 나를 보아라! 내가 너의 남편으로 보이느냐?"

우마왕에게 기대어 에로틱한 기분에 깊이 빠져 있던 나찰녀는 오공을 보자 기절초풍을 하여 술상을 엎어뜨리며 방바닥에 쓰러져 소리친다.

"아이고 분해라! 아이고 분해!"

나찰녀가 분해 죽든 말든 아랑곳 하지 않고 오공은 태연하게 동굴 밖으로 나온다. 훌쩍 구름 위에 올라 부채 쓰는 법을 시험해보니 과연 큼지막하게 커진다. 그 부채를 자세히 살펴보니 신비한 기운이 감돌고 빛이 번쩍번쩍 나는 게 보통 부채와는 다르다. 그러나 부채를 작게 하는 방법을 모르는 오공은 할 수 없이 어깨에 둘러메고 삼장이 있는 곳으로 돌아온다.

한편 파티가 끝난 우마왕은 휜옥공주의 집에 돌아오자 나찰녀가 울며 기다리고 있다.

우마왕은 즉시 불길한 예감에 소리친다.

"여보, 부채를 빼앗겼소?"

나찰녀는 분해서 고함을 지른다.

"그래! 그 녀석이 너로 변하여 나를 잘도 속이고 부채를 훔쳐갔다!"

우마왕은 급히 갑옷으로 갈아입고 불의 산으로 오공을 쫓아간다.

얼마를 날아가니 어깨에 부채를 메고 즐거워하며 날아가는 오공을 발견한다. 깜짝 놀란 우마왕은 생각하기를,

'저 녀석이 부채 쓰는 법을 알았으니 나에게 부채질을 한다면 당장에 몇만 리를 날아갈텐데 어쩌지?…… 그렇지! 내가 옛날에 요괴였을 때 유성이라는 녀석을 한번 만난 적이 있었지! 그로 변하자!'

우마왕은 오공처럼 시원스럽게 약삭빠른 면은 없고 우락부락하고 몸이 좀 둔하나 그도 여러 가지 변화술이 있다.

유성과 같은 모습으로 변한 우마왕은 오공의 앞으로 날아가서 선다.

"형님, 나요. 유성이오."

오공이 바라보니 유성인지라 승리한 고양이처럼 반가워 소리친다.

"야, 너구나! 어디 가는 거냐?"

"오랫동안 기다려도 돌아오지 않는 형님이 걱정되어 사부님이 나에게 알아보고 오라고 하셨소."

"걱정말라구, 여기 이렇게 손에 넣었으니까!"

"아, 그래요? 잘됐군요. 형님이 수고를 많이 하셨으니 그 부채를 내가 지고 갈게요."

오공이 부채를 건네주자 크고 작게 하는 방법을 아는 우마왕은 당장에 작은 살구나무 잎만 하게 만들어 호주머니에 넣고 오공을 꾸짖는다.

"네 이놈, 감히 우리를 속이려 하다니!"

오공은 즉시 후회한다.

'아차, 잘 가다가 눈먼 당나귀의 뒷발에 차일 때가 있다더니 내가 실수를

했군!'

여의봉으로 재빨리 우마왕을 겨누어 내려치자 피하며 부채를 다시 빼든 우마왕은 오공을 향해 번개같이 부치나 바람을 멎게 하는 단약을 삼킨 오공이 날아갈 리가 없다.

당황한 우마왕은 보배를 다시 집어넣고 방망이를 휘두르며 덤벼든다. 둘은 서로 인정사정없이 치고받으니 요란한 소리와 함께 어지러운 바람이 불어 사방으로 흙이 뿌려지고 먼지가 날아올라 산 주위가 온통 뿌옇다.

얼마를 싸우고 있자니 정말 산신과 유성이 구름을 날리며 이쪽으로 날아온다. 싸우는 두 사람을 본 유성은 당장에 긴 칼을 빼어 들고 우마왕에게 찌르자 하루 종일 오공과 싸워 피곤해진 우마왕은 당장에 도망가려고 한다.

이때 유성을 이리로 데리고 온 산신은 우마왕을 가로막으며,

"잠깐! 삼장스님 일행이 서천으로 가는 것은 누구나가 알고 돕고 있는 사실인데 당신도 그들을 도와서 불을 끄도록 해주시오. 아니면 하늘에서 벌을 내릴 것이오!"

"건방진 소리는 집어치워라! 나는 저 녀석을 통째로 삼켜 대변을 만들어 개에게 먹이려고 하는 심정인데 무슨 보배를 빌려주라고? 저리 비켜라!"

우마왕과 오공·유성 그리고 산신의 음병까지 합세하여 고함을 치며 처참하게 싸우니 하늘은 온통 차가운 안개와 시꺼먼 그림자로 뒤덮인다.

흰옥공주는 백여 명이 넘는 부하요괴들을 시켜 우마왕을 돕게 하니 결국 오공과 유성·산신은 물러나고, 우마왕은 동굴 안으로 들어가 문을 잠가 버린다.

그러나 오공과 유성은 다시 우마왕의 동굴로 가서 문을 우지끈 뚝딱 때려 부수며 다시 싸움을 건다. 동굴 안에서 한숨 돌리고 있던 우마왕은 화를 내

며 뛰어나와 오공에게 욕설을 퍼부으며 달려든다.

"이 찰거머리 같은 놈아, 진절머리가 난다!"

그들 셋은 구름이 뒤집히고 비를 뒤엎어 버리는 듯 바람을 가르며 마음대로 힘을 발휘한다. 마침내 지친 우마왕이 동굴 안으로 도망가려 하자 산신이 앞을 가로 막으며 소리친다.

"우마왕, 비겁하게 어디로 도망이냐?"

동굴 안으로 도망가지 못하는 우마왕은 급히 몸을 돌려 한 마리 황새로 변하여 훨훨 날아간다.

오공은 소리친다.

"유성과 산신은 동굴 안으로 들어가서 부하요괴들을 처치하라구! 나는 저 우마왕을 쫓아갈테니까!"

오공의 말대로 유성과 산신은 동굴 안으로 들어가 작은 요괴들을 도륙하기 시작한다.

오공은 즉시 한 마리의 해동청이라는 독수리로 변하여 단숨에 구름을 뚫고 올라 거꾸로 박히며 황새의 머리에 내려와 앉아 눈을 쪼려고 한다.

우마왕은 급히 날개를 흔들어 누런 매로 변하여 몸을 뒤집어 해동청을 쪼려고 한다. 오공은 한 마리 커다란 독수리로 변하여 누런 매를 두 발로 꽉 움켜잡고 쪼아대려 하자, 우마왕은 재빨리 산비탈로 내려가 큼직한 표범이 된다. 오공은 고함소리가 벽력같고 구리쇠 같은 대가리에 금빛 눈동자를 가진 사자로 변하여 큰 표범을 잡아먹으려 한다.

초조해진 우마왕은 큰곰으로 변하여 사자에게 덤벼든다. 이에 오공은 커다란 코끼리가 되어 곰을 말아 버리려고 하자, 히죽히죽 웃던 우마왕은 본래의 모습인 한 마리 커다란 흰 소로 변한다.

머리의 뿔은 날카로운 산봉우리 같고, 눈은 번갯불 같으며, 칼날을 늘어 놓은듯한 사나운 이빨들! 머리에서 꼬리까지 무려 천 미터가 넘게 될 성싶고, 발굽에서 등까지는 팔백 미터는 될 것 같은 어마어마한 모습으로 변한 우마왕은 오공에게 소리친다.

"이제 네 놈은 어쩔 셈이냐?"

이것을 본 오공은 본래의 몸으로 돌아와 단번에 만 미터가 되는 큰 몸으로 변하여 커다란 여의봉으로 큰 흰 소를 내리치니 우마왕도 쇠탑 같은 뿔을 휘두르며 덤빈다.

하늘과 땅이 흔들리는 이 싸움소리에 허공을 지나가던 하늘의 신들이 깜짝놀라며 달려와 우마왕을 포위하여 공격하니 태연한 척 겁도 없이 단단한 꼬리를 좌우로 마구 치고 흔들며 큰 머리로 이리 불쑥 저리 불쑥 하다가 떡 버티고 서더니 번쩍번쩍하는 두 뿔로 이리 부딪치고 저리 부딪치며 받는다.

그러나 오공과 하늘신들이 사방에서 마구 때리는지라 당황한 우마왕은 급히 인간의 몸으로 변하여 구름을 타고 재빨리 나찰녀의 동굴로 도망하더니 문을 단단히 잠가 버린다.

오공과 하늘신들이 동굴 주위를 겹겹이 포위하고 있을 때 유성과 산신이 오공이 있는 곳으로 온다.

오공이 유성에게 묻는다.

"그쪽의 일은 어떻게 되었지?"

"나의 긴 칼로 그 흰옥공주라는 여자를 단번에 찔러 죽여 옷을 벗겨보니 한 마리 흰곰이더군요. 다른 요정들도 깡그리 죽여 버리고 보니 뭐, 여우·양·노루 따위 들이더라구요."

말을 마친 유성은 위풍을 떨며 발길질로 억세게 쿵 하고 동굴문을 걷어차는 순간 와르르 하며 무너진다. 막 뛰어 들어온 우마왕이 숨이 턱에 차서 나찰녀에게 설명하고 있을 때 동굴문이 무너지는 소리가 들리자 우마왕은 화를 내며 다시 나가 싸우려 하니 나찰녀는 구슬 같은 눈물을 주르르 흘리면서 말한다.

"이 부채를 저들에게 주어 그만 물러가게 하십시오!"

"무슨 마음 약한 소리! 원한이란 깊은 것 내가 저놈들과 다시 한번 싸우고 올테니 이곳에서 기다리시오."

동굴 밖으로 뛰어나온 우마왕은 유성을 만나자 두말 할 것도 없이 혼철곤을 치켜들어 정통으로 유성의 얼굴을 쳐내린다. 유성이 몇 걸음 물러서며 싸우고 있을 때 오공이 여의봉을 힘차게 휘두르며 우마왕을 공격한다.

또다시 한판의 큰 싸움이 벌어지는데 여러 신들에게 합공을 당하며 50여 합을 싸우던 우마왕은 더 이상 지탱해내지 못하고, 결국 힘이 빠져 북쪽으로 달아난다. 그러나 거기에는 굉장한 신통력을 가진 오대산의 금강역사가 가로막으며 소리친다.

"이놈, 우마야! 어디로 달아나느냐? 나는 너를 잡으려고 여기서 기다린지 오래다!"

이때 뒤쫓아온 오공 · 유성 · 하늘신들이 도착한다.

우마왕이 남쪽으로 도망하려고 하니 거기에는 이미 아미산에 사는 법력이 한량없는 금강역사가 가로막고 서 있다!

"이놈, 나는 부처님의 명을 받고 너를 잡으러 왔다!"

온몸의 맥이 풀린 우마왕이 동쪽으로 달아나려 하자 무시무시한 힘을 가진 수미산의 금강역사가 막고 서서 호통 치고 있다.

"네 놈은 이제 끝장이다!"

우마왕이 부들부들 떨며 서쪽으로 몸을 돌려 달아나려 하자 거기에는 영원히 파괴되지 않는 곤륜산의 금강역사가 가로막고 서서 호통 친다.

"못된 놈, 어디로 가느냐? 누가 너를 놓아줄 성싶으냐?"

우마왕은 심장이 떨리고 후회막급이었으나 이미 때는 늦었다. 어쩔 줄 모르고 당황하던 우마왕은 급히 하늘 위로 솟구쳐 오르는데 갑자기 이천왕이 나탁태자와 많은 장수들을 거느리고 하늘을 뒤덮을 듯 가로막으며 소리 친다.

"이놈, 옥황상제께서 네 놈을 없애 버리라고 하여 우리가 왔다!"

우마왕은 최후의 발악으로 커다란 몸을 드러내며 이천왕을 두 뿔로 들이받는다. 이천왕은 피하며 칼로 내려친다.

이때 나탁태자는 오공을 보더니 무서운 음성으로 벼락같이 소리친다.

"오공, 어제 우리 부자가 부처님을 뵙고 법문을 들었을 때 부처님께서 지금 오공이 불산에 가로막혀서 우마왕을 항복시키기 어려우니 옥황상제에게 부탁하여 도와 주라고 하시이 우리가 이곳에 왔으니 내가 이놈을 처치하는 거나 구경하시오!"

나탁태자가 한순간에 우마왕의 등덜미로 몸을 솟구치더니 검을 한번 내려치자 커다란 우마왕의 쇠대가리가 잘라 떨어진다. 그제야 이천왕은 칼을 거두며 오공과 인사를 하는데 우마왕의 잘라진 모가지에서 또 다른 대가리가 하나 불쑥 솟아 나오더니 눈에서는 금빛이 나고 입에서는 검정 기운이 뿜어져 나온다.

나탁태자가 즉시 칼로 내리쳐 잘라버리니 또 다른 모가지가 솟아 나온다. 몇 번을 잘라내도 다시 솟구쳐 나오는 목에 나탁태자는 불고리를 둘러 씌워 불을 일으키니 우마왕의 몸은 불길에 휩싸여 이글이글 타오르고 지랄 발광을 하며 울부짖고 대가리와 꼬리가 미친 듯이 휘젓더니 간신히 불고리에서 빠져 나온다.

그러나 이천왕이 거울로 자신의 본 모습을 비추어 꼼짝도 못하게 하자 우마왕은 달아나지도 못하고 기진맥진, 힘이 빠져 흰 거품을 입에 잔뜩 흘리면서 흰 눈동자위는 놀란 듯 커다랗게 희번득거리며 소리친다.

"목숨만 살려주신다면 불가에 귀의하겠습니다!"

"부채를 내놓아라."

"나찰녀가 가지고 있습니다."

나탁태자는 우마왕의 모가지에 타고 앉아 코를 잔뜩 움켜쥐고 콧구멍에 구멍을 뚫더니 불고리를 걸어 꿰어 쇠줄로 맨 다음 잡아끈다. 오공, 유성, 산신, 하늘신들, 이천왕, 나탁태자, 하늘장수들은 흰 소를 둘러싸고 나찰녀가 있는 동굴로 몰고 간다.

우마왕이 소리친다.

"여보, 부채를 가져다 이분들에게 드리고 나를 살려주시오!"

이 소리를 들은 나찰녀는 당장에 부채를 들고 나와 황망히 무릎을 꿇고 오공에게 준다. 부채를 받아 든 오공은 여러 신들과 함께 삼장이 있는 곳으로 날아간다.

한편, 삼장은 아무리 기다려도 오공과 유성이 돌아오지 않자 근심 걱정을 하고 있던 차에 갑자기 신비로운 구름이 하늘에 가득 하고 이상한 광채가 땅에 거대하게 펴지며 바람에 휘날리듯 유유히 수백 명의 어마어마한 여러 신들이 앞으로 날아오자 겁을 낸다.

"아니, 저들을 누구지?"

이때 문득 어디선가 오공이 소리친다.

"사부님, 저희들이 돌아왔습니다! 이분들은 사대금강, 이천왕, 나탁태자, 불교사원과 하늘을 보호하는 신들입니다."

삼장은 여러 신들에게 정중하고 공경스럽게 합장으로 인사한다.

"이 제자는 여러 성스러운 분들을 뵙게 되어 몸둘 바를 모르겠습니다."

사대금강 신들이 말한다.

"스님, 이제 공행을 완수할 날이 멀지 않았습니다. 우리들이 보이지 않는 곳에서도 항상 보호할테니 온갖 힘을 다하여 수행에 힘써 주십시오!"

삼장은 깊은 마음으로 감사해 한다.

부채를 든 오공은 산기슭에 가까이 가서 한번 힘껏 휘두르니 불산의 거대한 불길이 싸악 꺼지고 한번 더 부채질을 하니 나머지 불빛도 없어지며 쉬이쉬이 하는 소리와 함께 맑은 바람이 불어온다. 세 번째 부채질에 하늘에는 구름이 막막하게 뒤덮이고 가는 비가 부슬부슬 내리기 시작한다.

이제 할 일을 마친 여러 신들은 제각기 사방으로 흩어지며 하늘로 돌아가고 이천왕과 태자는 우마왕을 끌고 부처님께 간다. 남은 사람들은 삼장 일행과 산신 그리고 나찰녀.

오공은 나찰녀에게 소리친다.

"너는 돌아가지 않고 뭐하는 거냐?"

나찰녀는 공손히 대답한다.

"제 부채를 돌려 주십시오."

유성이 호통 친다.

"이 분별 없는 것아, 네 목숨이 살아 있는 것만 해도 어딘데 부채를 돌려 달라니!"

"저의 남편은 서쪽으로 갔으니 저는 다시는 망녕된 짓을 하지 않고 새로운 마음으로 도를 닦겠습니다. 부디 제 부채를 돌려 주십시오."

옆에 있던 산신은 말한다.

"이 여자는 부채 쓰는 법을 잘 알고 있으니 돌려 주시어 불의 뿌리를 뽑아 버리도록 하십시오. 그러면 이 고장 사람들도 굶주림에서 벗어날 수 있게 하는것입니다."

오공이 나찰녀에게 묻는다.

"어떻게 불의 근원을 없앨 수 있지?"

"49번을 연속해서 부치면 영원히 불이 일어나지 않을 것입니다."

오공이 손을 들어 49번을 계속해서 부치니 산꼭대기에서는 비가 죽죽 쏟아진다. 그것은 과연 보배였다!

불이 있는 곳에만 비가 내리고 불이 없는 곳에는 날이 화창하게 개어 있다.

오공은 나찰녀에게 부채를 돌려주며,

"내가 이 부채를 돌려주지 않으면 신용이 없다고 소문 날테니 두 번 다시 말썽을 일으키지 마시오."

부채를 받아든 그녀는 도를 닦기 위해 깊은 산속으로 들어간다. 나중에 그녀는 바른 수행을 하여 경전 가운데에 이름이 나타난다. 이리하여 일행은 여유만만하고 가뿐한 걸음으로 서쪽으로 향한다.

### 금광사의 피 비

하루도 못 되어서 쓸쓸한 늦가을이 되어 유유히 거의 한 달을 걸어가니, 이윽고 눈앞에 한 커다란 성이 나타난다. 성문 안으로 들어서니 주점에서는 노랫소리가 떠들썩하게 들려오고 많은 기와집들과 굉장히 호화로운 상점들이 줄을 지어 서 있어 이 나라의 경제가 매우 풍성함을 알 수 있다.

일행이 성안의 거리를 구경하면서 안쪽으로 얼마를 걷고 있으려니 20여 명의 스님들이 반나체에 쇠줄에 묶인 채로 목에는 칼을 차고 이 집 저 집으로 다니며 동냥을 하고 있다.

이 괴이하고 안쓰러운 장면에 삼장은 그들에게 다가가서 묻는다.

"스님들, 무슨 일로 이렇게 죄를 받고 있습니까?"

"예. 스님은 다른 지방에서 와서 사연을 모르시나 본데 우리는 금광사에 살고 있는 이들로 억울한 죄를 뒤집어쓰고 이렇게 됐습니다."

"어떤 일로 이렇게 되셨습니까?"

"이곳에선 말씀드리기 곤란하고 저 모퉁이를 돌아가면 금광사이니 저희들과 그리로 가시면 자세한 말씀을 드리겠습니다"

삼장 일행은 칼을 쓴 스님들을 따라서 '금빛 나는 절'이라는 현판이 걸린 금광사 안으로 들어가는데, 웅대한 건물들과 구름을 찌르는 듯한 높은 탑, 늙은 소나무들, 그리고 절 안의 경내에는 떨어진 꽃들로 가득 했으나 지나가는 사람들도 없는지 여기저기 거미줄만 얽히어 있고 벽화에는 먼지가 잔뜩 끼여 있어 그림들이 흐릿하다.

적막하고 허전한 텅 빈 큰 절을 바라보는 삼장은 슬픈 생각이 들어 눈물이 흘러내린다. '아! 이 절의 번성하던 시기는 끝났는가?' 이런 생각을 하고 있는 삼장은 이상하게 어디선가 피비린내가 나는 것을 느낀다. 가만히 살펴보니 지붕 위에도 나뭇가지 위에도 탑 위에도, 온통 검붉은 피가 묻어 있는 것이 아닌가?

여러 승려들은 칼을 쓰고 쇠줄에 묶인 채로 법당문을 열면서 삼장에게 들어가 부처님께 절을 하도록 한다. 법당 안에서 향을 피우고 절을 올린 삼장이 밖으로 나와 객실로 들어가는데 또 다른 한쪽에 몇 명의 어린 승려들이 쇠줄에 고통스럽게 묶여 있어 차마 볼 수가 없다.

삼장은 승려들에게 묻는다.

"도대체 무슨 일로 이렇게 됐습니까?"

"이 나라는 사실 국왕과 신하들도 어질지 않고 나라도 그리 강하지 않지만 이 절에서 낮이나 밤이나 항상 하늘 높이 뻗치는 상서로운 금빛으로 인해 주위의 나라에서는 하늘에 통하는 상서로운 나라라고 하여 매년 아름다운 보물들과 미인들, 곡식들을 바쳤습니다. 그런데 이번 초가을 어느 날 한밤중에 피 비가 한바탕 쏟아지더니 다시는 신비스러운 금빛 광채가 나지 않았습니다. 날이 밝자 국왕과 백성들은 걱정하며 저희 절로 찾아와 경을 읽고 제사를 지내며 하늘에 사과를 했지만 매 사흘마다 내리는 피 비에 이 절의 황금 보탑이 더러워져서 다른 나라에서 조공을 바치지 않게 되었습니다. 국왕은 우리들이 황금탑의 보물을 훔쳐내어서 하늘에서 피 비가 내린다고 승려들을 잡아다 여러 가지 고문을 하고 때리며 추궁하는 바람에 노스님들과 많은 스님들이 세상을 떠났고, 나머지 우리들을 이렇게 죄인처럼 칼을 씌우고 쇠줄로 묶어놓은 것입니다."

이 말을 듣던 오공은 승려들의 앞으로 가서 손으로 한번 훑어내리자 쇠줄들이 모조리 풀어져 내리며 떨어진다.

"그대들은 밥을 짓고 국을 끓여 사부님에게 드리시오. 나는 탑 위로 올라가서 왜 광채가 나지 않는지 알아볼테니까!"

승려들은 일제히 주방으로 들어가서 솥을 깨끗이 씻고 음식을 마련하여 삼장 일행에게 가져온다.

탑 위에 올라갔던 오공은 아무것도 발견하지 못한 채 내려오고 저녁을 먹고나서 날이 어두워지자 어디선가 역겨운 피비린내가 진동한다. 오공이 문을 열고 마당으로 나와 보니 무언가 끈적끈적한 비가 내리는데 손을 벌려 받아 자세히 보니 피가 아닌가?

오공은 말한다.

"사부님, 이건 짐승들의 피입니다. 누군가 공중에서 이 피를 뿌리고 있을지 모르니 제가 가서 알아보고 오겠습니다."

쏜살같이 허공 위로 솟아오른 오공이 어둠 속에서 눈을 날카롭게 뜨고 사방을 살펴보니 공중에서 두 마리의 요괴들이 각기 커다란 가죽자루를 어깨에 메고서 피를 뿌리고 있다.

　오공은 여의봉을 선뜻 꺼내들고 한 요괴를 후려치니 즉시 아래로 떨어져 즉사하고, 다른 요괴는 생포하여 삼장이 있는 곳으로 내려온다.

　"사부님, 이놈을 내일 국왕에게 데려 가서 진상을 밝혀야겠습니다."

　옆에 땅에 떨어져 죽은 동료 메기요괴를 본 가물치요괴는 겁이 나서 소리친다.

　"목숨만 살려 주십시오. 저는 아무 잘못한 게 없습니다. 보물을 훔친 자는 따로 있습니다!"

　"누구 짓이냐?"

　오공의 묻는 말에 가물치요괴는 벌벌 떨며,

　"저희들은 이곳에서 그리 멀지 않은 주위에는 날카롭고 거친 바위들만 있는 커다란 푸른 호수 속에 사시는 만성용왕의 부하들입니다. 용왕에게 꽃같이 예쁜 공주님이 있습니다. 그 공주님께서는 얼마 전 결혼을 하게 되어 데릴사위가 들어왔는데 그는 신통력이 굉장하여 수백 마리의 짐승들의 피를 머금고 이 절 위에 와서 피 비를 내린 후 부처님의 사리를 훔쳐 갔습니다. 그 후로도 저희들에게 사흘 밤마다 한 번씩 피 비를 내리게 한 것입니다."

　오공은 이 말에,

　"전번에 우마왕이 파티에 초대되어 가더니 공주의 결혼잔치였군!"

　오공은 가물치요괴를 쇠줄로 기둥에 꽁꽁 묶더니 승려들에게 말한다.

　"스님들은 이 요괴를 잘 지키시오. 우리는 한숨 자고 내일 아침 국왕에게 가서 사실을 말할테니."

　여러 승려들은 밤새 요괴를 단단히 지키고 삼장 일행은 편히 쉰다.

　다음날 날이 밝자, 삼장은 오공과 궁으로 가며, 유성에게는 요괴를 지키고 있으라고 명한다. 드디어 대궐 문앞에 이르니 봐도 봐도 끝이 없는 굉장히 크고 화려한 궁이다!

신하의 보고를 받은 국왕은 삼장을 들어오라고 명한다. 삼장의 모습을 본 국왕은 흡족해하며 말한다.

"과연 큰 나라의 훌륭한 스님은 이렇게 경을 가지러 먼 길의 고생을 마다 않고 여행하는데 이곳의 승려들은 도둑 놈 노릇만 하고 나라를 망치니 부끄러울 뿐이로다!"

"폐하, 그것은 사실 승려들과는 하등 상관없는 일입니다. 어젯밤 우리는 그 보물을 훔친 부하요괴를 잡았습니다."

국왕은 깜짝 놀라며 묻는다.

"그 요괴는 어디 있소?"

"저의 제자가 금광사에 묶어놓고 지키고 있습니다."

국왕은 당장에 금위군을 시켜 요괴를 데려오라고 명령한다.

"너희들은 저 작은 스님과 함께 빨리 금광사로 가서 요괴를 이리로 끌고 오너라. 내가 친히 심문하겠다!"

오공은 한 사람의 장군과 몇 사람의 근위군들과 함께 금광사로 가서 괴물을 궁으로 끌고 온다. 국왕이 잡아온 괴물을 살펴보니 사납게 생긴 볼때기에 번들번들한 시꺼먼 가죽 같은 피부에 주둥이가 뾰족하고 이빨들이 날카로워 비록 손발이 있지만 무엇이 변하여 사람의 모습이 된 것 같다.

국왕은 묻는다.

"너희들은 어디에 살고 도적들은 몇 명이나 되느냐?"

괴물은 무릎을 꿇고 위를 쳐다보며 말한다.

"저희들은 도적들이 아니고 이번 여름에 장가 온 저의 용왕님의 데릴사위에 의해 이런 일들이 벌어진 것입니다. 그는 신통력이 굉장하고 산짐승들의 피를 즐겨 빨아먹는데 그 피를 이용하여 탑의 보물을 훔친 것입니다."

국왕이 신하들과 장군들에게 누가 물속으로 들어가 괴물을 잡아 오겠느냐는 질문에 아무도 나서는 이가 없다. 한탄하는 국왕.

이에 삼장은 국왕에게 말한다.

"저의 제자들이 그들을 잡아 올 수 있을 것입니다."

귀가 번쩍 뜨이며 기뻐하는 국왕은 묻는다.

"오, 그래요? 그럼 무슨 장비들이 필요하오?"

오공은,

"저희들은 아무것도 필요 없고 저 괴물을 끌고 가서 길잡이로 쓰고자 합니다."

국왕은 한 장군에게 오백 명의 군사들을 이끌고 호수 근처를 포위하고 있다가 괴물들이 물 위로 솟아 올라오면 화살을 쏘아 잡으라고 명령을 내린다.

오공은 유성에게 꽁꽁 묶은 괴물을 겨드랑이 밑에 끼게 하여 함께 구름을 타고 떠나고, 오백 명의 말을 탄 군사들은 거친 돌들이 서 있는 호수를 향하여 빠른 속도로 달린다.

오공이 괴물을 겨드랑이에 낀 유성과 만성용왕이 산다는 호수에 이르자 구름을 멈추고 바라본다. 거대한 바위들이 여기저기의 호수 속에 꽂혀 있는 기이한 경관에 차갑고 맑은 호수 물은 끝없이 깊어 짙푸르기만 하다.

오공은 날카로운 칼로 괴물의 묶인 밧줄을 끊어버린 다음 코와 아랫입술을 자른 후 괴물을 물속에 집어던지며 소리친다.

"빨리 너의 용왕에게 가서 말해라. 당장에 탑에 있던 보배를 돌려 달라고! 만일 반 마디라도 싫다 소리가 나오면 우리는 이 연못을 깡그리 뒤집어 없애

버리고 늙은 용이든 젊은 용이든 모두 죽여 없애겠다고! 알겠느냐?"

괴물은 아픔을 참아 가며 고개를 끄덕이더니 물속으로 들어간다.

이때, 만성용왕은 사위와 술을 마시고 있었는데 피를 흘리며 돌아온 괴물이 코와 입을 움켜쥐고 나타나는 것을 보자 술잔을 놓고 무슨 일이냐고 묻는다.

"대왕님, 큰일 났습니다! 어젯밤에 저희들이 공중에서 피를 뿌리고 있었는데 오공이란 녀석에게 맞아 메기는 즉사하고 저만 이렇게 간신히 살아 돌려 보내며 훔친 보물을 내놓으라고 합니다!"

용왕은 오공이라는 말을 듣자 얼굴이 흙빛이 된다.

"여보게 사위. 다른 녀석이라면 몰라도 오공이라는 놈은 보통이 아닌 것 같아! 전번에 왔던 우마왕도 말하지 않았던가? 어떤 일이 있어도 그놈을 만나지 말라고!"

괴물사위는 웃으며 말한다.

"장인께선 안심하십시오. 제가 어려서부터 무예를 공부해왔고 넓은 천지에서 다른 괴물들과 여러 번 싸워 이겼습니다. 지금 곧 그 녀석의 목을 베어 올테니 이곳에서 편히 앉아 계십시오."

요괴는 갑옷을 입고 급히 몸을 날려 초승달 모양의 창을 들고 물속을 헤엄쳐 나오더니 공중으로 뛰어올라 소리친다.

"오공이란 놈이 누구냐?"

연못 위 구름 위에 서 있던 오공과 유성이 그를 바라보니 찬란한 무늬가 새겨진 번쩍거리는 검붉은 갑옷을 입었는데 싸늘한 광채가 눈부시게 빛나고 인간의 몸에 징그럽게 생긴 아홉 개나 되는 기다란 머리들은 사방 팔방으로 샅샅이 보며 소리친다.

오공은 괴물 앞으로 다가서며,

"나다."

요괴는 히죽 차갑게 웃음을 흘리며,

"난 또 어떤 큰 괴물인 줄 알았더니 이건 차나 나르는데 쓰는 작은 꼬마잖아? 이놈 여기가 어디라고 함부로 까불어, 네 목숨이 위태롭기 전에 당장 돌아가라!"

오공은 똘똘한 두 눈으로 똑바로 괴물을 쳐다보며 말한다.

"네 놈의 목숨이나 걱정해라."

오공이 괴물에게 달려들며 여의봉으로 힘차게 내려치는데 당황하지 않고 초승달 창으로 거뜬히 막는 요괴는 한바탕 격렬한 싸움을 벌인다. 번뜩거리는 눈이 18개나 되는 요괴와 작지만 철 같은 팔로 무거운 여의봉을 서릿발 같이 마구 휘두르며 공격하는 오공.

둘의 싸움을 바라보던 유성이 문득 시퍼런 긴 칼을 빼어 들고 요괴의 등을 향해 찌르니 사방으로 빙글빙글 돌던 요괴의 머리로 유성의 공격을 보고는 즉시에 초승달 끝으로 막아내며 오공과 유성의 공격에 악전고투했으나 결국 당해내지 못하고 본래의 모습으로 돌아가는데 아홉 개의 머리가 달린 어마어마하게 큰 한 마리 새이다.

그 모습을 바라본 유성은 깜짝 놀란다.

"내 여태까지 많은 요괴들을 보아 왔지만 저렇게 흉측한 괴물이 있다니! 저 추악한 몸뚱이로 무엇이든지 다 잡아먹겠군!"

"정말! 나도 처음 보는 괴물인데, 쫓아가서 때려 눕히자!"

용감한 오공은 하늘 높이 뛰어올라 여의봉으로 새 대가리들을 겨누고 정통으로 한 대 처내린다. 무지하게 빠른 속도로 내려치는 여의봉에 한 대 맞은 대가리는 땅에 떨어지고 끊어진 목 부분은 한참 피가 뿜어지다가 즉시 아

물어진다.

크고 검은 요괴새는 쉭 소리를 내면서 다른 입으로 검붉은 피를 오공에게 토하니 오공이 멈칫 하며 피하는 사이에 또 다른 입으로 유성에게 피를 각 토하자 끔찍하게 산성이 강한 끈적거리는 피그물에 뒤덮여 어쩔 줄 모르는 유성을 크고 강한 발톱으로 채여 날아 연못 속으로 풍덩 들어간다.

이제 금방 도착한 500명의 군사들은 이 끔찍하고 징그러운 여덟 개 머리의 새가 피를 토하며 오공과 싸우고 유성을 잡아가는 것을 목격하면서도 어찌할 수 없이 활도 한 번 못 쏘고 바라만 본다.

유성의 몸을 뒤덮은 끈적거리는 지독한 산성의 피는 마치 그물처럼 유성을 얽혀 묶어 아무리 발버둥쳐도 빠져 나올 수가 없다. 유성을 질질 끌고 물속으로 들어온 요괴는 다시 사람의 모습으로 변하며 용궁 앞을 지키고 있던 잉어·쏘가리·자라 등의 물고기 요정들에게 유성을 내동댕이치며 소리친다.

"이놈을 저쪽에 묶어두어라. 어젯밤 당했던 부하들의 원수를 갚아야겠다."

이것을 본 용왕은 즉시 "술상을 마련하라!" 하며 크게 기뻐한다.

"과연 내 사위로다!"

우렁찬 음악소리와 함께 황금으로 된 기와지붕 밑에 백옥으로 깔린 바닥과 거북껍질로 만든 겹겹의 대문들……. 그리고 아름다운 용궁의 여인들이 맑고 고운 목소리로 부르는 노래들에 맞추어 자라는 북을 치고, 나는 새의 형상으로 쓴 병풍 앞에서 거창한 게가 춤추며, 푸른 긴 머리의 농어 기생들은 술을 따른다.

괴물의 옆에 앉아 있는 아리따운 20살이 갓 넘은 깨끗한 용녀의 치렁치렁하게 땋아올린 긴 머리는 금붕어 꼬리를 높이 쳐든 것과 같다. 할머니 용을 비롯하여 용왕의 아들들과 많은 식구들이 잘 담가 농익은 술을 마시며 맛있는 진수성찬을 먹으면서 즐기고 있을 때, 용녀는 자리에서 일어나 용왕과 남편에게 살며시 고개 숙여 절하며 말한다.

"제 생각 같아서는 아무래도 저들에게 탑의 보배를 돌려 주는 것이 좋을 것 같습니다. 우리는 전에 그 보배 없이도 잘 살았잖아요. 가만히 생각하니 저들이 쉽게 물러날 것 같지가 않은데 전 은근히 걱정이 되는군요."

데릴사위인 남편은 용녀를 안쓰럽다는 듯이 쳐다보며 말한다.

"하하하, 당신은 걱정마시오. 저 녀석들은 기껏해야 두 명이고, 한 놈은 이미 내가 저렇게 잡아 놨으니 다른 작은 녀석이야 아무것도 아닙니다."

이때, 이미 물방개로 변하여 물속으로 떨어져서 용궁 안으로 살금살금 기어 들어온 오공은 그들의 하는 소리를 다 보고 듣고 있었다.

오공은 감히 가까이 다가가지 못하고 살살 구석 쪽으로 가니 게와 새우들이 웅성거리며 어울려서 놀고 있다. 오공은 당장에 그들의 하는 말을 배워서 그 말투를 쓰며 묻는다.

"사위님이 잡아온 녀석은 벌써 죽었을까?"

작은 게 한 마리가 말한다.

"아니, 죽지 않았어. 저기 기둥에 묶여 있잖아."

오공은 엉거주춤 그들 뒤로 돌아 슬슬 기둥 쪽으로 가보니 유성이 꽁꽁 묶여 신음하고 있다.

방개 오공은 유성의 앞으로 다가가 말한다.

"유성, 나를 알아보겠어?"

기둥에 묶여 있는 유성이 오공의 목소리를 듣자 반가워하며,

"아니, 형님은 어떻게 이곳을 알고 들어왔소?"

방게 오공이 사방을 살펴보니 아무도 없어 줄을 입으로 깨물어서 끊어버리며 말한다.

"너의 칼을 찾아올테니 저쪽 그늘진 구석에 가서 나를 기다리고 있으라구!"

오공은 다시 살살 기어서 궁 안 옆쪽을 바라보니 광채가 눈부시게 빛나는 것이 있다. 바로 긴 칠성검이 빛을 발산하고 있는 것이다.

몸을 숨기는 술법으로 오공은 검을 훔쳐 가지고 나와 유성에게 던져준다.

"이 검을 받으라구!"

긴 칠성검을 잡아 뺀 유성은 흥분하기 시작한다.

"내가 저 용왕의 집안 식구들을 모조리 처치해 버릴테니 만일 내가 불리하게되면 물 밖으로 솟아 나올테니 형님은 호수 밖으로 나가서 기다리고 있다가 공격해주시오."

"그래, 잘 해보라구."

오공은 유성을 남겨놓고 물 밖으로 뛰쳐나온다.

유성은 당장에 두 손으로 긴 칠성검을 휘두르며 고함을 치면서 용궁 안으로 달려들어가 사정없이 용궁 안의 모든 이들을 닥치는 대로 베고 찌르고 한다. 잔치판은 당장에 아수라장으로 변하여 크고 작은 물고기의 요정들과 용왕의 식구들은 이리 몰리고 저리 몰리며 아우성을 친다. 용왕과 함께 사위도 용녀를 안고 급히 몸을 날려 궁전 뒤로 숨는다.

생사를 헤아리지 않고 휘두르는 유성의 칼에 많은 요정들이 쓰러져 죽고, 아름다운 잔칫상이며 산호로 장식된 의자들, 그리고 귀한 술잔들이 여지없이 박살나 부서져버린다.

용녀를 안전한 곳에 숨겨놓은 사위는 초승달 창을 잡고 유성에게 달려들며 소리친다.

"이놈, 감히 나의 가족을 놀라게 하다니!"

"네 놈이 나를 이곳으로 잡아온 게 잘못이다. 빨리 보배를 돌려준다면 일은 끝나는 것이니 너와 싸울 일도 없다."

"건방진 소리!"

요괴가 유성의 말을 들을 리가 없다. 둘은 서로 치고 받고 하며 싸운다.

경우 정신을 차린 용왕과 아들들 그리고 많은 요정들이 무기를 잡고 유성을 공격하기 시작하자 불리한 입장을 안 유성은 몸을 피해 물 밖으로 달아나니 용왕은 부하들과 함께 유성의 뒤를 추격해 온다. 순식간에 물 위로 솟아오른 유성은 그들의 공격을 막아내며 물 위를 뛰어 달려 오공 쪽으로 간다.

이때, 한 널찍한 바위 위에서 기다리고 있던 오공은 유성의 뒤를 바짝 쫓는 용왕의 머리를 한 대 내려치니, 가련하게 용왕의 머리에 정통으로 맞아 붉은 피가 흘러 떨어진 커다란 비늘들과 시체가 물 위에 둥둥 뜬다. 이를 보고 깜짝 놀란 용왕의 아들들과 사위는 용왕의 시체를 부둥켜안고 우선 물속의 궁으로 급히 돌아간다.

오공은 유성에게 말한다.

"이제 저 녀석들은 장사를 지내느라고 정신이 없을테니 바로 조금 전에 한 것처럼 들어가서 싸우다가 이리로 끌고 나오라구. 내가 여기서 기다리고 있다가 때릴테니까!"

오공이 이런 말을 하고 있을 때 어두워지는 호수의 저쪽에서 무언가 무시무시하게 휘몰아치는 소리가 들리더니 음침한 안개와 함께 무서운 바람이 불어온다.

자세히 살펴보니 진군이 매산(살구나무 산)의 여섯 형제를 거느리고 하늘의 매와 개를 몰며, 노루·사슴·토끼 등을 짊어지고 활과 날카로운 칼을 찬 채 바람과 안개를 일으키며 달려온다.

오공은 그들을 보자 급히 구름을 날려 산으로 올라가 무서운 목소리로 소리친다.

"진군, 잠깐만 기다리시오!"

이 고함 소리에 진군 일행은 걸음을 멈추고 누군가 살펴보더니.

"아니, 그대는 오공이 아닌가? 여기서 무얼하고 있지?"

"우리는 여기서 이 호수 속에 살고 있는 괴물이 훔쳐간 절 탑에 있었던 부처님 사리를 도로 찾으려고 하고 있습니다. 형님도 좀 힘을 도와 주시겠습니까?"

"흠. 나도 요즈음 한가로워 여러 아우들과 사냥을 나갔다가 돌아오는 길이니 요괴를 잡자는 데야 거절할 필요가 없지."

여섯 형제가 말한다.

"형님은 잊으셨습니까? 이곳 호수 밑에는 만성용왕이 살고 있습니다."

진군은 깜짝 놀라며.

"아니, 만성용왕이라면 어질기로 소문난 용왕이신데 어찌하여 탑의 보물을 훔쳤을까?"

오공은 말한다.

"그의 데릴사위가 이 일을 만든 장본인입니다. 그자는 머리가 아홉 개의 흉악한 큰 검은 새로서 피 비를 절 위에 뿌리고 사리를 훔쳐내자 국왕은 영문도 모르고 승려들의 죄라고 판단하여 죽도록 고문을 하여 우리들이 괴물을 잡고 보물을 다시 찾아주려고 이곳에 온 것입니다."

그 동안의 설명을 다 듣고 난 진군은 고개를 끄덕이며 말한다.

"음, 이미 용왕을 죽였다면 그놈을 공격하기 좋게 됐다. 지금 당장 놈들의 소굴로 쳐들어가자!"

그러자 여섯 형제들은 말한다.

"큰 형님, 조급히 굴지 마십시오. 그 괴물 놈은 가족이 이곳에 있으니까, 도망가지 않을 겁니다. 오늘은 귀한 손님인 오공 형과 유성 장군도 만난 지 오래고 하니 지나간 회포도 풀 겸 술과 안주를 마련해 가지고 불을 피우고서 환담이나 하고 이 밤을 즐겁게 지내다가 날이 새면 저들을 잡도록 하지요."

진군은 "그것 좋은 생각이다!"라고 하며 별빛과 달빛이 쏟아지는 산의 벌판에서 술잔을 들며 서로 옛정을 나눈다.

쓸쓸한 밤은 길고 즐거운 밤은 짧게 마련, 어느덧 동이 훤하게 터온다. 새벽이 되어 사방이 희미하게 밝아오자 유성이 자리를 털고 일어나며,

"그럼, 제가 물속으로 들어가서 싸움을 걸겠소."

"장군 조심하시오. 그놈들을 끌고 나오기만 하면 우리들이 손을 댈테니까!"

유성은 풍덩 물속으로 뛰어들어가 물을 가르는 법을 쓰면서 빠른 속도로 용궁으로 헤엄쳐 간다.

이때, 용왕의 자손들은 시체 앞에서 울고 있었다.

유성은 용궁문 앞을 지키고 있던 요정들을 한칼에 쓰러뜨리고 거침없이 안으로 들어가 용왕의 아들 둘을 긴 칼로 단숨에 베어버린다. 할머니 용과 용녀, 그 밖의 무리들은 허둥지둥 울며 뛰어 달아나고 야단이다.

이 소리를 들은 사위는 당장에 창을 들고 나와 유성과 맞싸우니 용의 아들들도 무기를 들고 함께 유성을 공격한다. 그들과 일진일퇴하던 유성은 갑

자기 몸을 돌려 물 밖으로 도망가니 괴물사위를 위시하여 용의 태자들, 부하들이 용왕의 원수를 갚고자 일제히 고함치며 유성을 쫓아 물 밖으로 솟아나온다.

이를 본 오공과 진군의 형제들은 우르르 달려들어 창칼로 닥치는 대로 들이쳐서 용왕의 식구들을 도륙한다.

피를 쏟으며 몇 조각의 고깃덩어리가 되어버리는 용왕의 식구들과 요정들! 이 참담한 모습을 보는 사위는 여러 명과의 싸움을 당해내지 못하고 결국엔 본 모습을 드러내어 커다란 날개를 펼치고 공중으로 날아올라 그들에게 피를 토하려고 한다. 이 순간에 진군은 재빨리 은화살을 한 대 뽑아 검은 괴물 새의 가슴을 향해 힘껏 쏘니 가슴을 정통으로 맞은 괴물새는 꽥 하고 비명을 지르더니 산기슭을 스쳐 날아 진군에게 달려들어 입으로 피를 칵 토하며 문다.

진군은 그것을 재빨리 피하며 칼로 괴물새의 머리를 자르니 동시에 하늘개가 달려들어 괴물새의 다른 머리를 물어뜯고, 하늘매들도 날아들어 발톱으로 움켜잡고 날카로운 부리로 괴물새를 마구 쪼아댄다.

그래도 괴물새는 여전히 발악하며 좀처럼 쓰러질 기색이 보이질 않으니 오공·유성, 그리고 진군의 형제가 모두 달려들어 날개고 다리고 할 것 없이 모조리 쳐서 작은 토막을 내듯 잘라버린다.

그래도 겨우 숨을 헐떡거리는 괴물새의 본체만 남은 몸뚱이에서는 갑자기 분수처럼 붉은 피가 뿜어져 나오더니 그 불화산처럼 뿜어져 나오는 핏줄기는 눈이 빨간 삼백여 마리의 흡혈 박쥐가 되어 진군 일행과 오공을 공격한다.

진군은 재빨리 하늘 그물을 펼쳐 백여 마리 이상을 잡아 가두고, 오공은 여의봉을 마치 날아가는 바퀴처럼 돌리며 흡혈 박쥐들을 마구 쳐서 후두두

떨어뜨리고, 유성도 날쌔게 여기저기 박쥐들을 베어 간다.

얼마 후, 박쥐들을 모두 베어버린 일행은 피투성이가 되어 물속으로 뛰어 들어 보물을 찾으러 호수 밑의 용궁으로 헤엄쳐 들어간다.

만성용왕의 딸, 만성공주는 이미 금 상자를 들고 오공 일행을 기다리고 있다. 그녀는 눈물을 글썽이며 오공에게 상자를 주면서 빌 듯이 말한다.

"이 보물이 당신들이 원하는 거라면 가져 가시고 부탁이니 이곳에서 더 이상 살생을 하지 말아주세요."

매산 형제들이 그녀를 찔러 죽이려 하자 오공이 손을 들어 막는다.

"잠깐, 그녀를 죽이지 마시오! 이 공주는 본래부터 보물을 돌려주기를 원했었으니까, 죽일 필요가 없소."

오공은 진군에게 감사의 인사를 하며 그들과 작별한 후 공주를 데리고 유성과 같이 국왕에게로 돌아온다. 오백 명의 군사들을 파견했던 국왕이 장군으로부터 괴물과 오공의 격렬하게 싸운 이야기를 잔뜩 흥미 있게 귀담아 듣고 있을 때 한 신하가 와서 아뢴다.

"오공과 유성께서 어느 젊은 여인을 데리고 이곳으로 오고 있습니다."

국왕은 자리에서 일어나 오공의 손을 잡아 영접하며 신하들에게 당장 연회를 열라고 명하니 삼장은 말한다.

"우선 저의 제자들에게 보물을 탑 안에 돌려놓으라 하시고 잔치를 여시는 게 좋겠습니다."

오공은 국왕에게 말한다.

"이 공주는 만성용왕의 딸인데 몇 사람이 잘못했다고 가족이 모두 죄인이라고 할 수 없으니 탑을 지키게 하십시오."

그리하여 삼장의 일행과 국왕, 많은 신하들은 함께 말과 수레를 타고 금광사로 가서 오공이 공주와 함께 탑 위로 올라가서 옛날대로 사리를 병 속에 넣자 탑 위에서는 당장에 천 갈래 만 갈래로 상서로운 기운이 금빛으로 뻗쳐 절 안에 가득 차며 사방의 나라들이 볼 수 있게 됐다.

국왕은 오공에게 감사의 말을 한다.

"삼장스님과 두 분의 영웅님들이 이곳에 오시지 않았다면 어찌 이런 사실을 범부인 우리들이 알 수 있었겠습니까?"

국왕은 잔치를 마련하라고 이르고 한편으로는 세 사람과 백마를 그려서 그들의 이름과 함께 이 절에 영구히 보존하게 한다.

잔치가 끝난 후, 국왕이 삼장 일행에게 많은 금과 은을 선사하자 삼장이 받지 않으려 하니 깨끗한 옷들과 여행하는 도중 먹을 마른 음식을 싸서 준다. 그리고 국왕과 신하들, 금광사의 승려들 그리고 온 성안의 사람들은 일제히 성문 밖 멀리까지 따라나오며 북과 피리를 불며 전송한다.

## 살구꽃 여인

그들과 헤어진 삼장 일행이 곧장 서쪽을 향하여 전진하는데 몇 달이 되자 계절은 바뀌어 하얗게 서리 낀 겨울은 가고 덥지도 춥지도 않은 따뜻한 봄이 다가온다. 얼마를 가다보니 일행 앞에 높다란 산고개가 하나 나타나는데 길은 어렴풋이 보이지만 가시덤불이 마구 엉켜져 있고 담쟁이 덩굴들이 휘감겨져 있다.

삼장이 한참을 바라보더니 한숨 쉬며 말한다.

"얘들아, 가시 바늘 같은 이 산을 어떻게 지나가냐?"

그러자 유성은 당장에 긴 칼을 빼어 들고 베어 헤치며 말한다.

"사부님, 저의 뒤를 따라오십시오."

오공도 같이 가시덤불을 옆으로 헤치며 하루종일 걸어가니 어두운 밤이 되었고, 하룻밤을 숲속에서 지새운 일행은 다음날 아침 다시 덤불을 헤치며 앞으로 앞으로 나아간다.

이렇게 하기를 며칠…… 삼장은 말한다.

"이 길이 얼마나 되는지 알 수는 없지만 너희들이 아무리 힘이 세다고 해도 한없이 견디지는 못할 거다."

오공은 순간 훌쩍 몸을 날려 공중으로 올라가서 사방을 바라보니 구름과 숲과 산이 어우러져 도무지 끝 간 데를 볼 수 없다.

한참 동안 살펴본 오공은 구름에서 내려오며,

"사부님. 아무리 봐도 끝이 없으니 길이 꽤 먼 것 같습니다."

일행은 다시 가시덤불을 헤치며 이틀을 더 나아가니 한 군데 넓은 빈 터가 보이며 비석이 하나 서 있다.

'가시덤불 고개. 길이가 300킬로미터'

"휴. 그러면 우리는 겨우 삼 분의 일 정도만 지나왔단 말인가?"

오공과 유성은 다시 부지런히 손을 쉬지 않고 헤치며 말없이 또 하루를 나아간다. 해가 지기 시작하여 황혼이 온 산을 붉게 물드는데 갑자기 어디선가 삽삽한 바람이 불더니 저 앞의 늙은 소나무 아래에 으스스한 낡은 묘가 보인다.

문 앞에는 이끼들이 파랗게 끼여 있고 매화꽃과 복숭아꽃들이 이 외로운 곳에서 서로 아름다움을 자랑하고 있다.

오공은 사당을 쳐다보며 말한다.

"이곳은 좋은 일보다 나쁜 일들이 많겠군! 어쩐지 기분이 좋지 않아."

이 말이 채 끝나기도 전에 문득 한 가닥 음산한 바람이 불더니 묘 뒤로부터 한 노인이 불쑥 나타난다.

머리에는 모시로 된 모자를 썼고, 밤색의 모시옷을 입었으며, 손에는 지팡이를 들고 짚신을 신고 있다. 그 노인의 뒤에는 얼굴이 푸르뎅뎅하고 뻐드렁 이빨에 붉은 머리카락의 알몸뚱이 귀신이 서서 머리 위에는 한 쟁반의 떡을 들고 있다.

노인이 고개를 숙이며 말한다.

"저는 이곳 가시덤불산의 신입니다. 아무것도 대접할 것이 없어 찐떡 한 쟁반을 마련해 왔습니다. 이 산속에 인가는 없으니 이거라도 잡수십시오."

유성이 배가 고픈 참에 손을 뻗어 떡을 집어들려고 하자 오공이 소리친다.

"잠깐, 그것에 손을 대지 말라구! 아무래도 저들은 좋은 놈들이 아니다."

오공이 여의봉으로 그 노인을 한 대 치려고 하자 노인은 훌쩍 몸을 날리며 피하더니 음풍으로 변하여 삼장을 채 간다. 자취를 감춘 노인을 쫓아가려 했으나 어디론가 이미 사라져 버렸으니 오공과 유성은 서로 얼굴만 쳐다보며 어리둥절할 뿐. 둘은 높은 곳에서 먼 곳을 바라보며 두루두루 살펴보았으나 알 길이 묘연하다.

한편, 귀신과 함께 삼장을 채 간 노인은 한 군데 노을이 자욱이 낀 돌집 앞에 이르더니 조심조심 삼장을 내려놓고 손을 잡아 부축해주며 말한다.

"스님께선 겁내지 마십시오. 우리는 악한 사람들이 아니라 바로 이 가시덤불산의 18명의 신들이오. 오늘 밤 하늘이 맑고 달이 밝기에 스님과 함께 친구가 되어 시나 읊고 정회를 풀어보고자 하는 것뿐입니다."

삼장이 그제서야 눈을 바로 뜨고 자세히 주위를 살펴보니 이곳은 그야말로 신선의 세계가 아닌가? 신기한 연기가 막막하게 흐르며 맑고 깨끗한 집 주위에 푸른 학이 날아들고 아름다운 꽃들이 여기저기 피어 있다.

날이 점점 어두워지니 달은 차츰 밝아지고 별들이 반짝이는 가운데 어디선가 사람들의 말소리가 들려온다.

노인은 삼장에게 말한다.

"자, 이제 안으로 들어가시지요."

삼장이 노인을 따라 안으로 들어가니 촛불이 환하게 켜져 있는 커다란 방에 모두들 깨끗한 흰옷을 입은 노인들이 자리에서 일어나며 삼장에게 정중히 고개 숙여 인사한다.

"우리들은 도가 깊으신 스님의 성함을 일찍부터 듣고 오래 전부터 한번 뵙기를 소원하고 있었습니다! 귀하신 몸을 이렇게 뵙게 되니 편히 앉으시어 우리들에게 선을 말씀해주시면 고맙겠습니다!"

삼장은 노인들에게 묻는다.

"노인들께서는 연세가 얼마나 되셨습니까?"

18명의 노인들 중에 반백의 머리에 풍채가 준수한 노인이 말한다.

"저의 나이는 천 살이 되었고, 무성한 가지가 하늘을 버티고 향기로운 잎사귀가 무성하니 어렸을 적부터 단단하여 도를 즐겼습니다. 스스로 은연하여 속세를 멀리하니 봉황이 아니면 범속한 새들은 날아들 수 없고 겹겹이 부스러진 그림자와 함께 혼자임을 즐긴답니다."

그러자 허심탄회한 하얀 얼굴에 푸른 귀밑 털이 펄펄 날리는 수염이 달린 노인이 말한다.

"내 나이는 벌써 천2백 살이 넘었고 한줄기 남은 신령한 높은 가지가 스스로 강하오. 밤이 조용하면 소리가 있으니 빗방울이 떨어지는 듯 가을밤이 밝으면 그늘과 그림자가 구름을 펼친 것 같다오."

이번에는 대머리에 긴 하얀 수염이 배꼽까지 내려온 노인이 말한다.

"나의 나이는 천5백 살, 늙어 가는 나의 기운은 소연히 맑고 또한 그윽하오. 시끄러운 속세를 떠나 냉담하니 황금빛의 가을, 서리와 흰 눈을 수없이 겪어 풍류를 안다오. 자연과 더불어 도를 이야기 하고 별들과 함께 노래하지요."

그러자 해맑은 얼굴에 키가 작은 노인이 웃으며 말한다.

"천8백 년을 넘게 살면서 그 동안 나는 변함이 없었소. 비와 이슬을 맞으며 정수를 생성하고 하늘과 땅의 조화를 알아 자연의 외로움과 오행의 화목함을 즐긴다오. 그래서 나의 몸과 기운의 깨끗함은 항상 이렇게 어린애 같다오."

삼장은 노인들을 칭찬한다.

"네 분들은 천 년이 넘게 오래 사시면서 도를 얻으시어 풍채도 좋으시고 건강들 하시니 그 무엇을 더 바랄 게 있겠습니까?"

노인들이 겸손해 하며 말한다.

"지나친 칭찬이오…… 스님의 연세는 얼마나 되십니까?"

"이제 겨우 마흔 하나, 불법을 이해하고 선을 닦지만 끝없이 깊고 넓어 아직 선정삼매와 지혜가 부족합니다."

노인들은 칭찬을 아끼지 않는다.

"스님께서는 중도의 바른 공법을 닦으시니 한두 가지라도 가르쳐 주시면 저희들이 평생을 두고 위안을 삼겠습니다."

삼장은 서슴지 않고 말한다.

"참선이란 것은 고요함이고, 법이란 것은 바른 길입니다. 깨달음이란 마음을 깨끗이 씻고 세상의 티끌을 벗어난 것을 말합니다. 사람의 몸으로 태어나기 어렵고, 바른 도를 배울 스승을 만나기도 어려우며, 깨닫기는 더욱 어렵습니다. 지극한 도는 바라볼 수도 들을 수도 없는 것, 또한 생각으로 헤아리거나 어떤 말로도 설명할 수 없습니다.

하지만 우리의 육근을 통하여 모든 탐욕과 아집들인 불길들을 헤쳐 나간 후, 깨끗한 마음이 홀로 밝게 나타나면 자유로운 무심의 지혜가 나타나 성스럽다는 것과 범상하다는 소견에 얽매이지 않을 것입니다. 그렇게 된다면 크게 잊고 한 생각도 나타나지 않으니 스스로의 무심본체가 드러나게 되지요. 그 후엔 제자들을 가르침에 기술이나 비결을 쓸 필요 없이 단지 무심으로 다가가면 됩니다.

이것을 '모든 것이 다 흩어져 떨어져 버리니 오직 하나의 깨끗한 본체만 남는다'라는 뜻입니다. 이런 경지가 되면 산과 강물, 천지의 모든 것들의 실체를 보게 됩니다."

노인들은 귀를 기울이며 듣더니 매우 기뻐하며 몸을 굽혀 머리를 숙여 삼장에게 절을 한다.

"스님께서야말로 정말로 선을 터득하신 표본입니다!"

노인들은 향기로운 차와 말린 과일 한 쟁반을 내오는데 달빛에 비추이는 과일들의 광채가 영롱하다. 삼장이 그것을 두어 개쯤 집어먹고 있는데 밖에서는 계곡의 맑은 물소리가 간간이 들려오고 산꽃들의 향기는 문틈을 타고 방 안으로 들어온다.

이때 어느 노인이 흐뭇한 감회를 참지 못하고 시를 한 수 읊는다.

　　　　도 닦는 마음은 달과 같아
　　　　끝닿는데 없이 비춘다.

그러자 삼장은,

　　　　한 점의 티끌 하나 없다.

이에 다른 노인이,

    무한한 공간에는 언어도 시도 필요 없지.

또 다른 노인이,

    맑은 하늘에 구름은 지나가고 안개도 낀다.

또 한 노인이,

    가벼운 바람이 부니 무거운 이슬은
    꽃잎에서 굴러 떨어져 부서진다.

삼장은,

    쓸쓸한 가을 밤하늘에
    향기는 흩어져 사라지고
    만고의 깊은 어두운 공간만 남는다.

다른 노인이,

    가을 달 아래에 흔들리는 갈대의 그림자.

다른 노인이,

    그 갈대 숲을 조용히 걷는 하얀 호랑이의 고독은 신선도 따를 수 없지.

삼장은,

　　　흰 눈 속에 흰 호랑이.

　다른 노인이,

　　　달빛 아래에서 차가운 서리를 밟고 지나가는 여인.

　삼장은,

　　　영원한 공간 속에 핀 한 송이 연꽃.

　노인들은 이 구절에 혀를 내두르면서 극구 찬양한다.
"우리들은 보잘것없는 뱀이고, 스님께선 정말 용이십니다!"
"부끄러울 뿐입니다."
　돌아갈 것을 잊고 있던 삼장은 문득 걱정한다.
"여러분들의 두터운 애정 어린 초대에 감사합니다. 그러나 이 깊은 밤에 제자들이 어느 곳을 헤매며 저를 찾고 있을테니 더 이상 머무를 수가 없음을 용서 하십시오. 부디 저에게 돌아갈 길을 가르쳐주시기 바랍니다."
　노인들은 웃으며 삼장에게 말한다.
"스님께선 너무 걱정하지 마십시오. 이제 곧 날이 밝아질테니 편히 앉으시고 쉬셨다가 해가 뜨면 저희들이 제자 분들에게 안내해 드리지요."
　이때, 문득 푸른 옷을 입은 두 여자애들이 새빨간 등불을 들고서 뒤에 한 선녀를 인도하고 있는데 진 분홍빛의 긴 치마옷을 입은 아름다운 여인은 손에 살구꽃을 들고 생글생글 웃으며 걸어오고 있다.

붉은 얼굴에 연지를 잘 발라 연분홍빛이 비추이는 눈동자는 아름답고 섹시하다. 별들이 깊이 반짝이는 듯한 요염한 눈동자. 깨끗하고 고운 눈썹과 휘날리는 불길 같은 짧은 웃 저고리 안에 보이는 푸른 옥 같은 살결.

노인들은 모두들 몸을 일으키며 선녀에게 인사한다.

"아! 어서 오시오. 살구꽃 선녀께선 어떻게 이렇게 오시었소?"

"귀한 손님이 이곳에 오시어 시를 읊고 있는 걸 알고 만나뵙고자 왔습니다."

한 노인이 삼장을 가리키며 말한다.

"바로 이 스님이시오."

여인은 여동들에게 명한다.

"차를 이리 가져 오너라."

한 여자애가 공손히 찻잔과 차 주전자를 들고 오자 향긋한 차냄새가 코를 찌른다. 여인은 봄날의 파줄기같이 매끈한 팔과 손을 살며시 드러내어 차를 따라 삼장에게 주며 신기한 과일을 한 개 집어 건네준다.

노인들도 찻잔을 들고 과일을 집어먹으며 여인에게 삼장이 말한 선에 대한 법문과 시를 이야기 해주니 여인은 매혹적인 웃음을 띠며 삼장에게 또랑또랑한 음성으로 말한다.

    비가 아름다운 여인을 적시니
    귀엽고 보드라우며
    연기는 이 여인의 주위에
    피워 올랐다 숨었다 하네.
    한 봉우리 위에 지나치게 익은 과일
    이 무르익어 향기나는 나의 몸을

누가 사랑하여 따먹을 건가?"

이렇게 시를 지은 여인은 욕정이 북받쳐 오르는 듯 삼장에게 바싹 가까이 다가와 앉으며 애정 어린 눈으로 바라보면서 살며시 정답게 속삭이는 음성으로 말한다.

"귀하신 손님, 저의 집으로 가셔서 며칠 쉬고 가시지요."

그러자 노인들은,

"살구꽃 선녀께서 스님에 대한 정이 이렇게 대단하다니! 그걸 뿌리치신다면 자연에 대한 도리에 어긋나는 것이지요. 저희들이 중매를 설테니까 혼담을 성취시키도록 합시다."

가만히 아무 말도 않던 삼장은 이들이 하는 말들을 듣고 갑자기 안색이 변하며 소리친다.

"너희들은 모두 같은 종류의 괴물로서 나를 유혹하는구나! 처음에는 그럴싸한 말로 풍류와 도를 얘기하는 척하고, 이젠 미인계를 써서 나를 속이려 하다니 이게 무슨 짓들이오?"

노인들은 노발대발하는 삼장을 보자 간담이 서늘하여 일제히 손을 입에 물고 감히 다시 말을 못하고 있는데 옆에 서 있던 반 벌거벗은 귀신이 우레같은 음성으로 호통을 친다.

"이 중은 정말로 오르고 내리는 도리를 모르는 벽창호군! 우리 누님이 어디가 나쁘단 말이오? 영리하고 깨끗하고 아름다우며 옥과 같이 티 한 점 없이 어여쁜데 그대는 어째서 고목나무 같은 거요? 만일 정말로 싫다고 한다면 나에게 혼 좀 나야 하겠소!"

이 우악스러운 위협적인 행동에 삼장은 그만 찍소리 못하고 눈물을 주르르 흘리니 여인은 생글생글 웃으며 다가와서 향기로운 비단 손수건을 품속에서 꺼내어 삼장의 눈물을 닦아준다. 삼장은 여인의 손을 뿌리치며 달아나려고 하니 여러 사람들이 가로막고 옥신각신하는 동안에 어느덧 날은 밝아진다.

이때 홀연히 어디선가 말소리가 들린다.

"사부님, 어디에서 말씀을 하고 계십니까?"

이 소리는 밤새도록 가시덤불을 헤치며 삼장을 찾아 사방으로 헤매던 오공과 유성의 목소리가 아닌가? 그들은 남은 2백 킬로미터의 산속을 반은 날고 반은 걸으며 서쪽으로 내려오다가 삼장의 호통 소리를 듣고 소리친 것이었다.

삼장은 문밖으로 뛰어나오며 소리친다.

"오공아, 나는 여기 있다. 빨리 와서 구해다오!"

그러자 노인들과 살구꽃 여인은 번쩍 하더니, 어디론가 사라지고 보이지 않는다.

간밤에 일어났던 일들을 삼장에게 듣고 있던 오공은 가만히 주위를 살펴보니 오래 늙은 잣나무와 소나무, 대나무들, 단풍나무와 계수나무, 그리고 활짝 핀 분홍빛의 살구꽃 나무가 한 그루 자그마한 언덕 위에 서 있다.

오공은 말한다.

"사부님, 이 나무들이 그 요정들인 것 같습니다."

이 말을 들은 유성은 꽃들이 화사하게 가득 핀 살구나무 아래로 가서 아랫도리를 벗더니 그 꽃나무에 오줌을 시원하게 싸며 말한다.

"네가 남자가 그리운가 본데 사부님을 놔주고 내 오줌이나 받아 마셔라."

그런데 이게 웬일인가? 살구나무에 무성히 피어있던 꽃들은 흐드러지게 떨어지며 순식간에 열매가 맺힌다!

유성은,

"흠, 정말로 남자가 그리웠던 모양이군!"

오공이 여의봉을 들어 나무들을 쳐서 쓰러뜨리려고 하니 삼장은 붙잡으며 말한다.

"오공아, 그들을 죽이지 말아라. 저들은 요정이 되었으나 나를 해치려고 하지는 않았다."

삼장 일행은 그 오래 묵은 나무들을 뒤로하며 다시 서쪽으로 길을 떠난다.

## 가짜 부처님과 미륵보살

일행이 한 달 남짓 걸었을까?

여기저기에서는 봄꽃들이 활짝 피어 있고 봄날의 따스함에 걷고 있는 일행의 가슴이 노곤해지며 현기증을 느낀다. 스승과 제자들이 꽃구경을 하며 길을 가고 있는데 문득 저 멀리 산봉우리와 하늘이 맞닿은 듯한 까마득히 높은 산이 보인다.

삼장은 제자들에게 말한다.

"아! 저 산은 얼마나 높은지 하늘 밖으로 불쑥 치솟은 것 같군!"

그 산까지는 넓은 평원이어서 삼장은 백마를 날 듯이 달리게 하여 오래지 않아 그 산 아래 언덕에 이른다. 일행이 산을 오르기 시작하는데 벌써 사슴·멧돼지·늑대들이 우글거리고 표범들이 달려나와 길을 막는다. 이에 오공이 여의봉을 한번 휘두르자 산짐승들은 놀라 이리저리로 달아난다. 일행은 가파른 산길을 곧장 올라간다.

몇 시간을 걸려 겨우겨우 오르는데 하나의 산마루를 지나 높은 평원에 이르자 홀연 신비한 빛이 찬란하고 오색 빛 안개에 가득 감싸 있는 절이 보이며 종소리와 경쇠치는 소리가 유유하면서도 아득히 울려 퍼지고 있다. 가만히 경치를 바라보니 정말 좋은 곳이다!

계곡은 텅 비어 바람이 일 때마다 제각기 다른 소리가 들리고, 숲 속의 나무들은 구름에 싸여 사원을 호위하고 있다. 정교하게 만들어진 문들과 조각으로 새겨져 세워진 기둥들이 향기가 그윽하고 사방에는 꽃들이 만발하였다. 삼장 일행이 절 앞으로 가까이 가니 커다랗게 우뚝 솟은 세 개의 대문들이 험준한 산봉우리와 마주 대한다.

이 광경을 다 보고 나서 오공은 말한다.

"사부님, 이 사원에는 애애한 상서로운 기운이 감돌면서 다소 기분 나쁜 흉흉한 기운이 떠돌고 있으니 무슨 까닭인지 모르겠습니다. 이 사원의 규모나 생김새가 부처님의 사시는 곳과 같습니다만 우리들이 그곳에 벌써 도착했을 리는 없고…… 이상한 생각이 드니 함부로 들어가선 안 될 것 같습니다."

삼장은,

"길이 틀렸다 하더라도 이같이 훌륭한 사원에 좋은 스님들이 계시겠지!"

유성은,

"어차피 이 길은 저 문으로 통해서 지나가야 하니까 한번 들어가 보면 알 수 있을 겁니다."

삼장은,

"경전을 보면 삼천의 부처님들, 십억의 부처님들이라고 하지 않더냐? 관음보살께서는 남해의 섬에, 보현보살께서는 아미산에, 문수보살께서는 오대

산에 계시듯이, 이곳에 사는 분도 그 많은 부처님들 중의 한 분이실 거니 우리 한번 들어가 보자."

오공은,

"들어가면 안 됩니다. 이곳 안으로 들어가면 나쁜 일이 생길 겁니다."

오공의 반대하는 소리에 삼장이 주저하고 있자, 이때 사원 안에서 웅장한 큰 음성이 들려온다.

"삼장! 그대가 부처님을 뵈러왔다면 어째서 그렇게 게으른가?"

이 소리를 들은 삼장은 당장에 무릎을 꿇고 엎드려 소리나는 쪽을 향해 절한다. 유성도 무릎 꿇고 절을 하는데 오공만이 뒤에서 서 있다.

세 사람이 사원문을 열고 들어가니 오백 명의 아라한, 삼천의 신들, 네 명의 금강신들, 여덟 명의 보살들, 천여 명의 비구, 비구니들이 죽 늘어 서 있다. 정원 안에 가득 핀 향기로운 꽃들은 요염할 만큼 은은하게 아름답다.

아? 연꽃자리에 앉으신 거룩하신 부처님!

삼장은 당황하여 한 걸음 옮길 때마다 부처님께 절을 한 번씩 하며 앞으로 조심스럽게 나아간다. 그러나 오공만이 버젓이 서서 절을 하지 않는다. 그러자 연꽃 위에서 무서운 음성으로 호통 치는 소리가 들린다.

"저 손오공은 어째서 절을 하지 않는고?"

오공은 연꽃 위에 앉은 부처님을 한참 꿰뚫어지게 바라보더니 가짜인 것을 판단하고 여의봉을 빼어 들며 호통 친다.

"이 요사스러운 못된 놈아, 어지간히 대담하구나! 어찌 부처님의 모습을 가장하여 성스러움을 손상시키려 하느냐?"

오공은 곧장 부처에게 달려들며 여의봉으로 내려치려고 하는데 공중에서 덩그렁 하는 소리가 들리더니 금으로 만든 바라 한 쌍이 떨어지며 오공을 통째로 바라 안에 가둔다.

깜짝 놀란 유성이 칼을 빼어 들고 달려들자 여러 아라한들과 금강신들이 우르르 달려들어 포위하여 유성을 붙잡아 버린다. 삼장도 꽁꽁 묶어 기둥에 묶인다.

알고 보니 연꽃자리에 앉아 부처인 체 하는 자는 요왕이고, 여러 아라한 등은 부하 요괴들이다. 요괴들은 오공을 가둔 금 바라를 한곳의 높은 곳에 올려놓고 3일 후에 고름처럼 녹아버리면 삼장과 유성을 펄펄 끓는 쇠솥에 넣고 쪄 먹을 작정이다.

바라 속에 갇힌 오공은 얼마되지 않아 바람도 하나 들어오지 않는 깜깜한 안에서 숨도 못쉬고 갑갑하여 땀이 비오듯 하고 아무리 몸부림처도 빠져나갈 수가 없다.

초조한 오공은 여의봉으로 마구 휘두르고 할 수 있는 데까지 길게 늘려 보았으나 어찌된 일인지 바라는 옴짝달싹도 하지 않는다. 아무리 이리저리 빠져나갈 궁리를 하였으나 도저히 나갈 수가 없다. 몸을 있는 대로 크게 하여 바라를 깨 버리려고 하니 금 바라는 빛이 새 들어올 구멍 하나 보이질 않는다.

오공은 몸을 겨자씨보다도 더 작게 만들어 틈을 찾아보았지만 구멍 하나 찾을 수 없다.

오공이 여의봉을 세로로 세운 후 입김을 불어넣으며,

"변해라!"

하고 소리치니, 순식간에 금강처럼 날카로운 드릴로 변한다. 이것으로 수천 수백 번을 돌리며 뚫어보려고 했으나 쨍쨍 하는 소리만 들릴 뿐. 꿈쩍도 하지 않는다.

오공은 초조하여 드디어 주문을 외워 근처의 하늘을 나는 신을 부른다. 이때 마침 그곳을 지나가던 하늘의 신선 한 분이 오공이 누군가라도 부르는 소리를 듣고 오공이 갇혀 있는 금 바라에 다가와 묻는다.

"아니, 그대는 오공이 아니시오? 무슨 곤란한 일이 생겼소?"

오공이 바라 안에서 말한다.

"내가 요괴의 술법에 걸려들어 이 속에 갇히게 되었는데 갑갑하여 온몸에서 불이 날 것 같으니 이 바라 좀 깨어 나를 구해 주시오."

신선은 있는 힘을 다하여 금 바라를 열려고 하였으나 두 쪽이 서로 둥그렇게 맞닿은 부분은 깊숙이 뿌리가 박혀버린 듯 털끝만큼도 움직이지 않는다.

신선은 숨을 헐떡이며 말한다.

"이것이 무슨 보배인지 알 수 없으나 아래와 위가 꼭 달라붙어 나는 열 수가 없소. 내가 하늘로 가서 구원을 청하겠으니 참고 기다리시오."

오공은 갑갑해서 죽을 지경이다.

신선은 상서로운 빛을 날리며 순식간에 남쪽하늘 문에 도착한 후 궁전 안으로 달려가 옥황상제에게 허리를 굽혀 절하며 아뢴다.

"지금 오공이 무슨 일로인지 알 수는 없으나 스승을 보호하며 경을 가지러 가던 중에 요괴의 금 바라 속에 갇혀 거의 죽어 가고 있습니다."

옥황상제는 당장에 28명의 별 신들을 불러 빨리 가서 오공을 구하고 요괴를 항복시키라고 명령하신다. 하늘문을 나선 28명의 신들은 신선을 따라 곧장 오공이 갇혀 있는 금 바라에 도착한다.

때는 벌써 새벽 한 시. 여러 요정들은 각기 방으로 돌아가 잠을 자고 있다.

여러 신들은 조용히 오공에게 말한다.

"오공, 우리가 옥황상제의 명으로 구하러 왔소."

오공은 안에서 기뻐하며 말한다.

"어서 병기들을 써서 이 금 바라를 때려 부수시오. 내가 곧장 뛰어 나갈테니까!"

"그럴 수가 없습니다. 이 물건을 때리면 큰소리가 나서 요괴들을 깨우게 될 테고 안에 있는 오공께선 이 바라의 큰소리에 놀라 정신을 잃고 귀머거리가 될 수도 있을 테니까요. 저희들의 병기를 써서 살금살금 틈을 벌려 열도록 할 테니 그곳으로 빠져 나오십시오."

"그것 참, 그러면 되겠군."

28명의 신들은 각기 여러 가지 병기들을 써서 바라를 열려고 한다. 창을 쓰는 사람은 창을 쓰고, 칼을 쓰는 사람, 도끼를 쓰는 사람, 힘이 좋은 사람들은 일제히 덤벼들어 양쪽으로 잡아당기며 떠밀어 보고 처들어 보고 흔들어 보고 비틀어 보고 온갖 방법을 다 써보아도 조그만 틈도 안 보인다. 2시간이 넘게 애를 써봐도 금 바라는 요지부동. 마치 한 덩어리로 끓여 부어 만든 물건처럼 옴짝달싹도 하지 않는다.

오공은 답답하여 이리 뛰고 저리 살펴보며 엉금엉금 기다가는 미치겠다는 듯이 데굴데굴 구른다.

이때 외뿔의 용신이 밖에서 말한다.

"오공, 너무 조급히 굴지 마시오. 나의 뾰족한 뿔의 끝으로 두 짝이 합쳐진 곳에 들이밀어 볼테니 무엇으로라도 작은 몸으로 변하여 그 틈새로 나오시오."

외뿔의 용신은 몸을 조그맣게 움츠려서 뿔 끝을 뾰족한 바늘 끝처럼 만들어 바라의 둥그런 둘레를 한동안 더듬더니 한곳의 조그마한 틈새를 발견하고 천근의 있는 힘을 다하여 간신히 틀어박는데 성공한다.

차츰 길게 뻗치며 간신히 뿔을 들이미는 용신은 땀을 뻘뻘 흘린다.

"길게 뻗어라! 길게 뻗어라!"

라고 작은 소리로 외치며 좀더 깊게 집어넣는데 금 바라는 보통의 쇠와는 다르게 마치 살덩어리가 자라나서 합쳐진 것처럼 뿔을 잔뜩 물고는 꼭 죄여 실오라기만 한 틈도 안 보인다.

안에서 그 뿔을 쓰다듬던 오공은 소리친다.

"안 되겠어! 어딜 봐도 바늘만 한 틈도 안 보이니 별 수 없이 아픔을 좀 참고 나를 뽑아주시오!"

오공은 뿔의 끝에 작은 구멍을 하나 내더니 그 속으로 들어가며 소리친다.

"이제 뿔을 뽑으시오!"

외뿔 용신은 또 얼마나 힘을 썼는지 모른다. 다른 몇 명의 신들은 외뿔 용신을 잡아당기고 몇 명의 신들은 금 바라를 잡아당기고 하여 겨우 뿔을 뽑아내자 혼신의 힘을 쓴 외뿔 용신은 그만 기진맥진하여 땅에 픽 쓰러지고 만다.

뿔 끝에서 나온 오공은 본 모습으로 변하며 여의봉을 번쩍 쳐들어 금 바라를 겨누고 힘차게 때리니 땅 하는 소리와 함께 아깝게도 불문의 보배인 금 바라가 수천 수백 개의 금 조각으로 깨어져 흩어진다. 이것을 본 28명의 신들은 당황하여 머리끝이 삐쭉 일어서며 두 눈들이 휘둥그레진다.

이 엄청나게 요란한 소리에 일제히 잠이 깬 요괴들. 잠을 자던 요왕도 놀라 벌떡 일어나며 옷을 주워 입고 밖으로 나와보니 오공과 28명의 신들이 금 바라의 주위에 서 있는 게 아니가?

요왕은 소리친다.

"얘들아, 문들을 단단히 잠가 누구도 도망가지 못하게 하라!"

요왕의 고함소리를 들은 오공과 신들은 즉시 지붕을 꿰뚫어 부수며 공중으로 날아 올라간다. 이것을 본 요왕은 분통이 터지는 듯이 깨어진 금 조각들을 주워 모으라고 부하요괴들에게 명령하며 코끼리의 상아 같은 짧고 부드러운 작대기를 들고 오공이 서 있는 공중으로 날아오르며 소리친다.

"네 이놈, 도망가지 말고 나와 한판 겨뤄보자!"

공중에서 날던 오공이 돌아서며 여의봉으로 요왕을 힘껏 내려치니 요왕은 신바람이 나듯 싱글벙글 웃으며 막아내면서 공격한다.

두 자루의 몽둥이지만 하나는 길고 금빛이 나며, 다른 하나는 짧고 상아처럼 우아하다. 모두 다 마음대로 변할 수 있으니 단단한 여의봉과 부드러운 상아봉! 짧았다 길어졌다 하며 서로 잘 어울려 싸운다. 인정사정없이 치고 받는 가운데서도 웃으며 싸우고 있는 악한 요왕.

해가 높이 뜰 때까지 싸우는 이들의 주위에는 회오리바람과 살벌한 안개가 뿜어져 햇빛도 가려져서 어두컴컴하다. 이들의 싸움을 지켜보던 28명의 신들은 이 싸움이 쉽게 끝날 것 같지가 않자 요왕을 가운데에 넣고 포위해 버린다.

산 문에서 징과 북을 치며 응원하던 부하요괴들은 깜짝 놀라서 손이 후들후들 떨리며 그저 바라만 보고 있을 뿐이다. 그러나 요왕은 태연자약. 무서위하는 빛도 없이 한 손으로 짧은 봉을 휘둘러 많은 신들의 공격을 막아내며, 다른 한 손으로는 허리춤에서 낡고 흰 무명천으로 된 자루 하나를 풀더니 하늘로 휙 집어던진다.

그러자 오공과 28명의 신들이 한꺼번에 모조리 자루 속으로 들어간다. 요왕은 자루를 어깨에 짊어지고 어슬렁 어슬렁 사원으로 돌아오더니 자루를 풀고 한 명씩 꺼내어 심줄이 뒤틀리고 피부에 주름살이 잡히도록 단단히 묶어서 땅에 내동댕이 처버린다. 이렇게 한 후 요왕은 기분 좋게 한 상 잘 차려먹고 부하요괴들에게 지켜보라고 한 후 밤이 깊어 잠을 자러 방으로 들어간다.

꽁꽁 묶인 오공은 술법을 써서 입김을 훅 불어 부하요괴들을 잠재운 후 몸을 조그맣게 만들어 밧줄에서 빠져 나오자마자 묶여 있는 삼장에게 달려간다.

"사부님!"

삼장이 오공을 보고 미안해 하며 말한다.

"오공아, 미안하다! 너의 말을 믿었어야 했는데…… 앞으로는 내가 고집을 피우지 않겠다!"

오공은 우선 삼장을 풀어주고 유성과 백마, 그리고 28명의 신들을 풀어준다. 모두들 조용히 밖으로 나오는데 가만히 살펴보니 짐이 안 보인다.

오공은 짐을 찾으러 다시 들어가고 유성과 여러 신들은 삼장과 백마를 안고 일제히 신통력을 발휘하여 바람을 일으키며 담을 뛰어넘어 큰길로 내달아 산비탈을 내려가서 평지에 자리잡은 다음 오공을 기다리고 있다.

오공이 살금살금 안으로 들어가니 문들이 겹겹이 잠겨져 있다. 한 마리 생쥐로 변한 오공은 문틈 사이로 살살 빠져 기어 들어간 후 여러 문들을 훌훌 넘어 한참을 들어가보니 한줄기 광선이 번쩍번쩍 빛나고 있다. 날 듯 뛸 듯 두근거리는 가슴으로 가까이 가서 바라보니 바로 보따리 안에 있는 가사가 빛을 발하고 있는 것이다.

'나쁜 놈, 이 귀한 가사를 보고 아무렇게나 집어던지듯 이곳에 팽개쳐 놓다니!'

본 모습으로 돌아온 오공은 보따리를 다시 잘 꾸리고는 어깨에 짊어지고 밖으로 나가려고 문을 조심스럽게 여는데 그만 낡은 문짝이 쿵 하고 소리를 낸다.

오공은 요왕에게 다시 잡힐까봐 부리나케 창문을 꿰뚫으며 뛰어넘어 밖으로 나와 구름을 타고 달아나는데 때는 새벽녘이 되어 어슴푸레하게 날이 밝아온다.

이 소리에 요왕은 번쩍 눈을 뜨며 소리친다.

"누군가 침입했다!"

여러 크고 작은 부하요괴들이 등불을 켜며 무기를 들고 우르르 달려 나온다. 한 부하요괴가 달려와 보고한다.

"어제 잡혀온 녀석들이 도망갔습니다!"

그러자 또 한 요괴가 소리친다.

"저기에 한 녀석이 달아나고 있습니다!"

밖으로 나온 오공은 삼장을 찾으려고 두리번거리고 있는데 여러 신들에 의해 구름과 안개가 뭉게뭉게 피어나는 것이 보여 산비탈 아래를 달려 내려가보니 삼장이 그곳에서 기다리고 있다.

이때, 바로 뒤에서 몽둥이를 들고 쫓아오는 요왕과 요괴들!

한 하늘의 신장이 소리친다.

"저기에 괴물들이 이리로 달려옵니다!"

오공과 유성, 28명의 신장들은 삼장과 백마를 뒤에 남겨두고 일제히 무기를 뽑아들고 요괴들과 싸우러 달려든다.

이리하여 5천여 마리의 요괴들과 삼장을 보호하려는 30명의 용사들은 맞부딪치며 서로 싸우는데 두려움을 모르고 달려드는 요괴들은 억세게 마구 덤벼든다. 땅이 흔들리는 거친 싸움에 하늘이 놀라는 듯 새벽안개가 뿌옇게

끼인 높은 산의 평지에서는 아우성을 치며, 서슬이 퍼런 창칼들은 물결치듯이 휘두르며 서로 베고 베이는 격전!

용맹한 오공, 유성과 신장들은 수없는 요괴들을 베고 치며 쓰러뜨려도 끝도 없이 달려드는 요괴들은 점점 거칠어서 살기는 더할 뿐이다. 2시간이 넘도록 싸움이 끝이 나지 않자 그것을 바라보던 요왕은 휘파람을 불어 부하들을 물러서게 한 다음 무명자루를 푼다.

이것을 본 오공은 소리친다.

"큰일났다, 달아나자!"

이 순간에 하늘 높이 뛰어오르는 오공의 행동을 이해 못한 유성과 신들은 그만 자루 속으로 빨려들어가 버린다.

요왕은 자루를 어깨에 척 걸쳐 매더니 사원 안으로 들어가 사정없이 밧줄로 꽁꽁 묶어 깜깜한 굴 속에 던져버린 후 문을 잠가버린다.

하늘 높이 올라서서 일행이 잡혀 가는 것을 본 오공은 삼장을 생각하자 북받쳐 오르는 슬픔으로 그만 눈물을 주르르 흘리며 갑자기 실성한 듯 울부짖는다.

"불쌍하신 사부님……! 사부님은 앞으로 나아가기 어려운 운명을 타고나서 한 발자국을 옮길 때마다 요괴를 만나시니! 이렇게 고통이 심하고 달아나기 어려우니 어쩌면 좋습니까? 엉,엉!……"

오랫동안 혼자 울고 있던 오공은 겨우 정신을 안정시키며 생각한다.

"내가 28명이나 되는 신장들을 잡혀가게 해놓고 옥황상제에게 가서 도와달라고 한다면 아마 꾸지람이나 하시겠지! 그렇다! 무당산에 계시는 천존님에게 가서 물어보자. 그분의 이름이 '마귀를 항복시키는 존자(탕마천존)' 라는 뜻이고, 무당산에는 갖가지 무술을 가르치고 있으니 무슨 수가 있겠지!"

한 시간이 채 안 되어 오공은 무당산에 당도하여 경치를 바라보니 정말 훌륭한 절경이다. 장장 100여 킬로미터는 넘을 것 같은 꾸불꾸불하며 기다란 산등성이는 울퉁불퉁 뾰죽뾰죽 하면서도 마치 용의 등허리같이 연이어져 있다.

이곳에 사시는 천존님은 이 산속에서 도를 닦는 도중에 수행이 차서 공중을 날아다녔다고 한다. 그 후에 북쪽의 괴물들과 요괴들을 항복시켰으므로 옥황상제께서 이름을 '탕마천존'이라고 내렸다. '마귀들을 항복시키어 하늘에서 존경받는 분'이란 뜻이다.

그윽하고 은은한 가운데 시원스럽고 평화스러운 산의 경치 및 그곳에 가득한 진기한 꽃들과 신비스러운 약초들을 구경하면서 태화궁전에 이른다.

궁문을 들어서는데 그곳을 지키고 있던 한 도사가 묻는다.

"거기 오시는 분은 누구십니까?"

"오공이라고 하는데 이곳의 스승님을 좀 뵙고자 합니다."

도사의 안내로 천존을 뵌 오공은 정중하게 인사하며 말한다.

"일이 있어서 폐를 끼치러 왔습니다."

"무슨 일이오?"

오공의 설명을 다 들은 천존은 말한다.

"내가 듣기에는 그 요괴가 별로 대단치 않은 것 같으니 신령한 거북이 한 마리와 내 제자 다섯 명을 보내어 도와주도록 하겠소."

오공은 뱀의 머리에 거북의 몸을 가진 이상한 짐승과 그 위에 올라 탄 다섯 명의 제자들과 함께 공중을 날아 요왕이 있는 곳에 당도한다.

오공이 소리치며 싸움을 걸자 밖으로 나온 요왕은 이들을 보며,

"이따위 것들은 대체 어디서 온 것들이냐?"

다섯 명의 제자들은 준엄한 목소리로 또랑또랑 소리친다.

"우리는 스승님의 명으로 너를 항복시키러 왔다! 빨리 항복하지 않으면 이 산속의 괴물들을 시체로 만든 후 갈기갈기 찢고 이곳을 모조리 불살라 버리겠다!"

요왕은 이 말을 듣고 피식 웃으며 덤빈다.

"이놈들아, 내 몽둥이 맛이나 봐라!"

거북신은 요왕 쪽으로 비를 내리며 흙을 뿌리고 모래를 날리니 다섯 명의 제자들은 일제히 창·칼을 빼어 들고 요왕에게 쳐들어간다. 그런데도 요왕은 빙글빙글 웃으며 짧고 부드럽지만 억센 방망이의 힘으로 그들의 강하고 날카로운 공격을 척척 잘도 받아내더니 자루를 꺼낸다.

이것을 본 오공은 공중으로 높이 날아오르며 소리친다.

"여러분들, 조심하시오!"

이 오공의 외치는 소리가 무슨 뜻인지 모르고 있던 다섯 명의 제자들은 순식간에 휙 빨려 들어간다. 자루 속에 잡아 넣은 요왕은 웃으며 짧은 막대기로 자루 속에 갇힌 이들을 마구 치더니 자루를 열며 털어버리자 다섯 제자들이 그만 여기저기에 시퍼런 멍이 들어 쏟아져 나오며 겨우 땅에 엉금엉금 긴다.

오공이 공중에 서서 그들을 안타깝게 여기며 바라보고 있는데 요왕은 오공을 바라보며 씩 웃더니 사원 안으로 들어간다. 땅에 쓰러져 일어나지 못하고 신음하다가 겨우 거북신을 타고 무당산으로 도망가고 있는 다섯 제자들을 바라보는 오공은 한탄한다.

"아, 저렇게 가차없이 당하다니!"

이렇게 탄식하고 있을 때, 어디선가 찬란한 빛이 쏟아지며 말소리가 들린다.

"오공아, 너는 나를 알아보겠느냐?"

오공이 고개를 돌려 소리나는 쪽을 바라보니 갸름한 몸에 옷자락을 바람에 표연히 휘날리면서 미륵보살님이 빙그레 웃음 지으며 서 있다. 미륵보살님은 바로 이 세상이 소멸되고 다음 세상이 생길 때에 부처님이 되실 분이다.

오공은 합장으로 꾸벅 절하며,

"미륵보살님께서는 어디로 가십니까?"

"내가 이곳에 온 것은 요왕을 잡기 위해서이다."

오공은 놀라며 묻는다.

"보살님께서는 저 요괴의 정체를 알고 계십니까?"

"그 녀석은 나의 사원에서 쇠 구름판(운판)을 치던 동자였는데 나의 보배 몇 가지를 훔쳐 가지고 가짜 부처 노릇을 하는 요정이 되어 버린 것이다. 그 자루는 무슨 물건이든 끝없이 넣을 수 있고 상아로 만든 짧은 방망이는 구름판을 치던 것이다."

"아니? 항상 웃음 짓는 보살님께서는 제자들도 단속 못하시고 어떻게 가르치셨기에 저의 사부님을 이렇게 고생하게 만듭니까?"

"네 말이 옳다. 첫째로 내가 제자들을 단속 못한 탓이요, 둘째는 너의 사부와 너희들이 마귀의 장해가 다 끝나지 않았기 때문에 이런 요괴들이 이 세상에 내려와 너희들이 고통을 당하게 만드는 것이다."

"예? 그렇군요. 그럼, 보살님께서는 어떻게 저 요괴를 잡으려 하십니까?"

"네가 그 녀석에게 싸움을 걸어 밖으로 나오게 하면 내가 알아서 하겠다."

"그 녀석이 저를 따라오지 않고 자루 속에 잡아넣으면 어떻게 합니까?"

미륵보살은 오공에게 한 개의 목걸이를 걸어주며,

"이것을 목에 걸고 있으면 그 녀석이 너를 쫓아올 것이다."

오공은 즉시 문 앞으로 가서 소리친다.

"요마야, 내가 왔다! 빨리 나오너라!"

문밖으로 나온 요왕은 오공을 보더니 히죽 웃는다.

"네 녀석이 이젠 아무 방법이 없는가 보군. 혼자 죽으러 이곳에 오다니."

"잔소리 말고 내 철봉이나 한 대 먹어라!"

후려치는 오공의 여의봉을 받아넘기며 둘은 얼마 동안 싸우는데 정말 보살의 말대로 요괴는 신기하게 자루를 쓰지 않고 짧은 막대기로만 오공과 대적하며 싸운다.

'싸움만으로는 나에게 상대가 안 되는 이 녀석을 여의봉으로 후려쳐서 당장에 작살을 내볼까?'

생각하던 오공은 보살의 말이 생각나서 지는 체 하고 도망가며 노인으로 변한 미륵보살의 뒤로 쌩하고 돌아가서 서 있는다.

오공의 뒤를 쫓아온 요왕은 노인을 보자 소리친다.

"너는 누구이기에 감히 내 앞에서 태연하게 웃고 있느냐?"

"이 못된 짐승아, 나를 알아보겠느냐?"

보살을 알아보지 못하는 요왕이 몽둥이로 노인을 가차없이 내려치자 빙긋이 웃고 있던 노인은 한 손으로 내려치는 방망이를 움켜잡으며 다른 한 손으로는 요왕의 허리에 찬 자루를 풀어버리면서 요왕을 와락 밀쳐 버리니 오공은 즉시 요왕에게 달려들어 눈물을 좍좍 흘리도록 주먹으로 마구 치고 힘껏 발길질을 한다.

노인은 본래의 모습인 미륵보살로 돌아오며 말한다.

"오공아, 이제 그만 됐으니 목숨까지 해치지 말아라!"

요왕은 스승인 미륵보살을 보자 황급히 땅에 엎드려 빈다.

"스승님, 잘못했습니다! 두번 다시 이런 짓을 하지 않겠습니다!"

이때 오공이 분한 마음에 요괴를 여의봉으로 한 대 쳐 주려고 하는데 벌써 미륵보살이 요왕을 자루 속에 집어넣고 야단치듯이 소리친다.

"이 못된 놈아, 훔친 금 바라는 어디에 있느냐?"

요괴는 자루 속에서 끙끙 앓는 소리를 한다.

"금 바라는 오공이 깨뜨려 버렸습니다."

"그 부서진 금 조각들은 어떻게 했느냐?"

"연꽃 자리 위에 두었습니다."

미륵보살은 싱글싱글 웃으며 오공에게 말한다.

"오공아, 너는 나와 같이 가서 금 조각들을 찾자."

오공이 어찌 감히 보살의 말을 거역하겠는가? 보살을 모시고 사원 안으로 들어가는데 부하요괴들은 요왕이 잡힌 것을 보고 갈팡질팡하며 제각기 사방팔방으로 뿔뿔이 흩어져 달아난다.

오공은 높은 연꽃 자리 위에 있는 금 조각들을 쉽게 찾아 보살에게 갖다 준다.

미륵보살이 부서진 조각들을 한군데 모아놓고 매우 짧은 동안에 삼매에 들자 조각들은 즉시 도로 금 바라가 된다.

보살은 오공과 작별하며 아련한 향기를 남기면서 찬란한 빛이 되어 돌아가고, 오공은 삼장과 묶인 하늘의 신들을 풀어준다. 28명의 신들과 헤어진 삼장 일행은 다시 길을 떠나 험한 산을 넘는다.

꽃 구렁이

꽃샘바람에 떨어지는 아름다운 여러 색깔의 봄꽃들과 방금 돋아난 신선한 새싹들이 가랑비에 젖어 가는 것을 바라보며 걷는 삼장 일행. 산뜻하게 맑은 햇빛이 봄 안개에 휘감겨 있는 엷은 녹색이 봄산의 경치를 비친다.

이 경치 속에서 길을 가고 있자니 문득 저기 눈앞에 몇 채의 집들이 보인다. 그 중에 조촐한 대나무 밭에 둘러싸여 있는 집에 가서 문을 두드린다.

"여보시오. 계십니까?"

그러자 안에서 한 노인이 나오는데 들창코에다 광대뼈가 툭 불거져 나온 데다가 피골이 상접하고 두 눈이 오목하게 들어가서 앓다가 죽은 귀신의 모습이다.

삼장은 노인을 보고는 흠칫 놀라며 한 발자국 물러선다. 그러자 오공은 삼장에게 귓속말로,

"사부님, 그렇게 놀라지 마십시오. 형상이 괴상하면 그 돌 속에 아름다운 옥이 감춰져 있다고 하지 않습니까?"

이 말에 삼장은 합장하며 노인에게 인사하면서 묻는다.

"저희들은 이곳을 지나가는 길인데 날이 저물어 하룻밤 잠자리를 부탁할까 합니다."

노인은 몸을 굽혀 예를 하며,

"저의 집이 비록 누추하나 들어와서 쉬십시오."

일행은 노인을 따라 안으로 들어가니 집 안은 의외로 밖에서 본 것보다는 매우 정결하다.

오래지 않아서 국수며 밥이며 두부·무청·토란·닭볶음 등의 맛있는 요리가 식탁에 그득하게 차려져서 나온다. 일행은 오랜만에 배불리 맛있게 먹는다.

노인은 차를 내오며 일행과 함께 마시면서 말한다.

"사실 이 고장은 몇 백 년 동안 매우 평화로웠는데 몇 년 전 가을 갑자기 큰바람이 일더니 한 요괴가 나타나 추수를 하고 있는 마을 사람들과 부녀자들, 그리고 소며 말이며 돼지·양들을 모조리 잡아먹어 버려 이 동네를 엉망진창으로 만들어 버렸습니다. 그 후로는 매년 가을마다 그 괴물이 나타나니 어찌하면 좋겠습니까! 제가 보아하니 스님들께서는 보통 분들이 아니신 것 같은데 신통력이 있으시면 저희들을 좀 도와 주십시오."

삼장은 노인에게 묻는다.

"이 마을 사람들은 그 요괴를 퇴치하는데 아무런 방법도 안 썼습니까?"

"웬걸요. 재작년 가을에 승려들을 청해서 요령을 흔들며 경을 읽어 요괴를 물리치려고 했습니다. 바람과 구름을 타고 이곳에 온 요괴는 놀라며 승려들과 싸우는데 정말 볼 만했소. 그들은 서로 발길질을 하고 주먹으로 치고 움켜잡으려 하는데 승려들은 까까머리니 요괴에게 잘 잡히지 않았지요. 어지간히 엎치락뒤치락 하더니 결국 요괴가 이겨 마을의 짐승들을 잡아먹고 사라져 버렸습니다. 우리가 달려가 보았을 땐, 승려들의 번들번들한 까까머리가 어찌나 두들겨 맞았던지 벌겋게 익은 수박을 깨놓은 것 같았습니다."

오공은 이 말을 듣고 재미있다는 듯이 웃는다.

"하하하, 그들은 골탕만 먹었군!"

"골탕을 먹은 건 우리들입니다. 그 후에 우리들은 죽은 시체를 거두어 묻어주고, 제자들에게는 많은 은전을 주어서 우리들만 고생했지요."

삼장은 묻는다.

"그 다음엔 또 누구를 청해 왔습니까?"

"작년 가을엔 도사들을 청해 왔는데 그들은 부적을 사르면서 신장들을 불러 요괴와 싸우게 했지요. 요괴와 그들은 미친 듯한 바람과 검은 안개에 휩싸여 한참을 싸우더니 요괴가 사라지고 난 후 그곳에 가보니까 도사들은 산골짜기의 흐르는 계곡 물에 거꾸러 넘어져 마치 물에 삶은 통닭처럼 되고 말았소."

이 말에 오공은 또 신나게 웃는다.

"하하하! 그들은 모두 골탕만 먹었군."

유성이 노인에게 묻는다.

"그 괴물은 어떻게 생겼습니까?"

"굉장히 큰 놈이오. 아래 위가 땅에서 하늘까지 뻗쳐 닿고 나타날 때에는 바람을 일으키며 돌아갈 때는 안개에 휩싸여 갑니다."

이때 갑자기 밖에서 윙윙 하는 거친 바람소리가 들린다.

노인은 얼굴색이 변하며,

"이크, 우리들이 요괴에 대해 말하니 그 괴물이 나타나는가 보군!"

그 괴상한 바람은 더욱 사납게 휘몰아쳐서 집들을 날려버릴 것만 같다. 나무들을 쓰러뜨리고 강물을 뒤덮을 듯한 굉장한 바람에 오공은 이맛살을 찌푸리며 문을 열고 밖을 바라보니 시꺼먼 구름이 막막하게 하늘의 별들을 가려 버려서 온통 어두컴컴하다.

밖으로 나와 허공을 얼마간 노려보던 오공은 삽시간에 여의봉을 빼어 들며 공중으로 뛰어오르면서 소리친다.

"유성은 사부님을 보호하고 있으라구, 나는 저 괴물을 처치할테니까!"

삼장과 유성, 노인이 공중을 바라보니 어두운 하늘에는 두 개의 커다란 등불같은 것이 은은히 떠 있다.

삼장은 놀라며 말한다.

"맙소사, 두 눈이 저렇게 크다면 입은 얼마나 클까?"

공중으로 몸을 솟구친 오공은 여의봉으로 괴물을 향해 소리친다.

"너는 누구냐?"

허공에서 창을 들고 떡 버티고 선 괴물은 아무 말도 없이 오공을 쩨려본다. 오공은 여의봉을 잡고 힘차게 달려들며,

"흥. 이건 귀머거리에다가 벙어리 귀신이군. 이놈, 꼼짝 말고 내 철봉이나 받아라!"

그제서야 괴물은 창으로 여의봉을 막아 받으며 불꽃 튀는 싸움을 벌인다.

어두운 공중에서 두 그림자는 오락가락하며 싸우는데 유성이 밑에서 바라보니 둘은 서로의 공격하는 무기들에 머리통들이 맞을 것처럼 근처에 아슬아슬하게 어른거린다.

"사부님, 제가 오공 형을 도와 주고 오겠습니다."

유성은 허공으로 솟아오르며 긴 칼을 빼어 들고 괴물을 향해 찌르자 괴물은 또 다른 창으로 막아내며 싸운다. 무서운 음기를 쏟아내면서 오공과 유성의 공격을 막아내며 싸우는 괴물은 어둠 속에서 마치 큰 뱀이 날며 번갯불을 일으키는 것 같다.

얼마 동안 무서운 싸움이 계속되더니 이윽고 새벽이 되자 괴물은 더 이상 싸울 생각이 없는지 아니면 태양의 양기에 힘이 약해져서 그러는지 도망을 가기 시작한다. 오공과 유성은 괴물을 쫓아가기 시작한다.

어느 한 산을 지나자 괴물은 본 모습을 드러내는데 그것은 시뻘건 비늘이 온 몸을 감싼 한 마리의 거대한 반은 용의 모습이고, 반은 구렁이다. 두 눈은 샛별을 쏘는 것과 같고, 코에서는 아침 안개를 내뿜는다. 창날 같은 이빨에 갈고리 같은 구부러진 발톱들.

몸에 쫙 깔리게 뒤집어쓴 붉은 비늘은 마치 무지개 빛으로 빛나는 비단 이불인가 의심할 정도이고, 몸 주위에는 붉은 안개가 전신을 휘감았다. 이마에는 뿔이 하나 솟아 있는데 마치 수천 개의 빛나는 보석들처럼 광채가 난다.

이 뱀의 몸이 얼마나 큰가 하면 머리 쪽에 선 사람이 꼬리 쪽에 선 사람이 있는지 없는지 모를 정도이다.

유성은 오공에게,

"세상에, 이렇게 큰 뱀이 있다니! 이 뱀이 사람을 잡아먹는다면 한꺼번에 5십 명은 거뜬히 먹어도 배부르지 않겠군!"

하나의 깊은 동굴 앞에서 오공과 유성을 잔뜩 노려보던 구렁이는 대가리부터 동굴 속으로 들어가기 시작한다. 그것을 본 유성은 재빨리 긴 칼로 꼬리 부분을 푹 찌른다. 오공도 여의봉으로 힘껏 뱀의 몸통을 치니 구렁이가 아파서 발버둥치자 유성은 꼬리를 두 손으로 힘차게 잡고 잡아당긴다.

그래도 거대한 뱀은 꼼짝도 하지 않자 오공은 유성에게,

"헤헤, 멍텅구리야! 거꾸로 잡아당기니 나올 리가 없지! 이놈의 몸은 무지무지하게 크니까 앞쪽의 뚫린 구멍으로 나갈 거야. 너는 빨리 산을 돌아가 막고 있으라구. 내가 이쪽에서 때릴테니!"

유성이 단숨에 산을 넘어가니 과연 커다란 동굴 구멍이 또 하나 보인다.

오공은 뱀의 꼬리가 스르르 미끄러져 꼬리까지 굴 속으로 들어가자마자 여의봉을 길게 늘여 괴물의 꽁지 쪽을 마구 쑤셔댄다. 이 바람에 구렁이는 앞쪽의 뚫린 구멍으로 냅다 잽싸게 빠져나가며 유성이 미처 방비하기도 전에 피 흘리는 꼬리로 힘차게 유성을 치며 달아나니 저 멀리 나가떨어진 유성.

"아이구, 아야! 아이구 엉덩이야!"

오공은 소리친다.

"엄살 부리지 말고 빨리 뱀을 쫓아가자구!"

두 사람이 구렁이를 쫓아 산을 넘어 골짜기 아래에 이르니 거기에는 거대한 구렁이와 다른 여러 마리의 큰 뱀들이 제각기 몸을 둘둘 감고 기다리고 있었다는 듯이 오공과 유성을 노려보고 있다.

순간 오공과 유성에게 상처를 입은 가장 큰 구렁이가 독을 뿜으며 오공을 삼키려고 입을 딱 벌리자 용감한 오공은 즉시 구렁이의 아가리로 뛰어 들어간다. 유성이 긴 칠성검으로 여러 큰 뱀들과 싸우며 가차없이 동강동강 토막내고 있을 때 오공의 목소리가 들려온다.

"유성, 이놈이 무지개 다리가 되었는가 보라구!"

큰 뱀들을 모두 베어버린 유성이 커다란 구렁이를 보자 뱀은 고통스럽게 몸을 꿈틀거리더니 구부정하게 하늘의 무지개처럼 몸을 든다.

"이번에는 내가 물 위에 떠가는 배를 만들어 보지!"

구렁이의 뱃속에서 고함치는 오공의 목소리와 함께 구렁이는 아픔을 참지 못하고 배를 땅에 깔고 머리와 꼬리를 하늘로 높이 쳐드니 과연 그것은 물 위에 뜬 배 같다.

"이번에는 바람을 일으켜 이 배를 달아나게 하지!"

오공이 구렁이의 뱃속에서 어떤 장난질을 치는지 괴물은 아픔을 참지 못하고 죽을힘을 다해 달아나니 바람보다도 더 빠르게 처음의 동굴로 돌아온다. 이에 오공이 구렁이 뱃속에서 여의봉을 길게 늘리니 뱀은 몸을 뒤틀지도 못하고 경직되듯이 똑바로 길게 되다가 그만 몇 번 몸을 옆으로 굴리더니 쭉 뻗어버린다.

유성은 급히 구렁이에게 다가가서 마구 긴 칼로 찌르는데 몸의 한 부분을 뚫고 나온 오공은 말한다.

"헤헤, 이 녀석은 죽었으니까 이제 그만 찌르고 끌고 가자구."

둘은 거대한 구렁이를 질질 끌며 마을로 돌아온다.

삼장과 함께 오공과 유성을 기다리고 있던 노인은 밤새도록 그들이 돌아오지 않자 걱정하고 있던 차에 마을 사람들의 떠드는 소리와 함께 오공과 유성이 무지하게 커다란 구렁이를 끌고 오는 것을 보자 기뻐하며 어쩔 줄 모른다. 모든 주민들은 너나 할 것 없이 밥이며 떡이며 과일 등과 깃발, 꽃다발 등을 만들어 삼장 일행에게 선물한다.

일행은 이 마을에서 후하게 대접하는 음식들을 잘 먹으면서 며칠을 보낸 다음 다시 길을 떠난다.

## 짝을 잃은 슬픈 새

세월은 흘러흘러 어느덧 무더운 여름이 되었다.

앞으로 걸어가고 있는 일행 앞에 문득 커다란 연못이 보이고 다시 아름답고 훌륭한 삼층으로 된 성문이 나타난다. 그 성문 안으로 들어가는데 거대한 성문은 화려하기가 이루 말할 수 없다.

궁 앞에 당도한 일행은 여권에 이 나라를 통과할 수 있는 도장을 받기 위하여 관리인에게 묻는다.

그러자 관리인은,

"저희 국왕께서는 몸이 매우 편찮으셔서 만나뵙기 힘듭니다. 그런데 어찐 일이신지 오늘 아침 조회에 나오시었으니 빨리 서두르십시오. 국왕께서는 곧 다시 침실로 들어가시니까!"

삼장 일행은 급히 옷을 단정히 하며 궁 밖의 일을 맡아보는 관리인을 따라간다. 한 신하가 국왕에게 아뢰기를 서쪽으로 불경을 가지러 가는 삼장 일행이 여권에 도장을 받으러 왔다고 하자 국왕은 기뻐하며 말한다.

"내가 오랫동안 몸이 아파서 아침 모임에도 참석하지 못했는데 마침 오늘 이름 높은 스님들이 이곳에 오셨다니 참으로 특별한 인연이다."

국왕은 신하에게 삼장의 일행을 불러 가까이 오게 하라고 명한다. 삼장은 공손히 절하며 여권을 바친다.

국왕은 삼장 일행을 바라보며 기쁜 듯이 웃음 지으며 말한다.

"내가 듣건대 얼마 전 당나라의 국왕이 죽게 되었을 때 승상 위징의 도움으로 다시 살아나게 되었고, 스님들 같은 훌륭한 분들께서 억울하고 괴로운 영혼들을 위하여 서쪽으로 경을 가지러 그 험하고 먼 길을 여행하신다니 부럽소. 나는 이렇게 병들어 죽게 되었는데도 구해주는 신하 한 사람도 없소……."

오공이 국왕을 가만히 살펴보니 얼굴은 누렇게 뜨고 몸은 바짝 말라서 정신이 쇠약해 보인다.

"제가 폐하의 병을 고칠 수 있습니다."

갑자기 소리치듯 말하는 오공의 이 말에 국왕뿐만 아니라 삼장도 놀란다. 삼장은 오공을 쳐다보며 나직한 목소리로,

"아니, 여지껏 나는 네가 누구를 치료하는 것을 보지 못했는데 어쩌자고 너는 이런 책임 없는 말을 하느냐?"

"사부님, 제가 의사는 아니지만 국왕의 얼굴을 살펴보니 몸과 마음이 서로 간에 오행의 화합이 무너져 그런 것 같습니다. 왜냐하면 몸에 피가 부족한 듯 얼굴에 윤기가 없고 말하는 목소리에 힘이 없으니 맥을 짚어보면 곧

알 수 있을 겁니다."

이 말을 들은 국왕은 삼장에게 말한다.

"스님께선 훌륭한 제자 분을 두었소. 저 작은 스님의 말에 일리가 있으니 너무 겸손해 하시지 말고 그를 나에게 보내어 진찰하게 하시오."

오공은,

"제가 폐하께 직접 다가가지 않고서도 맥을 알 수 있습니다. 이 금실을 심장이 있는 쪽인 왼 손목에 감아주시면 됩니다."

이를 바라보는 신하들은 모두 놀란다.

"한 가닥의 실로 맥을 알 수 있다는 말은 들어 보았으나 눈으로 직접 보지는 못했는데 저 어린 스님이 할 수 있다니!"

삼장도 어리둥절하며 오공에게 말한다.

"네가 나를 따라다닌지 몇 년 동안 너는 의약에 대한 책 한 권도 읽은 적이 없었고 약의 성분도 모를텐데 어쩌자고 이렇게 함부로 떠벌리느냐?"

"사부님은 잘 모르시고 계시지만 저는 원래 시골 사람들이 잘 쓰는 몇 가지 의술을 알고 있습니다. 뭐 그리 겁낼 것 없습니다. 이것으로 중병도 고칠 수 있으니까요. 가령 고쳐 보려고 하다가 죽인다 하더라도 기껏해야 돌팔이 의사가 사람을 죽였다고 죽을 죄가 되겠습니까? 사부님은 여기 앉아서 구경만 하십시오."

오공은 아무도 모르게 꼬리털을 하나 슬쩍 뽑아 금실로 만들더니 신하에게 건네주며 국왕의 왼 손목에 감게 한다. 오공은 금실의 한쪽을 오른손의 엄지와 가운데 손가락으로 가볍게 잡고 가만히 진찰하더니 잠시 후, 이렇게 말한다.

"전하의 맥은 둔하고 무거우며, 갑자기 빠를 때도 있고 느리기도 합니다.

단단하게 뭉쳐 있는 듯 하기도 하고 무언가에 설레인 듯 하기도 하니 몸이 허하고 마음이 아픈 것이며, 근육이 마비되었고, 대소변에 피가 섞여 나옵니다. 그리고 신경이 막혀서 음식을 먹으면 체하고, 마음은 자주 놀라움과 두려움에 빠집니다. 이것을 알기 쉽게 말하자면 전하의 병세는 근심, 슬픔과 걱정이 서로 버티어 생긴 것입니다. 다른 말로는 '한 마리의 새가 잃어버린 다른 새를 그리워한다' 라고도 하지요."

이 말을 들은 국왕은 마음속으로 크게 기뻐하며 정신을 가다듬고 소리친다.

"정확히 알아냈소! 바로 그 병이오! 약을 좀 지어 주시오. 나의 병을 고쳐준다면 이 나라의 절반을 떼어 주리다!"

오공은,

"그런 것은 저희들을 한곳에 묶어두니 필요없습니다. 여권에 도장만 찍어 주시면 됩니다."

오공은 신하들을 둘러보며 말한다.

"당신들은 곧 약방으로 가서 808가지의 약을 모두 가져 오시오."

이 말에 신하들은 궁 안에 있는 약이란 약은 모두 수집하여 오공에게 갖다 준다. 이것을 본 삼장은 놀라 더 이상 아무 말도 못하고 오공의 행동을 바라만 본다.

"사부님, 그렇게 놀란 토끼눈을 하시고 보지 마십시오. 남들 보기에 창피하니까요. 약이란 정확한 처방은 필요치 않고 적절하게 맞춰 쓰면 됩니다."

이렇게 담담히 말하고 있는 오공에게 한 신하가 와서 묻는다.

"아까 스님께서 '한 마리의 새가 다른 한 마리를 그리워하다' 라고 말하셨는데 무슨 뜻입니까?"

"원래 한 쌍이던 새들이 갑자기 폭풍우를 만나 헤어지게 되어 서로가 그리워하여 병이 든 것을 뜻하는 것이오."

여러 신하들은 이 말을 듣더니 모두 놀라며 기뻐한다.

"야, 정말로 신비한 스님이시군! 정말로 신비한 의사이시군!"

오공이 약이 가득 쌓여 있는 방으로 들어가자 유성은 웃음 띤 얼굴로 따라오며 묻는다.

"형은 정말로 약방문을 지을 수 있는 거요?"

"너는 대추를 200그램 가져와 가루를 만들라구."

"대추요? 대추는 독기가 없고 그 성질이 가라앉아서 들뜨지 않으며 답답함을 제거하여 평정하고 태평함을 가져오지만, 오랫동안 병들은 사람에게 쓰면 기가 더욱 차가워져 약해지게 하여 위험할텐데?……"

"모르는 소리! 이 약은 담을 삭게 하고 기를 순하게 하여 뱃속에 뭉쳐 체해 있는 차갑고 뜨거운 기운을 빼준다구. 너는 쓸데없이 내가 하는 일에 간섭하지 말고 녹두로 가루를 만들어 가져오라구."

"녹두요? 녹두는 폐의 차가운 기운을 빼주고 막힌 신장의 길을 시원하게 뚫어주지만, 함부로 쓰면 기해(기의 바다)를 손상시켜 몸을 더욱 약하게 만들텐데……?"

"또 잔소리! 이 약은 오장의 허약함을 충실이 해 주고 특히 마음의 병으로 인하여 생긴 심장의 부은 것을 치료해 준다구. 빨리 만들어 와! 거기에 더 가미할 약이 있으니까!"

오공은 꽃그림이 있는 큰 그릇을 들더니 냄비 밑에 있는 재를 반쯤 긁어 모은다. 이것을 본 유성은,

"그건 뭘 하는데 쓸 거요?"

"약에 쓰려고."

"약 속에 재를 쓰는 것은 처음 보네?"

"냄비 밑의 재는 백 가지 병을 조절한다는 것을 너는 모르지."

대추 가루와 녹두 가루 그리고 냄비의 재를 골고루 섞은 오공은 유성에게 다른 그릇을 건네주며 말한다.

"너는 이것을 가지고 백마에게 가서 오줌을 받아오라구."

유성은 눈이 휘둥그레지며 묻는다.

"아니, 백마의 오줌은 어디에 쓰려고?"

"환약을 만드는데 쓰려고."

"환약을 만드려면 꿀이나 맑은 물로 만들지, 그 지독하게 냄새 나는 말 오줌을 써요? 만일에 국왕이 그것을 냄새만 약간 맡아도 위로는 토하고 아래로는 설사를 할텐데! 이 무슨 고약한 장난이오?"

"허, 너는 아무것도 알지 못하면서 무슨 잔소리가 그리 많으냐? 우리 백마는 보통 말들과 틀려서 서해 용왕의 아들이야. 어떤 병이든지 그 오줌을 마시면 금방 나을 거야. 쉽게 얻을 수가 없어서 그렇지만……."

유성은 그릇을 가지고 비스듬히 누워 있는 백마에게 가서 배 아래에 그릇을 놓고 한참 동안 기다려도 도대체 오줌을 싸려는 기색이 안 보인다.

유성은 오공에게 돌아와서,

"형님, 왕의 병보다 백마의 병부터 고쳐야 할 것 같소. 그것이 바짝 마르고 비틀어져서 오줌이라고는 한 방울도 눌 생각을 하지 않으니……."

오공은 웃으며 일어선다.

"나하고 같이 가보자."

둘이서 백마에게 다가가자 백마는 벌떡 일어서며 무서운 목소리로 소리친다.

"사형들은 어째 모르시오? 나의 오줌은 귀한 것이어서 만일 물을 건너다가 오줌을 싼다면 물속에서 놀고 있던 물고기가 그것을 마시고 용이 될 것이며, 산을 넘다가 오줌을 싸서 산속의 잡초들이 젖게 된다면 신령한 약초가 되어 만약 인간들이 그것을 캐 먹으면 장수를 할 수 있는데 내가 어찌 함부로 아무데나 오줌을 눌 수 있겠소?"

오공은 빙그레 웃으며 자상하게 말한다.

"내가 네 오줌으로 이곳 국왕의 병을 고치려고 하니 함부로 버리는 것이 아니잖니? 좀 싸줘라."

그제서야 백마는 이해한 듯이,

"잠깐만 기다리시오."

백마는 앞으로 약간 내달았다가 뒤로 주춤주춤 물러서더니 몸을 쭈그리고 앉아 입 안의 이빨이란 이빨은 잔뜩 깨물고 바드득 하는 요란스러운 소리를 내더니 간신히 몇 방울을 쥐어짜 내놓은 다음 목을 다시 꼿꼿이 세우며 몸을 일으킨다.

유성이 외친다.

"이런, 아무리 금방울이라고 하더라도 조금 더 싸렴!"

오공이 본즉 반 잔 정도는 된다.

"됐다, 이만하면 넉넉하니 가자구!"

둘은 먼저 만들어 놓은 약가루와 반죽을 해서 큼직한 환약 세 개를 만들어 놓았다. 이것을 작은 상자에 넣은 후 둘은 하룻밤을 말없이 잔다.

다음날 아침, 국왕은 신하에게 오공이 약을 다 만들었는지 알아보고 오라고 명한다. 여러 신하들은 곧바로 오공에게 와서 절하며 말한다.

"전하께서 묘약을 받아 오라는 분부이십니다."

오공은 약이 들은 상자를 건네주며 문득 생각한다.

'그렇지! 냄비의 재와 말의 금 오줌을 반죽하여 만들었으니 흑금단이라고 하자!'

상자를 공손히 받아든 신하는 조심스레 묻는다.

"이 약의 이름은 무엇입니까?"

"흑금단이라 하오."

"무엇이 재료가 되었습니까?"

"그것은 비밀이고 구하기 쉬운 여섯 가지 물건들(육물탕)을 섞어 탕을 만들어 함께 드시라고 하시오."

"무슨 여섯 가지를 말씀하시는지?……."

"하늘을 날고 있는 까마귀 방귀, 빠른 물속에서 헤엄치고 있는 잉어 오줌, 서왕모가 얼굴에 바르는 분, 태상노군이 단약을 구워낸 재, 옥황상제의 쓰다가 해어진 손수건, 날아가는 용의 수염 세 가닥이오."

관리들은 이 말에 아연실색!

"이런 물건들은 세상에 없는 것들뿐입니다!"

"그렇다면 하늘에서 떨어지는 물과 함께 드시라고 하시오."

"빗물을 말씀하시는 것 아닙니까? 그거라면 쉽군요."

"그게 아니고 땅에 닿지 않은 이슬을 말하는 것이오."

그들은 오공에게 감사하다고 절하며 물러간다.

약을 받은 국왕은 크게 기뻐하며 묻는다.

"이것을 무슨 약이라고 하느냐?"

"흑금단이라고 하고, 땅에 닿지 않은 이슬과 함께 드시라고 했습니다."

국왕은 궁녀들에게 이슬을 한 잔 가져오라고 한다. 그러자 궁녀들은,

"전하, 이슬 방울은 한밤중과 새벽이 되어야 얻을 수 있사옵니다. 그것도 밤 날씨가 축축해야 되고…… 게다가 지금은 늦은 아침이라서……."

이렇게 되자 모두들 어찌할지 모르고 있을 때 오공은 궁 안으로 들어오며 왕에게 말한다.

"제가 도와 드리겠습니다."

오공은 주문을 외워 동해 용왕을 부르니 즉시 검은 구름이 동쪽 하늘에 가득 끼며 점점 머리 꼭대기에 다가오면서 하늘에서 소리가 난다.

"오공, 내가 왔소."

오공은 즉시 몸을 허공으로 솟구쳐 올라 용왕에게 말한다.

"먼 길을 오시게 해서 미안하오. 이 나라 국왕의 약에 쓰려고 하니 이슬 방울이 있으면 몇 잔 주시오."

"그것은 한밤중이 되어야 내리는 옥수라 이 시간에는 얻기가 어렵습니다."

"뭐 그렇다면 재채기라도 해서 침을 튀기게 하여 그 물이라도 주시오."

"갑자기 재채기를 어떻게 나오게 합니까?"

"그런 것은 걱정하지 마시오. 내가 나게 할테니까!"

오공은 아래에 소리친다.

"곧 하늘에서 이슬 방울이 떨어질테니까 그릇들을 준비하시오!"

오공은 자기의 꼬리털로 용왕의 코 안을 간질거린다. 용왕이 그만 코 안이 근질거려 참지 못하고 에취 하고 재채기를 하자 그것이 단 이슬 방울이 되어 아래로 흩어져 떨어진다. 8백명의 궁녀들은 제각기 그릇들과 쟁반들을 손에 들고 이슬을 받으며 이것을 보는 관리들은 기뻐하면서 소리친다.

"우리 국왕님의 병을 고치려고 하늘에서 단비를 내리신다!"

용왕은 돌아가고 여러 궁녀들이 하늘에서 받은 단비를 전부 모아 보니 작은 유리그릇으로 세 잔이 된다. 그들은 조심스럽게 받쳐들고 국왕에게 가져오는데 이상하고 신비한 향기가 궁 안에 가득 퍼진다.

국왕은 한 잔의 이슬 물과 흑금단 한 알을 먹은 다음 두 번째, 세 번째 환약을 먹고 남은 두 이슬 잔을 모두 마신다.

얼마 있자, 국왕의 뱃속에서는 수레바퀴 굴러가는 듯한 소리가 끊임없이 난다. 그러더니 변기를 가져오게 하여 2,3차례 연거푸 뒤를 보고 나서 자리에 누웠다가 죽을 한 그릇 먹고나니 속이 후련하다. 두 궁녀가 변기를 조사해 봤더니 침이나 달걀 같은 더럽고 걸쭉한 것이 들어 있고, 또 덩어리진 찹쌀밥 같은 것이 들어있다.

궁녀가 국왕에게 다가와서 말한다.

"병근덩어리가 모두 쏟아져 나왔습니다."

국왕은 기뻐하면서 죽 한 그릇을 한번 더 먹고나자 가슴이 후련해지고 기혈이 조화되어 정신이 산뜻해지며 손목 발목에 힘이 생겨짐을 느껴 침대에서 일어서더니 옷을 단정히 하고 곧바로 계단 아래로 내려와 삼장과 오공에게 정중하게 큰절을 한다.

삼장도 급히 허리를 굽혀 답례를 하니 국왕은 삼장과 오공의 손을 친절하게 잡으며 신하들에게 명한다.

"그대들은 이 세 분들을 위하여 크게 잔치를 준비하라!"

몇 시간이 지나자, 어느 곳에 손을 대야할지 모를 정도로 굉장한 음식들이 커다란 상들에 차려 나온다. 진수성찬의 상들 주위에 깨끗하게 마련된 자리에는 2백여 명의 신하들이 앉아 있고, 중앙에는 국왕과 삼장 일행이 자리한다.

국왕이 삼장에게 술을 한잔 권하니 삼장은 말한다.

"소승은 술을 마실 줄 모릅니다. 제자들에게나 주십시오."

삼장의 자르는 듯한 거절에 국왕은 속으로 서운해 하며 오공에게 돌린다. 오공은 그 잔을 받더니 쭉 들이킨다. 국왕은 웃으면서 말한다.

"나를 살려주신 은인이시니 삼배주를 드십시오."

이렇게 하여 오공이 술 석 잔을 다 마시고 나자 국왕은 잔을 돌려 유성에게 준다. 이리하여 신하들도 음식을 먹고 술을 마시기 시작한다.

술이 적당히 올라 술좌석이 무르익자 국왕은 오공에게 말한다.

"그대는 나의 은인이니 내가 부끄러움을 무릅쓰고 말하겠소. 사실 나의 병은 근심과 우울증이 겹쳐져서 이렇게 된 것이오."

"제가 처음 볼 때 그것을 이미 짐작했습니다. 어떤 사정으로 그렇게 됐습니까?"

"삼 년 전 오월 봄날. 나와 왕비는 여러 신하들과 함께 찹쌀떡을 맛있게 먹으며 놀고 있었는데 갑자기 큰바람이 불더니 요괴 한 마리가 공중에 나타났소. 그는 스스로 기린산에 산다고 하며, 동굴 속에는 부인이 없어 왕비가 아름다우니 당장에 그녀를 달라고 하더군요. 아니면 먼저 나를 잡아먹고 신하들을 잡아먹은 뒤 백성들을 모두 잡아먹겠다고 으름장을 놓아 할 수 없이 나는 왕비를 내 주었소. 그랬더니 그 요괴는 괴상한 소리를 지르면서 왕비를 안고 어디론가 사라져 버렸소. 그때 놀라고 겁내어 먹은 찹쌀떡이 체하여 아직까지 얹혀 있다가 오공께서 지어준 약 덕분에 설사를 하게 되어 몸이 거뜬하게 된 것입니다."

"전하께서는 아직도 왕비마마가 돌아오시길 바라십니까?"

국왕은 슬픈 듯이 눈물을 줄줄 흘리며 목메어 말한다.

"내가 낮이나 밤이나 그녀를 생각하고 있지만 어느 누가 감히 그 요괴를 잡겠소?"

오공의 두 눈이 빛나며 말한다.

"제가 그 요괴를 처치하고 왕비님을 모셔 오겠습니다."

국왕은 오공에게 무릎을 꿇고 앉으며 말한다.

"그렇게만 해 주신다면 나는 왕의 자리를 물러나 평민이 되고 이 나라를 오공님께 주겠소."

이들의 오고가는 말을 들은 유성은 웃으며,

"국왕께서는 완전히 애처가이시군! 어떻게 여자 때문에 나라도 버리고 체통도 없이 저 조그만 승려에게 무릎을 꿇을 수가 있을까?"

오공이 급히 일어나 국왕을 부축해 일으키며 묻는다.

"전하, 그 요괴가 또다시 나타난 적이 있습니까?"

"그 요괴는 매년 봄 가을마다 두 궁녀를 데려갔고, 또 언제 나타날지 모르겠습니다."

이런 말을 하고 있을 때에 갑자기 쏴아쏴아 하는 소리가 들리며 흙먼지 바람이 휘몰아친다. 신하들과 국왕은 당황하며 입을 모아 소리친다.

"그 요괴가 나타나는 것 같소!"

모두들 급히 자리에서 일어나 땅 밑에 파놓은 지하 굴 속으로 들어가 숨는다.

삼장도 따라 들어갔고, 오공과 유성만 횅하니 넓은 잔칫상들 앞에 덩그러니 앉아 있다.

이때 공중에 요괴가 나타나자 오공이 유성에게 묻는다.

"너는 저 요괴가 누군지 알 수 있겠냐?"

"저 녀석은 내 친구도 아니오, 이웃도 아니오, 차도 한잔 같이 마신 일도 없는데 언제 봤다고 알 수 있겠소?"

"나는 저놈이 동쪽 하늘신의 문지기 노릇 하던 녀석 같아."

"그런 정도라면 이렇게 거센 바람을 몰고 올 수 없을 거요."

"내가 가서 알아보고 왕비를 돌려 달라고 해야지!"

오공은 쏜살같이 몸을 공중으로 솟구쳐 뛰어 올라간다. 공중에 선 오공은 여의봉을 꺼내들고 위엄 있는 목소리로 호통을 친다.

"너는 어떤 요괴이기에 감히 이곳에 나타나 사람들을 놀라게 하느냐?"

"나는 기린산의 대왕님 아래 첫째가는 대장이고, 두 궁녀를 데리러 왔다. 너는 누구이기에 감히 나에게 누구냐고 묻느냐?"

"내 이름은 손오공이다. 사부님을 모시고 여행하던 차에 너희들이 이 나라의 임금님을 못살게 군다기에 내 놈들을 잡으려고 한다."

요괴는 긴 창을 휘두르며 오공을 정면 공격한다. 오공은 여의봉으로 힘차게 창을 올려치니 요괴의 창은 당장에 두 동강으로 부러져 버린다.

요괴는 당황하여 급히 구름을 돌려 북쪽으로 도망간다. 오공은 요괴를 쫓아가지 않고 잔칫상으로 내려와 숨어 있는 모두에게 소리친다.

"요괴는 멀리 도망갔으니까, 모두들 나오십시오!"

이 말에 국왕과 삼장, 신하들은 숨었던 지하에서 모두 나온다.

국왕은 오공에게 술을 한잔 가득히 따라주며,

"신승, 고맙소! 감사하오!"

오공이 웃으며 묻는다.

"전하, 그 요괴는 도망가서 틀림없이 마왕에게 보고할 것입니다. 그렇게 되면 이 나라의 백성들이 피해를 볼테니 제가 그곳으로 가서 싸움을 걸어 왕비님을 모셔 오지요. 그곳은 어디에 있고, 거리는 얼마나 됩니까?"

"이곳에서 말을 타고 북쪽으로 25일 정도쯤 달리면 기린산이 나옵니다. 그리고 그 마왕은 목소리가 벽력같으며, 키가 2미터가 훨씬 넘고, 팔목의 굵기는 보통 사람의 넓적다리만 하며, 얼굴은 금빛 광채가 나오. 혹시 나의 왕비를 만나게 되거든 이것을 주시오. 이 금팔찌는 왕비가 즐겨 끼던 것이니 그대의 말을 믿을 것이오."

이 말이 채 끝나기도 전에 용감한 오공은 즉시 몸을 날려 위로 솟구쳐 오르더니 순식간에 사라진다. 이것을 본 국왕과 신하들은 놀라 나자빠진다.

북쪽으로 얼마를 날아간 오공의 눈앞에 문득 안개가 가득 낀 하나의 큰 산을 발견한다. 멀리서 그 산을 바라보고 있으려니 갑자기 화광이 충천하고 시뻘건 불길 속에서 모래 바람과 연기가 뿜어져 나온다.

"흠, 저 요괴가 자랑 삼아 쓰는 무기인가 본데 제법 지독하군!"

가만히 그 동굴 근처로 가서 살펴보니 수백 마리의 말들과 함께 입구를 지키고 있는 부하들만 해도 4,5십 명은 족히 될 것 같다.

오공은 즉시 한 마리 새매로 변하여 안으로 날아 들어가니 기화요초들이 가득히 자라나는 정원 안의 여덟 각의 창문 안에 마왕이 혼자 앉아 있는데 정말 흉악하게 생겼다.

오공이 더욱 안으로 들어가니 굉장히 화려한 집이 보이며 아름다운 여자들이 왔다 갔다 하는 걸로 보아 왕비가 그곳에 있을 것임이 틀림없다. 숲 속에서 그들을 얼마 동안 바라보던 오공은 그들과 비슷한 옷차림을 한 여인으로 변하여 왕비를 찾으러 집 안으로 들어간다.

여기저기를 거닐며 살펴보니 한 아름다운 여인이 옆에 사슴요괴와 여우요괴가 변한 두 여자 시종을 거느리며 걸어오고 있는데 의연한 기품과 귀티

나는 자태를 보아 왕비임이 틀림없다. 무슨 이야기를 했는지 두 여 시종은 각기 돌아가고 여인 홀로 방 안으로 들어 간다. 오공은 그곳으로 가서 방문을 조용히 두들기니 들어 오라는 소리가 들린다. 방 안으로 들어온 오공이 금팔찌를 보이니 그것을 본 여인의 눈이 커지며,

"너는 이것을 어떻게 구했느냐?"

"당신이 3년 전 이곳으로 온 왕비님이 맞습니까?"

여인의 두 눈에서는 눈물이 그렁그렁해지며 슬픈 듯이 고개를 끄덕인다. 본 모습으로 돌아온 오공은 그녀에게 자초지종을 설명하면서 묻는다.

"요왕이 불을 지르고 연기를 뿜으며 모래를 흩날리는 것은 무슨 조화 때문입니까?"

"그것은 세 개의 금방울 때문입니다. 첫째 것을 흔들면 불길이 일어나 모든 것을 태울 수 있고, 둘째 것을 흔들면 연기가 치솟아 올라 사람들을 그을리며, 세 번째 것을 흔들면 모래 바람이 불어 사람들의 눈을 어지럽힙니다. 불과 연기는 그다지 지독하지 않으나 독모래가 한번 사람의 콧속으로나 입 속으로 들어가면 즉사하고 맙니다."

"지독하군요. 그렇다면 만일에 왕비께서 다시 국왕에게 돌아가시고 싶으시면 요왕의 금방울을 빼내어 저에게 주십시오. 그래야 요괴를 항복시키고 왕비님을 국왕님께 모시고 돌아가기 수월하니까요."

왕비는 그렇게 하기로 약속하고 밖에다 소리쳐 시종을 부른다. 한 예쁜 여우시녀가 오자 왕비는 명한다.

"너는 대왕께 가서 내가 여쭐 말씀이 있다고 전해라."

시녀에게 이 말을 들은 요왕은 기뻐하며 궁금해 한다.

"전에는 나에게 싫은 소리만 하더니 무슨 마음이 있어서 오라고 하는 걸

까?"

요왕이 왕비의 방으로 들어오자 왕비는 그의 손을 다정히 잡으며 기쁜 듯이 말한다.

"우리가 오랫동안 부부생활을 해오면서 대왕께서는 저에게 그 귀한 보배 방울들을 한번도 건네주시지 않으니 이것은 저를 의심하는 것과 다름없습니다. 그것을 저에게 주시면 잘 보관하고 있다가 필요하실 때에 꺼내드릴게요."

요왕은 너털웃음을 지으며 쾌히 승낙한다.

"내가 얼마나 당신을 사랑하는데 그까짓 거야 아무것도 아니지! 자 여기 방울들이 있으니 간직하고 있으시오."

여 시종으로 변한 오공은 옆에서 그 방울들을 노려보고 있다. 요왕은 방울들을 여왕에게 건네주며 부탁한다.

"조심해서 간직하고 이 방울들이 소리가 나지 않게 하시오."

왕비는 그것을 받으며 공손히 말한다.

"잘 알겠습니다. 이 화장대 위에 올려놓을테니 누가 흔들지 않을 겁니다."

왕비는 시녀들에게 명한다.

"주안상을 차려 오너라!"

여러 시녀들이 한 상 그득히 잘 차려진 음식들과 술이 올려진 술상을 들고 오자 왕비는 요왕에게 요염하게 술을 따른다.

오공은 뒤에서 어물쩍 서 있다가 살금살금 화장대 옆으로 가서 세 개의 금 방울을 훔쳐 갖고는 동굴 밖으로 나와 그것이 얼마나 무서운지도 모르고 성미가 급해 궁금하여 주책없이 솜을 빼며 금 방울을 흔들어 본다.

딸랑딸랑! 이 소리에 당장에 연기와 누런 모래 바람이 불더니 수습할 사이도 없이 집 한 채가 불이 붙는다.

부하요괴들은 이것을 보고 당황하여 소리친다.

"불이야, 불이야!"

요왕이 이 외치는 소리에 놀라 급히 밖으로 나와 보니 시녀 하나가 방울을 흔들고 있는 것이 아닌가?

"아니, 저것이 내 방울을 훔쳐 가지고 무얼하는 거야? 저것을 잡아라!"

이 명령에 부하요괴들이 우르르 한꺼번에 달려드니 오공은 다급하여 허둥지둥 금 방울을 내동댕이치고 본래의 모습으로 돌아와서 여의봉으로 닥치는 대로 요괴들을 쳐 죽인다.

요왕은 금 방울을 거두어들이며 큰소리로 명령한다.

"저 녀석이 도망가지 못하게 동굴문들을 모두 닫아라!"

한참을 싸우던 오공은 여의봉을 거두며 한 마리 꿀벌로 변하여 바위 한 구석으로 가서 몸을 숨긴다. 한참을 찾아도 보이지 않자 부하요괴들은 보고한다.

"대왕님, 도둑 놈은 달아나 버렸습니다."

"문들을 단단히 잠갔으니 빠져나가지는 못했을 거다. 샅샅이 뒤져보도록 해라!"

여러 부하요괴들이 아무리 뒤져도 찾지 못하자 요왕은 불같이 화를 낸다.

"어떤 대담한 녀석이기에 감히 이곳에 와서 나의 보배를 훔치고 감쪽같이 사라진단 말이냐?"

여러 요괴들은 날이 어두워져도 숨어 있는 오공을 찾느라고 야단법석을 떨며 밤새도록 칼을 뽑아들고 이곳저곳으로 돌아다닌다.

오공이 뒷방으로 살며시 날아가니 왕비는 엎드려 구슬피 울고 있다. 벽에

찰싹 붙어 있던 오공은 왕비에게 가까이 다가가서 말한다.

"왕비님, 저는 죽지 않고 살아 있습니다. 단지 제가 약간 성미가 급해서 시험 삼아 금 방울을 너무 일찍 흔들어서 그렇게 돼버렸군요. 다시 한번 그자를 속여 방울을 보관하신다면 제가 왕비님을 구해드리지요."

이 말을 듣는 왕비는 겁이 나서 주위를 두리번거리며 말한다.

"그대는 귀신이오? 도대체 어디서 하는 소리오?"

"저는 지금 파리로 변하여 여기 있습니다. 만일 못 믿으시겠다면 손바닥을 펴십시오. 제가 보여드리겠습니다."

왕비가 왼손을 펼쳐보이자 오공은 사뿐이 내려앉아 앵앵거리며 말한다.

"지금 곧 요괴왕을 부르시어 술을 드시고 그전에 시녀 한 사람을 저에게 보여 주십시오. 나머지는 제가 알아서 하겠습니다."

왕비는 이 말대로 소리쳐 부른다.

"월아는 거기 있느냐?"

그러자 옥 같은 예쁜 얼굴을 한 여우요괴가 문을 열며 공손히 절을 한다.

"부르셨습니까?"

"오늘 밤 대왕님을 이리로 불러서 주무시게 해야겠다. 너는 다른 애들을 시켜 술상을 보아오게 하고 대왕에게 가서 이리로 오시라고 전해라."

월아는 즉시 다른 시녀들에게 술상을 보아오게 하고, 자기는 요괴왕을 부르러 간다.

그녀의 뒤를 날아가던 오공은 술법으로 순식간에 예쁜 여우요괴를 잠자게 만들고는 월아와 똑같은 모습으로 변하여 요괴왕에게 가서 날아갈 듯이 절하며 생긋거리는 웃는 얼굴로 말한다.

"왕비님께서 그만 쉬시러 오시랍니다."

요왕은 대단히 기뻐하며 여러 부하요괴들에게 잘 지키라고 명한 후 자기는 월아를 따라 후궁으로 들어간다. 잘 차려진 술상 앞에서 기다리고 있던 왕비는 요괴왕을 반겨 맞이하며 말한다.

"이제 그만 쉬시고 주안상을 차렸사오니 맛있게 드십시오."

요왕은 기쁘게 웃으며,

"그거 좋은 생각이오. 나도 그대의 놀란 마음을 달래야겠소."

여러 요괴시녀들의 구슬 같은 노래와 아름다운 음악에 맞추어 추는 춤을 바라보며 요왕과 왕비는 한참 동안 술을 마시더니 밤이 늦자 왕비는 노래와 춤을 중단시킨다. 여러 시녀들은 돌아가고 가짜 월아만 술시중을 들고 있다.

왕비는 구름과 비같이 촉촉한 사랑의 느낌을 주어 요왕의 살과 뼈가 녹아 버릴 지경으로 만들어 버렸지만 요왕은 감히 몸까지는 범하지 못하였다.

얼마 동안 서로 즐겁게 이야기하다가 왕비는 묻는다.

"대왕님, 금 방울은 잘 두셨습니까?"

"내 허리춤에 차고 있으니 걱정마시오."

옆에서 이 소리를 듣고 있던 가짜 월아는 치마 밑의 꼬리털을 몇 개 뽑더니 요왕의 머리 위 공중에 뿌리면서 작은 목소리로 말한다.

"변해라!"

그것들은 금세 이·벼룩·빈대 등으로 변하여 요왕의 옷 속으로 들어가 살갗에 달라붙어 마구 물어뜯는다. 몸이 근질근질하고 가려워서 견딜 수 없는 요왕은 이곳저곳을 긁어대며 몸을 비비 꼰다. 그것을 알아챈 왕비는,

"대왕님, 속옷이 오래 되고 목욕하신 지가 오래 되셔서 그런 것이 생겼나 봅니다."

요왕은 무안해 한다.

"하, 참! 여지껏 이런 것들이 생겨난 일이 없었는데 왜 오늘 밤 추태를 보이게 한담!"

왕비는 웃으며 말한다.

"신경 쓰시지 마시고 옷을 벗어주세요. 털어내면 되니까."

요왕이 옷을 벗어내자 겹겹이 벼룩이 튀고 이가 우글우글 깔려 몰려 있다. 가짜 월아는 금 방울이 달려 있는 속옷을 들고 밖에 나가 털며 꼬리털로 변하게 한 방울과 교체시킨 다음 가짜 방울이 달린 속옷을 갖고 들어와 요왕에게 건네준다. 금 방울을 받아든 요왕은 왕비에게 주며 말한다.

"이번에는 잘 간직하시오."

그것을 손에 받아든 왕비는 기쁜 듯이 상자 안에 넣고 자물쇠를 채우고 나서 말한다.

"오늘 밤은 저와 함께 주무시지요?"

이 말에 어쩔 줄 몰라 감격해 하는 요왕은 왕비에게 키스를 하며,

"이런 기쁨이…… 이런 기쁨이! 고맙지만 나는 궁녀들을 데리고 다른 방에서 잘테니까 혼자 편히 쉬시오."

여우, 사슴요괴 시녀들을 데리고 요왕이 뒷방으로 들어가자 오공은 슬며시 빠져 나와 은신법을 써서 담 밖을 뛰어넘은 후 문 앞에서 소리친다.

"요왕은 왕비님을 내놓아라!"

이 고함소리에 깜짝 놀란 부하요괴들은 당황한다.

"이걸 어쩌지? 대왕께서는 이제 막 잠자리에 드셨는데!"

그러나 소리소리 지르는 오공의 고함소리와 부하들이 오공을 둘러싸고 있는 웅성거리는 소리에 요왕은 깜짝 놀라 몸을 일으켜 갑옷을 입고 밖으로 나온다.

"무슨 일이냐?"

부하요괴 하나가 아뢴다.

"아까 숨어 달아났던 그 도둑 놈이 다시 나타나 저렇게 소리치고 있습니다."

요왕은 꽃무늬가 멋지게 새겨진 날이 시퍼런 도끼를 들고 많은 횃불이 활활 밝게 타고 있는 대문 밖으로 나온다.

요왕을 보자마자 여의봉으로 공격하며 달려드는 오공. 활활 타는 횃불 아래에서 둘은 서로 금빛을 번쩍이며 30여 합을 싸워도 오공이 거뜬히 막아내자 요왕은 오공의 대단한 솜씨에 이길 수 없음을 알고 거리를 두고 소리친다.

"내가 목이 마르니 물을 좀 마신 다음에 승패를 내자!"

오공은 방울을 가지러 가려는 수작임을 알고 웃으며 소리친다.

"사나이는 피곤한 토끼를 쫓지 않는다. 가거라, 가! 빨리 가서 마시고 와서 죽거라!"

요왕은 재빨리 안으로 들어가 왕비에게 소리친다.

"보배를 빨리 주시오!"

왕비는 깜짝 놀라 방울을 꺼내 주지 않으면 의심을 받을 거고 방울을 꺼내 주면 오공이 불에 타 죽을 것이라 망설이고 있자니 요왕이 재촉한다.

"뭘하는 거요? 빨리 주시오!"

왕비는 어쩔 수 없이 금 방울을 꺼내어 요왕에게 건네준다. 그것을 들고 문 밖으로 나온 요왕은 기세 좋게 소리친다.

"이놈, 도망가지 말고 내가 방울 흔드는 거나 보아라!"

오공은 웃으며 빈정거린다.

"네 놈만 방울이 있다더냐! 나도 가지고 있다. 네 놈이 방울을 흔들 줄 안다면 나도 흔들 줄 알지."

요왕은 냉소하며,

"흥, 그래 봐야 내 것만 할라구! 있으면 어디 꺼내 봐라. 나도 좀 구경하자."

오공이 세 개의 금 방울을 꺼내 자랑스럽게 보여준다.

"이것이 나의 훌륭한 금 방울이다."

그것을 바라 본 요왕은 고개를 갸웃거리며,

"그것 참 이상한데? 어째서 내 방울과 똑같을 수가 있지? 너 이것 어디서 생긴 거냐?"

"네 것과 똑같은 시간에 생겨났다."

"흥, 어찌 됐든 효력이 있으면 그것이 보물이지!"

"입으로만 떠들지 말고 네가 먼저 흔들어 보여 봐라!"

요왕이 방울을 한번 세차게 흔들자 연기와 모래는커녕 바람소리도 안 난다.

요왕은 당황하여,

"아니, 이게 어찌 된 일이지? 아무 일도 안 생기잖아?"

오공은 빈정거리듯,

"보잘것없는 것은 그만 흔들고 내가 흔드는 거나 구경하거라."

오공이 자랑스럽다는 듯이 세 개의 방울을 한꺼번에 흔들자 무지막지한 시뻘건 불길과 시꺼먼 연기, 누런 독모래가 한꺼번에 몰아치며 후드득후드득 나무들과 산을 거칠게 태우기 시작한다.

오공은 소리친다.

"바람아, 불어라!"

삽시간에 거센 바람은 큰 불길을 더욱 거칠게 하여 요왕의 주위를 감싸고 타들어 가며, 온 하늘은 새까만 연기에 가려지고 땅 위는 누런 독모래가 뒤덮여 있다. 목숨이 경각에 달린 요왕! 결국 몸에 불이 붙기 시작하자 요왕은 어쩔줄 모르고 불 속에서 울부짖듯이 소리친다. 그것을 태평한 눈으로 바라보는 오공.

이때 갑자기 공중에서 무서운 목소리가 들린다.

"오공은 그만 멈추어라!"

재빨리 머리를 들고 바라보니 감로수 병을 들은 관음보살이 공중에 서 계신다. 오공은 급히 금 방울을 허리 속에 감추고 보살에게 합장하며 꾸벅 절한다.

"어? 보살님께서는 어디로 가시는 길이십니까?"

보살이 아무 대답 없이 감로수 병의 물을 확 뿌려대자 산 위에 거칠게 타고 있던 불은 금방 꺼지고 누런 모래도 흔적도 없이 사라진다.

보살은 불에 타서 반죽음에 이른 누워 있는 요왕을 가리키며 말한다.

"나는 이 요괴를 데려가려고 왔다."

"이 요괴를요? 이 녀석이 어떤 녀석이기에 보살님께서 친히 오시어 데려가시려 합니까?"

"이 녀석은 내가 타고 다니던 금빛 털의 개였는데 어느 날 쇠줄을 끊고 이곳으로 도망와서 이 나라 왕의 재난을 막아주었다."

이 말에 오공은 정색을 하며 똑똑한 음성으로 크게 말한다.

"보살님의 말씀과 정반대입니다! 이놈은 이 나라의 왕을 괴롭히고 왕비를 납치한데다가 이곳에서 나쁜 일들을 저지르고 있었는데 도리어 재난을 막아주었다니요?"

"너는 모르겠지만, 옛날에 이 나라 왕이 아직 태자로 있을 때 매와 개들을 몰고 사냥을 갔었다. 그때 공작대명왕보살께서 낳은 암수 두 마리의 어린 공작들이 언덕 위에서 놀고 있다가 태자가 쏜 화살에 맞아 숫공작은 그 자리에서 죽고 암공작은 상처를 입은 채 서쪽으로 겨우 날아가 몇 년을 고생하며 살았다. 나는 그때 이 금털빛 개를 타고 공작보살에게서 그 사연을 듣고 있었는데 이 녀석이 그 말을 듣고 분개하여 잊지 않고 있다가 왕비를 빼앗아 왕의 재난을 막아준 것이다. 이러하지 않았다면 이 나라 왕은 나중에 더욱 괴로운 고통을 받을 것이다."

"그 옛날 일은 그렇다치고 이놈은 나름대로 죄를 지었으니 제가 20대만 때리고 나서 데리고 가십시오."

"오공아, 반죽음에 있는 이 개를 한 대만 쳐도 저승으로 갈텐데 나를 보아서도 용서해 주어라."

보살이 향기로운 아름다운 손을 들어 시꺼멓게 그을려서 죽어가는 요왕을 한번 부드럽게 쓰다듬자 여기저기 흉측하게 타버린 요왕의 몸은 원래의 멋진 금빛털이 달린 개로 변하며 후들후들 털면서 땅에서 일어난다.

관음보살이 금빛 개를 쓰다듬으며 목덜미를 만져보더니 오공을 보고 말한다.

"오공아, 금 방울을 되돌려다오."

"저는 모르는 일인데요?"

"네가 모르면 이곳에 누가 갖고 있겠느냐? 이리 내놔라."

오공은 싱글싱글 웃으며 말한다.

"정말 못 보았습니다."

"그래? 그렇다면 머리 아프게 하는 주문을 외워볼까?"

이 말에 당황한 오공,

"외우지 마십시오! 외우지 마십시오! 금 방울은 여기 있습니다."

보살이 오공에게서 받은 방울을 금빛털 개의 목에 달아주자 그 개의 네 발에서는 새빨간 연꽃이 불꽃처럼 피어나고 온몸에서는 금빛이 찬란하게 발한다. 관음보살은 금빛 개를 데리고 남해로 돌아간다.

부하요괴들은 자기들의 대왕이 죽어가는 것을 보고 모두들 달아나고 오공은 동굴 주위에서 부드러운 풀을 모아 한 마리의 풀용을 만들어 왕비를 그 위에 태우고 왕의 궁으로 날아 돌아온다.

둘이 돌아오는 것을 본 국왕은 달려나와 왕비의 손을 잡고 그 동안 맺힌 정을 나누니 그들을 바라보는 삼장 일행과 신하들은 마음이 흐뭇하다.

국왕은 왕비를 다시 얻은 기쁨에 오공에게 큰절을 하며 삼장 일행을 위하여 큰 잔치를 베푸니 이 날 밤 즐겁게 먹고 마신 일행은 다음날 국왕과 왕비, 많은 후궁들과 신하들의 전송을 받으며 길을 떠난다.

## 도가의 방중술

한 생각이 일어나면 백 가지 마귀가 들뜨니
마음이 비어 깨끗하면 일어나는 생각마다 지혜요
경계에 끄달려 헤아리면 괴로운 일들만 생긴다.
한 티끌도 없는 훤하게 트인 고요함.
성애 속에서 성에 끄달리지않은 미묘한 즐거움.

무덥던 여름도 고개를 숙이기 시작하여 뜨거운 태양 열기도 차츰 가라앉자 나뭇잎들은 어느덧 단풍이 붉게 물들며 여기저기 산과 들판은 여러 가지 아름다운 색깔로 변한다. 파란 하늘은 더 푸르게 물들며 끝없이 높아져 간다. 그 넓고 망망한 푸른 하늘 아래 선선하게 불어오는 초가을 바람에 가볍게 흔들리는 단풍나무 잎들.

그 옆을 스치며 걸어가는 오공, 백마를 탄 삼장, 그리고 유성…… 그들의 맑은 눈동자들도 단풍잎들에 물들어 노란색·오렌지·붉은색으로 변하여 마치 검은 눈동자 속에 불타는 것 같다.

9월 말도 지나가고 날씨가 제법 쌀쌀해져 가는 10월 초가 되자 삼장은 문득 고향을 떠나온 지 15년도 넘은 것 같아 28살에 시작한 이 여행 길이 이제는 40이 넘은 장년이 되어버려 어쩐지 쓸쓸한 감회에 젖는다.

'언제나 부처님을 뵙고 경을 얻을 수 있나?' 이런 생각을 하며 터벅터벅 걷고 있을 때 가을바람은 단풍나무 잎들을 불어 휘날리어 붉게 물든 나뭇잎들이 일행의 머리 위와 하늘 위로 날아오르니, 그 옛날 처음 여행 길에 묵었던 작은 암자의 조용하면서도 환한 달빛과 쏴아 하고 힘차게 불던 바람소리가 생각난다.

이렇게 걷다보니 어느덧 저녁때가 되어 이름 모르는 작은 마을의 밥을 짓는 연기가 여기저기 집집의 굴뚝마다 난다. 이 마을을 지나 성문 안으로 들어서니 깨끗하게 넓은 도로가에 늘어서 있는 찻집과 술집들에서는 떠들썩한 소리가 들리고, 훌륭한 비단 옷집들과 멋진 가구점들, 그리고 크고 작은 기와집들이 즐비하게 서 있다. 길거리에 다니는 사람들도 깨끗한 옷들을 입었고 얼굴들도 말끔하다.

그런데 이상한 것은 집집마다 오색비단 아래 사내아이들을 매달아 놓고 있다.

일행은 배도 고프고 하여 어느 조용한 음식점으로 들어가 밥을 시킨 다음 삼장이 주인에게 묻는다.

"이곳에선 애들을 저렇게 길가에 매달아놓고 키웁니까?"

음식점 주인은 고개를 설레설레 흔들며 조심스럽게 말한다.

"쉿! 스님들께선 음식이나 조용히 드시고 이곳을 떠나십시오. 말조심해야 됩니다."

이 말에 더욱 궁금한 삼장은 '이것이 무언인가?'라는 화두를 물고 늘어지 듯 주인에게 계속해서 물으니 할 수 없다는 듯이 주인은 속삭이며 말한다.

"그 애들은 우리 국왕이 잡아놓은 아이들이오."

"아니, 국왕이 그 많은 사내아이들을 잡아놓다니 무슨 까닭으로?……."

할 수 없이 주인은 천천히 이야기를 한다.

"3년 전 어느 도인이 우리 나라에 와서 왕에게 16세쯤 되는 계집아이를 바쳤습니다. 그 여자애는 생김새가 마치 관음보살처럼 말할 수 없이 아름다워 왕이 그 미색에 홀딱 반했습니다. 그 도사는 여자아이가 왕에게 방중술을 가르친다고 하여 며칠을 같이 지내게 하니 잠자리에서 왕은 그녀의 사랑의 기술에 홀딱 반하여 다른 비빈들은 거들떠보지도 않고 밤낮 그녀만을 총애하더니 이윽고 몸이 쇠약하게 되어 목숨이 경각에 달린 병이 생겼습니다. 그러자 여자애를 바쳐 국왕의 스승이 된 도사는 비방을 가르쳐 주었습니다. 1천5백8명의 사내아이를 공중에 매달아놓고 3주간 키우다가 그 간을 달여먹으면 천 년을 늙지 않고 오래 산다고 하여 애들을 그곳에다 키우는 것입니다. 그러니 스님께선 그저 모른 척하고 이 나라를 지나가십시오."

삼장은 손에 진땀이 나고 슬프게 눈물을 흘리며 말한다.

"국왕님, 색에 빠져 병까지 들고 어린 생명들마저 죽이려 하시다니! 이런 일이 어디 있습니까?"

유성이 삼장의 애통해 함을 보며 말한다.

"사부님, 슬퍼하지 마시고 내일 여권에 통과 도장을 찍을 때에 국왕에게 말해 보십시오. 그리고 국사라는 인물을 살펴봅시다. 혹시 사람의 간을 먹는 요정인지도 모르니까요."

오공도 말한다.

"유성의 말에 일리가 있습니다. 우선 제가 저 불쌍하게 매달려 있는 아이들을 빼낼테니 주무시고 내일 알아봅시다."

삼장은 기뻐하며,

"그래, 빨리 서두르도록 해라! 늦기 전에!"

오공은 즉시 공중으로 치솟아 진언을 외우니 으스스한 찬바람이 몰아치면서 음풍이 휘몰려 별빛을 가리고 처참한 안개가 달빛을 흐리며 주위의 모든 산신들, 땅의 신들, 연못의 신들과 음병들, 수백 명이 나타나면서 절한다.

"오공, 무슨 일로 저희들을 부르십니까?"

"이 나라의 국왕이 요마에게 현혹되어 어린아이들의 간을 뺏어 먹으려고 하니 그대들은 집집마다 공중에 매달려 있는 아이들을 데리고 산속 깊은 곳에 숨기어 며칠만 돌봐주시오. 굶기거나 울리는 일 없이!"

여러 신들은 안개가 자욱하고 음산한 바람을 휘날리며 오공의 뜻대로 아이들을 잡아채어 깊은 산속으로 들어간다.

"사부님, 일을 마치고 왔습니다!"

삼장은 돌아온 오공에게 잘했다고 하며 기분 좋게 잠자리에 든다.

다음날 아침, 삼장은 부처님의 가사를 입고 궁전 앞에 당도하여 국왕을 뵙고자 하니 삼장의 위엄 있는 걸음걸이와 가사에서 뻗쳐 나오는 굉장한 상서로운 갖가지 둥근 빛들에 궁문을 지키는 장군들과 신하들은 살아 있는 부처님이 오신 것이 아닌가? 하고 의심할 정도로 놀란다.

이 소식을 전해 들은 국왕은 반갑게 들어오라 이른다. 오공은 하루살이로 변하여 삼장의 어깨에 올라타고 궁 안으로 들어가는데 왕의 몸을 가만히 살펴보니 수척하여 말하는 음성조차 기운이 없다.

색에 빠져 몸이 아주 허약한 왕이 삼장의 여권을 바라보며 힘없이 도장을 찍어주니 이 도장이 여지껏 지나온 나라들 중에 가장 흐릿한 도장이다. 이때 신하 한 사람이 "국사께서 오십니다!"라고 외치자 왕은 곁의 시종들에게 도움을 받으며 간신히 자리에서 일어나 몸을 굽혀 그를 영접한다.

삼장도 당황하여 급히 일어나 그를 바라보니 우아한 걸음으로 오는데 거만하여 국왕에게 절도 하지 않는다. 머리에는 멋진 흰 비단모자를 썼고, 몸에는 매화향기 풍기는 아름다운 비단옷을 입었다.

옥 같은 얼굴에 짙푸른 긴 수염, 아리따운 몸매는 천상에서 날아 내려온 신선인 듯하다. 금빛 눈동자는 불꽃을 날리고, 눈은 길어서 눈썹 끝까지 뻗친다. 몸을 움직이면 구름 속의 용이 걸어가듯 하며, 느릿느릿 그의 주위에 감싸고 있는 향기로운 안개는 은은하게 퍼진다.

여러 신하들과 국왕이 허리를 굽혀 그에게 절하며 말한다.

"이렇게 일찍 나오시다니 기쁩니다."

삼장도 합장하며,

"국사님께 소승 인사드립니다."

국사는 거만하게 삼장을 거들떠보지도 않고 인사도 받지 않은 채 자리에 앉더니 국왕에게 묻는다.

"저 화상은 누구요?"

국왕은 말한다.

"서천으로 경을 가지러 가는 승려입니다."

국사는 비웃듯이 웃으며 말한다.

"쯧쯧! 재미도 없는 그 먼 길을 고생하며 뭐하러 가는고?"

이 말에 삼장은 대답하듯 말한다.

"온몸이 깨끗하면 모든 살아 있는 생물들 중의 으뜸이요, 마음이 깨끗하면 우주의 끝없는 공간과 많은 별들이 묵묵히 소요하는 것을 봅니다. 형체가 있는 이 몸은 언젠가는 무너지는 것! 애욕을 적게 하고 우주 본체인 공의 마음을 깨달으면 순수해져 자연히 불생불멸의 깨끗한 자성이 드러날 것입니다."

도사는 삼장의 말을 듣자마자 "하하하!" 하고 무시하듯 웃더니 말한다.

"주책없이 고지식한 소리만 지껄이는군! 궁둥이가 닳아 빠지도록 참선을 한답시고 아무리 앉아 있어도 우주의 근본인 성을 억누른다면 결국엔 열화가 치밀어 불행하게 되거나 반 송장의 귀신처럼 될 것이다. 신선의 길을 닦는 자는 골격이 훌륭하고 정신이 영묘하다. 왜냐하면 호흡으로 천지의 뛰어난 정기를 단전에 모으고 음양의 도리인 섹스를 즐기니 이것은 은근한 음기와 힘찬 양기를 키워 황홀한 즐거움 속에 향기로운 묘한 도에 들어가니 어찌 재미 없는 적멸이니 말라 빠진 열반이니 하는 것과 비교하겠는가?"

이 말을 들은 국왕과 신하들은 도사에게 박수갈채를 보내며 찬사를 하니 삼장은 부끄럽기 짝이 없다.

이윽고 왕이 도장을 찍은 여권을 삼장에게 돌려주어 보내니 삼장은 감사해 하며 물러나오려고 하는데 오공이 귓속에다 대고 속삭인다.

"사부님, 저 국사는 요괴입니다. 저는 이곳에서 좀더 지켜보고 가겠으니 먼저 돌아가십시오."

삼장은 돌아가고 오공은 앵 하고 왕의 어깨에 날아가 앉는다. 이때 신하 한사람이 나서며 아뢴다.

"폐하, 어젯밤에 이상한 찬바람이 불더니 거리에 매달아 놓은 사내아이들이 모두 사라져 버렸습니다."

왕은 놀라며 말한다.

"이것은 분명 하늘이 나에게 벌을 주시는 것이다. 나의 병은 점점 깊어 가고 어떠한 약도 듣지 않더니 다행히 국사님의 신비한 비법으로 오늘 오후에 어린아이들의 간을 꺼내 먹으려 했더니 이렇게 될 줄이야!……"

국사는 웃으며 말한다.

"폐하, 걱정마시오. 이것은 오히려 잘된 것입니다. 제가 방금 나간 저 승려를 보니 그는 오랫동안 수행을 했으므로 기운이 깨끗하고 여자의 몸을 몰라서 원기가 빠져나가지 않은 진실된 몸을 가졌으니 보약 중의 보약입니다. 저 자의 간을 꺼내어 차가워지기 전에 곧바로 드신다면 수백 년을 건강하게 사실 겁니다."

왕은 이 말을 듣고 기뻐한다.

"그렇다면 진작에 말씀하시지 공연히 놓아주지 않았습니까?"

왕은 즉시 옆에서 호위하고 있는 장군에게 명령한다.

"그대는 곧 방금 나간 승려를 잡아오라!"

명령을 받은 장군은 군사들을 이끌고 삼장이 있는 곳으로 가니 이 장면을 본 오공은 잽싸게 삼장에게 날아가 먼저 소식을 전한다. 국왕이 자기의 간을 빼먹겠다는 이 말에 삼장은 놀라 기절초풍! 진땀이 비오듯하며 땅에 쓰러져 눈동자가 풀어진다.

"사부님, 정신 차리십시오!"

유성이 급히 물을 떠와 삼장을 부축하여 마시게 하며 퉁명스럽게 오공에게 말한다.

"형님은 천천히 말할 것이지 이렇게 사부님을 놀라게 하오? 이상한 바람을 일으켜 아이들을 구하더니 이제 화가 사부님에게 미치게 하는구려!"

오공은 아무렇지도 않다는 듯이 말한다.

"그걸 갖고 뭘 그래? 사부님과 내가 바꿔치기하면 될 게 아니냐?"

오공이 쓰러진 삼장의 얼굴을 쓰다듬으며 "변해라!" 하고 소리치자 삼장은 오공이 되고, 오공 스스로도 몸을 한번 흔들자 그야말로 영락없는 삼장이다!

잠시 후 밖에서는 징소리가 나며 군사들이 몰려온다. 대장격인 한 장군이 삼장을 보자마자 멱살을 움켜잡으며 외친다.

"너는 우리 국왕께서 쓸데가 있으니 가자!"

국왕 앞으로 끌려온 가짜 삼장은 묻는다.

"저에게 무슨 일이 있으십니까?"

왕이 웃으며 말한다.

"짐이 오랫동안 시름시름 앓다가 처방문도 없더니 다행히 그대가 나의 약이 되었도다. 만약 내 병만 회복되면 그대의 사당을 세워 사계절마다 제사를 받들어 그대의 혼을 위로하리라."

삼장으로 변한 오공이 말한다.

"저는 출가한 승려라서 가진 것이 없는데 무엇을 드려야 할지요?"

"그대의 간을 주시오."

"그런 것이라면 몇 개라도 있습니다. 어떤 색깔을 원하시는지요?"

옆에서 보고 있던 도사가 끼어든다.

"그대의 까만 간이 필요하오."

"아! 그러면 칼로 저의 배를 갈라 꺼내십시오."

왕은 감사하다고 말하며 신하를 시켜 날카로운 단도를 가져오게 한다. 그 칼을 받아든 오공은 옷을 풀어헤치며 스스로 배를 썩 베니 피에 묻은 여러 개의 간이 쏟아져 나온다. 이를 보는 신하들은 부들부들 떨고 있고 도사는 탄복한다.

"어지간히 간도 많은 화상이군!"

붉은 피가 뚝뚝 흐르는 간을 하나하나 보이는데 빨간 간, 하얀 간, 노란 간, 짙푸른 간 등이 있으나 시커먼 간은 없다. 이를 바라보던 왕도 그만 질려 소리친다.

"그만 거둬들여라!"

그러자 오공은 간들을 다시 뱃속으로 집어넣으며 커다란 음성으로 말한다.

"저희 승려들은 한마음밖에 없어서 검은 간이 없습니다. 오직 저 도사만이 시커먼 간을 가졌으니 그 간을 드십시오. 제가 뽑아 드리겠습니다!"

도사가 두 눈을 부릅뜨고 바라보니 그는 삼장이 아니고 옛날에 그 유명했던 말썽꾸러기 오공이다! 도사는 즉시 몸을 솟구치며 구름을 타고 날아 도망치니 오공도 재빨리 구름을 타고 뒤쫓아 간다.

둘은 마침내 공중에서 한바탕 붙는데 도사의 지팡이와 여의봉이 무시무시하게 불꽃을 튀기며 싸우는 것을 바라보는 궁의 모든 사람들은 얼굴이 사색이 되어 혼비백산 된 채 도망갈 곳을 모르고 바라보고 있다.

악전고투한 요정은 결국 얼마를 못 싸우고 궁 안으로 내려꽂히듯 날아내려오더니 왕에게 올렸던 요염한 여자애를 안고 한줄기 광채를 남기며 사라진다.

공중에서 내려온 손오공은 소리친다.

"보시오! 그대들의 국사는 얼마나 훌륭한가!"

왕과 신하들은 오공을 보며 한편 놀랍기도 하고 궁금하기도 하여 왕은 묻는다.

"당신은 처음엔 준수하고 위엄 있더니 어떻게 이렇게 귀엽고 작은 어린아이가 되었소?"

오공이 대답한다.

"오늘 아침에 왔던 분은 저의 사부님이시고, 저는 그분의 첫째제자이며 또 둘째제자가 있습니다. 폐하께서 요정에게 현혹되시어 우리 사부님의 간을 빼내려 하시기에 제가 법력을 쓴 것입니다."

국왕은 신하를 시켜 즉시 삼장을 모셔오라 한다. 이윽고 삼장과 유성이 궁 안으로 들어오자 오공은 삼장에게 달려가 얼굴에 기운을 불어넣으며 "변해라!" 하고 소리치자 본 모습으로 돌아온 삼장은 정신이 더욱 새로워진다.

국왕은 친히 자리에서 일어나 영접한다.

"큰스님, 어서 오십시오."

삼장은 자리에 앉고 옆에서 바라보던 오공이 국왕에게 말한다.

"그 요정이 어디 사는지 아시면 알려주십시오. 이 손오공이 그놈을 잡아 후환을 없애겠습니다."

왕이 부끄러운 듯이 말한다.

"그가 처음 이곳에 왔을 때 어디서 왔느냐고 물어보았더니 여기서 남쪽으로 80킬로미터쯤 가면 버드나무와 매화나무 숲 속이 있는데 그곳에서 살고 있다고 했소. 자기의 어린 여동생을 나에게 바치며 신선술을 전수해 주겠다고 하여 그 여자애랑 잠자리를 같이 했는데 어찌나 요염스럽게 성을 즐기는지 몇 달 후 나는 그만 기운을 빼앗겨 병을 얻게 되었소. 그러자 도사는 어린아이의 생간을 먹으면 회복된다고 하여 이런 일이 벌어진 것이오."

이야기를 다 들은 오공은,

"그럼, 저는 그놈을 잡아오겠습니다."

말을 마치자마자 오공은 잽싸게 구름 위에 뛰어올라 쌩 하고 남쪽으로 날아간다. 잠시 후 수천 그루의 버드나무와 매화나무들만이 무지하게 많이 서 있는 넓은 벌판에 연기와 안개가 서린 듯 은은한 향기를 뿜는다.

그 넓은 숲 속을 천천히 날아 돌며 살피는데 문득 엄청나게 큰 매화나무 한 그루와 버드나무가 서 있다. 그곳에 내려와 자세히 살펴보니 두 그루의 나무가 서로 엉겨 붙어 있는 사이에 가느다란 틈이 보인다.

그 안을 살펴보던 오공은 조그만 발로 톡톡 차며 "열려라, 열려!" 하고 나지막이 외치자 틈이 크게 벌어지며 입구가 생긴다.

그 안으로 조심스레 들어가니 어디선가 향기가 더욱 진하게 나오며 기이한 아름다운 꽃들과 풀들이 요염하게 뒤덮여 있는 정원에 해와 달이 동시에 번쩍번쩍 빛나고 있다.

얼마를 더욱 깊숙이 정원 속으로 들어가니 따스한 봄날씨와 같은 경치에 흰 눈이 가득 깔린 듯한 하얀 대리석 위에 넓은 멋진 집이 보인다. 빨간 꽃이 놓여 있는 창문으로 다가가서 자세히 안을 살펴보니 도사는 그 여자애를 끌어안고 속삭이며 방사를 즐기고 있다.

"흠, 저 녀석의 진짜 여동생은 아닌 것 같군!"

그 여자애는 얕고 깊은 신음소리를 내며 둘은 서로 황홀하고 가득 차게 운우를 즐기며 절정에 오르고 있을 때 오공은 소리친다.

"이놈, 요괴야! 내 철봉을 받아라!"

깜짝 놀란 요정은 급히 옷을 걸치며 지팡이를 들고 밖으로 뛰어나오니 침대에서 누워 있던 발가벗은 여자애는 흥분되어 발개진 얼굴과 황홀한 샛별 같은 눈망울로 어리둥절한 채 있다.

사랑을 하면 아름다워지는 여인들…… 성의 극치에 이르면 성을 차지하고자 하는 욕심이 아닌 그 황홀한 상태만을 계속 유지하며 자연의 아름다운 근원을 자각하는 것, 그것이 탄트릭의 길이 아닐까? 그러나 많은 이들은 그저 성을 지나치게 남용만 하고 육욕에 빠져 욕심만 내니 자연의 근원을 깨닫기는커녕 몸을 망치고 마음만 능글스럽게 된다.

밖으로 뛰쳐나온 요정은 오공과 대뜸 불붙듯이 달려들어 싸우니 새들은 놀라 달아나고 정원의 기화요초도 짓밟혀 엉망이 된다.

그러나 본래 싸움이 전공이 아니요, 방사에만 몰두하는 요정이 어찌 오공을 당해내겠는가? 결국 요정은 한줄기 차가운 광채로 변하여 달아나며 사라진다. 오공도 재빨리 뒤를 쫓는데 홀연 학의 울음소리가 들리고 상스러운 빛이 나더니 남극별의 신선이 나타난다.

그 노인은 싸늘한 광채를 막아버리며 거두어들이더니 소리친다.

"오공, 서두르지 마시오. 그 요괴는 여기 있으니!"

오공은 두 눈을 동그랗게 뜨고 묻는다.

"요괴와 무슨 관계가 있소?"

노인이 싸늘한 광채를 풀어놓자 한 마리의 커다랗고 멋진 흰 사슴이 나타난다.

그 모습을 자세히 보니, 옥과 같은 깨끗한 몸뚱이에 얼룩 점이 박혀 있고, 고귀한 얼굴과 우아한 다리, 우뚝 솟아 있는 크고 멋진 뿔들, 오랜 세월 동안 신선을 따라 날고 솟구치는 법을 배웠고, 변화술도 익혔다.

"항상 내 곁에 있었던 이 녀석은 어느 날 내가 다른 신선들이랑 차를 마시고 있을 때 갑자기 지팡이까지 훔쳐 달아났소."

말을 마친 노인이 다시 찾은 사슴을 데리고 돌아가려하자 오공이 막는다.

"잠깐만, 국왕이 사랑하던 요정을 잡아가 사실을 보여야 하니 노인께선 이곳에서 잠시만 기다리시오."

오공이 쏜살같이 정원 안의 집으로 뛰어가자 아름다운 여자애는 아직도 숨을 죽이며 사슴을 기다리고 있다. 달려오는 오공을 본 그녀가 놀라며 달아나려고 하는 찰나 오공의 여의봉에 한 대 맞고 아깝게 쓰러져 죽으니 천만 가지의 요염한 그녀는 아름다운 털을 가진 한 마리의 흰 여우였다.

여우의 꼬리털을 덥석 잡고 질질 끌며 밖으로 나오는 것을 본 흰 사슴은 죽은 여우에게 다가가 머리를 숙이며 냄새를 맡더니 긴 세월의 향수를 머금은듯한 슬프고 아름다운 눈동자에서 눈물을 뚝뚝 흘리다가 먼 곳을 바라보며 슬프게 소리를 지른다.

사슴의 머리를 쓰다듬으며 노인은 말한다.

"이제 그만 왕에게 갑시다."

남극별의 신선과 뒤따라오는 커다란 흰 사슴, 그리고 죽은 흰 여우 한 마리를 안고 오는 오공을 보고 왕과 신하들은 모두 놀랜다.

죽은 여우를 왕에게 내밀며 오공은 말한다.

"이것이 폐하께서 사랑하던 여인이니 한번 안아보시고, 저 사슴은 국사였으니 절을 하십시오."

가뜩이나 몸이 약한 왕은 놀라고 겁에 질려 얼굴이 새파랗게 변하니 신선은 빙그레 웃으며 말한다.

"국왕께선 너무 쇠약하여 단약조차 감당하기 어려우니 이 대추 세 알을 드십시오. 효험이 있을 겁니다."

신선이 꺼내는 검붉은 대추에서 나는 향기로운 냄새가 궁 안에 가득 퍼진다.

국왕이 그것을 받아 먹으니 차차로 몸이 개운해지며 화색이 돌아 금방 기운이 솟아난다.

"감사합니다. 벌써 몸에 기운이 솟는 것을 느끼겠군요!"

신선은 사슴과 같이 구름을 타고 돌아가고, 오공은 숲 속에 있던 사내아이들을 데리고 오니 왕을 비롯하여 온 나라 사람들이 감사해 한다. 며칠을 푹 쉬고 난 삼장 일행은 국왕이 더 머무르라고 붙잡는 것을 겨우 뿌리치며 길을 떠난다.

깊은 동굴 속의 여인

　다시 길을 떠난 일행은 며칠을 걷다보니 10월 중순이 되어 가을도 점점 깊어져 단풍잎들이 마지막 불꽃을 화려하게 태우듯 맑은 가을 태양 아래 빛을 발한다.
　문득 저 앞에 나타나는 단풍 산들…… 그것은 마치 우리들의 젊음과 애욕을 불태우며 아름다운 삶을 불태우듯 모든 것을 불태우고 있는 것 같다.
　산기슭에 접어드니 저 멀리 언덕 위에 금빛 나는 티베트의 절이 서 있는데 점점 가까이 다가가니 언덕 위엔 아주 훌륭한 수투파(탑)가 서 있고 그 주위에는 여기저기 긴 줄에 매달려 있는 하얀 천들이 마치 죽은 영혼과 함께 휘날리듯 바람에 울며 나부끼고 있다.
　주위에는 또 작은 돌들을 모아 여기저기 돌산을 만들어놓고 위에는 '옴마니파드메훔'이라고 쓰여 있다. 고원 지대라서 그런지 구름은 아주 낮게 보이고 하늘도 눈이 시릴 정도로 파란 색깔이 더욱 짙푸르다. 손을 올리면 잡힐 듯한 낮게 깔린 구름은 수투파에 걸려 있고, 황하의 시초인 듯한 계곡의 물은 잔잔히 흐르며 용솟음치고 있다.

백 가지의 향기로운 꽃들은 길가에 가득하고, 커다랗게 높이 솟은 흰 눈 덮인 저 산봉우리를 검붉게 지는 해는 기울어 간다. 그 검붉은 설 산위에 커다랗게 떠오르는 둥근 보름달은 정말 절경이다!

일행은 황홀경에 도취되어 산 경치를 구경하며 사원을 향하여 걸어가니 삼장은 또다시 고향 생각에 눈물을 글썽이더니 백마를 멈추며 말한다.

"오늘은 보름날, 고향 생각에 내 마음을 억누를 수 없구나……."

오공은 삼장을 돌아보며 힘있게 말한다.

"사부님은 그토록 고향을 잊지 못하시니 사부님답지 못하십니다. 실제의 고향은 이 몸이 태어난 곳이 아닌 깨끗한 자성이 고향인데 내부의 그곳을 돌이켜보지 않으시고 저 멀리 있는 땅덩어리만 생각하시다니요. 어서 길이나 갑시다."

"네 말이 일리는 있다만 인연이 있는 곳이 있어 그곳에 태어났는데 그 인연 있는 곳을 그리워하는 것은 당연하지 않느냐?"

"아 참, 사부님도! 중생들의 마음을 아직도 끈질기게 갖고 계시다니…… 그러시면 우리가 경을 가지러 가는 길도 끝도 없이 길 것입니다."

이렇게 서로 이야기하며 걷고 있을 때 어디선가 갑자기 간절히 애원하는 소리가 들린다. 삼장 일행이 이상히 여기며 산 귀퉁이를 돌아가니 바위에 꽁꽁 묶인 반나체의 여인이 울고 있다.

삼장은 가던 길을 멈추고 여인에게 묻는다.

"여보살님은 어찌다가 이렇게 되셨습니까?"

오공은 이 여인이 요괴라는 것을 한눈에 알아보았지만 몽둥이 한 대에 때려 죽이면 삼장에게 야단맞을까봐 여인의 하는 짓을 바라만 본다.

이 여인은 복숭아 같은 얼굴에 눈물을 줄줄 흘리는데 그 애틋한 모양이란, 호수에 반짝이는 별 같은 두 눈에 눈물이 가득 고였으며 둥근 달밤에 피어난 아름다운 달맞이꽃과도 같다.

여인은 아름다운 구슬 같은 눈물을 뚝뚝 흘리며 말한다.

"며칠 전 저는 부모들과 함께 이 산을 넘어가는데 갑자기 산 도둑들을 만나 온 식구들이 묶이게 되었습니다. 20여 명이나 되는 도둑들은 모두 저의 미모에 반하여 어떤 놈은 나를 겁탈하려고 하고 어떤 놈은 나를 아내로 삼으려 하고 어떤 놈은 자기의 첩으로 삼으려고 한참 동안 서로들 싸우다가 어떤 생각들을 했는지 저만 이곳에 묶어놓고 식구들을 끌고 어디론가 갔습니다. 제발 저를 구해 주십시오."

삼장은 여인을 불쌍하게 생각하며 말한다.

"오공아, 저 여인을 풀어 주어라."

오공은 대뜸 말을 받아 혼자 중얼거리며 여인에게 걸어간다.

"흥, 이 요괴가 사람의 고기를 먹고 싶어 이런 짓을 하는 것을 사부님은 모르시니 시키는 대로 하는 수밖에!"

오공의 말을 들은 삼장은 퍼뜩 정신이 든 듯 말한다.

"그렇다면 그만둬라. 우리들은 그냥 못 본 척하고 지나가자."

이 말에 오공은 크게 기뻐한다.

"사부님, 고맙습니다! 이제 사부님의 목숨은 안전합니다. 우리가 저기 보이는 절에만 도착하면 식사를 대접받을 겁니다."

셋은 여괴를 그대로 내버려두고 계속 앞으로 길을 간다. 여괴는 나무에 묶인 채 혼자 중얼거린다.

"쳇, 저 원숭이의 눈은 보통이 넘는군! 저 삼장이라고 하는 중을 잡아다가 양기를 빼내어 신선이 되는 도를 높이고자 하는데 쓰려고 했더니 어떻게 하지?…… 어디 한번 다시 불러보자!"

여괴는 바위에 묶인 채로 약간의 바람을 일으켜 가만히 속삭이듯 하는 목소리를 실어보낸다.

"스님, 산사람의 목숨을 이렇게 모른 체 하시고 그냥 가시면서 어떻게 부처님을 만나뵙고 경을 얻으려고 하실 수 있습니까?"

불어오는 바람에 여인의 목소리가 실려오자 삼장은 가던 길을 멈추고 말한다.

"유성아, 너는 저 여인을 구해 주어라."

오공이 이상하다는 듯이 묻는다.

"사부님, 길을 가시지 않고 왜 자꾸 그 여괴를 생각하십니까?"

"너희들은 저 여인이 살려달라고 하는 목소리가 들리지 않느냐?"

오공과 유성은 못 들었다고 하며 고개를 젓는다.

오공은 말한다.

"사부님, 제가 사실대로 말하면 화를 내시겠지만 저 여인은 요괴입니다. 그리고 저 젊은 여자와 함께 길을 가다가 일이 잘못되어 간통죄를 받을 수도 있을 거고 아니면 납치했다는 좋지 않은 누명을 쓸 수도 있으니 그렇게 되면 사부님은 엉덩이가 터지도록 죽도록 매를 맞으실 거고 우리들도 또한 무사하지 못하고 벌을 받을 것이니 그렇게 되면 경을 가지러 가는 일은 수포로 돌아가게 됩니다."

삼장은 화가 나서 소리친다.

"이 원숭이 놈아! 무슨 잔소리가 그리 많으냐! 좋지 않은 일이 생기면 내가 책임질테니 유성은 빨리 가서 저 여인을 풀어 주어라!"

얼른 뛰어가서 여인을 풀어준 유성은 오랫동안 묶여 있어서인지 걸음을 잘 걷지 못하는 여인을 부축하며 온다. 삼장을 바라본 여인은 매우 기쁜지 상큼한 웃음을 지으며 다가온다.

"저 유성 녀석, 오늘 운수대통한 날이군! 저렇게 아름다운 여인을 부축하고 있어야 하니."

오공의 이 말에 유성은 그저 기분이 좋아 빙그레 웃기만 할 뿐이다.

"유성, 그 여인을 부축하되 엉뚱한 곳을 함부로 만지지 말라구!"

"아니, 형님은 이 여인을 부축하면 접촉하는 곳마다 다 부드러운 부분인데 그럼 이 여자를 내동댕이치라 이 말입니까?"

"자네는 특히 여자들을 밝히고 우리들 뒤에서 따라오니까 무슨 이상한 짓을 슬쩍슬쩍하여 정을 통하더라도 누가 알 수나 있나?"

삼장이 옆에서 가로막는다.

"그만두어라. 저기 보이는 절에 이 여인을 부탁하고 우리는 계속 길을 가면 되니까!"

해는 지기 시작하여 주위는 차츰 어두워지는데 이윽고 일행은 절에 도착했다. 그런데 절을 바라보니 커다란 일주문은 기울어져 다 쓰러져 가고 문을 열고 들어서니 처참하기 그지없다. 여기저기 부서져 쓰러져버린 금을 입힌 엄청 큰 불당과 사원의 건물들, 퇴락한 긴 복도에는 비가 새서 잡초와 이끼가 무성하다. 아직도 초저녁이라 개똥벌레들이 깨진 벽돌과 부서진 기왓장 무더기 사이로 등불처럼 날아다니고, 북은 가죽이 찢어져 있으며, 종루는 허물어져 커다란 동으로 만든 종이 반쯤 땅에 묻혀 있다. 부처님의 몸에서는 금가루가 떨어져 있고, 수십의 아라한 상들이 부서지고 쓰러져버려 반은 진흙이 되어 나뒹굴고 있다. 오직 차가운 바람소리만 들릴 뿐……

삼장은 비뚤어진 대들보와 꺾어진 기둥들 사이를 지나 걸어가 종을 어루만지며 혼자 한탄하듯이 중얼거린다.

"이 종을 치던 스님네들은 모두 어디 갔는가? 그들은 이승으로 사라져버렸고 너만 홀로 여기 남아 있구나!"

이렇게 탄식하며 절 뒤쪽으로 걸어 돌아가는데 어찌된 일인가?

뒷문으로 보이는 또 하나의 불당은 푸른 벽돌과 금으로 화려하게 장식되어 석양의 광선을 받아 채색된 아름다운 구름들이 하늘 높이 열려져 있다. 그리고 녹색 기와와 붉은빛의 단청된 봉황새들이 날아갈 듯 춤을 추며 종각 아래에는 위엄한 기운이 솟아 있다. 사방에서는 향기로운 바람이 불고, 주위에는 노을이 가득 엉기어 있다.

앞쪽의 사원은 이렇게 황폐한데 뒤쪽 사원은 저렇게 깨끗하고 화려하다니! 아마 도적이나 요괴들에게 파괴되어 뒤쪽에 다시 세운 모양이다.

삼장 일행이 발걸음을 절문 안으로 들여놓으니 여러 승려들이 분주하게 걸어다니고 있다. 삼장은 이들의 옷을 보고 티베트의 승려들이란 것을 알았다. 광대뼈가 좀더 튀어나와 있고 눈꼬리는 약간 더 길게 째져 있으며 피부도 고 지대에 살고 있음에서인지 더 검다.

몇몇의 지나가던 티베트스님들이 삼장을 보자 모습이 수려하고 우아하며 얼굴도 준수하여 자기들하고는 좀 달랐으므로 아주 친절하게 승방으로 모시고 가서 차를 대접한다.

서로의 인사가 끝나자 티베트스님들은 옆에 앉아 있는 여인에 대해 묻는다. 삼장이 설명하고 있을 때 누군가 아름다운 여인을 데리고 왔다는 소문이 온 절 안에 퍼져 이 여인을 보고 싶은 생각에 온 절의 승려들이 모두 우르르 몰려와 방 안을 가득히 메운다.

삼장은 묻는다.

"내일은 이 산을 넘어가고자 하는데 길은 어떻습니까?"

그러자 주지스님이 문득 일어나 절을 한다. 삼장은 깜짝 놀라며,

"아니, 길을 묻는데 왜 절을 하십니까?"

"내일 가시는 길은 문제없으나 스님들께선 먼 길을 오시는데 피곤하셨을 테니 이 방에서 푹 쉬시고 이 여인은 다른 방에서 재워야 하실 겁니다."

"그야 당연하지요!"

승려들은 삼장에게 감사하다고 절하며 여인을 데리고 뒷방으로 데리고 가니 그제서야 모두들 흩어진다.

다음날 날이 밝자 제일 먼저 일어난 오공은 유성을 먼저 깨워 백마를 돌보라고 이르는데 삼장은 아직도 꿈속을 헤매고 있다.

"사부님, 일어나십시오!"

겨우 눈을 뜬 삼장은 아무 말도 하지 않고 힘없이 고개를 돌린다.

오공은 깜짝 놀라며,

"사부님, 이게 어찌 된 일입니까?"

삼장이 얕게 신음하며 겨우 말한다.

"나도 모르겠다. 머리가 어지럽고 온몸이 쑤시는구나……."

오공이 삼장의 이마를 만져보니 열이 조금 있다.

"걱정하지 마십시오. 사부님. 좀더 자리에 누워 쉬시면 나을 겁니다."

형제가 스승의 시중을 들고 있는 사이에 어느덧 어제 온 황혼이 또다시 다가온다. 삼장의 몸은 점점 약해져 가고 벌써 사흘이 흘렀다.

오일째 되는 날, 삼장은 겨우 몸을 일으키며 말한다.

"오공아, 그 동안 몸이 아파서 생각도 못했는데 우리가 데리고 온 그 여인은 누가 돌보고 있느냐?"

오공은 웃으며,

"그런 일은 알아서 뭘하십니까? 몸이나 편안히 하시어 완쾌하십시오."

"너, 나를 좀 부축해다오. 그리고 종이와 붓을 가져오너라."

오공이 쪼르르 달려가 쓸 것을 가져오자 삼장은 눈물을 글썽이며 힘없이 붓을 들어 편지를 쓴다.

황제 폐하께

여행을 떠나던 날, 3년이면 돌아오겠다고 말씀드렸는데 길은 멀고 산은 험하며 강물은 거칠어 수많은 요괴들이 가로막고 있어 13년이 넘도록 아직도 저는 중도에 있습니다.

며칠 전에 갑자기 병이 생겨 몸을 일으키기도 어려우니 임무와 수행을 도중에서 마치지 못하고 그만 이대로 목숨이 끝날 것 같아 이 글을 드립니다.

경을 기다리고 있는 많은 이들에게 헛되이 실망만 안겨 줄 것을 생각하니 죄스럽고 송구스럽기 그지없습니다.

이제라도 다른 사람을 보내시도록 삼장은 머리 숙여 절합니다.

"나의 목숨이 다하거든 오공 너는 이 글을 태종 황제에게 갖다드려라."

글을 받아 읽어 본 오공은 웃으며 말한다.

"사부님, 그렇게 걱정하시면 오장육부가 더 약해집니다. 만일 병이 극도에 달해 생사의 갈림길에 들어가시면 저에게 말씀하십시오. 이 손오공이 당장에 염라대왕에게 가서 단단히 야단치며 혼을 내주고 사부님을 다시 모시고 올 테니까요!"

"너는 어쩌면 그렇게 철없이 큰소리만 탕탕 치느냐?"

이렇게 이틀이 더 지나가고 다시 혼수상태에서 신음하는 삼장. 그 다음날 겨우 정신을 차리며 물을 마시고 싶다고 한다.

물을 마시고 싶다면 증세가 좋아졌다는 걸 아는 오공은 얼른 시원한 찬물을 뜨러 달려간다. 그런데 우물가에 몇몇 중들이 서서 두 눈이 퉁퉁 붓도록 울고 있는 것이 아닌가?

"무슨 일이 생겼소?"

오공의 묻는 말에 중들은 대답한다.

"며칠 전부터 밤마다 종과 북을 치고 있던 스님들이 돌아오지 않고 있습니다. 종소리와 북소리는 들리는데 스님들은 자취를 감추어 벌써 12명이나 사라져 버렸습니다!"

"알겠소. 내가 사부님께 허락을 받아 도와주겠소."

"저희들은 매일같이 향을 피워 놓고 몸과 마음을 경건이 하여 아미타 부처님을 외우며 조용히 관음보살님을 생각하는데 어째서 이런 일들이 생기는지 모르겠습니다."

오공은 화가 난 듯 노한 마음으로 소리를 지른다.

"당신네들은 정말 바보로군요! 아미타 부처님이나 관음보살님을 잡념 속에서 백천만 번을 외우는 것보담 열 번만이라도 일념으로 외우는 것이 더 훌륭하다는 것을 경에서 읽었을텐데! 며칠 전에 우리가 이곳으로 예쁜 여자를 데리고 오자 당신들은 모두가 궁금하여 몰려오지 않았소? 그 여자 생각만

하고 입으로만 아미타 부처님!하고 소리내니까 이런 불상사가 생기는 것이 아니오?"

이 말에 중들이 어찌할 줄 모르고 어물쩍 하자 오공은 있거나말거나 삼장에게 달려가 떠온 물을 마시게 한다. 감로수 같은 물맛에 삼장은 약간 기운을 차리며 정신이 맑아지는 듯 양미간의 주름이 펴지는 것을 보자 오공은 신이 나서 묻는다.

"사부님, 식사를 좀 하시겠습니까?"

"그래, 이제는 좀 먹을 수 있을 것 같구나."

기분이 좋아진 오공은 부엌으로 달려가 소리친다.

"우리 사부님께서 식사를 하시겠다니 죽을 끓여주시오!"

여러 중들이 바쁘게 움직여 식사를 마련하니 곧 간소하고 정갈한 음식이 차려져 나온다. 죽을 먹고난 삼장은 묻는다.

"우리가 여기온 지 며칠이나 되지?"

"꼭 9일째입니다."

"벌써 그렇게 되었다니 내일은 꼭 출발해야겠다."

"사부님, 오늘 밤에 요정을 잡게 해주십시오."

이 말에 깜짝 놀라는 삼장!

"또 무슨 요정이냐?"

"우리가 이곳에 온 뒤로 이 절 안에 밤마다 요정이 나타나 스님들을 잡아먹고 있으니 제가 잡아주어야겠습니다."

삼장은 크게 놀라며,

"그 동안에 그런 불상사가 생겼다니! 슬픈 일이구나"

"너무 걱정하지 마십시오.. 제가 거뜬히 잡을테니까!"

이날 밤, 오공은 유성에게 사부님을 잘 지키고 있으라고 말한 후 법당 안으로 들어가서 목탁을 똑똑 또르르 치며 염불을 한다.

"아미타불 관세음보살, 아미타불 관세음보살……."

환한 달빛이 법당의 문틈 사이로 비추어 들어오는 그 가운데에 금빛 나는 작은 두 눈을 반짝이며 염불하는 귀여운 오공.

자정이 다가오자 어디선가 스산한 바람이 불어오고 이상한 향내가 콧속으로 스며들며 법당 문이 살며시 열린다.

오공이 머리를 살짝 돌려 바라보니 아? 절세가인의 여인이 불당 안으로 들어오고 있는 것이 아닌가? 오공은 모르는 척하고 염불만 외고 있다. 그 여인은 오공에게 가까이 다가와 속삭이듯이 입을 귀에 가까이 대고 말한다.

"스님은 밤늦도록 왜 염불을 하고 있습니까?"

"나의 사부님이 하라고 해서요."

여인은 오공의 손을 부드럽게 어루만지며 목탁 채를 뺏은 다음 바닥에 놓고 정답게 볼에 입을 맞추며 간지럽게 말한다.

"우리 저 뒤로 가서 재미있게 놀아봅시다."

"천만에, 나는 우리 사부님이 시키는 대로 해야 하오!"

"이렇게 만난 것도 인연이니 그런 지루한 공염불보다도 더 재미있는 것을 가르쳐 드릴게요. 우리 아름다운 달빛을 벗삼아 반짝이는 별을 헤며 욕정을 불태우면서 사랑을 하자구요."

"나는 아직 어려서 그런 것을 모릅니다."

"어머! 그럼 동정이시네? 제가 친절히 잘 가르쳐 드릴테니 나를 따라 오세요."

'그럼, 어디 네 맘대로 해봐라!'

오공은 속으로 이렇게 생각하며 그녀와 같이 법당을 나와 후원 뒤로 깊숙이 걸어간다. 여인은 자기의 아름다운 봉긋한 젖무덤에 오공의 손을 이끌어 갖다대며 오공의 발을 걸어 풀밭에 쓰러뜨리더니 입을 맞추며 속삭인다.

"당신을 사랑해…… 우리 독특하게 욕정을 불태워요!"

'불쌍한 중들! 이렇게 색을 즐기다가 모두들 목숨을 잃고 말았군!'

여인이 스스로 옷을 풀어헤치니 부드러운 곡선이 나타나는 아름다운 알몸이 드러난다. 거의 나체가 된 여인은 오공을 휘감은 발을 풀으며 옷을 벗기려고 하자 오공은 힘 안 들이고 그녀의 손을 잡고 가볍게 그녀의 알몸을 쓰러뜨리며 그 위에 올라타니 까만 밤하늘에 별들이 빛나는 듯 아름다운 눈으로 오공을 바라보던 여인은 나지막한 신음소리를 낸다.

"아, 예…… 그렇게 해주세요!……"

'이럴 때 손을 쓰자! 더 늦어 재앙을 입기 전에!'

재빨리 여의봉을 번쩍 들은 오공은 여인의 알몸을 향해 곧바로 내려친다. 깜짝 놀라 몸을 슬쩍 비켜 돌려 피한 여인은 속으로 뜨끔한다.

'요 어린 녀석이 이렇게 지독할 수가! 큰일날 뻔했군!'

긴 아름다운 머리카락을 확 풀어헤치며 요염한 눈으로 오공을 쨰려보는 여인. 그녀는 신고 있던 꽃신을 벗어 오공에게 던진다. 오공이 재빨리 여의봉으로 그것을 받아치자 부서지는 꽃신은 밤하늘로 날아오르며 갑자기 수많은 꽃잎들로 흩트러져 날카롭게 휘날리면서 오공을 감싸며 공격한다. 그것을 보고 있던 여인은 차갑게 웃으며 사라진다.

오공이 자기에게 날아오며 찌르는 꽃잎들을 정신없이 막고 있을 때 여인은 나체의 몸으로 한밤중의 절 마당을 유유히 가로질러 삼장의 방 쪽으로 걸어간다. 아! 18아라한이라도 하늘의 신들이라도 이 여인의 나체를 보면 가슴이 뛰고 당황하여 어찌할 줄 모르리라!

삼장과 유성은 오공을 기다리고 있다가 갑자기 황홀한 아름다운 나체인 여인의 알몸이 방문을 열며 들어오자 삼장은 놀라 어찌할 줄 모르고, 유성도 그녀의 몸을 멍하니 넋놓고 바라보고 있는데 여인이 유성에게 다가와 키스를 한다. 그것을 보지 않으려고 두 눈을 꽉 감는 삼장. 키스 중에 요염한 두 눈으로 삼장이 두 눈을 감는 것을 힐끗 본 여인은 갑자기 유성을 한대 호되게 쳐서 쓰러뜨린 후 삼장을 껴안고 구름 위로 올라 까마득히 사라진다.

공격하는 꽃잎들 속에서 겨우 탈출한 오공이 급히 삼장이 있는 방으로 돌아와보니 유성은 방에 쓰러져 있고 삼장이 보이질 않는다!

판단력이 빠른 오공.

"아뿔싸! 그것이 사부님을 채 갔군!"

오공은 급히 잠을 자고 있는 승려들을 깨워 묻는다.

"우리가 데리고 온 여자는 어디 있소?"

"없어졌습니다. 그날 하룻밤을 자고 다음날 사라졌습니다."

"당신들은 이 근처 어디에 요괴가 살고 있는 곳을 아시오? 우리 사부님이 납치 됐소!"

"저희들은 그런 것을 통 모릅니다!"

마음이 초조해진 오공은 단숨에 공중으로 날아올라 숲 속을 살펴보니 밤중에 안개만 자욱이 뒤덮여 있다. 돌은 울퉁불퉁, 길은 꼬불꼬불……. 화가 잔뜩 난 오공이 여의봉을 길게 늘여 산등성이를 마구 내려치니 커다란 설산에 가득 쌓인 흰눈들이 무너져내릴 듯 쿵쿵 거세게 울린다.

이 미친 듯한 행동에 깜짝 놀란 산신들은 급히 나타나서 두 손을 싹싹 빈다.

"제발 고정하시고 이렇게 산을 때리지 마십시오! 저 산 위에 쌓여 있는 눈들이 무너져내리면 여기 살고 있는 많은 생물들이 죽습니다."

"너희들은 요괴가 어디 있는지 알고 있겠지! 어서 빨리 말해라!"

"그 요정은 이곳에서 북쪽으로 다섯 개의 산을 넘어가면 나무 한 그루 없는 공월산(빈 산의 달)의 밑바닥 없는 깊은 동굴에 살고 있습니다."

오공은 재빨리 쓰러져 있는 유성에게 돌아와 깨운 후 백마를 끌고 북쪽의 산을향해 날아갈듯 뛰어간다.

백마는 본래 용의 출신이라 짐짝을 실은 채 바람과 안개를 밟으며 오공과 유성의 뒤를 따라 산등성 위를 뛰어가니 둥그렇게 이어진 고원의 산등성이를 환하게 빛추는 달빛 아래 힘차게 달려가는 오공·유성·백마······.

다섯 개의 산들을 단숨에 넘어간 제자들은 주위를 자세히 살펴보니 조금 떨어진 곳에 작은 연못 같은 호수가 있고 물속엔 두 여인들이 서로 몸을 씻어주며 무슨 장난질을 하고 있는지 히히덕거리고 있다.

"형님은 이곳에서 가만히 계시오. 내가 저기에 가서 알아보고 올테니까!"

그곳으로 다가간 유성은 소리친다.

"요괴들아!"

두 여인은 깜짝 놀라 성을 내며 고함친다.

"이런 돼먹지 못한 사내! 서로 만나 농담한 일도 없으면서 우리더러 요괴라고 하다니!"

여인들은 물통을 번쩍 들어 유성의 머리를 치니 엉겁결에 골통을 정면으로 맞은 유성은 물을 뒤집어쓰며 비틀거린다. 머리를 감싸쥐고 물에 흠뻑 젖어 유성은 오공에게 되돌아와서.

"형님, 저 요괴들이 대단합니다!"

"뭐가 그리 대단해?"

"나에게 물통을 집어던지며 거칠게 욕하던데요."

"네가 뭐라고 했기에 그래?"

"그야 당연히 '요괴들아!' 하고 불렀지요."

오공은 하하 웃으며,

"방귀 뀐 다음에 손으로 막는다고 자네는 아직도 덜 맞았네!"

"형님이 동생을 그처럼 생각해주니 고맙군요. 아직도 머리가 깨진 것처럼 아픈데 덜 맞았다니! 그 무슨 소리오?"

"부드럽고 온순하게 대하면 모두가 친절하지만 억세고 무뚝뚝하면 한 발자국도 옮겨놓을 수 없는 게야. 그녀들은 요괴라지만 이 고장 사람이요, 우리는 이역 만리에서 온 타향 사람이 아니냐? 아무리 네가 훌륭하게 잘생겼어도 첫 대면에 '요괴야!' 하고 부르면 누가 좋아하겠니? 예절을 좀 배워라."

"미리 그런 말씀을 해주었다면 이렇게 맞고 오지 않았을 걸! 내가 다시 한 번 가서 알아보겠소."

유성이 다시 가서 살펴보려고 하는데 물에서 막 나오는 그녀들의 젖어 있는 알몸은 달빛에 하얗게 반사되어 마치 밤에 핀 하얀 꽃들 같다!

급히 다시 오공에게 돌아온 유성은 말한다.

"그녀들이 지금 옷을 입고 있으니 사부님이 잡혀 계신 곳을 알 겸 우리 저 여자들을 뒤쫓아 갑시다."

둘이 멀리 떨어져서 여인들을 미행하니 얼마 동안 가던 두 여인은 언덕 하나를 돌아가자 홀연 간 곳이 없다. 둘이서 눈을 부릅뜨고 주위를 살펴보았으나 아무런 흔적도 찾아볼 수 없다! 그런데 이 언덕을 약간 더 돌아가니 문득 커다랗고 항아리만 한 크기의 동굴이 보이는데 끝을 알 수 없을 정도로 갑자기 밑으로 깊게 꺼져 있다.

오공은 고개를 갸웃거리며,

"와! 여지껏 수많은 요괴들의 동굴을 보아왔지만 이렇게 밑으로 끝도 모르게 깊이 뚫려 있는 것은 처음 보네!"

유성이 조심조심 동굴 입구에 엎드려 내려다보니 정신이 아찔할 정도로 깊다.

"형님, 이것 사부님을 구하긴 틀린 것 같소! 동굴 속이 무지무지하게 깊은데요."

"무슨 소리! 내가 들어가 보지."

오공은 즉시 동굴 속으로 뛰어든다. 이 동굴 안은 우주의 블랙홀이라도 되는것처럼 끝없이 끝없이 깜깜하다. 한참 동안 밑으로 날아 내려간 오공은 문득 하얀 빛을 발하는 동굴 아래에 도착한다.

이곳엔 햇빛이 비치어 밝고 공기도 맑으며 신선한 바람소리며 온갖 화초와 과일나무들이 여기저기 잘 손질되어 서 있다.

오공은 주위를 두리번거리며,

"우와! 과연 별천지로군!"

얼마 동안 황홀한 경치에 빠져 있던 오공은 혹시 다른 요괴들에게 들킬까 봐 한 마리 파리로 변하여 앵 하고 날아가며 삼장이 있는 곳을 찾는다.

정원 안으로 깊이 날아 들어가니 요괴가 정자 안의 향기 그윽한 풀 위에 앉아 있는데 며칠 전에 바위에 묶여 있던 것과는 다르게 위풍당당하고 몸단장을 잘했다.

칭칭 감은 긴 머리를 구름처럼 쪽을 지어 한 마리 새가 앉은 듯하고 녹색 바탕의 비단에 꽃무늬를 곱게 수놓은 긴 옷을 입고 있다. 두 손을 놀리는 손가락들은 봄날의 죽순처럼 하늘하늘하고 복숭아 같은 화사한 얼굴과 갸름한 두 눈가엔 엷게 화장을 하여 이슬에 젖은 초승달 같다.

약간 벌어진 새빨간 입술은 앵두처럼 윤이 흐르며 단정하게 앉아 있는 이 미인의 자태! 이 여인은 어젯밤 잡아온 삼장과 즐겁게 놀아보려고 한다. 차를 마시던 여인은 매혹적인 하얀 이빨을 벌리어 생글생글 웃으며 부하 여괴들에게 말한다.

"어젯밤 모셔온 스님과 함께 빨리 잠자리를 하고 싶은데 잔칫상을 마련하지 않고 뭐하니!"

말을 마친 여인은 자리에서 일어나 삼장이 있는 방으로 걸어간다.

"스님!"

하며 여인은 문을 열고 들어서더니 삼장의 손을 잡고 온갖 교태를 부린다. 아, 삼장의 터질 듯한 번뇌여!

정말 찬탄할 만할 요괴의 모습은 아름다워 꽃신을 신고 웃음을 머금은 채 삼장의 손을 잡고 서 있으니 이 여인의 몸에서 퍼지는 꽃향기가 향기롭게 방 안에 가득 찬다. 여인은 봉긋하고 탄력 있는 따스한 젖무덤을 삼장의 눈앞에 살며시 들이대며 말한다.

"스님, 제가 오늘 맛있는 과일과 채식으로 음식상을 정성껏 준비했으니 마음껏 드시고 우리 같이 놀아요."

애교 있게 웃음 지으며 상냥하게 말하는 여인이 삼장의 손을 이끄니 할 수 없이 삼장은 여인을 따라 다른 방 안으로 들어간다. 그곳에는 여러 가지의 진기한 과일들과 수백 가지의 맛있는 진수성찬이 요리되어 아름다운 접시에 정성껏 담겨 있다.

여인은 섬섬옥수의 손을 들어 번쩍거리는 금잔에 포도주를 한잔 따라주며 곱게 말한다.

"스님, 한잔 하세요."

포도주 한잔 정도는 마실 줄 아는 삼장은 금잔을 받아 마신 후 여인에게 한잔 따라주니 그들을 지켜보고 있던 오공은 그 틈에 재빨리 날아가 거품 속에 숨는다.

그런데 여인은 바로 마시지 않고 잔을 내려놓더니 삼장과 정담을 나눈 후 술잔을 드니 거품이 없어져 오공이 변한 하루살이가 나타난다. 여인은 새끼손가락 끝으로 오공을 건져내어 멀리 튕겨버리고 술을 마시니 일이 뜻대로 되지 않은 오공은 한 마리 큰 독수리로 변하여 후닥닥 날아 발톱으로 잔칫상을 휘저어 뒤집어놓고 달아난다.

갑자기 술상이 어지러져 간장이 찢어질 듯 마음이 상한 여인은 삼장을 부둥켜안으며,

"스님, 방금 그것이 어디서 왔을까요?"

삼장은 그 새가 오공인 줄을 알고 가슴이 두근거림을 억제하며 시침을 뗀다.

"제가 그걸 어찌 알겠습니까?"

여인은 굉장히 불쾌하다는 듯이 소리친다.

"아이 참, 스님과 재미있게 놀려고 했는데 어디서 그 따위 짐승이 날아와 술상을 망쳐놓을까?"

화가 난 여인은 밖에다 대고 소리친다.

"너희들은 술상을 다시 차려오너라! 고기든 채소든 가리지 말고!"

여인은 삼장을 바라보며 싱긋 웃으며,

"스님, 기분을 망가뜨려서 죄송해요. 술상이 차려지는 동안 우리 정원에 산책하러 가요."

이 말을 들은 하루살이 오공은 즉시 삼장의 어깨에 앉아 기회를 엿본다.

정원을 거니는 여인과 삼장의 뒤에는 많은 아름다운 여인들이 머리와 얼굴을 곱게 단장하고 간들거리는 아름다운 모습들로 떼를 지어 뒤를 따른다. 삼장은 과연 훌륭한 스님이다. 수많은 요괴들에 둘러싸여 정원을 거닐고 있지만 조금도 동요됨이 없다.

수많은 살구꽃들과 뜰에 가득히 피어 있는 진기한 꽃들은 정말 찬란하다. 여인이 다른 곳을 바라볼 때 하루살이 오공은 삼장의 눈앞으로 날아가 한 개의 노랗게 잘 익은 살구로 변하여 가지에 달리니 이심전심이라, 어찌 사부가 제자의 마음을 모르겠는가? 삼장은 여인을 돌아보며 말한다.

"아가씨의 화원이 이렇게 아름다운 줄은 몰랐습니다. 이 잘 익은 살구 하나 드시지요."

하며 살구로 변한 오공을 따서 건네주니 여인은 살구를 받으며 생긋이 웃으며 생각한다.

'정말 멋진 화상이군! 이처럼 정이 두터울 줄이야!'

여인이 살구를 입에 넣고 깨물기도 전에 성질 급한 오공은 빨딱 몸을 뒤집어 목구멍을 벌리며 뱃속으로 쏙 들어간다.

여인은 겁이 벌떡 나서,

"어마, 이걸 어째! 무슨 과일이 깨물기도 전에 뱃속으로 들어가지?"

삼장은 웃으며 말한다.

"아마 처음 익은 과일이라 맛이 있어서 씨째로 넘어간 모양이군요."

뱃속에 들어가자마자 본 모습으로 돌아간 오공은 삼장에게만 들리도록 소리친다.

"사부님, 이제는 그 요괴하고 말대꾸조차 하실 필요 없습니다."

"그래, 적당히 하도록 해라."

여인은 삼장의 말을 듣고 이상하다는 듯이,

"지금 누구하고 말하시는 겁니까?"

"나의 제자 오공하고요."

"지금 그는 어디 있습니까?"

"방금 당신의 뱃속으로 들어갔습니다."

여인이 크게 당황하자 오공은 뱃속에서 발로 톡톡 차며 말한다.

"나는 너의 심장을 뜯어먹고 오장육부를 도려내겠다!"

자기의 뱃속에서 소리치는 이 말을 듣고 여인은 혼비백산 하여 삼장의 두 손을 잡고 애원하듯 말한다.

"스님은 어떠신지 몰라도 저는 스님을 처음 보는 순간 사랑에 빠졌습니다. 그래서 이렇게 사랑을 나누고자 하는 저에게 무슨 잘못이 있다고 이러십니까?"

오공은 삼장이 마음이 약해져 요괴의 술수에 넘어갈까봐 두려워 두 주먹으로 위장을 마구 치고 발길질을 해대니 아픔을 참지 못한 여인은 땅에 쓰러져 뒹굴다가 아무 말도 하지 않는다.

오공은 뱃속에서 생각하길 '이제는 죽었겠지!' 하고 밖으로 나오려 하고 있는데 여인은 주위에서 자기가 고통 속에 쓰러져 뒹구는 것을 보며 안절부절 어쩔 줄 모르고 있는 부하 여인들에게 명령한다.

"너희들은 이 스님을 모시고 동굴 밖으로 보내주어라."

부하 여인들이 삼장을 떠메서 올리자 뱃속에 있는 오공이 급히 소리친다.

"누구도 사부님에게 손대지 말고 네가 직접 모시고 나가라!"

여인은 할 수 없이 겨우 일어나더니 삼장을 안고 날아오르는데 대단한 힘으로 거뜬히 동굴 밖으로 나온다. 밖에서 기다리고 있던 유성은 여인과 삼장을 보자 묻는다.

"사부님, 오공 형은 어디 있습니까?"

삼장은 여인의 배를 가리키며,

"이 안에 있다."

"아니, 형님! 지저분한 요괴의 뱃속에서 뭘하십니까? 빨리 나오시오."

오공은 여인의 뱃속에서 소리친다.

"이것아, 입을 딱 벌려라!"

여인이 예쁜 입을 크게 벌리자 가지런하고 아름다운 이빨이 보인다. 목구멍까지 올라온 오공은 여인이 갑자기 깨물을까 겁이나 여의봉으로 입 안을 버텨놓고 밖으로 뛰어나온다.

잔뜩 화가 난 여인이 여러 가지 꽃들이 가득히 수놓은 긴 웃옷을 벗어 휘둘러대자 아! 옷에 수놓은 그 아름다운 꽃잎들은 한없이 공중에 퍼져 날아오르더니 날카로운 비수가 되어 삼장 일행을 공격한다.

"아! 위험하다! 사부님, 빨리 금란 가사를 꺼내 입으세요!"

오공과 유성은 급히 삼장을 둘러싸고 찔러 날아오는 꽃잎들을 막아낸다. 이 사이에 삼장이 허겁지겁 부처님의 가사를 입으니 그 날카롭던 꽃잎들은 정말 부드러운 꽃이 되어 허공에 황홀하게 맴돌며 날더니 살며시 삼장 일행의 주위에 툭툭 떨어져내린다.

꽃비를 맞고 있는 삼장 일행…… 이 광경을 본 여인은 동굴 안으로 들어가며 외친다.

"너희들, 조만간에 다시 보자!"

달아나는 여인을 보석처럼 반짝이는 빛나는 눈으로 바라보던 오공은 급히 그녀의 뒤를 쫓아간다.

"너, 거기 섰거라! 사부님, 저것을 잡아 와야 후환이 없겠습니다! 유성과 함께 여기 계십시오!"

재빨리 거침없이 동굴 속으로 들어간 오공은 요괴의 집 앞에 이르러 주위를 살펴보자 모두들 도망갔는지 아무런 인기척이 없다. 쥐 죽은 듯이 조용한 집 안을 기웃거리고 있는데 어디선가 향긋한 냄새가 바람을 스치며 지나간다. 이곳저곳을 살피며 뒤쪽에 있는 서너 개의 방을 지나가니 하나의 정갈한 빈 방에 위패가 놓여 있다.

거기에는 이렇게 쓰여 있다.

- 아버님 이천왕. 오빠 나탁태자 -

그것을 본 오공은 기뻐하며 위패를 들고 몸을 날려 동굴 밖으로 뛰어나왔다.

"사부님, 이것 좀 보십시오! 저 요괴는 이천왕과 한 식구인 것 같습니다. 이것을 증거로 제가 옥황상제님에게 가서 고소장을 내어 사실을 밝히고 그 요괴를 잡아달라고 해야겠습니다."

삼장은 걱정하듯이 말한다.

"아무래도 그런 일은 위험한 것 같다. 그 이천왕이라는 분은 하늘에서도 매우 높은 자리에 있는 분인데 그분을 상대로 고소를 한다니! 차라리 우리 그만 모르는 척하고 가던 길이나 가자."

"아닙니다. 사부님, 저런 요괴들은 언제나 사람들을 잡아먹고 겁도 없이 말썽을 일으키니 우리가 이곳에 온 김에 끝을 내야 합니다. 유성은 사부님을 모시고 우리가 머물렀던 절에 가 있으라구, 내가 금방 올라갔다 올테니까!"

쏜살같이 빠르게 하늘로 향해 날아오르는 오공. 이윽고 남쪽하늘문에 도착하니 그곳을 지키는 하늘장수들은 오공을 알고 무사통과! 곧 하늘의 옥황상제가 계시는 거대한 궁 앞에 이르니 옥황상제를 모시는 위엄 있는 다섯 명의 천사들이 반갑게 맞이한다.

"어서 오시오. 오공! 무슨 일로 오시었소?"

"급한 일로 고소장을 가지고 왔습니다!"

천사들은 깜짝 놀란다.

"이 망나니가 누구를 고소하려고 하는 걸까?"

궁 안으로 들어간 오공은 옥황상제에게 넙죽 절을 하며 고소장을 올린다. 원숭이 꼬리로 휘갈린 듯 쓴 고소장은 이렇다.


옥황상제님께!


많은 사람들의 정신을 맑게 하고자 동쪽에서 서쪽으로 경을 가지러 가는 도중 사부님을 납치해 갔던 요괴가 있었습니다.

그녀는 이천왕의 딸인 것처럼 위패를 모시고 있고 사원이든 어디고 할 것 없이 남자들을 잡아먹고 있사오니 사실을 확인하여 처리해 주시기 바랍니다.


손오공 올림.


이 글을 읽으신 옥황상제께서는 "이 고소를 승낙한다!"고 말하신 후 금성신선을 불러 "오공과 함께 이천왕에게 가서 사실을 밝히라!"고 명하신다.

오공은 금성을 따라 구름을 타고 이천왕이 사는 궁에 도착하니 이곳도 으리으리하게 화려한 집들이 많다. 문 앞을 지키고 있던 장수들이 금성을 알아보고 인사를 하며 안으로 안내하면서 아뢴다.

"금성신선님께서 도착하셨습니다!"

이천왕은 즉시 나와 반갑게 맞이했고 그 뒤를 보니 오공이 뒤따라오고 있다. 옥황상제의 칙지를 받고 왔다는 금성의 말에 깜짝 놀란 이천왕은 황급히 향을 피우고 절을 하며 무릎을 꿇고 칙지를 받아 펼쳐보니 자기의 딸이 요괴라는 죄목이 적혀 있다.

화가 머리끝까지 난 이천왕은 손바닥으로 탁자를 탕 치며 소리친다.

"이놈의 원숭이가 나를 잘못 알고 고발한 것입니다!"

금성은,

"화를 내시지 마십시오. 증거로 위패가 옥황상제님의 어전에 있으니 그것이 천왕의 따님의 것이라고 합니다."

"나에게 있는 아들 삼형제 중 첫째는 부처님의 제자가 되어 있고, 둘째는 관음보살님을 모시고 있고, 셋째는 나와 함께 하늘을 지키고 있소. 그리고 막내딸은 이제 겨우 일곱 살도 지나지 않은 철부지인데 어떻게 요괴가 되어 사람들을 잡아먹을 수 있겠소? 그리고 너 이놈의 원숭이야, 겁도 없이 감히 죄 없는 나를 고발하다니 괘씸이구나! 법율에 무고죄는 세 배나 더한다는 것을 모르느냐?"

하고 부하 장수들을 불러 소리친다.

"이 원숭이 녀석을 묶어라! 말썽만 일으키는 이놈의 목을 잘라야겠다!"

힘들이 굉장한 세 명의 장수들이 우르르 달려들어 오공을 묶는다.

금성이 옆에서 그것을 보고,

"이천왕, 싸움에 불씨를 일으키지 마십시오. 이 일은 옥황상제님의 명으로 하는 것이니 신중히 처신하시오."

"우선 저놈의 목을 자른 후에 사실을 알아보겠으니 금성께선 잠시 기다리시오."

화가 난 이천왕이 서리가 새하얗게 낀 듯한 빛나는 보검을 거칠게 빼어들고 오공의 목을 치려고 하자 금성은 부들부들 떨면서 오공에게 말한다.

"아무래도 오공은 일을 잘못 시작한 것 같소. 고소장이란 것은 아무에게나 함부로 올리는 게 아니오. 이제 어찌하면 좋겠소?"

오공은 태연하게 빙글빙글 웃으며 말한다.

"금성께선 아무 걱정 마십시오. 제가 하는 일은 본래 이렇게 시작해서 처음에는 손해를 보지만 나중에는 꼭 이익이 돌아옵니다."

이 말이 끝나기도 전에 이천왕은 거침없이 오공의 머리를 내리친다. 이때 나탁태자가 쫓아나와 자기의 칼로 천기의 보검을 가로막으며,

"아버님, 잠깐 참으십시오!"

"무슨 일이냐?"

"아버님의 딸은 정말로 하계에 있습니다."

"나에게는 너희들 사남매뿐인데 딸이 또 있다니?"

"아버님께서는 그애를 저버리셨습니다. 삼백 년 전 우리가 요괴를 토벌했을때 어린 여자아이 요괴가 무서워하며 떨고 있기에 아버님은 그애를 불쌍히 여겨서 수양딸로 삼았었습니다. 그애는 아버님과 저에게 향을 사르며 그리워하고 있었는데 공교롭게도 삼장스님을 잡아갔다가 이런 일이 생긴 것 같습니다."

태자의 이 말에 이천왕은 깜짝 놀라며 묻는다.

"그래, 나는 그 일을 이제까지 깜박 잊고 있었구나!"

이천왕은 친히 오공에게 다가와 묶인 밧줄을 풀어주려고 하니 오공은 소리친다.

"누가 감히 이 줄을 풀려고 하느냐? 나는 이렇게 묶인 채로 옥황상제 앞에 가야 재판에서 이기는 것이다!"

이 소리에 이천왕은 맥이 탁 풀리며, 옆에 있는 태자는 아무 말도 않고, 여러 장수들도 슬금슬금 자리를 물러난다. 오공이 기세등등하게 큰소리를 지르며 빨리 옥황상제를 뵈러 가자고 한다. 그제서야 이천왕은 자기의 경솔을 뉘우치며 금성신선에게 잘 좀 수습해 달라고 애원하니 금성은 못마땅한 듯이,

"제가 그렇게 하시지 말라고 부탁까지 했는데 이천왕께선 너무 지나치셨습니다. 이제 아무리 변명하신들 무슨 소용이 있겠습니까? 저 잔꾀 많은 원숭이를 건드려놨으니 나도 일이 잘되도록 할 명분이 없습니다."

금성은 오공에게 가서 정중하게 말한다.

"오공, 나의 체면을 봐서 줄을 풀어버리고 화를 푸시오."

"아, 신경 쓰지 마십시오! 나는 굴러갈 줄도 아니까 이대로 가서 옥황상제님을 뵙겠소."

금성은 웃으며,

"그렇게 매정하게 말하지 말고 내가 지난날 그대에게 베풀어준 은혜를 생각하여 이런 사소한 일은 잊읍시다."

"아니, 그 옛날에 하늘구경을 시켜준 것은 그렇다치더라도 나를 잘도 속여 그 보잘것없는 말지기를 시킨 것밖에 더 있소? 이젠 아예 나에게 은혜를 베풀었다고 공갈까지 치시는데 흥, 죽더라도 끼리끼리 죽지 늙은이와 죽지

말라는 말이 맞긴 맞군! 이천왕과 친분이 있다고 사사로운 마음으로 성지를 소홀히 하면 어떤 죄가 되는지 알고 있겠지요?"

금성은 아차 하는 마음으로,

"오공, 나까지 휩쓸고 들어가지 마시오. 이런 일보다도 우선 요괴를 잡는 일이 더 급하지 않소? 요괴를 잡고 난 다음에 얘기합시다."

"노름이라는 것은 다 이런 것입니다. 처음에는 손해를 보지만 나중에는 이익을 보지 않습니까? 어쨌든 이천왕이 직접 와서 이 밧줄을 풀도록 하십시오."

그제서야 이천왕이 다가와 줄을 풀고 겸손하게, 오공에게 자리에 오르도록 하더니 부하 장수들에게 인사하도록 한다.

금성은 이천왕에게 군사를 이끌고 오공과 함께 우선 요괴를 쳐부수러 가면 자기는 옥황상제에게 가서 말씀을 잘 올리겠다고 하자 이천왕은 겁을 내며 감히 갈 엄두를 못낸다. 만일 금성이 가서 말 한마디 잘못 하면 자기는 옥황상제의 명을 어긴 역신죄로 이천왕의 직위를 박탈당하거나 죽음을 받을 게 아닌가?

잔뜩 겁먹은 얼굴로 이천왕은 조심스레 금성에게 말한다.

"부디 잘 말씀해 주십시오!"

이천왕은 수백 명의 하늘군사들을 정비하여 오공과 지상으로 내려가고, 금성은 옥황상제를 배알하여 아뢴다.

"천존님! 그 요괴는 옛날 이천왕이 잊어버린 수양딸로서 지금 군사를 데리고 요괴를 잡으러 떠났사오니 그 죄를 용서해 주십시오."

옥황상제께서는 인자하게 용서해 주신다.

한편, 오공과 이천왕은 군사들을 거느려 바람을 휘몰아치고 안개를 흩날리며 일제히 구름 아래로 내리질러서 질풍같이 요괴가 사는 동굴 앞에 당도한다. 오공과 나탁태자와 수십 명의 날랜 병사들은 동굴 안으로 들어가서 공격하고, 이천왕과 나머지 군사들은 동굴 입구에서 지키도록 한다.

동굴 속으로 뛰어들어 빠른 속도로 날아 내려온 이들은 신선이 사는 곳인 듯한 아름답고 황홀한 밑의 경치에 잠시 넋을 잃고 바라본다. 그들은 깨끗하고 조용한 집 안을 방마다 뒤져 보고 이상한 정기가 뻗치는 바위 밑을 들추어보며 향내 나는 풀밭을 깡그리 밟아보았지만 요괴들을 찾을 수 없다.

"이 못된 요괴들이 이미 알아차리고 도망간 모양인데?"

사실, 이 동굴은 또 다른 수십 개의 동굴들과 서로 엇갈리게 연결되어 있어 숨어 있는 요괴들을 찾는다하더라도 모두 잡기는 힘들다. 그런데 한 조그만 방에서 숨어 있던 요괴들이 소곤거리다가 그만 한 요괴가 머리를 내밀고 보다 병사에게 들켜버린다.

"요괴가 여기 있다!"

한 병사의 외치는 소리에 나탁태자가 군사들을 이끌고 포위하니 요괴들은 꼼짝없이 잡히고 만다.

물론 아름다운 여인요괴도 잡혀 나탁태자와 함께 동굴 밖으로 나오니 여인의 의연함과 귀족스러움을 본 이천왕은 비록 동굴 속에서 여지껏 요괴짓을 해왔더라도 그 동안 자기의 보살핌 없이 혼자 이렇게 아름답게 성장한 수양딸을 보자 정감이 가서 부드러운 마음으로 대한다.

이천왕과 나탁태자는 여인과 많은 여괴들을 데리고 하늘로 올라가며 그들과 작별한 오공은 삼장이 있는 절로 돌아와 그 동안의 일을 설명한 후 일행은 다시 길을 떠나니 어느덧 여름철이 되어 산들바람이 불면서 장맛비가 부슬부슬 내린다.

흰 호랑이

얼마쯤 걸었을까? 햇빛이 찬란하게 빛나는 고원지대를 보름을 넘게 걸어 차츰 아래로 내려오니 푸른 녹음이 우거진 울창한 숲이 보인다. 공기도 싱그럽고 연못에 있는 연꽃들도 우아하게 피어 있다.

삼장 일행이 고원지대에서 내려옴으로 인해 날씨도 찌는 듯이 더워 숨을 헐떡이며 걸어가고 있는데 저쪽 길에서 한 아름다운 여인이 어린아이의 손을 잡고 걸어오다가 삼장을 보더니 말한다.

"스님, 저곳으로 가지 마십시오. 저 숲 속을 지나가시려면 죽음뿐입니다."

까닭을 모르는 삼장은 묻는다.

"왜 가면 안 됩니까?"

"저 숲 속으로 들어가시면 사람들을 잡아먹는 사나운 사자들과 곰들이 엄청 많이 우글거리니까요. 그리고 이 숲은 너무 넓고 멀어서 공중으로 날아가기 전엔 숲을 통과할 수 없습니다."

불 같은 눈동자로 이 여인을 자세히 바라보는 통찰력 있는 오공이 여인에게 공손히 절한다.

"보살님, 안녕하십니까?"

그러자 여인은 관음보살로 변하며 선재동자와 함께 가볍게 허공으로 솟구치더니 한줄기 빛을 타고 사라진다. 삼장은 깜짝 놀라 급히 꿇어앉아 머리를 숙여 절을 한다.

"사부님, 그만 일어나십시오. 보살님은 이미 돌아가셨습니다."

삼장은 몸을 일으키면서 걱정한다.

"이제 우리는 어떻게 저 위험한 숲을 지나가지?"

"아, 너무 겁내지 마십시오. 우리가 이런 일들을 한두 번 겪습니까? 우선 사부님은 유성과 함께 저 나무그늘에서 쉬고 계십시오. 제가 숲 속의 동정을 살펴보고 올테니까!"

오공은 한 마리 제비로 변하여 숲 속을 꿰뚫듯이 날쌔게 날아 들어간다. 이 숲 속은 어찌나 울창한지 한낮인데도 어두컴컴하고 안개가 자욱하다.

이때 갑자기 차가운 바람이 휙휙 불어오며 무언가 지나가기에 자세히 살펴보니 한 떼의 무시무시하고 커다란 곰들이 큰 몸집에 맞지 않게 안개와 바람을 일으키며 어디론가 날래게 달려간다.

오공이 그들을 따라 얼마쯤 날아가자 하나의 커다란 공터가 나오는데 그곳에는 수백 마리의 크고 작은 맹수들이 모여 있다.

커다란 이빨을 드러내놓고 으르렁거리는 금빛 사자들, 천 킬로그램은 넉넉히 될 듯 싶은 엄청난 큰 몸집을 가진 붉은 곰들의 쿵쿵거리는 발걸음, 그리고 엷은 회색털을 가진 수백 마리의 늑대들이 사나운 눈빛으로 이리저리 왔다갔다 하는 등 그들의 살기에 이 숲 속은 사람의 그림자는 전혀 없고 새 소리조차 안 들린다.

잠시 후 맹수들 속에서 가장 큰 금털 사자와 거대한 곰 한 마리가 넓은 돌 위에 올라서더니 소리친다.

"조용히들 해라! 우리의 왕께서 나타나실 시간이 되었다!"

으르렁거리던 맹수들이 두 괴물의 명령에 찍소리도 못하고 조용해지자 이 어두컴컴한 숲 속에 어디선가 흰 달빛이 쏟아지는 듯이 환해지며 한 마리의 하얀 털을 가진 큰 호랑이가 걸어 나오는데 그의 몸은 5미터는 족히 되고 눈빛은 속세를 떠난 신선들조차 따라갈 수 없는 지고한 외로움과 고귀함을 지녔다.

그의 모습에서는 보통의 맹수들이 지니고 있는 살기는 전혀 없고 움직임조차 우아하고 고요하여 마치 갈대꽃들이 우거진 한밤중의 호숫가에 조용히 비쳐 지나가는 달빛이라고나 할까? 성스럽다기에는 동물의 몸이고, 맹수라 하기에는 너무나 고고하다.

그 흰 호랑이는 바위 위에 조용히 앉더니 말한다.

"얼마 안 있으면 이곳에 경을 가지러 가는 한 스님 일행이 지나갈 것이다. 너희들은 누구도 그들을 건드려서는 안 된다."

그러자 맹수들 중에 한 마리의 커다란 젊은 사자가 뽐내는 듯이 앞으로 나서며 거만하게 말한다.

"당신이 아무리 이곳의 왕이라고는 하지만 우리들이 먹고자 하는 먹이조차 이래라저래라 참견할 필요까지는 없는 게 아니오?"

"그들은 보통의 인간들이 아니야. 이 세상의 절반이나 되는 인간들을 일깨워주려고 경을 가지러 가는 거야. 그러니까 아무리 너희들이 무식하게 보통 때와 같이 이 숲 속을 통과하는 이들을 누구든 가리지 않고 잡아먹듯이 그들을 잡아먹으려 하면 내가 가만두지 않겠다."

　두목 사자와 두목 곰은 아무 말도 못하고 가만히 있는데 좀전에 거만하게 말했던 젊은 사자가 온 산이 쩌렁쩌렁 울리듯이 흰 호랑이에게 소리친다.

　"이 흰 염색을 한 것 같은 놈아, 너의 그 고고한 척하는 행동이 그만 지겹다. 네가 그렇게 왕의 자격이 있다면 어디 나와 한번 겨뤄보자!"

　나뭇가지 위에 앉아 그들의 살벌한 분위기를 보는 오공은 재미있어 한다.

　'흠, 우리가 오는 것을 알고 있는 저 흰 호랑이가 보통이 아니군! 저 두 녀석 중에 누가 이길까? 혼자만 보기에는 좀 아까운 걸!'

　이렇게 생각하고 있을 때 자리에서 스르르 일어선 흰 호랑이는 으르렁거리며 싸움을 걸어오는 젊은 금빛 사자에게 다가간다. 마치 허공 같은 아무런 감정도 없는 듯한 이 흰 호랑이의 온몸에선 하얀 빛이 뿜어져 나와 주위에 내뻗친다.

　그러잖아도 이 숲의 두목이 되어 다른 암사자들을 모두 차지하려는 욕망으로 가득 찬 젊고 패기 있는 사자는 자기보다 작은 앞발을 가진 흰 호랑이를 얕보고 "아웅!!"하고 온 숲이 떠나가라 소리치며 무시무시하게 큰 앞발을 들어 흰 호랑이에게 공격한다.

　아! 그러나 나무 위에서 구경하고 있는 오공의 빠른 눈에도 보이질 않는 속도로 한순간에 이 싸움은 간단하게 끝나 버렸다.

　조용히 돌아서서 아무 일도 없었다는 듯이 자기의 자리로 돌아가 앉는 흰 호랑이. 그 뒤에는 젊은 금빛 사자가 처참하게 가죽이 길게 찢어져 내장이 쏟아져나오고 검붉은 피를 땅 위에 가득히 흘리며 목이 부러진 채 쓰러져 누워 있다. 곧 숨이 끊어질 것 같은 젊은 사자의 두 눈에서는 두려움이 가득한 채 숨을 헐떡거리더니 이윽고 조용해진다.

이 광경을 본 숲 속의 맹수들은 두려움에 벌벌 떨고만 있으니 두목 사자가 일어서서 맹수들에게 말한다.

"누구라도 젊은 기운만을 믿고 우리의 대왕에게 까분다면 저 녀석처럼 될 것이다."

잠시 후 흰 호랑이가 바람도 없이 사라지고 나자 사자 두목과 곰 두목이 서로 말한다.

"도대체 어떤 중이기에 우리의 대장이 저러지?"

"글쎄 한번 잡아놓고 먹지는 말고 어떤 건지 구경만 하자구!"

이렇게 서로 이야기하고 있을 때 오공은 삼장에게 돌아온다.

"사부님, 저 숲 속에는 사람들을 잡아먹는 굉장히 많은 맹수들이 우글거리고 있습니다. 하지만 그들의 왕인 흰 호랑이가 나타나서 우리들을 잡아먹지 말라고 했는데 아무튼 조심해야겠습니다."

겁에 잔뜩 질려 있는 삼장은 작은 목소리로 말한다.

"그래 오늘은 늦었으니 내일 날이 밝는 대로 아침 일찍 떠나자."

일행은 한적하고 아늑한 초가집을 발견하여 그 속으로 들어가 하룻밤을 쉰다. 다음날 아침 일찍 일어난 일행이 숲 속으로 들어가려고 하는 차에 한 떼의 사람들을 만난다.

그들은 상인들로서 수백 마리의 소들와 말들, 그리고 양 떼들을 몰며 사고파는 장사를 하는데 직업적으로 돈을 받고 그들을 보호하는 몇 명의 무사들이 호위하며 온다. 그들도 이 숲의 위험을 아는지 모두들 얼굴에 잔뜩 긴장하고 있다. 삼장은 마침 잘됐다 싶어 그들을 따라간다.

얼마쯤 깊이 들어가니 꽉 들어찬 울창한 나무들은 서로 엉키어 햇빛이 들어오지 않아 어두컴컴해지더니 이윽고 안개만이 자욱하게 퍼져 있어 옆 사람들도 희미하게 보인다.

이런 기분 나쁜 음침한 숲을 빨리 벗어나려고 걸음을 재촉하는 일행들에게 문득 어디선가 쿵쿵 하고 산이 울리는 소리가 들린다. 소들이나 말들, 사람들도 모두 눈들을 크게 뜨며 잔뜩 겁을 집어먹고 안개 낀 숲 속 길을 걷고 있으려니 그 이상한 소리는 점점 다가온다.

안개에 짙게 깔린 야릇하고 불쾌한 냄새에 숨이 턱턱 막힐 지경인 일행들. 이 기분 나쁜 냄새와 이상한 소리는 바로 사자 두목과 어느 여인이 정사를 함으로 인하여 생기는 현상이다.

그들이 땀에 온몸이 흠뻑 젖도록 거칠게 방사를 하고 나자 이번에는 곰 두목이 여인을 차지하려고 나선다. 몸이 이미 지칠 대로 지친 여인은 깜짝 놀랐으나 벌써 알고 있었다는 듯이 곰 두목의 우람한 몸을 받아들인다.

이렇게 또다시 시작하는 이상한 소리들은 질퍽질퍽하고 어두운 깊은 숲 속에 한없이 울린다. 이윽고 일이 끝난 그들, 여인은 온몸이 뻐근하여 겨우 옷을 주워 입으며 사자 두목과 곰 두목에게 요염한 웃음을 짓는다. 또다시 욕정을 일으키는 사자 두목의 눈빛을 알고 있다는 듯이 여인은 은근하게 미소 지으면서 상냥하게 말한다.

"그러니까 알겠지요? 당신들이 이곳을 지나가는 삼장이라는 중을 잡아 그의 고기를 먹게 되면 당신들의 왕인 흰 호랑이보다도 힘이 더 세질 거고 오래 살 수 있다는 것을!"

이 여인은 누구인가? 그녀는 바로 이천왕의 수양딸 밑에서 달밤에 목욕했던 여자요괴로 자기들의 본거지가 삼장 일행에 의해 뿔뿔이 흩어져 사라져 버리자 복수할 요량으로 이 두 괴물들에게 몸을 선사하며 그들을 꼬드기는 것이다.

사자 두목은 곰 두목에게 말한다.

"그런 숨은 비밀이 있어서 흰 호랑이가 우리 보고 그 중을 먹지 말라고 한 것이었군!"

"글쎄요 형님, 그러다가 잘못하여 흰 호랑이 두목님이 알게 되면 우리들은 모두 황천객이 되는 게 아닙니까?"

"뭐, 그리 두려워할 것도 없다구! 우리 모두 힘을 합쳐 그와 싸우면 되니까! 혼자서 어찌 우리들을 모두 감당하겠나?"

사자 두목은 부하 맹수요괴들을 시켜 삼장 일행이 이 숲 속의 어디쯤에 들어와있나 알아보라고 명령한다. 순식간에 삼장 일행이 걷고 있는 곳을 알아본 요괴들은 바람처럼 달려와 사자 두목에게 보고한다.

그들을 잡아오라고 소리치는 사자왕.

"그놈들을 빨리 이리로 잡아와라! 몸보신 좀 해야겠다."

이렇게 하여 신나는 먹이 감이 생기는 줄 알고 수백 마리의 맹수요괴들이 삼장 일행 쪽으로 달려간다.

이런 것을 아는지 모르는지 어두운 숲 속을 조심조심 걷는 일행들. 잔뜩 낀 안개와 걸을수록 사방은 점점 어두워져 사방을 분간할 수조차 없다. 가축들을 몰고온 일행은 이윽고 준비해온 횃불을 밝혀 든다. 이렇게 함으로써 맹수들을 물러가게 할 모양이다.

아? 그런데 저것은 무엇인가? 이들 주위에 새까맣게 나타나 번쩍이는 눈들!

그들은 바로 이곳에 사는 사람이든 동물이든 가리지 않고 잡아먹는 맹수요괴들이 아닌가? 수백 마리의 늑대들과 곰, 사자들!

축축하게 젖은 물안개 속에서 소들과 말들은 놀라 눈들을 희뜩거리며 주춤거리고 사람들은 모두들 횃불과 칼을 빼어 들고 경계한다. 커다란 사자 한 마리가 신호하듯이 우렁찬 목소리로 포효하며 달려드니 수백 마리의 맹수 괴물들이 으르렁거리며 마구 덤벼든다.

오공과 유성은 삼장의 옆에 서서 보호하며 덤벼드는 맹수들을 재빠르게 부지런히 여의봉으로 내려치고 긴 칼로 베어 가는데 맹수들의 숫자가 워낙 많고 두려움 없이 덤비므로 끝이 없을 것 같다.

한참 동안 정신없이 이리 치고 저리 치며 싸우는데 오공과 유성의 지치지 않는 훌륭한 무예에 맹수들도 그만 단념했는지 물러간다. 겨우 숨돌릴 정도가 되어 주위를 둘러보니 거의 모든 가축들은 물려갔고, 남아 있는 동물들은 부상을 당했으며, 사람들도 몇 명 남지 않았다.

이러한 상황에서 피를 흠뻑 뒤집어쓴 일행은 우선 잠시 앉아 쉬고 있는데 저건 또 뭔가? 무지하게 큰 금빛털 사자왕과 육미터는 넘을 성싶은 붉은 곰이 수백 마리의 맹수 요괴들을 거느리고 서서 주위에 빙 둘러싸고 있는 것이 아닌가?

그 두목 요괴들은 오공과 유성의 용맹함에 삼장을 잡아오지 못했다고 부하 요괴의 보고에 직접 달려온 것이다.

삼장은 "아이쿠, 이제는 죽었구나!"라며 털썩 주저앉아 단념하고 있는데 어마어마하게 큰 맹수들은 사정없이 으르렁거리며 달려든다. 용맹한 오공은 겁도 없이 그들을 마구 내려치며 유성도 삼장의 옆에 바짝 붙어서서 요괴들이 납치하지 못하도록 열심히 맹수 요괴들과 맞싸운다.

맹수들은 자기들의 동료들이 오공과 유성에게 처참하게 죽음을 당하는 것을 보면서도 두려워함도 없이 피를 볼수록 힘이 더욱 솟구치는지 날카로운 이빨을 드러내며 쉬지 않고 공격한다. 수도 없이 맹수들을 정신없이 베어 가니 어느덧 오공과 유성은 두 곳으로 서로 떨어져 점점 좁혀 오는 요괴들에게 포위당하고, 금사자왕은 삼장을 물어가고 만다.

삼장을 입에 물고 동굴 속에 돌아온 여인에게 보이며 이것이 삼장이 맞느냐고 묻자 여인은 그렇다고 대답한다.

놀라서 이미 기절하여 있는 삼장을 사자 왕과 곰 왕이 순식간에 먹어버리려고 날카로운 이빨을 드러내며 물어뜯으려고 하자 이때 휙 바람소리가 나더니 사자 왕과 곰 왕이 나가떨어지고 만다.

둘이 퍼뜩 정신을 차리고 보니 거기에 우뚝 서 있는 흰 호랑이왕! 사자 왕과 곰 왕 그리고 다른 맹수 요괴들은 으르렁거리며 흰 호랑이 왕을 포위하면서 공격한다. 그들은 이미 흰 호랑이 왕의 명령을 어겨서 어차피 죽을 바에 모두 힘을 합쳐 싸우겠다는 뜻이다.

원을 그리며 다가오던 맹수들은 벼락불 같은 눈빛에 천둥처럼 울부짖으며 불꽃 같은 시뻘건 혓바닥을 치켜 올리면서 흰 호랑이 왕을 공격한다.

흰 호랑이 왕은 날개를 펼치고 돌 듯이 둥글게 돌며 날카로운 발톱으로 사선을 그으면서 맹수들과 싸우는데 그 깨끗한 은빛털에 피가 점점 묻기 시작한다.

이야말로 아수라장이 되어버린 이 격렬한 싸움은 얼마의 시간이 지나면서 차츰 수백 마리의 맹수들이 눈이 째지고 발이 부러졌으며 가죽이 찢겨진 채 헐떡거리고 누워 있다.

부상당한 맹수들은 수많은 자기들과 싸웠으면서도 숨도 헐떡거리지 않은 채 의연하게 우뚝 서 있는 흰 호랑이를 이제서야 두려운 눈빛으로 바라본다. 자기들의 많은 숫자만 믿고 거만하게 달려들었던 어리석은 이들.

사자 왕과 곰 왕 그리고 겨우 남은 몇 마리의 큰 사자들과 곰들, 늑대들은 피에 얼룩진 흰 호랑이 왕과 얼마 간의 간격을 대치하며 이제는 마지막 싸움인 것처럼 으르렁거림도 없이 서로 간에 노려보면서 달려들 기회를 보고 있다.

이때 기회를 포착했는지 붉은 곰 왕이 그 커다란 몸을 일으켜 산처럼 세우며

뒤에서 덮쳐 오니 흰 호랑이는 순식간에 몸을 돌아 곰 왕의 무릎을 딛고 어깨 뒤로 뛰어올라 머리 위에 올라서서 긴 송곳 이빨로 목을 물며 두 앞발톱으로는 곰 왕의 눈과 턱 속에 박아넣고 자기의 뒷발을 이용하여 온몸을 공중에서 힘차게 돌리니 가련하게도 그 무지막지한 곰의 목이 우두둑 하고 부러지면서 거대한 몸이 쿵 하고 쓰러진다.

이 짧은 순간에 쓰러지는 곰 왕을 바라보는 금빛 사자 왕과 맹수들은 경악을 금치 못하고 있는데 흰 호랑이는 곰을 쓰러뜨리는 순간 공중으로 치솟았다가 땅에 내려오기도 전에 금빛 사자 왕의 몸 위에 올라타고 목을 물고 있다. 아무런 저항도 못하고 피를 흘리며 차츰 땅에 무릎을 꿇으며 쓰러지는 사자왕······.

이 장면을 본 나머지 맹수 요괴들은 전투의욕을 잃고 목을 길게 늘어뜨린 채 죽은 듯이 있다. 이것은 흰 호랑이가 자기들을 물어 죽이는데 스스로의 목숨을 단념한다는 뜻이다. 그러나 흰 호랑이 왕은 아무 관심도 없다는 듯이 언제 싸웠느냐는 듯 기절해 누워 있는 삼장을 조용히 물고 간다.

한편 오공과 유성은 겨우 맹수 요괴들의 포위망을 뚫고 삼장을 구하러 동굴로 달려가보니 이게 어찌된 일인가!? 비참하게 죽어 쓰러져 누워 있는 수많은 맹수들. 부상당한 맹수들도 땅에서 일어나지 못하고 오공과 유성을 바

라보며 헐떡거리고 있다.

"누가 이렇게 잔인하게 싸웠을까?"

이 처참한 광경에 놀라 저도 모르게 말하는 유성.

오공은 말한다.

"어제 내가 이곳을 정탐하고 있을 때 커다란 흰 호랑이 한 마리가 우리들이 올 것을 알고 사부님을 건드리지 말라고 맹수 요괴들에게 명령하더라구. 아마 그래서 생긴 일일 거야."

그러나 어디에 삼장이 있는지 보이질 않는다. 두 제자는 동굴 안과 밖에 쓰러져 누워 있는 죽은 맹수들의 커다란 몸을 들먹이며 삼장을 찾는데 어디에도 없다.

그러자 오공은 겨우 숨이 붙어 있는 금털 사자 왕에게 가서 묻는다.

"어디에 우리 사부님이 있느냐?"

아직도 목에서 피를 흘리며 고통 속에 있는 사자 왕은 겨우 말한다.

"우리가 흰 호랑이의 명령을 어겨서 이렇게 됐소. 당신들의 사부님은 그 흰 호랑이가 물고 어디론가 갔소."

이 말에 깜짝 놀란 유성은 소리친다.

"우리 빨리 사부님을 찾으러 갑시다! 그 흰 호랑이가 잡아먹기 전에!"

오공은 차분하게 말한다.

"덤벙대지 말라구. 그 흰 호랑이가 사부님을 잡아먹고 싶었다면 벌써 이곳에서 먹었을 거야. 어딘가에 잘 모셔놓고 있겠지."

둘은 공중으로 몸을 치솟아 주위의 산들을 바라보니 저 멀리 높고 큰 평평한 돌산 위에 서 있는 커다란 나무 밑에서 하얀 빛이 뻗치고 있다.

오공은 소리친다.

"저기다! 우리 사부님이 계시는 곳이!"

둘이 쏜살같이 그곳으로 날아가보니 멋지게 큰 붉은 체리나무 그늘 아래 기절한 삼장은 누워 있고 그 옆에 있는 흰 호랑이는 어느새 더러워진 피를 씻어 깨끗한 흰 털이 바람에 나부끼며 초연히 앉아 다가오고 있는 오공과 유성을 본체만체 허공을 바라보고 있다.

유성은 잔뜩 긴장하여 긴 칼을 빼어 들고 다가가려 하니 오공이 말한다.

"쓸데없는 짓 하지 말라구! 저 호랑이는 우리가 어찌할 수 없는 대단한 존재야!"

이 높은 산 위엔 벌써 가을이 다가오는지 체리나무 잎들이 하나 둘 떨어지기 시작한다. 조용하게 떨어지는 나뭇잎들을 바라보며 깊은 선정에 든 흰 호랑이……

'이래서였구나! 이래서 저 흰 호랑이에게 어느 맹수 요괴들도 건드릴 수가 없었군!'

이렇게 생각하며 다가가는 오공이 흰 호랑이 왕의 눈동자를 바라보니 그의 허공처럼 텅 빈 눈동자는 끝없이 펼쳐져 있는 한없는 우주의 공간을 바라보고 있는 것처럼 맑은 가을하늘과 같이 푸르고 그의 주위에는 유유히 성스러운 기운이 감돈다.

흰 호랑이는 친구가 없는 외로움이 아닌 절대 고독을 즐기고 있는 것이다. 이것이 바로 외로운 붓다요. 임제선사의 스승인 황벽선사가 말한 "홀로 외로운 봉우리에 앉아 있는 것을 가장 즐긴다"라고 한 모습이 아닌가?

이윽고 조용히 눈을 뜬 삼장은 바로 눈앞에 앉아 있는 커다란 흰 호랑이를 보면서도 놀라지 않는다. 삼장은 흰 호랑이에게서 아무런 살기도 못 느낄 뿐만 아니라 은연한 친절함조차 느끼기 때문이다.

그럼 좀전에 흰 호랑이는 왜 그렇게 맹수 요괴들을 무참하게 죽였는가? 그렇게까지 하지 않았으면 어쩌면 삼장을 구할 수 없다고 직관했기 때문이 아닐까?

오공과 유성이 옆에서 있는 것을 본 삼장은 몸을 일으킨다. 자기에게 감사의 절을 하며 떠나는 삼장 일행을 바라보는 흰 호랑이는 아무 말도 않는다. 우주의 본질을 깨달은 이에게 무슨 할 말이 있겠는가?

그래서 운문선사는 오공에게

"걸을 땐 걷기만 하고 볼 때는 바로 보기만 하라!"

고 말하지 않았던가?

산 아래로 걸어 내려오는 삼장 일행은 아무 말도 없다. 얼마 후에 동굴 앞에 당도하니 백마가 홀로 짐을 지키고 기다리고 있어 삼장은 그 위에 올라타고 일행은 조용히 서쪽으로 가던 길을 간다.

## 수피 춤

삼장 일행은 한 달을 넘게 길을 걸으면서 울긋불긋한 단풍이 지며 산들이 바뀌고 계곡들이 다른 방향으로 흐르는 것을 구경하면서 걷고 걷고 또 걸었다. 문득 온 산이 불에 타듯이 빨갛게 달려 있는 먹음직스러운 수많은 감나무들의 감들을 바라보며 한 마을의 입구에 들어서게 된다.

이곳 사람들은 언어와 생김새도 달라 삼장 일행 스스로가 이방인이라는 것을 실감나게 한다. 이 마을 사람들은 장미꽃을 수놓은 아름다운 옷들을 입고 있고 삼장 일행이 걷고 있는 얼마되지 않는 거리에서 화평한 햇살 아래 한 떼의 마을 사람들이 다프(daf. 수피음악에 쓰이는 북)를 치고 노래를 부르며 춤을 추고 있다.

그곳에서 어느 여인이 부르는 노랫소리는 슬픈 듯 혹은 누군가를 그리워하는 듯 애절하여 지나가면서 듣고 있는 삼장의 가슴속에 찡 하고 와 닿는다.

갑자기 뭉클하며 심장 위로 치솟아오르는 슬픔에 삼장은 그만 자기도 모르게 왼쪽 눈에서 눈물이 주르르 흘러내린다. 이것은 바로 심장이 왼쪽에 있기 때문이다.

무의식 중에 걷던 길을 멈추고 노래하는 그들을 바라보는 삼장. 천 갈래의 슬픔과 고통이 있다면 또 다시 수천 갈래로 열며 가슴을 찢는 듯한 노랫소리…….

저것이 바로 인간의 감정을 승화시켜 우주의 진실에 도달할 수 있는 수피(sufi)음악이 아닌가?

둥그렇게 원을 그리고 앉아 여섯 박자와 팔 박자를 정교하게 뒤섞으며 아름다운 손을 놀려 다프를 치는 여인들. 그들 중간엔 한 여인이 긴 흐트러진 머리를 마구 흔들고 회전하며 춤을 추고 있다. 춤을 추는 여인의 두 눈빛은 황홀한 열락에 빠져 있고 그녀의 긴 소매는 손의 회전하는 움직임을 따라 펄럭인다.

그녀들의 이 신비한 음악에 도취되어 서 있는 삼장에게 오공은 말한다.

"사부님, 이제 그만 갑시다."

이 소리에 문득 정신이 깨어난 삼장은 다시 가던 길을 간다.

마을 안으로 들어가는 길 옆에는 여러 가지 색깔의 수많은 코스모스꽃들이 살랑거리며 흔들리고 있고, 길가에 쭉쭉 뻗은 기다란 미루나무들은 높은 가을하늘을 더욱더 높게 만든다.

마을 한가운데에는 커다란 둥근 모양의 이슬람 사원이 아름답게 모자이크 되어 햇빛을 받아 금빛을 번쩍이며 서 있고, 사원의 주위에는 녹색천을 머리에 칭칭 감은 수피들이 지나간다. 이 마을에는 불교 사원이 없어 삼장 일행은 깨끗하고 자그마한 여관에 묵는데 여관주인과 친구되는 듯한 남자가 서로 말을 주고받는다.

"오늘은 보름날이니 사원 앞에서 수피들의 춤을 볼 수 있겠군."

"암, 꼭 봐야지!"

이 말을 들은 삼장은 해가 지고 환한 보름달이 떠오르자 오공과 유성을 데리고 사원 앞 넓은 마당으로 구경하러 가니 마을 사람들은 벌써 원을 그리며 앉아 있다.

주위엔 여기저기 횃불들이 켜져 있고 마당 중간에는 모닥불을 피워놨는데 그 주위로는 30여 개의 다프를 둥글게 세워놓고 있다. 그 다프들을 가만히 살펴보니 반 투명한 양가죽으로 둥근테의 나무에 한쪽에만 접착해놓고, 나무테 안에는 둥글고 작은 쇠고리들을 박아 연결하여 매달아서 찰랑거리게 만든다.

이윽고 모닥불 가에 조용히 앉아 있던 긴 검은 옷을 입은 수피들이 제각기 다프를 하나씩 들고 천천히 원을 돌며 둥~ 둥~ 두두둥~ 하고 느리게 걷는 속도로 치는데 거기에 맞추어 하얀 수염을 길게 늘어뜨린 한 늙은 수피 스승이 그리워하는 어느 누구를 부르는 듯 노래한다.

스승의 노랫소리에 맞추어 다프를 치지 않는 수피들은 많은 이들이 서로서로 어깨를 끼고 고개를 앞으로 옆으로 휘저으며 원을 돈다.

우르르우르르 둥 둥~ 우르르우르르 둥 둥~

원을 돌던 이들은 심장에 두 손을 얹고 고개를 수그리며 조용히 리듬에 맞추어 움직이더니 차츰 율동이 빨라지자 허리까지 내려온 긴 머리카락을 앞뒤로 마구 휘두르며 미친 듯이 힘차고 강렬하게 춤을 추기 시작한다.

그들을 이렇게 움직이는 천둥이 치는 듯한 격렬한 다프 소리는 심장의 조화를 잃어버린 이들, 즉 슬픔에 가슴이 부서져 버린 이들을 치유하기 위하여 있는 듯하다.

　조용하게 부서져 내리는 달빛 아래 불꽃을 날리며 격렬한 리듬으로 머리와 온몸을 마구 흔들면서 무아의 경지로 빠져 들어가는 수피들의 춤은 더 이상 춤이 아니다. 그것은 그들의 불타는 영혼이 움직이고 있는 것이다.

　그들의 춤은 갖고 있는 온갖 잡다한 지식들과 에고를 버리려고 하는 몸짓과 같고 몸과 마음을 정화하여 우주의 근원에 도달하려는 것 같다. 이 미친 듯한 정열적인 춤이 점점 깊어져 모두들 극적인 에너지에 도달했을 때 스승되는 노인이 평화스러운 저 언덕을 넘어가듯이 차분하고 느리게 노랫소리를 바꾸자 제자들은 차츰 몸을 부드럽게 흐느적거리며 느슨하고 조용하게 움직인다. 이리하여 다시 본래 자리로 되돌아온 그들의 모습은 무아의 경지를 맛본 듯이 모두 평화스럽다.

　이날 밤의 수피음악과 춤은 삼장에게 크게 감명을 주어 평생 잊지 못하고 가슴속에 문득문득 멜로디와 리듬이 맴돌고 있다. 음악을 통하여 정신을 지고하게 승화시킬 수 있다면 그것은 바로 수피음악이리라!

　고요함과 지혜로 정신을 맑히는 참선이나 율동과 리듬을 통하여 마음을 통달하는 수피음악은 모두가 우주의 영원한 진실에 도달하고자 하는 같은 목적일 것이다.

　선승이나 수피들은 모두 물질적인 것들과는 상관없이 산과 들판에서 자연을 즐기며 영원히 죽지 않는 우주의 궁극적인 에너지, 즉 참 나를 찾고자 한다. 이것을 발견한 이들은 영원히 행복하며 누구도 그들을 파괴할 수 없다.

　우리의 육체와 모든 물질적인 것들은 끊임없이 변하여 가지만, 본래 맑고 깨끗하며 영원히 존재한다는 우주의 에너지는 도대체 어디 있을까?

누구나가 갖고 태어난다고 하지만 그것을 자각하며 사용하고 있는 이들은 극히 소수이다.

어째서 거의 모든 이들은 우주의 근원에너지를 갖고 있으면서 왜 모르는 걸까? 대체 무엇이 이들을 방해하는 걸까? 그리고 그것을 알기가 왜 그렇게 힘이 드는 걸까?

그것을 깨달은 선사들은 거의 모두가 삼장스님의 이 고통스러운 긴 여행 못지않게 철저하게 금욕하며 선을 탐구한 이들이다. 그들은 이 육신의 쾌락과 욕망을 무시한 채 더 지고한 즐거움을 찾아 수억만 명의 세상 사람들이 두려워하는 그 경지를 초월한 이들이다.

이 영원한 행복에 이른 이들은 더 이상 부처님을 찾지도 않고 홀로 유유히 노닌다. 깨달은 선사들은 다른 이들의 스승이 된 후에 선사들 자신이 죽음의 경지도 넘어서야 할 수행할 때의 어려움을 잘 알면서도 누구 하나 쉽게 깨달음에 이르도록 가르쳐주질 않는다.

선사들은 무엇 때문에 이렇게 짜게 구는가?

이 신령하고 미묘하여 항상 즐거우며 영원히 병들지 않는 참 나를 어느 누구나 지니고 있지만 배고프면 남이 대신 먹어줄 수 없고 소변을 보고 싶으면 누군가 대신 화장실에 가줄 수 없는 것처럼 스스로 발견해야 하는 것이다. 스승은 우리가 깰 수 있도록 도와주는 것이지 깨어나는 일은 우리 스스로가 해야하기 때문이다.

선사들뿐만 아니라 모든 것들이 우주의 본체를 보이고 있지만 우리들이 물질적인 대상에만 얽매어 보지 못하는 것이다. 이 참 나를 발견하기 위하여 우리는 밥을 먹거나 어느 때라도 무엇이 우리를 느끼게 하고 움직이고 있는 것인가? 하고 주시 관찰해야 한다.

마치 문수보살이 지혜의 검을 들어 온갖 잡생각들을 자르고, 관음보살이 깨끗한 물을 뿌려 몸과 마음을 정화시켜 병이 없는 참 나를 드러나게 하듯이 우리도 결단력으로 수만 겁의 깊은 선정을 닦듯 꾸준히 이 몸과 마음을 지켜보자! 어쨌든 삼장은 밤이 늦도록 수피 춤을 구경하고 여관에 돌아와 잠자리에 든다.

## 물소왕

다음날 아침에 일어난 삼장의 귀에는 아직도 다프의 리듬소리가 뚜렷이 들리고 인간의 열정을 초월한 수피춤이 눈에 아른거린다. 아침식사를 하고 난 일행은 가을의 따사로운 햇살을 받으며 아름다운 수피마을을 떠난다.

몇 달을 걸어가니 가을이었던 날씨는 다시 여름으로 돌아가는 듯이 훈훈한 열기가 땅 위로 올라온다. 아마도 부처님의 나라는 사계절이 여름처럼 항상 날씨가 더워서겠지. 일행이 흰눈 덮인 큰 설산을 중간쯤 걸어 내려오니 부처님의 나라인 넓은 평야가 저 멀리 보인다.

그 대륙적인 끝없이 펼쳐진 경치를 바라보며 삼장 일행은 이제 부처님이 계시는 곳에 거의 다 온 느낌이 들어 은연중 반가운 마음에 피곤함과 배고픔도 잊어버리고 한시름 놓고 있을 때 갑자기 넓고 푸른 하늘에 바람이 일고 구름이 몰리더니 막막하고 몽몽한 검은 안개와 함께 번갯불은 번쩍번쩍하며 휘몰아치는 광풍과 함께 주룩주룩 소나기가 쏟아진다.

이것은 엄청난 비다!

줄기찬 비는 온 벌판을 뒤덮고 하늘을 어지럽히며 마구 쏟아지니 삼장 일행은 우선 급한 대로 근처 대나무 숲의 반은 허물어져 부서져 내린 빈 집으로 들어간다. 본채는 이미 내려앉아 지붕이 뻥 뚫려 소낙비가 쏟아지고 있고 할 수 없이 처마밑의 마룻바닥에 셋은 쪼그리고 앉아 억수같이 쏟아지는 비만 바라보고 있는데 어디선가 난데없이 땅이 울리는 굉장한 굉음이 들린다.

이미 어두컴컴한 한밤중이라 놀란 일행은 어찌할 줄 모르고 있는데 수백 마리의 물소들이 달려오더니 무지막지하게 마구 짓밟듯이 덤벼든다. 갑자기 당하는 일이라 제각기 피하느라고 정신없는데 그나마 다 쓰러져 가는 집도 완전히 무너져 버렸고 모두들 정신을 차리고 보니 삼장이 없어졌다.

"이런 큰일났군! 사부님이 어디로 가셨지? 사부님! 어디 계세요?"

당황한 오공과 유성은 굵직한 빗방울들이 떨어지는 대나무 숲 속을 헤매며 삼장을 찾는다. 아! 끝없이 닥쳐오는 삼장의 시련! 부처님의 나라에 도착했다고 안심하고 있었는데…….

둘이 한참 동안 대나무숲 속을 미친 듯이 뒤지며 찾고 있는데 문득 아름다운 꽃들로 수놓은 옷을 입은 화광보살이 몸에서 뿜어 나오는 둥근 빛에 비한 방울도 젖지 않은 채 오공과 유성에게 말한다.

"그대들의 스승은 이 근처에 살고 있는 두 마리의 물소왕에게 잡혀 갔소. 그들은 여기서 남쪽으로 곧장 가면 처음 나타나는 강가에 살며 천년 동안 도를 닦아 신통력이 막강하니 조심들 하시오."

말을 마친 화광보살은 어둠 속으로 사라진다.

다음날 날이 밝자마자 오공과 유성은 백마를 이끌고 날듯이 남쪽으로 향해 가니 강 하나가 나타나는데 여기저기 멋진 큰 바위들 사이로 어우러져 흘러 내려간다. 둘이서 주위를 자세히 살펴보니 그 강가에 두 개의 커다란 바위틈 사이로 동굴 비슷한 입구가 보인다.

"너는 여기서 백마를 지키고 있으라구. 내가 가서 정탐하고 올테니까."

유성에게 이렇게 말한 오공은 한 마리 물뱀으로 변하여 그곳으로 기어가다가 문득 생각한다.

'아니지, 이렇게 가다가 사부님이 보시게 되면 출가인이 거추장스럽게 길게 변했다고 꾸지람을 내리실테니 물방개로 변하자! 가만있자, 그것도 마땅치 않네? 사부님이 보시게 되면 발이 많이 달렸다고 뭐라고 하실지 몰라…… 그렇지, 물쥐로 변하자!'

"물쥐로 변해랏!"

물쥐로 변한 오공은 삭 하는 소리와 함께 단숨에 돌 틈 사이로 빠져 들어간다.

이 안에는 사방으로 큰 바위들로 막혀 있고 몇 개의 돌방들로 나뉘어져 있다. 바닥은 부드러운 모래사장이고 햇볕도 잘 들어와 제법 아늑한 분위기다.

머리를 빠끔히 들이밀고 안의 동태를 살펴보니 부하요괴인 듯한 녀석들 몇 명이 햇빛이 드는 쪽에 앉아 꼬챙이에 고깃덩어리를 꿰어 햇볕에 널어 말리고 있다. 오공은 놀라며 중얼거린다.

"저런 못된 놈들 같으니라구! 아이고 저런! 먹다 남은 사부님의 시신을 햇볕에 말려서 날씨 흐릴 때에 먹을 요량인가보다. 내 당장에 저 녀석들을 때려죽이고 싶지만 조금만 참고 요괴두목을 찾아 그 녀석부터 작살내야지!"

오공은 야무지게 몸을 움직여 민첩하게 쪼르르 바위 밑 쪽을 따라 달려가서 다른 방으로 들어가니 거기에는 엄청난 거구들의 요괴왕 둘이 큰 의자에 앉아 있다. 이때 고기를 말리고 있던 부하요괴들이 오더니 말한다.

"대왕님, 우리 어제 저녁 잡아온 중을 끌어내어 깨끗이 씻은 다음 찢고 저미고 갖은 양념을 해서 짭짤하게 한 뒤 구수하게 지지고 볶아 우리 모두 그 중의 고기 한쪽씩 먹어 오래오래 살아봅시다."

그러자 다른 한 놈이 입맛을 다시며 투덜대듯 말한다.

"쪄서 먹는 것이 더 맛있지 무슨 소리야?"

그 옆에 서 있는 다른 요괴가 말한다.

"제 생각에는 참기름에 들들 볶아 후추와 소금을 곁들여 먹는 것이 냄새도 좋고 소화도 잘될 것 같은데요."

그러자 마지막 녀석이 나선다.

"그놈은 본래 채식만 한 중이라서 고기가 진기하고 맛이 있을 거니 소금에 절여 두고 오래오래 조금씩 먹읍시다."

이렇게 사부님을 모욕하는 소리를 듣는 오공은 화가 나지만 삼장이 어딘가에 살아 있다는 것이 기뻐 슬그머니 꼬리털을 뽑아 잠 오는 미세한 벌레들을 만들어 요괴들에게 훅 분다.

그러자 잠시 후 요괴들은 차츰 하나씩 골아떨어지는데 두 명의 요괴두목들만 몸을 비비 꼬고 눈을 껌뻑거리며 잠을 자지 않으려고 한다. 오공이 다시 몇 가닥의 꼬리털을 뽑아 날리자 별 수 없이 두목들도 코를 골며 잠에 떨어진다.

모두가 잠에 떨어진 것을 확인하며 본 모습으로 돌아온 오공은 여기저기 기웃거리다 보니 뒷방에 홀로 꽁꽁 묶여 있는 삼장을 발견한다.

"사부님!"

하고 달려오는 오공을 본 삼장은 안도의 한숨을 내쉰다.

"오공아, 이 밧줄 좀 풀어다오! 답답해 죽겠다."

삼장을 보고 기뻐하며 달려오던 오공은 흥분하는 가슴을 진정시키며 말한다.

"사부님, 조급히 구시면 일을 그르칩니다. 요괴들을 다 때려죽이고 다시 와서 풀어드릴테니 조금만 참으십시오!"

오공은 급히 다시 돌아 달려가 여의봉을 휘두르며 자고 있는 요괴들을 내려치려다가 사부님의 걱정으로 선뜻 멈추며 중얼거린다.

"안 되겠다! 꽁꽁 묶여 괴로우실텐데 우선 사부님부터 구해드려야지!"

다시 삼장에게 달려오던 오공은 또 생각한다.

'안 되겠다! 요괴들이 깨어나서 덤비기 전에 먼저 작살낸 다음 구해드려야겠다!'

이렇게 무얼 먼저 할지 몰라 생긴 대로 귀엽게 까불며 이리 뛰고 저리 뛰고 하는 오공을 보는 삼장은 묶여 있으면서도 오공의 앙증맞은 행동에 혀를 끌끌 찬다.

"쯧쯧, 아직도 원숭이처럼 저렇게 춤추듯 까부니 언제나 철이 들려나!"

그제서야 삼장에게 달려와 묶인 밧줄을 풀고 나서 조심조심 잠자는 요괴들 사이를 걸어 지나가서 동굴 밖으로 나오니 유성이 기다리고 있다가 반가워 소리친다.

"사부님, 살아계셨군요!"

이 소리에 깜짝 놀라 잠을 깬 두목요괴는 소리친다.

"애들아, 우리가 잡아온 먹이가 도망쳤다! 쫓아가서 잡아라!"

무기를 들고 우르르 달려나오는 요괴들을 보자 오공은 삼장과 함께 있고 유성은 긴 검을 빼어 들고 그들에게 달려가 물을 자르듯이 멋지게 그어대니 단박에 몇 녀석들은 모래사장에 피를 흘리며 쓰러지고, 두 녀석의 두목들만 남는다.

몸이 엄청 큰 두목요괴들과 싸우던 유성의 칼날이 한번 번쩍 하자 한 두목의 목이 댕강 하고 잘려 땅에 떨어지니 한 마리의 커다란 물소로 변한다. 이것을 보고 겁을 먹은 요괴왕은 무지하게 커다란 물소로 변하여 급히 뒤뚱거리며 달아나니 오공은 획 달려 쫓아가 요괴왕의 꼬리를 잡고 마구 잡아당긴다.

꼬리에 매달린 오공을 떼어내려고 뒷발길질을 하면서 발광하는 물소왕. 오공은 재빨리 물소 등에 뛰어올라 커다란 두 뿔을 잡고 신나게 뒤흔든다. 커다란 두 눈을 희번덕거리며 모래들이 사방으로 튀도록 거칠게 이리 뛰고 저리 뛰는 물소왕은 물속으로 들어가보기도 하고 바위에 몸을 부딪치기도 하며 오공을 떼어내려고 애쓰나 영특한 오공은 물소왕의 두 뿔을 꽉 잡고 몸통에 발길질을 하며 짧은 두 다리로 물소의 목을 꽉 조이기도 하면서 신나게 놀고 있다.

지칠 줄 모르고 끊임없이 날뛰는 물소왕과 오공의 몸은 어느새 한몸이 되어 움직이더니 차츰 지치기 시작하는 물소왕은 흰 거품을 입에서 줄줄 흘리며 조용해진다.

잠시 후 또다시 날뛰기 시작하는 물소왕.

얼마를 쉬지 않고 날뛰니 어느덧 도망가려는 요괴와 요괴를 항복시키려는 오공의 존재를 잊은 둘은 서로 하나가 되어 있다.

그제서야 평화스럽게 움직이는 물소왕.

이제 더 이상 무엇을 할 필요가 있겠는가? 가볍게 땅으로 착 뛰어내린 오공은 물소왕의 등을 톡톡 쳐주고는 삼장에게 돌아온다.

조용하다 못해 깊은 선정에 든 것처럼 고요해진 물소왕.

이것이 바로 오공이 처음으로 무력을 쓰지 않고 요괴를 항복시킨 일이다. 물소를 항복시킨 일행은 강가를 따라 걸으며 계속 부처님이 계시는 남쪽으로 간다.

## 원기

날이 갈수록 넓은 평야가 더욱 나타나고 높은 산들은 뒤로 차츰 멀어져 간다.

어느덧 이곳의 훈훈한 겨울도 지나가고 또 다른 새해가 오니 봄이 되어 온 들판에 꽃들이 만발하다. 삼장 일행은 아름다운 봄경치를 구경하며 걷고 또 걷는다.

앞에 걷던 오공은 뒤를 바라보며 말한다.

"사부님, 우리는 이제 곧 부처님이 계시는 산에 도착하게 됩니다. 그러니 마음을 더욱더 집중하십시오."

백마를 타고 가던 삼장은 이 말을 듣고 곧 부처님을 만난다는 기쁨과 긴장감이 엇갈려 얼굴표정이 웃었다 굳어졌다 한다.

"부처님을 만나뵈올 때 나는 무슨 말부터 해야 하지?"

잔뜩 흥분하여 혼자 이렇게 중얼거리는 삼장에게 오공은 말한다.

"사부님, 동쪽나라의 모든 중생들을 위하여 경을 얻으러 왔다고 인사드리며 그저 기쁜 마음으로 조용히 무심으로 서 계시면 됩니다. 그것이 부처님을 가장 흡족하게 하는 길이니까요."

이렇게 서로 말을 주고받으며 걷고 있을 때 하나의 커다란 절이 보인다. 경전에 나오는 이 절은 어느 부자가 이 숲 속에 부처님을 모시어 설법을 듣고자 하는데 이 나라의 태자가 소유자라서 부자가 태자에게 돈을 주고 사겠다고 하니 태자는 부자에게 말하기를 이 동산에 금을 가득히 깔아놓으면 땅을 팔겠다고 한다. 부자는 당장에 금을 온 동산에 깔아버렸다.

이것을 인연으로 이 절은 그 부자의 이름을 따서 '급고독원'이라고 하며, '기원정사'라고도 한다. 지금도 비가 내려 땅이 물에 씻겨지면 가끔씩 금조각들이 나온다고 한다.

일행이 기원정사 안으로 들어가니 오월 초라서 죽순이 여기저기서 솟아나고 울창한 대나무 숲 속의 여러 가지 신기한 꽃들과 함께 어디선가 기이한 향내가 난다.

경건하게 사원 안으로 들어오며 걷는 삼장 일행.

훤한 둥근달 같은 얼굴에 건장한 몸매의 선승이 걸어오자 이 절의 한 노승은 삼장의 속되지 않고 위풍당당한 모습에 감격하여 다가와 합장하며 머리 숙여 절한다. 삼장도 공손히 인사하며 어디서 오는 길이냐고 서로 몇 마디 얘기하자 노승은 반겨하면서 일행을 객실로 안내한 후 차를 내온다.

저녁을 먹고난 삼장은 오공과 밖으로 나와 달빛을 받으며 한가로이 숲 속을 걷고 있는데 부드러운 바람에 흔들리는 대나무 잎들은 환한 달빛을 받으며 춤을 추듯 흔들거린다. 이렇게 둘이서 한가로이 걷고 있을 때 문득 어디선가 기괴한 소리가 들려온다.

울음소리 같기도 하고 야단치는 소리 같기도 하여 흠칫 놀란 삼장은 괴이하게 여겨 아까 낮에 만난 노승에게 가서 무슨 일로 누가 저렇게 우느냐고 묻는다.

"작년 이맘때였습니다. 그날 밤 하도 달이 밝기에 소승이 달구경을 하며 숲 속을 거닐고 있었는데 어디선지 슬피 우는 소리가 들리지 않겠습니까? 그래서 우는 소리를 따라가보니 어떤 아리따운 여인이 숲 속의 바위 위에 홀로 앉아 울고 있었습니다.

당신은 누구기에 이 한밤중에 숲 속에서 우느냐고 물었더니 자기는 이 나라의 공주라고 하더군요. 까닭을 물었더니 대답은 않고 울기만 해서 할 수없이 절에 데려다 놓고 수소문해서 알아본 결과 공주가 아니라는 것을 알았습니다.

그래서 빈 방에 가둬두고 음식이나마 조금씩 넣어주는데 가끔씩 발광을 하게 되면 저렇게 미친 듯이 날뛰고 횡설수설하면서 소리를 지르며 웁니다. 아무래도 그 여자는 요괴가 씌인 것 같습니다."

노승의 말을 듣고 있던 삼장은 고개를 끄덕거리며 말한다.

"그것 참 어려운 일이군요. 저희가 궁 안에 가게 되면 사실을 알아보겠습니다."

삼장과 오공이 방으로 돌아오자 유성은 그때까지 자지 않고 기다리고 있다가 말한다.

"내일 아침 날이 밝기 전에 일찍 떠나야 한다더니 어디를 돌아다니다가 이제야 돌아오십니까?"

오공은,

"사부님을 모시고 달구경을 하고 돌아오는 길이다. 여지껏 자지 않고 뭐

했니? 밤이 깊었으니 잠을 자자."

모두가 이불을 펴고 잠을 자니 사방은 고요한데 밤하늘의 은하수가 밝게 빛나고 따뜻한 바람이 문틈 사이로 스며 들어온다.

새벽닭이 힘차게 아침 일찍 울자 부스스 일어난 일행은 아침밥을 먹고 기원정사를 떠나 한동안 걸어 가니 저 멀리 아름답고 웅장한 성이 보인다.

곧바로 성안으로 들어간 일행은 사람들이 많이 웅성거리는 곳을 지나가게 되었는데 갑자기 공 하나가 날아와서 삼장의 머리를 때린다. 깜짝 놀란 삼장이 어리둥절하고 있는 사이에 갑자기 수많은 사람들이 "와!" 하고 함성을 지르며 공을 주우려고 몰려든다. 오공과 유성이 급히 삼장을 보호했기에 망정이지 아니면 삼장은 크게 다칠 뻔했다.

옷에 묻은 먼지를 털며 일어서는 삼장에게 몇몇의 신하가 다가오더니 절을 하며 말한다.

"인사드립니다. 당신은 귀한 분이십니다. 저의 나라에 하나밖에 없는 공주님의 남편이 되시고 국왕님의 사위가 되시었으니 참으로 경사입니다."

삼장은 이 말에 어리둥절하며,

"예? 그게 무슨 말씀이신지? 저는 출가한 몸인데……."

오공이 옆에서 속삭이듯이 말한다.

"사부님, 공주님이 사부님에게 공을 던졌으니 사부님이 마음에 드신 모양입니다. 아무 걱정마시고 저들을 따라 궁궐로 들어가십시오. 제가 그 공주가 진짜인지를 볼 수 있으니까요."

가마를 타고 관원들과 함께 궁 안으로 들어오는 삼장을 국왕이 반갑게 맞이한다. 그런데 절하는 삼장을 보니 건장하고 출중한 젊은이가 아니고 반 늙은이라 문득 불쾌함을 느끼다가 가만히 지켜보니 그는 보통 사람이 아닌 듯

싫고 사랑하는 공주가 직접 골랐으니 어찌할 수 없는 일이 아닌가?

삼장을 가까이 불러 앉힌 국왕은 묻는다.

"그대는 어디서 온 사람이오?"

"저희는 동쪽에서 이곳으로 16년 동안 걸어서 부처님을 뵙고 경을 얻으러 온 여행하는 일행이고, 소승은 이미 출가한 몸이니 공주님의 짝이 될 수 없습니다. 그러니 여권에 도장을 찍어주시어 저를 놓아주십시오."

옆에 다소곳이 앉아 있던 공주가 말한다.

"아바마마! 소녀는 이 나라의 오랜 풍습대로 공을 던져 마음에 맞는 사람을 골라 맞췄으니 이분이야말로 오랫동안 제가 찾던 분입니다. 비록 나이가 많고 출가하셨지만 저와 전생에 인연이 있어 이렇게 만난 게 아닙니까? 소녀는 이분만 따르겠습니다."

공주의 이 확실한 말에 국왕은 삼장에게 말한다.

"공주의 나이는 겨우 20세로 저렇게 영리하고 예쁘며 그대를 사랑하는데 왜 그렇게 사양을 하시오?"

삼장은 식은땀을 흘리며 황망히 말한다.

"폐하, 그리고 공주마마! 저는 부처님께 경을 가지러 가야 할 사람이지 이런 호화스러운 왕궁생활에 맞지 않습니다. 부탁이오니 저를 놓아주십시오."

횡설수설하는 삼장의 말에 국왕은 화가 난다.

"그대는 사람이 왜 그 모양인가? 짐은 이 나라의 황제로서 그대를 사위로 삼으려고 하고 공주도 그대를 남편으로 모시려 하는데 경을 가지러 간다고만 고집하니 어찌 그리 꽉 막힌 먹통이오? 그대는 우리와 살고 옆에 서 있는 저 두 제자들을 시켜 경을 가지러 가게 하면 될 게 아니오?"

이에 오공이 말한다.

"폐하, 우리들은 경을 가지러 가시는 사부님을 보호하는 임무만 맡았을 뿐이지 경전을 이해하고 번역할 인물들이 못됩니다."

이때 음양의 날을 보는 신하 한 사람이 소리친다.

"혼인 날은 3일 후, 금년 5월 5일로 정하겠습니다. 이 날은 갑신날. 원숭이가 과일을 드리는 날이오니 아주 적당한 날이옵니다."

국왕은 기뻐하며 혼인 잔치를 준비하라고 명한다.

궁에서 물러나온 오공은 삼장에게 말한다.

"사부님, 저 공주는 가짜입니다. 그녀는 요사스러운 기운이 그리 나쁘지는 않으나 제가 정체를 밝혀내고 말겠으니 걱정마십시오."

다음날부터 3일 동안 연이어지는 잔치. 궁 안의 정원 돌 틈 사이에는 기이한 꽃들이 자라나고 있어 발걸음을 옮길 때마다 그윽한 향기가 소맷자락을 스친다.

맑고 깨끗한 연못에 우아하게 피어 있는 커다란 연꽃들. 이 깊은 연못 속에 키우는 백설 같은 물고기들.

흰 배꽃들과 붉은 살구꽃들은 바람에 불려 가볍게 공중에 날리며 향기를 퍼트린다. 정원에 하나 가득 맛있게 잘 차려진 진수성찬을 먹으며 옥 같은 액체와 같은 차와 술들을 따르니 이보다 더 즐거운 일이 어디 있겠는가?

이윽고 5월 5일이 되자 꽃을 수놓은 눈부시게 아름다운 비단옷을 입은 공주가 훈훈히 부는 바람에 옷자락을 날리며 간드러지게 이쪽으로 걸어온다.

한들한들 걸어오는 그녀의 입술은 앵두 같고 백설 같은 이빨에 발그스레한 어여쁜 얼굴은 꽃과 같이 섬세하다. 얼음 같은 살결에 화려한 귀고리와 팔찌는 공주의 자태를 더욱더 사랑스럽게 만들고, 눈썹의 한줄기 선은 먼 산처럼 가늘다. 향기를 휘감으며 오고 있는 웃는 얼굴은 깨끗한 난초 같다.

오공이 금빛 나는 불 같은 눈으로 그녀를 몇 번이나 다시 보아도 진짜 공주가 아니다. 공주 앞으로 썩 나선 오공은 큰소리로 호통을 치며 꾸짖는다.

"이 못된 짐승아! 너는 어찌하여 사부님의 원기를 빼앗으려고 하느냐?"

갑자기 이 호통소리에 왕비는 비칠거리며 쓰러지고, 국왕은 눈이 휘둥그레진다.

자신의 신분이 발각된 것을 눈치챈 공주는 즉시 거추장스러운 긴 옷을 벗어 던져버리며 반 알몸이 되어 화원의 어디론가 달려가더니 야구방망이와 같은 몽둥이를 가지고 와서 오공을 후려갈긴다. 오공도 여의봉을 빼어 휘두르며 정면대결을 하니 둘은 구름을 타고 힘차고 거칠게 싸우는데 천 가지 꽃들이 허공에 흐트러지는 듯하고 만 가지 잎사귀가 바람에 마구 휘날리는 것 같다.

그들의 싸움을 바라보는 모든 사람들이 겁을 먹고 우왕좌왕하고 있으니 삼장은 국왕의 손을 잡고 말한다.

"겁내지 마십시오! 저 공주님은 가짜입니다. 오공이 요정을 잡으면 모든 일이 밝혀질 겁니다."

얼마 가지 않아 지칠 줄 모르는 오공의 공격에 결국 요정은 주위를 크게 진동시키더니 한줄기 바람이 되어 도망간다. 오공이 놓칠세라 급히 쫓아가는데 오공이 재빠르게 날아 가깝게 다가오자 요정은 휙 돌아서며 다시 대결한다. 그녀의 몽둥이를 살펴보니 한쪽은 굵다랗고 다른 한쪽은 가느다랗다.

오공은 큰소리를 친다.

"네가 가지고 있는 몽둥이는 내 것과 적수가 안 되니 빨리 항복해라! 아니면 이 철봉 맛을 따끔하게 보여줄테다."

요정여인은 냉소하며 말한다.

"이 물건으로 말하자면 천지가 열리기 전부터 생겨났고 오행이 조화되어 만들어진 신령스러운 것으로써 너의 보잘것없는 여의봉보다는 훨씬 훌륭하다."

둘은 다시 맞붙어 싸우는데 한쪽이 찔러 오면 다른 한쪽은 내리치고 돌려치고 올려치기를 수십 번 서로 교차하니 금빛이 번쩍이고 화려한 안개가 휘황하게 사방으로 퍼진다.

오공은 재빨리 그녀에게 다가가 몽둥이를 휘두르기 전에 그녀의 허리를 껴안고 부러뜨리려 하니 홀연 높은 공중에서 누군가 소리친다.

"오공, 손을 쓰지 마시오! 철봉을 쓰는 손에도 인정이 있어야 하는 것이오."

오공이 소리나는 쪽을 향해 보니 태음성군이 구름을 타고 두 명의 선녀와 함께 오공에게 다가오고 있다.

'저분은 음기의 세계에서 가장 성스러운 분이 아닌가?'

오공은 급히 머리 숙여 인사한다.

"태음성군님, 어디로 가십니까?"

긴 수염을 바람에 흩날리며 태음성군은 말한다.

"이 요정은 나의 옥토끼요. 나를 보아서 용서해주시오."

"천만에! 절대로 용서할 수 없습니다. 이놈은 공주님을 잡아다 감추었고 우리 사부님의 원기를 빼앗으려고 했습니다."

"사실은 그 공주도 나의 궁에 살던 궁녀였는데 옥토끼의 뺨을 한 차례 때리고 속세를 그리워하여 공주로 태어났소. 옥토끼는 지난날의 원한을 풀기 위해 지난해에 궁 밖으로 뛰쳐나가 공주를 거친 벌판에 내동댕이친 것이오. 그러나 무엇보다도 그대의 사부를 건드린 것은 정말 잘못이오. 오랫동안 선정을 닦은 그의 액체를 받아 태음의 기를 더욱 승화시키려고 했던 것 같소.

이것은 내가 정말 사과하오."

태음성군이 여인의 머리를 한번 쓰다듬자 그녀는 떼굴떼굴 구르더니 몽실몽실 토실토실한 새빨갛게 빛나는 눈동자를 가진 아름다운 옥토끼로 변한다.

옥토끼를 껴안은 태음성군과 오공은 삼장과 국왕이 있는 궁으로 돌아와 공중에서 소리친다.

"여기 좀 보십시오! 가짜 공주는 옥토끼였습니다! 그리고 옥토끼의 주인이신 이분은 태음성군이십니다!"

하늘을 바라보는 모든 사람들은 향을 피우며 태음성군을 향하여 수없이 절을 한다. 옥토끼를 안은 태음성군은 두 선녀와 함께 월궁으로 돌아간다.

국왕은 지금까지의 설명을 오공에게서 다 듣고 난 후 말한다.

"오공은 과연 위대하시오. 나는 왕비와 함께 공주를 찾으러 기원정사로 가겠소."

곧바로 왕의 화려한 수레가 준비되었고, 수천 명의 호위를 받으며 삼장 일행은 왕과 함께 기원정사를 향해 떠난다.

조용하고 한가로운 절에 갑자기 수천 명의 군사들과 함께 왕의 수레가 도착하니 절 안의 승려들은 당황하여 어찌할 줄 모르는데 삼장을 맞이했던 노승의 안내로 뒷방에 있는 공주의 방 가까이에 이르니 누군가 방 안에서 미친 사람처럼 지껄이고 있다.

노승이 말한다.

"이 방에 지난해 바람에 휩쓸려 오신 공주님이 계시옵니다."

왕의 명령으로 방문을 열어보니 틀림없는 공주이다. 더러운 공주의 모습에도 상관치 않고 왕과 왕비는 공주를 부둥켜안고 같이 통곡하며 우니 부모의 정이라는 것은 바로 이런 것.

국왕은 공주를 돌봐준 노승에게 '나라에 은혜를 입힌 큰스님'이라는 명칭을 주며 기원정사를 중수하고 큰 잔치를 베풀어 모든 이들을 배불리 먹였다. 궁으로 돌아온 국왕은 삼장 일행에게 며칠 동안 극진히 대접하며 많은 금을 선사하였으나 삼장과 제자가 받지 않자 왕은,

"그러면 이 금을 부처님에게 선물하십시오!"

삼장은,

"부처님은 착하고 깨끗한 마음의 선물을 가장 기뻐하십니다."

라고 대답하며 길을 떠난다.

은하수에 있는 수천억 별의 깨끗한 기운을 받으며 속세를 뛰어넘어 끝없는 우주의 진공을 깨닫는다.

### 배를 저어 강을 건네주는 화광보살

색은 색이나 원래 색이 아니요
공은 공이나 역시 공이라고 할 수 없다.
물을 보고 물이라고 고집한다면
그것은 물질에 얽매여 깨달은 것이 아니요.
물을 보고 물이 아니라고 한다면
그것은 공에 미친 소리다.
말하는 것(현상)과 고요한 침묵(공)은 본래 같은 것이니
꿈과 같은 이 세속에서 어찌 꿈속의 일들을 말하려고 굳이 애쓰랴!

공주와 국왕을 작별한 삼장 일행은 차츰 산 계곡을 내려오며 20일 정도 걷자 드디어 한 넓은 강에 이른다.

여러 가지 꽃들과 싱그러운 풀들이 상쾌한 바람에 불려 흔들리는 강가에 서 있는 삼장 일행은 풍랑이 심한 강물을 바라보며 까마득히 보이는 저 언덕

을 어떻게 건너갈 수 있을까?하고 망설이고 있는데 문득 저쪽에서 아름다운 옷을 입은 몸매가 수려하고 기이한 여자 뱃사공이 노를 저어 이쪽으로 온다.

오공이 날카로운 눈으로 그녀를 바라보니 얼마 전 대나무 숲 속에서 만났던 화광보살이다. 그녀의 몸 주위에는 보통 사람의 눈으로는 볼 수 없지만 수천 길의 흰 비단 같은 광명이 하늘로 뻗쳐 있고, 섬세하고 아름다운 무지개 색깔의 후광이 그녀의 몸 뒤에 가득히 둥글게 서려 있다.

오공은 모른 척하고 있는데 순식간에 강기슭에 가까이 다가온 배 안의 여인은 깨끗한 음성으로 친절하게 삼장 일행에게 말한다.

"당신들을 저 언덕으로 건네주겠습니다."

삼장이 반가워하며 배에 오르려고 배 안을 바라보니 밑바닥이 없다!

당황한 삼장은 말한다.

"이 배는 밑바닥이 없는데 어떻게 탈 수 있습니까?"

보살여인은 말한다.

"참다운 법신이 가는 길에는 육체가(물질이) 필요 없고 감정에 얽매이지 않습니다. 이 배는 비록 밑바닥은 없어도 심한 풍랑에도 가라앉지 않고 옛날부터 수많은 이들을 건네주었습니다."

오공은 합장하며 여인에게 감사해 한다.

"우리 사부님을 이렇게 맞아주셔서 감사합니다. 사부님, 어서 배에 오르십시오."

삼장은 그래도 의심스러워 머뭇거리고 주춤거리고 있는데 오공이 그의 팔을 끼고 배 안으로 밀어넣는다. 그 즉시 삼장이 물속으로 빠지며 꼬르륵 잠기자

여인이 재빨리 덥석 움켜잡아 배 위로 일으켜 세운다. 젖은 옷을 털며 삼

장은 오공을 원망한다.

화광보살이 슬슬 노를 저어 강의 중간쯤 건너가니 문득 시체 하나가 떠내려 오는데 삼장이 그 시체를 바라보곤 깜짝 놀라며 소리친다.

"저, 저것은 내가 아니냐?"

노를 저어 가는 화광보살은 빙그레 웃으며 말한다.

"저것은 껍데기일 뿐이고 이제서야 스님의 법신이 드러나기 시작하는 겁니다."

얼마 지나지 않아 배가 도착하자 몸이 매우 가벼워진 삼장은 힘들이지 않고 오공처럼 가볍게 사뿐히 언덕 위에 뛰어오른다.

오음의 껍질이 떨어져버리니 진실의 몸이 드러난다. 한 생각도 나지 않으니 그저 존재 전체일 뿐. 고개를 돌리는 매 순간마다 원신이 나타난다. 이제서야 수행을 마치고 자성의 부처를 이루니 구태여 새삼 경을 얻을 필요가 있을까?

이제 삼장은 더 이상 두려움이 없다. 무극의 언덕에 올랐으니 두 번 다시 미망에 빠지지 않을 것이다.

백마와 세 사람이 언덕에 오른 후 시선을 돌려 뒤를 바라보니 그 밑바닥 없는 배와 여인은 이미 사라져버렸다.

오공은 그제서야 삼장에게 그녀는 부처님에게 인도하는 화광보살이라고 말한다. 고개를 끄덕인 삼장은 백마를 쓰다듬으며 오공과 유성에게 말한다.

"그 동안 너희들이 목숨을 아끼지 않고 정성껏 보살펴준 데에 감사한다!"

오공은,

"아 참, 사부님도…… 서로 돕고 있을 뿐입니다. 저희들은 사부님을 요괴로부터 보호함으로써 바른길을 가고자 할 뿐입니다. 하지만 사부님, 우리들

눈앞에 있는 꽃들과 대나무·소나무, 또 사슴·학들이 있는 아름다운 경치를 보십시오. 요괴들이 우글거리고 있는 쪽과 비교하면 어느 쪽이 더 아름답고 추합니까? 어느 누가 더 착하고 악합니까?"

이 말에 삼장은 대답하지 않는다. 이미 모든 존재가 평등한 아름다움을 갖고 있다는 것을 깨달아서 상대적인 것을 초월한 마음을 얻었는데 무엇을 이러니 저러니 구분하겠는가?

삼장 일행은 가벼운 발걸음으로 영산을 향해 걸어간다. 이제는 걸어도 걷는 것이 아니다. 걸음걸음마다 확고한 중심을 얻었고 매 순간마다 기쁨으로 가득 하니 보이는 것마다 아름답다.

이것은 잠시 후 사라지는 꿈속의 아름다움이 아니요, 진실에 도달한 이만이 가질 수 있는 두번 다시 의심 없는 완연한 경지에 이른 것이요, 모든 존재의 근원을 꿰뚫어 볼 수 있는 바른 눈이다.

모든 존재는 얼마나 미묘하고 완벽한가! 밝기는 태양보다 더하고 화려하기는 어느 보석보다도 찬란하다! 그러기에 깨달은 이에게는 불빛과 장식 없이도 광채가 나는 것이다.

삼장 일행이 부처님의 사원으로 들어가면서 만나는 스님들과 신도들에게 삼장이 합장하며 절을 하자 그들은 당황하며 합장하면서 말한다.

"성스러운 스님! 절은 나중에 부처님께 하십시오."

이윽고 일행이 정문에 도착하니 문 앞을 지키고 있는 사대금강이 반갑게 영접하며 말한다.

"성승, 잠깐 이곳에서 기다리고 계십시오. 부처님의 승낙이 있어야 합니다."

## 부처님

잠시 후 부처님께서는 8명의 보살들과 4명의 금강신 그리고 500명의 아라한과 1,250명의 스님들에게 두 줄로 서게 하여 삼장 일행을 맞이하라고 이르신다.

세 사람과 백마가 부처님 앞에 이르자 모두 무릎을 꿇고 절을 하고 나서 삼장이 조용히 아뢴다.

"제자가 동쪽나라들의 중생들을 구하고자 멀리서 경을 구하러 왔습니다. 부처님께서는 부디 은혜를 베풀어주십시오."

부처님은 자비스러운 목소리로 말씀하신다.

"그대는 참으로 착하고 진실되구나! 그대의 노력으로 한량없는 많은 이들이 깨달음에 이를 것이다. 나의 8만4천 법문은 모두가 우주의 영원한 근원을 깨닫게 하는 진실된 내용이니 각자 근기에 맞게 수행하면 어느 세계에서도 고통을 받지 않는 복과 지혜가 생길 것이다. 이것을 잘 번역하여 널리 모든 이들이 배워 실천하게 하라."

여래께서는 아난(부처님의 사촌으로 평생 부처님을 시봉하며 부처님이 말씀하신 모든 법문을 암기하고 있음)과 가섭(침묵을 통하여 부처님의 정법을 전해 받았음)을 불러 분부하신다.

"너희 둘은 이들을 데리고 가서 식사 대접부터 한 다음 장경각을 열고, 경·율·론 삼장 가운데서 몇 권씩 뽑아 주도록 하라."

부처님의 명을 받아 두 존자는 삼장 일행을 데리고 가서 간소하지만 진기한 음식을 배불리 먹게 한 후 경전이 있는 장경각으로 안내한다.

봐도봐도 끝이 없는 8만4천의 법문이 적힌 경전들! 아난과 가섭이 삼장에게 아함경·42장경·능가경·수능엄경·법화경·금강경·화엄경 등의 목록을 보여주고 그중에 허공장경과 미증유경을 꺼내어 주면서 말한다.

"스님, 이 모든 삼장의 책들 중에서 이것이 가장 훌륭하고 뛰어난 내용들이니 다른 경전들을 가져갈 필요 없이 이 책들을 가져 가십시오."

삼장은 고맙다고 합장하며 오공과 유성은 책을 받아 백마에 잔뜩 싣고 각기 한 짐씩 어깨에 멘 다음 감사하다는 인사를 하며 길을 떠난다.

이때 부처님의 제자 중에 지혜 제일인 사리풋타는 아난과 가섭이 경을 준다는 소식을 듣고 부처님의 아들인 라훌라에게 말한다.

"아난과 가섭이 주는 경은 동쪽에서 온 스님들이 알아보지 못하니 라훌라가 가시어 일러 주시오."

사리풋타의 이 말에 라훌라는 빙긋이 미소 지으며 당장에 구름을 타고 삼장 일행을 뒤쫓아 가니 삼장 일행은 기쁜 듯이 경을 지고 태평하게 저 멀리 걸어가고 있는데 그들의 발걸음은 삼장의 몸이 가벼워진 이유로 나는 듯하다.

이렇게 삼장 일행이 걸어가고 있는데 난데없는 향기가 바람소리에 살며시 부드럽게 다가온다.

일행은 그저 부처님의 상서로운 조짐이라 여기고 즐거운 마음으로 가고 있는데 갑자기 허공에서 손이 뻗치며 백마 위에 실은 경을 탁 채어 가자 삼장은 놀라고 안타까워 발을 동동 구르는데 오공은 짐짝을 내려놓고 재빨리 뒤쫓아 가고, 유성은 삼장과 남은 짐을 지키고 있다.

날쌘 오공이 재빨리 몸을 움직여 라훌라존자를 바싹 쫓으며 여의봉으로 내려치려 하자 존자는 자신의 몸이 상처를 입을까봐 잡고 있던 경보따리를 풀으며 공중에 휙 흩트러버린다.

아! 바람에 마구 흩날리며 여기저기로 떨어져내리는 수백 권의 책들……오공은 존자를 따라가는 것을 포기하고 책을 수습하기 위해 구름을 멈추고 땅에 뛰어내려 달려가며 경전을 줍고, 이것을 보는 삼장과 유성도 엎어지고 고꾸라지면서 쫓아가 경전들을 수습하는데 이게 어찌된 일인가?

이곳저곳에 마구 흩트러져 펼쳐진 책들은 모두 백지가 아닌가? 그저 하얀 아무것도 없는 책들을 들고 멍하니 서 있는 일행.

삼장은 허탈한 기분으로 긴 한숨을 쉬며 말한다.

"이 글 없는 경을 누가 읽고 번역할 수 있겠는가?"

오공은 아난과 가섭의 소행에 화를 내며 우리 빨리 부처님에게 가서 이 사실을 알리자고 조른다. 삼장 일행이 급히 영산에 돌아와서 산문에 도달하니 기다리고 있던 사리풋타가 말한다.

"스님들은 경을 바꾸러 오셨군요."

삼장이 고개를 끄덕이며 그렇다고 하자 사리풋타는 일행을 부처님에게 인도한다.

오공은 소리를 지르며 부처님께 아뢴다.

"부처님, 저희들은 17년 동안 요괴들에게 시달리며 110개 국을 지나 이곳으로 경을 구하러 왔는데 아난과 가섭이 우리들을 속여 빈 경전들만 주었습니다! 우리를 골탕 먹인 그들을 불러다가 꾸중해주시고 다시 경을 주십시오."

부처님이 조용히 미소 지으며 말하신다.

"오공아, 조용히 해라. 나의 두 제자들이 너희에게 준 무자경(글자 없는 경전)은 참된 경이다. 단지 너희 나라 사람들이 깨닫지 못하니 다른 경전들을 주마."

부처님은 아난과 가섭을 불러 삼장 일행에게 대승경전 1,600여 권을 주라고 이르신다. 아난과 가섭은 삼장 일행을 경 있는 곳으로 데리고 가면서 자기들끼리 서로 웃으며 말한다.

"모양과 글자에 얽매인 가련한 이들…… 진공묘유는 글자 없는데서 발견하지 않는가?"

그러자 그들을 뒤따라가며 이 말을 들은 오공이 썩 나서며 말한다.

"존자들께서는 그런 소리 하지 마십시오. 이 세상에 태어나자마자 깨달은 이가 누가 있소? 있다면 말해보시오! 어머니의 몸을 의지하여 이 세상에 나온다는 그 자체가 벌써 고통을 포함한 모든 것을 안고 나오는 것이오. 부처님도 6년 고행한 다음에서야 깨닫지 않았습니까? 누구나가 다 깨닫고 나면 중생들을 보고 웃지만 그것도 또한 아만(에고) 중에 가장 높은 아만이오."

오공의 당돌한 말을 듣는 아난과 가섭은 난처한 듯한 표정을 짓더니 웃으며 말한다.

"이 원숭이가 제법 알찬 소리를 하는데?"

그러자 어디선가 이 세상이 아닌 전 우주를 창조한 본존불인 비로자나부처님의 목소리가 들린다.

"오공은 원숭이가 아니고 아카샤의 정기를 받고 태어난 아이이다. 그에게 함부로 대하지 말라!"

이 들려오는 소리에 깜짝 놀란 아난과 가섭이 이윽고 경전들을 빼내어 삼장에게 주자 오공과 유성은 한 권 한 권 살펴본다.

모두들 짐을 챙겨 잘 묶은 다음에 기쁜 마음으로 부처님 앞에 나아간다. 상서로운 광채가 감도는 아름다운 연꽃무늬가 새겨진 높은 자리에 앉으신 부처님의 미간에서 순백의 광명이 공중에 뻗쳐 오르자 이 빛 속에서 허공에는 수천 명의 부처님들과 보살들 그리고 수억의 성스러운 이들이 나타나며 그들의 몸에서 나오는 기운들이 은하수의 별빛처럼 빛나면서 이 지상으로 쏟아져내린다.

부처님은 말씀하신다.

"이 경전들의 내용은 바로 우주의 근원을 밝힌 것이다. 이 안에는 도를 통하는 진리가 담겨 있고, 무한한 복덕을 갖추고 있으며, 끝없이 창조하는 능력을 일깨우는 방법이 있으니 소중히 다루어라."

삼장이 부처님의 은혜에 감사하니 그곳에 참가해 있던 관음보살께서 부드럽게 웃으시며 말하신다.

"이제야 그대들의 괴로운 임무가 끝났으니 삼장은 가지고 가는 경전을 번역하고, 오공과 유성 그리고 백마는 다시 이곳으로 돌아와라."

백마에게 짐을 싣고 삼장도 구름을 타고 오공과 유성의 보호를 받으며 하루쯤 날았을까? 짙푸른 밤, 하늘에 이어지는 넓은 강물 속에 별들이 비쳐 또 하나의 은하수를 이루어 반짝인다.

이렇게 맑은 밤하늘에 느닷없이 일진의 광풍이 불어 하늘과 땅이 뒤흔들리고 굉장한 천둥이 산천을 진동한다. 번갯불들이 구름을 가르고 불길이 되어 날리며 하늘을 가득 채운 안개는 허공을 뒤덮고 무지막지한 억수비가 쏟아져 내린다.

이 위급한 상황에 삼장 일행은 급히 언덕 위로 내려가 짐을 내려놓는데 가죽이 찢어지는 듯한 바람은 서로 울부짖고, 번갯불은 격렬한 새빨간 기운을 뻗치니 달과 별들이 안개 뒤로 숨는다. 바람에 날리는 모래와 먼지는 얼굴을 괴롭히고, 뇌성에 놀란 맹수들이 아우성치며 산속에 형체를 감춘다. 산이 무너지고 바윗돌이 깨지며 용솟음치는 드넓은 강물은 더욱더 화를 내는 듯 거친 파도를 몰아치며 뒤덮는다.

이 처절한 나쁜 날씨에 삼장은 애써 얻은 경전을 잃을까 두려워 꽉 누르고 있고, 유성도 함께 힘껏 붙잡고 있으며, 오공은 여의봉을 꺼내어 사방으로 마구 휘두르면서 밤을 새운다.

어느덧 날이 밝아오니 비바람도 그치고 안개도 걷혀 조용히 따뜻한 해가 떠오른다. 광풍과 함께 밤새 쏟아져 내린 비에 흠뻑 젖어 떨고 있던 삼장이 겨우 제정신을 차리며 이게 어찌된 연유인가 오공에게 물으니 오공은 숨을 몰아쉬고 가슴을 씨근덕거리며 말한다.

"사부님, 저희가 부처님에게 가면서 저에게 맞아죽은 귀신들과 또 다른 귀신들이 힘을 합쳐 우리들에게서 이 경들을 빼앗으려고 덤벼든 것입니다. 그러나 사부님의 법신과 유성이 경전을 누르고 있었고, 제가 여의봉을 힘차게 휘둘러 순수한 양의 기운에 보호되어 날이 밝자 저들이 체념하고 돌아간 것입니다."

일행은 물에 젖은 짐을 풀어보니 몇 권만 젖어 있다. 그 젖은 경전들을 바위 위에 널어 햇볕에 말리고 있는데 어디선가 외치는 소리가 들린다.

"거기 계신 분들은 삼장스님 일행이 아니십니까?"

소리나는 쪽으로 고개를 돌려 바라보니 옛날에 신세졌던 칭칭과 호돌이의 늙은 부모들이 아닌가? 그들은 다가오더니 반갑게 손을 잡으며 절한다.

"스님들께선 부처님을 뵙고 경을 구하셨군요. 이제 수행을 마치셨으니 저의 집에 오셔서 아침식사라도 하시고 푹 쉬었다 가십시오."

"감사합니다. 경을 모두 말린 다음에 댁에 가겠습니다."

이렇게 말한 삼장은 얼마 후 마른 경들을 거두는데 생각지 않게 부처님의 과거생이 적힌 경의 겉표지가 돌 위에 말라붙어 맨 뒷장과 함께 찢어져 버린다. 그런 연유로 아직도 그 돌 위에는 글자의 흔적이 남아 있고 이 경은 불완전하게 되었다.

삼장이 찢어진 경을 보고 우리가 태만해서 조심하지 않아 이런 일이 생겼다고 안타까워하자 오공은 말한다.

"사부님, 너무 그렇게 걱정하지 마십시오. 이 세상은 본래 불완전한 것입니다. 이러나 이 경전들은 완전한 것이어서 이제 뒷장이 뜯어짐으로 인해 불완전한 것이 되어 천지의 오묘한 진리에 화합하게 된 것입니다."

삼장 일행이 마을로 들어서니 일행을 맞이하기 위해 열심히 청소하고 음식을 만들던 마을 사람들이 반갑게 영접한다. 이들의 따뜻한 인정 속에 점심을 잘 먹은 후 차를 마시며 삼장은 그 동안에 일어난 많은 이야기들을 마을 사람들에게 해준다. 이들 중엔 사춘기의 나이에 들어선 명랑한 호돌이와 예쁜 칭칭이도 같이 앉아 총명한 눈들을 반짝이며 삼장이 들려주는 희한한 이야기들에 빠져들어 정신없이 듣고 있다.

 하룻밤을 푹 쉰 일행은 하얗게 밝아오는 새벽이 되자 주인 노인에게만 간단히 작별인사를 하며 일행은 구름을 타고 동쪽으로 향한다.

## 돌아옴

빠른 속도로 동쪽으로 날아가는 삼장 일행은 점심때쯤 되자 저 멀리 웅장한 도시 장안이 보인다. 한편 태종은 삼장이 떠난 3년 후 경전을 맞아들일 채비를 해놓고 하나의 높은 누각을 지어 틈틈이 시간을 내어 서쪽을 바라보았다.

이 날도 누각에 올라 서쪽하늘을 바라보고 있으니 예사스럽지 않은 바람 기운이 향긋하게 밀려온다. 그런데 저 멀리 서쪽하늘에서 점점이 무언가 이쪽으로 날아오고 있는 게 아닌가? 그것이 가까이 날아오는 것을 자세히 살펴보니 구름 위에 삼장 일행이 서 있다! 그들은 공중에서 천천히 누각 위로 내려온다.

그 당시 장년이었던 태종은 이제 흰 머리카락이 되어버렸고, 청년이었던 삼장도 40이 훨씬 넘은 장년의 나이가 되었다.

태종이 삼장을 보며 외친다.

"아우, 이제야 돌아오는가?"

구름에서 내려온 삼장이 태종에게 공손히 절을 하자 태종은 반갑게 삼장의 손을 잡아 일으키고 눈물을 글썽이며 감격하여 띄엄띄엄 말한다.

"아우는 그 동안 험한 객지에서 고생이 많았소!"

삼장도 눈물을 글썽이며 목이 메어 겨우 말한다.

"매년 계절이 바뀔 때마다 고향을 그리워했고 빨리 다녀오려고 노력했지만 많은 요정들의 방해로 이제서야 돌아와 죄송합니다."

"이 모두가 세상 사람들을 깨우치기 위해서니 늦은 게 무슨 허물이 되겠소?"

태종은 삼장의 옆에 서 있는 오공과 유성을 보며 누구냐고 묻는다. 여행 길에 얻게 된 두 제자라고 하자 크게 기뻐한 태종은 주위의 신하에게 명한다.

"짐의 수레에 이들과 같이 타고 갈테니 빨리 궁으로 가서 잔치를 준비하라!"

태종과 삼장이 궁 안으로 들어가는데 경전을 가지러 갔던 삼장스님이 돌아왔다는 소문이 삽시간에 온 성안에 퍼진다. 그러자 삼장이 옛날에 살고 있었던 절의 스님들이며, 온 성안의 사람들이 구름처럼 몰려들어 삼장을 보고자 궁 밖에서 웅성거린다.

이때 삼장은 태종과 함께 수레를 타고서 궁 앞에 이르자 태종황제는 스스로 먼저 수레 밖으로 내리더니 손수 삼장의 손을 잡아 부축하여 수레에서 내리게 하며 나란히 같이 궁 안으로 들어간다. 멀리서 이 광경을 보는 성안의 수천 명의 사람들과 수백 명의 스님들은 기뻐하며 모두 합장으로 경배한다.

궁 안으로 들어온 태종과 삼장 일행. 삼장은 오공에게 짐을 풀라고 하여 경전을 태종에게 바치니 경전을 보는 황제는 찬탄해 마지않으며 그 긴 여행들이 얼마나 어려웠느냐고 묻는다.

　삼장은 그 동안의 일들을 간략하게 말하며, 오공과 유성 그리고 백마의 도움으로 어려운 여행을 무사히 갔다왔다고 말하자 태종은 오공과 유성을 보더니 삼장에게 묻는다.

　"저들은 외국인이오?"

　"저기 여의봉을 든 키 작은 영리하게 생긴 아이는 저의 첫째제자인 오공이라하고 옛날에 하늘나라를 소란스럽게 한 일도 있었으며, 그 옆에 키가 큰 둘째제자는 유성이라고 하는데 옛날에 은하수의 대장이었습니다. 그리고 저기 서 있는 백마는 서해 용왕의 아들로서 이 세 명의 제자들은 모두 관음보살님의 도움 아래 얻은 훌륭한 제자들입니다."

　태종황제는 연신 감탄하며 기뻐한다.

　한 신하가 와서 음식이 다 장만되었다고 아뢰니 태종은 삼장 일행과 함께 잔칫상이 준비된 커다란 방으로 들어가니 다채로운 향기가 묘하게 코끝을 스치며 휘황찬란한 탁자와 의자들이 즐비하게 늘어져 있고, 상 위에는 수백 가지의 진수성찬이 장식되어 널려 있다. 그러나 삼장 일행은 이미 도를 통한 후라서 전혀 속세의 음식에 구미가 당기지 않아 몇 가지 과일을 집어먹고는 식사를 그치고 만다.

　밤이 늦어지자 연회를 해산하고 삼장 일행은 옛날에 삼장스님이 살았던 금산사로 가서 하룻밤 쉰다. 다음날 아침이 되니 삼장스님은 궁 안으로 들어가 왕과 신하들을 위하여 높은 자리에 올라앉아 법문을 한다.

　180센티미터가 넘는 훤칠한 키에 붉은빛을 띤 하얀 피부와 단엄하고 수려한 얼굴은 마치 조각한 듯이 뚜렷하다.

　"우리의 마음이 깨끗하여 음양의 이치에 통달하게 되면 그 다음에는 형체가 없는 무의 세계도 알게 됩니다. 이 신령한 정신은 지고하여 한없이 고적하므로 그에게는 위아래가 없고 그의 정신은 우주에 가득 차 진동하며, 또한 지극히 작고 섬세하여 물속에서도 젖지 않고 강철 속이라도 아무런 장해 없이 지나칠 수가 있습니다.

억만 겁이라는 세월이 지나가도 조금도 변치 않고 그의 복과 지혜도 끝이 없어 써도 다함이 없으니 끝없는 우주와 같습니다. 이 같은 우리 자신의 현묘한 근원은 깨달아야만 알 수 있습니다.

연꽃을 보십시오! 그 우아하고 깨끗한 연꽃은 진흙 속에서 자라나지만 스스로를 씻어주므로 더러움이 묻지 않습니다. 이는 내부에 고아한 성품을 가지고 있으면 아무리 극악한 것이 옆에 있어도 물들지 않을 것이니 여러분들도 스스로의 깨끗한 마음속을 보아 영원히 정결함을 간직하시기 바랍니다. 이것이 곧 '육체는 병들고 죽어도 법신은 영원하다' 라는 뜻입니다"

그의 맑고 깨끗한 목소리는 시원하여 듣는 사람들의 마음을 즐겁게 한다. 법문을 끝내고 나서 삼장은 오공과 유성 그리고 백마와 작별한다.

"나는 이곳에 남아 우리가 가져온 경전들을 번역할테니 너희들은 먼저 부처님에게 가 있거라."

그리하여 오공과 유성, 백마는 삼장과 서로 눈물을 글썽이며 아쉬운 작별을 한다. 제자들은 구름을 타고 서쪽으로 날아가고, 삼장은 홍복사와 대자은사에 머무르며 경을 번역하기 시작하여 옥화사에서 63살(서기 664년)에 입적할 때까지 18년 동안 1천3백40권의 경을 번역한다. 이것은 약 5일 만에 한 권씩 번역했다는 뜻이니 그의 초능력은 역사상 전무후무한 일이다.

한편 부처님에게 돌아온 오공과 유성, 백마.

오공은 부처님에게 꾸벅 절하며 말한다.

"부처님, 사부님을 모시고 경전을 잘 전해주고 왔습니다."

부처님은 인자한 모습으로 그들을 바라보시며 말씀하신다.

"오공과 유성, 백마는 정말 수고 많이 했구나. 삼장은 동양의 수많은 이들을 깨우침으로 이끄는 경을 번역하니 공덕부처님이 되었다.

오공은 여행하는 동안 말썽도 많았지만 끝까지 재치 있고 믿음 있게 요괴들로부터 사부를 보호하며 일을 완성했으므로 투전승소불(싸움에서 이긴 작은 부처)의 자리를 준다.

유성은 본래 은하수의 대장이었으니 이번에는 작은 우주의 은하수가 아닌 큰 우주의 은하수를 다스리는 정수보살(물이 흐르는 듯한 수천억 개의 은하계의 별들을 자유로이 왕래하며 다스리는 보살)의 직위를 준다. 그리고 백마는 본래 서해 용왕의 아들이었으며 긴 세월을 삼장스님과 경을 태워 실었으니 너는 내 옆에 있거라."

말씀을 마친 부처님이 장육금신의 몸을 일으켜 백마에게 가셔서 머리를 가볍게 한번 쓰다듬자 순식간에 털이 없어지고 흰 눈이 빛나는 듯한 은색수염과 온몸에 금비늘이 반짝반짝 빛나는 커다란 용의 모습으로 바뀐다. 용은 부처님의 머리 뒤쪽으로 훌쩍 날아오르더니 서리가 엉긴 온몸을 상서로운 기운이 감도는 구름 위에 올려놓고 있다.

이것을 바라보는 여러 아라한과 수많은 제자 스님들과 신도들은 부처님의 신통력에 탄복하고 찬양했으며, 구름 위에 멋지게 앉아 있는 용의 모습을 본 오공은 부처님에게 졸라대듯 말한다.

"부처님, 저도 이제 성불했으니 제 머리에 있는 이 금테를 벗겨 주십시오. 사부님이나 보살님이 주문을 외워 내 머리를 아프게 하면 또 혼이 나야만 하니까요."

부처님은 빙그레 웃으시며 말하신다.

"그 당시에는 네가 말썽이 하도 심해서 금테를 씌운 것이다. 이제 네 머리에 있을 필요가 없으니 만져 보거라."

오공이 자신의 머리를 앞에서 뒤쪽으로 뒤에서 앞쪽으로 훑으며 만져보니 정말 금테가 없어졌다. 이리하여 오공은 새로 만들어진 부처님의 자리에 돌아가고, 유성은 은하계로 날아가니

> 모두가 참된 진여에 돌아가
> 윤회 속에서 고통 받음을 영원히 벗어났다.
> 공과 적막은 어둡고 쓸쓸한 것이 아니요
> 텅 빈 공간에 가득 찬 것이며 깨끗하고 밝은 신비로움이다.
> 극락세계의 아름다운 노을은 영원하고
> 천 가지의 아름다운 꽃들과 맛있는 과일들이 있는
> 자유스러운 극락세계의 삶은 즐겁다.

나무 비로자나불

나무 아미타불

나무 석가모니불

나무 청정희불

나무 무량수불

나무 무량광불

나무 금강불괴불

나무 일광불

나무 월광불

나무 대자비불

나무 광장엄불

나무 지혜광명불

나무 적정광불

나무 묘음성불

나무 공덕불(삼장)

나무 투전승소불(오공)

나무 관음보살

나무 대세지보살

나무 문수보살

나무 보현보살

나무 화광보살

나무 금강왕보살

나무 무량법해보살

나무 정수보살(유성)

나무 천룡대력보살(백마)

나무 오백아라한

 부디 모든 이들은 선정과 지혜를 닦아 착하고 바른 깨달음의 길을 가서 걸림없는 자유로움과 영원한 즐거움에 이르게 되기를 기원합니다.
 나무 과거현재미래불…….

# 2

## 소설 손오공
### 깨달음으로 가는 여행

초판 인쇄 / 2004년 5월 19일
초판 발행 / 2004년 5월 25일

편저자 / 돈 연
펴낸이 / 김 동 금
펴낸곳 / 우리출판사

· 주 소/ 서울특별시 서대문구 충정로 3가 1-38
· 등 록 / 1988년 1월 21일 제9-139호
· 전 화 / (02)313-5047 · 5056
· 팩 스 / (02)393-9696
· 메 일 / woribook@chollian.net

ISBN 89-7561-211-2 03820
ISBN 89-7561-209-0 (전2권)

※ 값은 뒷표지에 있습니다.
※ 지은이와 협의하여 인지를 붙이지 않습니다.
※ 본 판권은 저자가 소유합니다.
※ 잘못된 책은 본사나 구입하신 서점에서 바꾸어 드립니다.